shiji
wenxue
jingdian

世纪文学经典
陈忠实 著

陈忠实精选集

北京燕山出版社
BEIJING YANSHAN PRESS

"世纪文学60家"书系总策划：
白烨、陈骏涛、倪培耕、贺绍俊、张红梅

"世纪文学60家"评选专家名单：
（以姓氏笔画为序）

丁　帆　南京大学中文系教授
王中忱　清华大学中文系教授
王晓明　华东师范大学中文系教授
王富仁　汕头大学中文系教授
白　烨　中国社会科学院文学研究所研究员
孙　郁　鲁迅博物馆研究员
吴思敬　首都师范大学文学院教授
陈思和　复旦大学中文系教授
陈晓明　北京大学中文系教授
陈骏涛　中国社会科学院文学研究所研究员
陈子善　华东师范大学中文系教授
孟繁华　沈阳师范大学教授
於可训　武汉大学文学院教授
杨匡汉　中国社会科学院文学研究所研究员
杨　义　中国社会科学院文学研究所研究员
张　炯　中国社会科学院文学研究所研究员
张　健　北京师范大学文学院教授
张中良　中国社会科学院文学研究所研究员
赵　园　中国社会科学院文学研究所研究员
洪子诚　北京大学中文系教授
贺绍俊　沈阳师范大学教授
谢　冕　北京大学中文系教授
程光炜　中国人民大学中文系教授
雷　达　中国作家协会创研部研究员
黎湘萍　中国社会科学院文学研究所研究员

出版前言

"世纪文学60家"书系的创编与推出,旨在以名家联袂名作的方式,检阅和展示20世纪中国文学所取得的丰硕成果与长足进步,进一步促进先进文化的积累与经典作品的传播,满足新一代文学爱好者的阅读需求。

为使"世纪文学60家"书系的评选、出版活动,既体现文学专家的学术见识,又吸纳文学读者的有益意见,我们采取了专家评选与读者投票相结合的方式。我们依据20世纪华文作家在中国现当代文学史上的地位与影响,经过反复推敲和斟酌,确定了100位作家及其代表作作为候选名单。其后,又约请25位中国现当代文学专家组成"世纪文学60家"评选委员会,在100位候选人名单的基础上进行书面记名投票,以得票多少为顺序,产生了"世纪文学60家"的专家评选结果。为了吸纳广大读者对20世纪华文作家及作品的相关看法和阅读意向,我们与"新浪网·读书频道"的全力合作,展开了为期两个月的"华文'世纪文学60家'全民网络大评选"活动。2005年12月16日,读者评选结果在"新浪网·读书频道"正式公布。为了使"世纪文学60家"的评选与编选,能够比较客观地反映专家和读者两方面的意见,经过反复协商,最终以各占50%的权重,得出了"世纪文学60家"书系入选名单。

"世纪文学60家"书系入选作家,均以"精选集"的方式收入其代表性的作品。在作品之外,我们还约请有关专家、学者撰写了研究性序言,编制了作家的创作要目,为读者了解作家作品、创作特点和其在文学史上的地位,提供必要的导读和更多的资讯。

"世纪文学60家"评选结果

排名	作家	专家评分	读者评分	评选结果	排名	作家	专家评分	读者评分	评选结果
1	鲁 迅	100	100	100	31	赵树理	85	55	70
2	张爱玲	100	97	98.5	32	梁实秋	67	71	69
3	沈从文	100	96	98	33	郭沫若	70	65	67.5
4	老 舍	94	94	94	33	陈忠实	67	68	67.5
4	茅 盾	100	88	94	35	张恨水	64	70	67
6	贾平凹	94	92	93	36	苏 童	58	75	66.5
7	巴 金	94	90	92	36	冰 心	51	82	66.5
7	曹 禺	100	84	92	38	穆 旦	78	52	65
9	钱钟书	80	99	89.5	39	丁 玲	78	47	62.5
10	余 华	85	92	88.5	40	顾 城	29	95	62
11	汪曾祺	100	76	88	41	舒 婷	51	69	60
12	徐志摩	85	89	87	42	张承志	67	51	59
12	莫 言	94	80	87	43	王 朔	45	72	58.5
14	王安忆	94	77	85.5	44	刘震云	58	58	58
15	金 庸	70	98	84	45	韩少功	54	57	55.5
15	周作人	94	74	84	46	阿 城	54	56	55
17	朱自清	70	93	81.5	47	张 洁	64	44	54
18	郁达夫	78	83	80.5	48	三 毛	22	85	53.5
19	戴望舒	94	66	80	49	铁 凝	51	53	52
20	史铁生	80	79	79.5	50	张 炜	60	40	50
20	北 岛	78	81	79.5	50	李劼人	78	22	50
22	孙 犁	94	62	78	52	宗 璞	64	33	48.5
22	王 蒙	78	78	78	53	郭小川	58	36	47
24	艾 青	94	60	77	53	柳 青	58	36	47
25	余光中	78	73	75.5	55	施蛰存	51	42	46.5
26	白先勇	85	64	74.5	56	张贤亮	42	49	45.5
27	萧 红	85	61	73	56	刘 恒	64	27	45.5
27	路 遥	60	86	73	56	高晓声	45	46	45.5
29	闻一多	78	67	72.5	56	李 锐	51	40	45.5
30	林语堂	54	87	70.5	60	徐 訏	45	43	44

目 录

由"真"到"深"厚积薄发 ……… 白烨 001

短篇小说

信任 …………………………… 003
土地诗篇 ……………………… 013
毛茸茸的酸杏儿 ……………… 025
到老白杨树背后去 …………… 039
轱辘子客 ……………………… 052
关于沙娜 ……………………… 062
猫与鼠,也缠绵 ……………… 076
腊月的故事 …………………… 091
作家和他的弟弟 ……………… 112
地窨 …………………………… 120

中篇小说

康家小院	161
梆子老太	213
蓝袍先生	292
创作要目	396

由"真"到"深" 厚积薄发

白 烨

以《白鹿原》一作享誉文坛的陈忠实,无论是从他起步之后不离乡土的文学跋涉来看,还是从他饱带乡情与乡思所取得的丰硕成果来看,他都是当代文学中乡土写作的一个重要的领军人物。

作为从20世纪60年代中期就开始创作的中年作家,陈忠实是以不急不躁的态度和稳扎稳打的步履,一步步地实现着自己在创作上的种种追求的。他在创作起始,只把"从生活到艺术的融化过程"作为目标,力求从自己所熟悉的生活出发,写出自己眼睛里的世界和感受到的生活。这一时期的演练,使他在独到地把握生活与艺术的关系中找到了自己,作品也充满了源于生活的内在魅力。他的于1979年获全国优秀短篇小说奖的《信任》和于1982年出版的短篇小说集《乡村》,都属于这一时期艺术探索的结晶。如果说陈忠实在他的创作初期是以求真为特征的话,那么,由1984年的中篇小说《梆子老太》开始的创作中期,则在求真的基础上进而求深了。这部小说所叙说的是不正常的年代扭曲了老农妇梆子老太的灵魂,而她又以被扭曲的灵魂进而去扭曲身边的生活。作品在对人对事的审视上,显然借助于国民性问题的省察,达到了相当的人性深度。此后发表的中篇小说《蓝袍先生》,持续并深化了这一文学思索,通过徐慎行先有封建礼教毒害后有极"左"思潮虐杀而使其终生唯唯诺诺、紧缩心性,把强大的社会思潮施予弱小的生命个性的巨大的影响,描写得入木三分,令人惊愕。这些作品读后令人难以释卷,它们总牵引你从社会文化的根基上去反思普通人所不应有的乖蹇命运。1987年之后,陈忠实集中精力写作长篇小说《白鹿原》,这部长篇处女作显然把他的小说创作推进到了一个新的艺术层次,这就是在原有的故事上求真、题旨上求深的同时,还在艺术表现上求新,以对现实主义手法的革故鼎新,使作品在内蕴上和形式上都深富史诗性的风韵。可以说,陈忠实从不把自己的创作寄托于一时一事的追波逐流,他只是按照自己的方式默默地走自己的路。《白鹿原》的成功,正是他甘于寂寞又不懈求索的必然回报。

一

陈忠实重新执笔之后的1979年,面对着的是一个满目疮痍而又充满生机的现实。党的十一届三中全会把广大农民从"左"倾思想的深重灾难中拯救出来,政治局势日益稳定,农村政策进一步放宽,农村开始挣脱"左"的桎梏并出现了新的转机;但是,历史上遗留下来的旧问题与前进中出现的新问题交织在一起,构成了新时期人民内部矛盾的种种复杂情形,使农村形势呈现出新旧交替时期的显著特点:希望中连缀着某些忧虑,美好中夹带着某些瑕玷。在这样一个有待于进一步认识和发展的现实面前,只是停留在对"四人帮"的罪恶行径和流毒影响的浮泛的描绘和控诉上,已经是远远不够的了。驱走严冬走向阳春的新生活,向作家、艺术家提出了更高一些的要求:把艺术的触角伸入到生活深处去,探寻生活中矛盾运动的固有规律和新陈代谢的内在动向,写出具有广泛而深刻的社会意义,能够真正启迪人们认识时代、鼓舞人们振奋精神的作品。

在这样一个严峻的时代要求面前,陈忠实的头脑是清醒的,回答是严肃的。他曾经这样表述过自己对于生活和创作的基本认识:"新的生活命题需要作者努力去开掘。新的创业者的精神美需要我们去揭示,生活中新的矛盾需要我们去认识。我想还是深入到农村实际生活中去,争取有所发现,争取写得多一些,深一些,好一些。"他正是照着自己认定的这一崇高目标扎扎实实地努力的。他在刻苦认真的创作实践中,把热爱生活的赤诚和追求艺术的激情化为深沉冷峻的思索,努力透过繁复的现象去找寻和把握生活之流的脉络,紧扣人民内部矛盾这个农村生活中的主题,抓取素材和题材,开掘作品的思想意义,描绘出了一幅幅反映农村发展中的种种障碍和冲决这些阻力向前流动的农村生活场景的剖面图,揭示出了发人深省、引人思索的农村生活的真谛。

在陈忠实的作品里,羁绊着农村的前进和影响着农民的命运的问题和矛盾,表现是多种多样的:

在《立身篇》里,我们看到了封建的裙带关系怎样无孔不入,在人与人的关系上织罗布网,使不愿在招工工作上放弃原则的公社书记不得不退避三舍,无法工作;

在《心事重重》里,我们看到了个别公社领导人怎样以两面手法来掩护"走后门"的行径,使一个正直的老党员大惑不解,"心事重重";

在《猪的喜剧》里,我们看到了"左"得出奇而又朝令夕改的"土政策",怎样坑害着一个想以养猪弄几个柴米油盐钱的忠厚老农,使他吃尽苦头,备受愚弄;

在《石头记》里,我们看到了打着支援生产队搞副业的某些工厂的别有用心的干部和职工,如何利用拉沙石的副业合同大揩农民的"油水",使干部和社员们有苦难言,欲告无门;

在《枣林曲》里,我们看到了被世俗偏见所腐蚀的市民姐姐,如何利用农村暂时的贫困和落后,一再挑唆农民妹妹鄙视乡土、跳出农村。

把这些反映了各种各样矛盾的作品集中在一起看,我以为,作者不仅仅是在提出几个农村中亟待解决的问题,也不仅仅是在表现几个庄稼人的乖蹇命运,他是通过农民际遇的顺遂与坎坷、精神的愤懑与欣忭,来反映丰富而又复杂的人生世相,来描摹我们这个时代的社会风云。读了陈忠实的小说,人们的思想并不会在具体问题上流连忘返,而是总想在农村和农民以外想点什么,在更远、更深的地方想点什么。在这些幽邃的思绪中,最使人萦绕于怀的莫过于这样一点:农民要向富足、进步的方向发展,虽然是必然的,但又是需要做出极大努力的;这不单单是个生产的问题、经济的问题,也不仅仅是农村和农民本身的问题。直接关系着农村命运的党的农村政策和党的农村干部的工作,如果不正确、不落实,与农村有着千丝万缕联系的工厂、城市乃至整个社会的风气,如果不改造、不端正,那么,农村的发展必然受到阻碍,而现代化建设的总进程也必然受到影响。

如果说《石头记》《心事重重》等作品在反映新时期农村的人民内部矛盾方面,还只是提出问题、尚欠深刻的话,那么,《信任》和《苦恼》,则是两篇立意较高、开掘较深的力作,比较突出地反映了作者的创作在思想内容的开拓上所努力的趋向。

《信任》给我们展示了"四清"运动所造成的两代人思想上的裂痕,而且,程度是那样的深,面积是那样的大,简直使人触目惊心。这是很有胆识而又充满了历史感的艺术概括。"四清"运动是党在农村开展的一个旨在进行社会主义思想教育的运动,但由于阶级斗争扩大化的影响,错整了不少好的干部和群众。如果说 1957 年的反右扩大化和 1959 年的反右倾并未伤害农村这个肌体的筋骨的话,那么,正是"四清"运动中的偏差,在广大干部和社员心里刻下了新中国成立以来少有的内伤。带着这样的创伤而又被匆匆拖入恶人当道、"煮豆燃萁"的"文化大革命",其结果只能是旧痕上面添新伤,使农村这个不健壮的肌体遭到更大的损害。正如罗坤用农民的语言所描述的那样:"这十多年来,罗村七扭八裂,干部和干部,社员和社员,干部和社员,这一帮和那一帮,这一派和那一派,沟沟渠渠划了多少?""人的心不是操在正事上,劲儿不是鼓在生产上,都花到钩心斗角,你防备我,我怀疑你上头去了嘛!"

作者以一个打架斗殴事件为线索,一层层地抖搂出盘绕着罗村的复杂矛盾,又一步步地展示出罗坤正确地解决矛盾从而使罗村走向团结的过程,不仅告诫人们不要忘记我国农村发展中这一页令人深痛的历史,而且特别提示人们,在新的形势下,应当正确认识和正确处理历史所造成的种种矛盾,尽快扫除笼罩在新生活之上的阴云。我们从支书罗坤的忍辱负重、义无反顾上,从贫协主席罗梦田见义思过、引咎自责上,从大队长罗清发的默然自省、满怀羞愧上,从肇事者罗虎的终于悔悟、认错服法上,都可以感受到我国农民可贵的传统本色。他们中的一些人尽管在历史所造成的误会中,表现出计较私怨、不够互谅的一面,但仍然有着接受真理、修正错误的基本的一面。在粉碎了"四人帮"而又端正了党的思想政治路线的今天,只要从正面引导入手,采取正确的方法,他们之间存在着的矛盾都是可以解决好的。

《苦恼》所揭示的河东公社书记黄建国在新形势下一时转不过弯来的思想矛盾,也是反映了农村中亟待解决而又在其他作品中很少见的问题,因而,也使人有某种新鲜感。黄建国当年是"心甘情愿用自己的几十斤肉去换取河东公社的新面貌"的,他在"大批促大干"的年代,跑遍了全公社"坡陡沟深的堰坡,沙石嶙峋的河滩",确实是有决心,有干劲,但因为所执行的路线不对头,他的大干的结果,只能使河东农民愈来愈穷。在党清除了"左"的影响制定了新的农村政策的形势下,按理说他应当在接受经验教训中振作精神、迎头赶上,但是不然,他却充满了种种疑虑,对政策不理解,对形势不习惯,准备"在躺椅上打发日月"了。他思想上的毛病主要在哪里呢?是"四人帮"极"左"路线和流毒的影响过深吗?似乎不那么简单。是他本人的觉悟水平太低了吗?似乎也不完全。作品中有一段叙写黄建国对

自由市场的感受有助于我们进一步思索这个问题:

> 自打农副市场开放以来,他没有光顾过,没有兴趣。那有什么好看的呢?搞这种事情,用得着号召吗?多年来对小农经济的限制和斗争,是公社党委书记的神圣职责。现在要他去鼓吹农民上自由市场,甚至叫他去逛自由市场,甭说理论,感情上也难得通畅!

从这里我们可以悟出这样一个问题,即多年来在对党的基层干部的教育培养上是否有失误之处呢?我们要求他们绝对地听从上级领导的指示,而上级领导又经常给他们灌输的是"限制小农经济""以阶级斗争为纲"之类的非马克思主义的东西,这样天长日久的潜移默化,他们的细胞和神经近于"硬化",思想和感情近于"僵化",这种长期形成的思想局限性又焉能在眨眼间的工夫改变过来。如果说黄建国是用教条主义的态度来看待今天的话,那么,这正是对使他成为这个样子的教条主义的昨天的惩罚。束缚创造性的教条主义思想只能教育出缺少生命力的本本主义干部。这是值得记取的历史辩证法,也是作品幽眇的思想深度所在。作者在剖掘黄建国的种种"苦恼"中,有意表现他思想上的"怨气",以及对自己的宽容;愈是这样,愈是引导人们丢开黄建国而去思索党的干部教育中的失误,探究那饱含着辩证唯物主义的生活哲理。同样,作者在展现黄建国从"苦恼"中解脱时,一再抒写他在一系列事实震撼下的惊醒、悔恨和自责;愈是这样,愈是启迪人们去认识党的正确路线及其所带来的大好形势的强大威力。从而,更深刻地回顾昨天,更积极地建设今天,更热情地展望明天。

二

一个决心走现实主义之路的作家,在为时代的进步推波助澜的时候,绝不满足于只在作品中提出几个人们略有所感而未深刻认识的社会问题,它还应当塑造出能够体现民族精神和时代风貌的气韵生动的人物形象来,通过对他们栩栩如生的描绘,来表现时代前进的主导力量和必然趋势。陈忠实丝毫没有忽视这一点。他在自己的许多作品中,站在一定的时代高度上,在现实生活种种矛盾的揭示中,精心塑造了一批活跃在农村舞台上的先进农民的形象,其中有些是堪称新时期农村的社会主义新人的。

"新人",是近年来创作中出现的一个新的概念。就目前的理解来看,还没有一个一致的看法。我认为,仅在以前的文艺作品中所没有和少有的人物形象的意义上理解这一概念,范围过于宽泛,实际上是降低了"新人"应有的标准,似感不妥。"新人"应当是既区别于过去时代的英雄人物又区别于当前时代的一般人物,具有新的时代特点和新的性格因素的那样一种人,即在十年浩劫所造成的精神的、物质的废墟上站立起来,觉悟较高,理想远大,思想解放,注重求实,能够给周围的环境和人们以积极影响的那样一种社会主义的创业者和实干家。

在陈忠实的作品中,虽然还不能说已有几个个性突出、出类拔萃的成功"典型",但却实实在在地写出了几个具有崭新思想境界、富有时代色彩的农村社会主义新人形象。而唯其在其他作品中还不多见,而愈发显出他们的难能可贵。正是在这一点上,陈忠实走在了其他农村题材作者的前头。

罗坤,无疑是陈忠实塑造得比较成功的一位新人形象。他在"四清"运动中被误整,并错戴上"地主分子"的帽子,含冤受屈十几年,但当平反后重任支书时,非但没有计较个人得失,而且正确对待这已经翻过去了的一页历史,把心思放在如何使罗村尽快团结和富足的目标上。因此,对于大队长以为可以理解的儿子为泄私怨所引起的打人事件,他没有表现出半点宽容,而是以登门赔情、派人报案、去医院服侍被打人和坚持对儿子绳之以法的"四步棋",把一个似乎可以对当年的整人者施以报复的事端当作解决两代人宿怨的契机,使积怨中的人们看到了比个人意气更重要的东西——"团结和富足的罗村"。罗坤是高尚的,这不仅在于他毅然超脱了个人的私怨,还在于他着眼于解决更多人的私怨,把一个四分五裂、人心涣散的罗村引向安定、导向团结;罗坤是伟大的,这也不仅在于他高瞻远瞩地从困难中看到光明,还在于他把自己作为一支引路的火把,使更多的人看到光明、走向光明。罗坤在排难解纷和获取人们"信任"中,表现出来的崇高博大的思想境界、披肝沥胆的革命精神、着手成春的领导艺术,显然比那些埋头苦干者、后进变前进者,起点更高、作用更大,属于生活中应当有但还不多见的社会主义新农村的带头人的形象。

《徐家园三老汉》里的老党员徐长林,也是一个闪烁着异彩的社会主义农村的新人形象。他虽然没有罗坤那样一个充满斗争风云的环境,从而使他做出石破天惊的壮举,但他却在一个平凡的岗位上,兢兢业业,励精图治,做出了创造性的成绩。他怀着"共产党员就是要团结教育人哩"的崇高信念,以言传身教的行动和耐心细致的工作,开导着"奸老汉"徐治安和"倔老汉"黑山,促使落伍者奋起、执拗者开通,把三个人的力量拧在一起,追随着时代前进,其中所表现出的对于生活的赤子之心和蓬勃朝气,是使人激动不已而又钦佩万分的。在他身上,已经找不出旧式农民因袭的精神痕迹,表露出的俨然是一个脚踏实地而又满怀理想的新式农民的可贵气质。随着四个现代化的深入发展,农村社会的矛盾也将更细致、更深入、更微妙,这就决定了发展中的农村不仅需要罗坤这样叱咤风云、能够带领人们跨过急流险滩的杰出领袖,也需要徐长林这样满腔热忱、以诱掖后进为己任的先进农民。从这个意义上讲,陈忠实作品中的"新人"正是从农村生活的变化和需要出发,而又体现了新时期农村的发展趋势的。

为现实生活中人物性格的多样化所决定,陈忠实在塑造农村社会主义新人形象的同时,也描绘出了不少个性鲜明、血肉丰满的普通农民的形象。在这里,人们自然不会忘记"背着黑锅还在支撑着田庄的事业"的田学厚(《七爷》),勤劳善良、对生活毫无奢望的来福老汉(《猪的喜剧》),不为世俗偏见所惑、要自己亲手创造幸福的婵儿(《枣林曲》)……在这些人物形象的雕画中,作者致力的不是一般的褒扬进步和正直,而是着意探悉他们在不同形势下的精神状态和心灵变化,展现他们积极追求人生的可喜历程。即使是刻画反面人物形象,陈忠实也是由表及里地剖掘这些形象所代表的人生意义的落后和腐朽,尽力表现出历史事实和社会现实的折光。比如《尤代表轶事》所刻画的现代中国农村的阿Q——尤喜明的形象,就深刻寄寓了时势造英雄、时势也造侏儒的生活哲理。作者的透视镜窥测的是一个精神紊乱的"左"倾"幼稚病""患者",揭示出的却是长期侵蚀人心的极"左"思潮及其整人运动这个总祸根。这一丑得令人憎恶而又怜惜的形象,引动着人们反复品味那深含在其中的历史意义和现实意义,迸发出的艺术力量同样是巨大的。总之,陈忠实笔下的人物形象大都是这样,或正或反,或多或少,总是体现出一定的时代精神和一定的社会关系总和。这在陈忠实近来创作的反映现实生活的作品中,表现得尤为突出。

三

陈忠实注重生活感应的创作追求,约在1985年前后表现出了很有意味的变化。短篇小说《毛茸茸的酸杏儿》和中篇小说《蓝袍先生》给人们较为明显地带来了这一新变信息。《毛茸茸的酸杏儿》写已为人妻的莉莉在电视上看见初恋男友引起的回忆:她倾心于活泼不羁的"他",却被父母指责为"不成熟",遂在父母的指导下,嫁给了一个老成持重的医生,在一种"平静"而"乏味"的家庭生活中,渐渐变得"成熟"起来——"既不会任性,也不会撒娇了,甚至说话也细声慢气的了"。然而,她总是不能忘记那"不成熟"的初恋生活,总是怀恋同"他"一起打闹嬉耍,一起吃那未成熟的毛茸茸的酸杏儿使嘴角泌出酸水来的滋味。作品没有什么曲婉引人的故事,但那甜甜的忆念、淡淡的幽怨,总引发起人们对不经意中走入的人生误区的种种思索。《蓝袍先生》则以本分、拘谨的乡村教师徐慎行在新中国成立前饱受封建家教的束裹,新中国成立后又历遭政治运动伤害的不如意的一生,揭示了人性解放的现实意义。我曾被作品中一个悬殊的数字对比所震撼:活了六十岁的徐慎行,只在新中国成立后上师范学校参加文艺演出的二十天中才活得像一个人。苦难了六十年,愉快了二十天,这不成比例的对比隐含着的一个个问号,不能不迫使人们在惊愕中去深深追索人在社会中的地位、价值等问题。显然,陈忠实的这些作品,以对现实的人如何合目的地健康发展的强烈关注和深入求索,把他的直面乡土写现实的创作推进到了一个新的层次。

《夭折》《最后一次收获》和《地窖》三部小说,属于陈忠实创作新变进程中的一个小系列。它们所观照的,仍是人在现实生活中的地位与命运;所揭示的,仍是人在现实社会中的迷失与怅惘。

《夭折》在题旨和写法上,都与《蓝袍先生》颇为接近:积极上进而又痴迷文学的回乡青年惠畅,在艰苦、贫穷的农村生活中刻苦学习创作,刚刚发表了一篇作品之后,便被随之而来的"四清"运动所伤害,从此一蹶不振,他所挚爱的文学成了可望不可即的梦。作者当然不是在哀叹文学队伍少了一个很有前途的人才,他显然是从一个文学青年无端夭折的角度,揭示小人物在大社会中的乖蹇命运:他有可能克服经济上的困难以追求个人理想,却绝无神力抗衡政治上的打击以主宰自己的前途。一个毫不设防的青年,他的命运更多地系于社会生活的健康运行。而我们一个时期的社会生活,又恰恰充满白云苍狗式的变异,因而,小人物遇到大挫折就毫不足怪了。问题是,当一个人身心都备遭伤害后,还能在社会生活复归正常之后也完全复归正常吗?《夭折》告诉我们:很难。新生活虽然使沉沦的惠畅鼓起了勇气,但那只不过使惠家庄多了一位万元户而已。"蓝袍先生"一直没有得到舒展心性的机会,而惠畅得到了这个机会却难以恢复元气。作品的这个结尾,显然比《蓝袍先生》更有意味。

注重感觉描写和细节刻画的《最后一次收获》,写工程师赵鹏回乡下的农家帮妻子夏收的种种观感,很像是一篇反映当前社会中的工农差别的小说;但你细细咀嚼起来,仍能品味到作者暗含在其中的对人难以自主命运的感叹。而今已脸黑手粗的淑琴当年也是细皮嫩肉的技校学生,因国家困难学校停办不得不回乡务农,本该是工厂技术员的她成了地地道道的农妇。如今她习惯了农村的劳动、农家的生活,却又要弃土离乡,随夫进城了。她感到了新的失落和怅惘,因而对离家进城之事并不那么快意。她那为自己的劳动果实而忙碌、而陶醉的神情,很感染人,也使人感到这个贤良、坚韧的女性应当按照她的意愿去生活,再不要无端地去打扰她、揉捏她了。作品的内蕴不够丰厚,像是一个拉长了的短篇,但在那轻声慢语的叙述中所蕴含的对人的细微理解与细切关注,却令人在苦涩的世情中感到一种温暖和慰藉。

比较起来,这三篇作品中,《地窖》的分量更足一些。关志雄社长在逃避批斗时误入造反司令唐生法家,被贤惠的唐妻藏在地窖,好生服侍,尔后又与她发生了关系。这样的事情也许读者并不陌生,但陈忠实把这个故事渐渐地叙述出了超越桃色事件的更深的意味:在唐家的艳遇尔后成了关志雄处理唐生法时一种无形的心理障碍,而他每每手下留情,使唐生法误以为他豁达大度,遂真诚交心。告诉他自己之所以扯旗造反,是为了对关志雄"四清"运动中错误地整治父亲进行报复。关志雄一直要唐生法"说清楚";当唐生法"说清楚"后,关志雄又陷入了很难"说清楚"的境地。那是一个连环套式的说不清:他邂逅唐妻是为了躲避唐生法的批斗,而唐生法批斗他是以"造反"的名义公报私仇;而他与唐生法结怨又因为他在领导"四清"运动时无辜整治了唐生法的父亲。在这一悲剧循环中,他们似乎除了是受害者,也还是制造者,但若要进一步追根究底的话,就会发现真正的悲剧的制造者是那一个时期愈演愈烈的极"左"思潮及在此指导下的"四清"运动和"文化大革命"。关志雄也罢,唐生法也罢,都是摆在那个"大棋盘"中任人驱遣的"小棋子",他们只要听从那种"革命"的鼓动,就只能有意或无意地去伤人和整人。这与其说他们受到了对方的无端伤害,不如说他们共同受到了非正常历史的无情愚弄。作品在这里,已不止是揭露了极"左"思潮下政治运动的非人实质,而且还在人与政治、人与社会、人与历史的多重关系上揭示了造成人性迷失的内在因素。

陈忠实的小说在对人的关注上,愈来愈见深切和微妙,这是一个很值得称道的倾向。不管创作上的观念怎样演变,花样怎样翻新,人无疑永远都是文学创作中的真正主角和主题,这正像马克思所说的那样:人是"他们本身历史的剧中人物和剧作者"。文学对人的日益深化和泛化的观照与探索,正是人在不断走向自觉和自立,以自己的主动精神和创造活力去感应和把握历史的典型体现。从这个意义上说,陈忠实的高度关注普通人在"必然"与"自由"中面临的种种困惑的创作,正以人道主义精神和当代意识的融合走向深层次的嬗变。

短篇小说

信　任

一

　　一场严重的打架事件搅动了罗村大队的旮旯拐角。被打者是贫协主任罗梦田的儿子大顺，现任团支部组织委员。打人者是"四清"运动补划为地主成分、今年年初平反后刚刚重新上任的党支部书记罗坤的三儿子罗虎。

　　据在出事的现场——打井工地——的目睹者说，事情纯粹是罗虎寻衅找碴闹下的。几天来，罗虎和几个"四清"运动挨过整的干部的子弟，漂凉带刺，一应一和，挖苦臭骂那些"四清"运动中的积极分子；参与过"四清"运动的贫协主任罗梦田的儿子大顺，明明能听来这些话的味道，仍然忍耐着，一句不吭，只顾埋头干活。这天后晌，井场休息的时光，罗虎一伙骂得更厉害了，粗俗的污秽的话语不堪入耳！大顺臊红着脸，实在受不住，出来说话了："你们这是骂谁啊？"

　　"谁'四清'运动害人就骂谁！"罗虎站起来说。

　　大顺气得呼呼儿喘气，说不出话。

　　罗虎大步走到大顺当面，更加露骨地指着大顺臊红的脸挑逗说："谁脸发烧就骂谁！"

　　"太不讲理咧！"大顺说，"野蛮——"

　　大顺一句话没说完，罗虎的拳头已经重重地砸在大顺的胸口上。大顺被打得往后倒退了几步，站住脚后，扑了上来，俩人扭打在一起。和罗虎一起寻衅闹事的青年一拥而上，表面上装作劝解，实际是拉偏架。大队长的儿子四龙,紧紧抱住大顺的右胳膊,又一个青年架住大顺的左胳膊,一任罗虎拳打脚踢,直到大顺的脸上哗地蹾下一股血来,倒在地上人事不省……这是一场预谋的事件,目睹者看得太明显了。

一时间,这件事成为罗村街谈巷议的中心话题。那些参与过"四清"运动的人,那些"四清"运动受过整的人,关系空前地紧张起来了。一种不安的因素弥漫在罗村的街巷里……

二

春天雨后的傍晚,山清水秀,空气清新;块块云彩悠然漫浮;麦苗孕穗,油菜结荚;南坡上开得雪一样白的洋槐花,散发着阵阵清香。在坡下沟口的靠茬红薯地里,党支部书记罗坤和五六个社员,执鞭扶犁,在松软的土地上耕翻。

突然,罗坤的女人失急慌忙地颠上塄坎,颤着声喊:"快!不得了……了……"

罗坤喝住牛,插了犁,跑上前。

"惹下大……祸咧……"

罗坤脸色大变:"啥事?快说!"

"咱三娃和大顺……打捶,顺娃……没气……咧……"

"现时咋样?"

"拉到医院去咧……还不知……"

"啊……"

罗坤像挨了一闷棍,脑子嗡嗡作响,他把鞭子往地头一插,下了塄坎,朝河滩的打井工地走去,衣褂的襟角,擦得齐腰高的麦叶刷刷作响。

打井工地上,木柱、皮绳、镢、锨胡乱丢在地上,临近的麦苗被攘践倒了一片,这是殴斗过的迹象。打井工地空无一人,井架悄然撑立在高空中。

从临时搭起的夜晚看守工具的稻草庵棚里,传出轻狂的说话声。罗坤转到对面一看,三儿子罗虎正和几个青年坐在木板床上打扑克哩。

罗坤盯着儿子:"你和大顺打架来?"

儿子应道:"嗯!"

罗坤问:"他欺负你来?"

儿子不在乎:"没有。"

"那为啥打架?"

于是,儿子一五一十地述说了前后经过,他不隐瞒自己寻事挑衅的行动,倒是敢作敢当。

罗坤的脸铁青,听完儿子的述说,冷笑着说:"是你寻大顺的事,图出气!"

儿子拧了一下脖子,翻了翻眼睛,没有吭声,算是默认。那神色告诉所有人,他不怕。

罗坤又问:"我在家给你说的话忘咧?"

"没!"儿子说,"他爸'四清'时把人害扎咧!我这阵不怕他咧!他……"

罗坤再也忍不住,听到这儿,一扬手,那张结满茧甲的硬手就抽到儿子白里透红的脸膛上——

"啪!"

儿子朝后打个闪腰,把头扭到一边去。

罗坤转过身,大步走出井场,踏上了暮色中通往村庄的机耕大路。

这一架打得糟糕!要多糟糕有多糟糕!罗坤背着手,在绣着青草的路上走着,烦躁的心情急忙稳定不下来。

贫协主任罗梦田老汉在"四清"运动中,是工作组依靠的人物,在给罗坤补划地主成分问题上,盖有他的大印。在罗坤被专政的十多年里,他怨恨过梦田老汉:你和我一块耍着长大,一块逃壮丁,一块搞土改,一块办农业社,你不明白我罗坤是啥样儿人吗?你怎么能在那些由胡乱捏造的证明材料上盖下你的大印呢?这样想着,他连梦田老汉的嘴也不想招了。有时候又一想,"四清"运动工作组那个厉害的架势,倒有几个人顶住了?他又原谅梦田老汉了。怨恨也罢,原谅也罢,他过的是一种被专政的日子,用不着和梦田老汉打什么交道。今年春天,他的问题终于平反了,恢复了党籍,支部改选,党员们一口腔又把他拥到罗村大队最高的领导位置上,他流了眼泪……

他想找梦田老汉谈谈,一直没谈成。倔得出奇的梦田老汉执意回避和他说话。前不久,他曾找到老汉的门下,梦田婆娘推说老汉不在而谢绝了。不仅老贫协对他怀有戒心,那些"四清"运动中在工作组"引导"下对干部提过意见的人,都对重新上台的干部怀有戒心。党支书罗坤最伤脑筋的就是这件事。想想吧,人心不齐,你防我,我防你,怎么搞生产?怎么实现机械化?正当他为罗村的这种复杂关系伤脑筋的时候,他的儿子又给他闯下这样的祸事……

三

罗坤径直朝梦田老汉的门楼走去。当他跨进木门槛的时候,心里做好了最坏的准备,准备承受梦田老汉最难看的脸色和最难听的话。

小院停着一辆自行车,车架上挂着米袋、面包和衣物之类,大约是准备送给病人的。上房里屋里,传出一伙人嘈嘈的议论声:

"这明显是打击报复……"

"他爸嘴上说得好,'保证不记仇恨',屁!"

"告他!往上告!这还有咱的活处……"

说话的声音都是熟悉的,是几个"四清"运动的积极分子和梦田的几个本家。罗坤停了步,走进去会使大家都感到难堪。他站在院中,大声喊:"梦田哥!"

屋里谈话声停止了。

梦田老汉走出来,站在台阶上,并不下来。

罗坤走到跟前:"顺娃伤势咋样?"

"死了拉倒!"梦田老汉气哼哼地顶撞。

"我说,老哥!先给娃治病要紧!"罗坤说,"只要顺娃没麻达,事情跟上处理。"

"算咧算咧!"梦田老汉摇着手,"棒槌打人手抚摸,装样子做啥!"

说着,跨下台阶,推起车子,出了门楼。

罗坤站在院子当中,麻木了,血液涌到脸上,烧臊难耐,他是六十开外的人了,应当是受人尊重的年龄啊!他走出这个门楼的时光,竟然不小心撞在门框上。

走进自家门,屋里围了一脚地人,男人女人,罗坤溜了一眼,看出站在这儿的,大都是"四清"运动和自己一块挨过整的干部或他们的家属。他们正在给胆小怕事的老伴宽解:

"甭害怕!打咧就打咧!"

"谁叫他爸'四清'运动害了人……"

"他梦田老汉,明说哩,现时臭着咧!"

这叫给人劝解吗?这是煨火哩!罗坤听得烦腻,又一眼瞥见坐在炕边上的大队长罗清发,心里就又生气了:你坐在这里,听这些人说话听得舒服!他和大队长搭话,大队长却奚落他说:"你给梦田老汉回话赔情去了吧?人家给你个硬顶!保险!你老哥啊!太胆小咧!简直窝囊!"

罗坤坐在灶前的木墩上,连盯一眼也不屑。他最近以来对大队长很有意见:大队长刚一上任,就在自己所在的三队搞得一块好庄基地。这块地面曾经有好几户社员都申请过,队里计划在那儿盖电磨磨房,一律拒绝了。大队长一张口,小队长为难了,到底给了。好心的社员们觉得大队长受了多年冤屈,应该照顾一下,通过了。接着,社办工厂朝队里要人,又是大队长的女儿去了,社员一般地没什么意见,也是出于照顾……这该够了吧?你的儿子伙着我的三娃,还要打人出气,闯下乱子,你不收拾,倒跑来给女人撑腰打气。"把你当成金叶子,原来才是块铜片子!"

罗坤黑煞着脸,表示出对所有前来撑腰打气的好心人的冷淡。他不理睬任何人,对他的老伴说:"取五十块钱!"

老伴问:"做啥?"

"到医院去!"

大队长一愣,眼睛一瞪,明白了,鼻腔里发出一声重重的嘲弄的响声,跳下炕,竟自走出门去了。屋里的男人女人,看着气色不对,也纷纷低着眉走出去了。

罗坤给缩在案边的小女儿说:"去,把治安委员和团支书叫来!叫马上来!"

老伴从箱子里取出钱和粮票,交给老汉:"你路上小心!"

罗坤安慰老伴:"你放心!自个也甭害怕!怕不顶啥!你该睡就睡,该吃就吃!"

治安委员和团支书后脚跟着前脚来了。

罗坤说:"你俩把今日打架的事调查一下,给派出所报案。"

治安委员说:"咱大队处理一下算咧!"

"不,这事要派出所处理!"罗坤说,"这不是一般打架闹仗!"

团支书还想说什么,罗坤又接着对她说:"你叔不会写,你要多帮忙!"

说罢,罗坤站起身,拎起老伴已经装上了馍的口袋,推起车子,头也不回,走出门去。蒙蒙月光里,他跨上车子,上了大路。

四

整整五天里,老支书坐在大顺的病床边,喂汤喂药,端屎端尿,感动得小伙子直流眼泪。

梦田老汉对罗坤的一举一动都嗤之以鼻!做样子罢了!你儿子把人打得半死,你出来落笑脸人情,演的什么双簧戏!一旦罗坤坐下来和他拉话的时候,他就倔倔地走出病房了。及至后来看见儿子和罗坤亲亲热热,把挨打的气儿跑得光光,"没血性的东西!"他在心里骂,一气之下,干脆推着车子回家了。

大顺难受地告诉罗坤,说他爸在"四清"运动中被那个整人的工作组利用了。"四清"后,村里人在背后骂,他爸难受着哩!可他爸是个倔脾气,错了就错下去。"四清"运动的事,你要是和他心平气和说起来,他也承认冤枉了一些人,你要是骂他,他反硬得很:"怪我啥?我也没给谁捏造咯!'四清'也不是我搞的!盖了我的章子吗?我的头也不由我摇!谁冤了谁寻工作组去……"

罗坤给小伙子解释,说梦田老汉苦大仇深,对新社会、对党有感情,运动当中顶不住,也不能全怪他。再说老汉一贯劳动好,是集体的台柱子……

第七天,伤口拆了线,大顺的头上缠着一圈白纱布出院了。罗坤执意要小伙子坐在自行车后面的支架上,小伙子怎么也不肯。"你的伤口不敢挣!医生说要养息!"罗坤硬把小伙子带上走了。

"大叔!"大顺在车后轻轻叫,声音发着颤,"你回去,也甭难为虎儿……"

罗坤没有说话。

"在你受冤的这多年里,虎儿也受了屈。和谁家娃耍恼了,人家就骂'地主',虎儿低人一等!他有气,我能理解……"

罗坤心里不由一动,一块硬硬的东西哽住了喉头。在他被戴上地主分子帽子的十几年里,他和家庭以及孩子们受的屈辱,那是不堪回顾的。

小伙子在身后继续说:"听说你和俺爸,还有大队长清发叔,旧社会都是穷娃,解放后一起搞土改,合作化,亲得不论你我……前几年翻来倒去,搞得稀汤寡水,娃儿们也结下仇……"

罗坤再也忍不住,只觉两股热乎乎的东西顺着鼻梁两边流下来,嘴角里感到了咸腥的味道。这话说得多好啊!这不就是罗坤心里的话吗?他真想抱住这个可爱的后生亲一亲!他跳下车子,拉住大顺的手:"俺娃,说的对!"

"我回去要先找虎儿哩！他不理我，我偏寻他！"小伙子说，"我们的仇不能再记下去！"

俩人再跨上车子，沿着枝叶茂密的白杨大路，罗坤像得了某种精神激素，六十多岁的人了，踏得车子飞快地跑，后面还带着个小伙子哩。

可以看见罗村的房屋和树木了。

五

罗坤推着自行车，和大顺并肩走进村子的时候，街巷里，这儿一堆人，那儿一堆人，议论纷纷，气氛异常，大队办公室外，人围得一大伙。路过办公室的时候，有人把他叫去了。

办公室里，坐着大队委员会的主要干部，还有派出所所长老姜和两个民警。空气紧张。大队长清发须毛直竖，正在发言："我的意见，坚决不同意！这样弄的结果，给平反后工作的同志打击太大！他爸含冤十年……"

罗坤明白了。他瞥了一眼清发，说："同志，法就是法！那不认人，也不照顾谁的情绪！"

罗清发气恼地打住话，把头拧到一边。

罗坤对姜所长说："按法律办！那不是打击，是支持我工作！"

姜所长告诉罗坤，经上级公安部门批准，要对罗虎执行法律：行政拘留半个月。他来给大队干部打招呼，大队长清发坚持不服判处。

"执行吧，没啥可说的！"罗坤说，"法律不认人！"

民兵把罗虎带进办公室里来，小伙子立眉竖眼，直戳戳站在众人面前，毫不惧怕。直至所长拿出了拘留证，他仍然被一股气冲击着，并不害怕。

清发重重地在大腿上拍了一巴掌，把头歪到另一边，脖上青筋暴起，突突跳弹。

罗坤瞧一眼儿子，转过脸去，摸着烟袋的手，微微颤抖。

就在民警把虎儿推出门的一刹那,一直坐在墙角,瞪着眼、撅着嘴的贫协主任梦田老汉,突然立起,扑到罗坤当面,一扑踏跪了下去,哭了起来:"兄弟,我对不住你……"

罗坤赶忙拉起梦田老汉,把他按坐在板凳上。梦田老汉又扑到姜所长面前,鼻涕眼泪一起流:"所长,放了虎娃,我……哎哎哎……"

这当儿,在门口,大顺搂着虎儿的头流泪了。虎儿望着大顺头上的白纱布,眼皮耷拉下来,鼻翼在急促地扇动着。

虎儿挣脱开大顺的胳膊,转进门里,站在爸爸面前,两颗晶莹的泪珠滚了出来:"爸,我这阵儿才明白,罗村的人拥护你的道理了!"说罢,他走出门去。

六

罗村的干部们重新在办公室坐下,抽烟,没人说话,又不散去。社员们从街巷里、大路上也都围到办公室的门前和窗户外,他们挤着看党支部书记罗坤,那黑黑的四方脸,那掺着一半白色的头发和胡碴,那深深的眼眶,似乎才认识他似的。

罗坤坐在那里,瞧着已经息火而略显愧色的大队长,和干部们说:

"同志们,党给我们平反,为了啥?社员们又把我们拥上台,为了啥?想想吧!合作化那阵咱罗村干部和社员之间关系怎样?即便是三年困难时期,生活困苦,咱罗村干部和群众之间关系怎样?大家心里都清白!这十多年来,罗村七扭八裂,干部和干部,社员和社员,干部和社员,这一帮和那一帮,这一派和那一派,沟沟渠渠划了多少?这个事不解决,罗村这一摊子谁也不好收拾!想发展生产吗?想实现机械化吗?难!人的心不是操在正事上,劲儿不是鼓在生产上,都花到钩心斗角,你防备我,我怀疑你上头去了嘛!

"同志们,我们罗村的内伤不轻!我想,做过错事的人会慢慢接受教训的,我们挨过整的人把心思放远点,不要把这种仇气,再传到咱们后代的心里去！

"罗村能有今天,不容易！咱们能有今天,不容易！我六十多了,将来给后辈交班的时候,不光交给一个富足的罗村,更该交给他们一个团结的罗村……"

办公室门里门外,屏声静气,好多人,干部和社员,男人和女人,眼里蓬着泪花,那晶莹的热泪下,透着希望,透着信任……

一九七九年五月,小寨

土地诗篇

月亮从小河那边的坡岭上露出半缺的脸儿来了,河面上罩着一层水汽,像烟,又像雾。川道里顺着河堤和灌渠排列的一条条林带,恰似高高低低峰峦起伏的群山。前日落过一场透雨,湿润润的夜气里,飘荡着秋庄稼业已成熟的腻腻香味,灌进夜行者的鼻孔里来。

河西公社党委书记梁志华,悠然踏着自行车,任清凉的夜风吹着没有蓄头发的光头。一个又一个后来者,驱车从他身旁穿过去。眨眼就消失在月色迷蒙的公路的远处。他忽然记起,是礼拜六了呢!那些车架上绑捆着大包小包的夜行者,大都是家住小河两岸农村的在外职工,从城里赶回来与亲人欢聚的。他忽然想念起他的在县医院里工作的妻子来了,那是一个兼有传统道德和新道德中的一切合理部分的好妻子啊!她这会儿干什么呢?尽管她早已习惯了他没有礼拜观念的生活,可是,要是她知道他此刻走在乡村公路上,既不是到某一个大队去解决纠缠不休的问题,也不是来与妻子儿女团聚,而是要去给一个被他错误地整治过的生产队长登门赔情,请求谅解,她会说什么呢?

哦呀!检讨!赔情道歉!给胡家沟那个犟牛队长!弄到这种地步……

在公社召开的三级干部会上,传达了中央关于纠正"农业学大寨"运动中的"强迫命令"、"瞎指挥"的文件以后,闻名全县的"梁胆大",一下子被铺天盖地而来的愤怒的唾沫星儿淹没了……啊啊!这下毕咧!彻底垮台了!现在再没有哪位领导表扬他雷厉风行、敢想敢干的工作作风啰!那些曾经缠着他写文章、照相片的热情记者,再也不见光临河西公社来啰!提得高,摔得响!"梁胆大"——过去是光荣的标志,现在变成众人嘲笑的代号啰!三干会结束了,检讨还没有完,上级派来的工作组,要求他会后到生产队去登门赔情道歉,他不能不遵行,心里却总有一股难言的委屈之情……功也罢,过也罢,检讨完了,赶紧从河西公社拔脚,随便到县里任何一个部门去,再不搞农业了……

梁志华一直想不透,在刚刚结束的三干会上,干部和社员代表争相揭发批评他的时候,胡家沟生产队的犟牛队长,坐在靠墙的条凳上,瞪着一双牛眼,不说话,直至为期一周的会议终结。要知道,在他手下,被整得最重最惨的,正是这位犟队长!因为抗拒挖掉胡家沟村子西边那条沟道里的芦苇,以"破坏"全社塬坡梯田化的统一规划的罪名,被他撤了职,留党察看了……现在正是该他说话、出气、诉苦的时候了,为什么反而不开口了呢?为什么没有声泪俱下地控诉梁胆大的瞎指挥给他们带来的灾难呢?这个犟家伙,大概是不善于用语言表达感情的吧?这个头发和胡须像鬃刷一般硬的犟家伙,大概只有用拳头才能把心里的话表达出来吧……

岔开公路,走过一畛平地中间的土路,翻过一面并不太陡的坡梁,可以看见胡家沟村庄的轮廓了。由树木的伞盖和房屋的高墙组成的小小的胡家沟,静静地隐蔽在山洼里的蒙蒙月光下,没有狗吠,没有人声,农舍窗口上透出的点点亮光,像山野的眼睛,沟道里日夜不断的泉水声,静夜里听来有如金属连续撞击时发出的脆崩崩的响声……

梁志华推着自行车,心里开始发虚,咋样和那个有点逆生、甚至瞪眼不认人的犟牛开口呢?你给他检讨、道歉、赔情,他要是牛眼一瞪,朝你脸上吐一口唾沫儿,然后扭身走掉,给你一个揽不起的难堪局面,怎么下台呢?怎么收场呢?怎么从胡家沟里走出来呢?这是很可能的!那个犟牛给他的整个印象是这样……

梁志华双腿沉重,索性撑起车子,停立在沟沿上,点燃了一支烟。月光下,可以看见沟道两边光秃秃的坡地,倒塌的田堰和地埂,像古战场一样残破和荒凉,那在他手里造出的一台一台水平梯田,一道一道平洁如镜的地埂,曾经接待过数不清的参观者,也曾经被摄影记者照了相,登在报纸上,现在,都因为地下长年渗水而滑坡了,垮塌了。

这就是苇子沟。梁志华调来河西公社第一次来到苇子沟边的时候,沟道里自下至上长着密不透风的苇子,软茎野豆和丝藤缠绕着苇秆,蝈蝈蚂蚱的叫声此起彼伏,呱呱鸟纷杂的呱呱噪鸣响成一片,这是光秃秃的塬坡上唯一的一片生机蓬勃的绿色世界。胡家沟的苇席和苇箔,是远近闻名的特产……就以那一年,在他制定的改造河西公社山川面貌的规划图上,要不要抹掉这一层绿色,不是没有伤脑筋啊!抹掉了,可惜;不抹掉,在层层梯田盘绕的山坡上,留下这一点旧痕,左看右看不顺眼!"不要怕打破坛坛罐罐!"这句流行的彻底变革的口号从心里冒出来,促使他的心最后朝一边偏倒了——苇子沟要生产粮食!

在把这个规划第一次公布给全社干部的时候,犟牛跳起来了,这是梁志华早有预料的举动:

"梁书记,苇子沟到处渗水,修不成梯田!"犟牛说,"上面修田,下面渗水,底座不稳……"

既然下了决心,梁志华是不会轻易改变的,这个头一开,那个规划图东改西改,还能付诸实施吗?他铁定了:

"渗油也要修成!"

"弄不好,打不下粮食,又毁了苇子,两头落空。"犟牛担心地忠告说。

"事在人为!"梁志华毫不动心,"定了的事,不能变了。"

犟牛坐下去,憋红了脸,再没开口。

临到实施这个规划图的大会战开战的前夕,梁志华坐在山野里的临时工棚中,电话员坐在他的身旁,从东到西,一个大队挨一个大队,往这挂电话,逐一落实开战前夕的准备工作,他被一种战斗的激情燃烧着,两眼红肿,却没有瞌睡,万人大战,再有三天就要打响了,作为总指挥,理想的局面是热烈而又有条不紊,准备组织工作是特别劳心劳神的。劳神劳心,他没有丝毫的苦怨情绪,他满怀信心,相信这一壮举在河西公社的历史上将成为举足轻重的一战。

这当儿,犟牛队长哭丧着脸,走进苇席搭成的总指挥部的工棚,还没坐下,就难受地说:

"梁书记,社员愣骂哩!我……"

"关键在你!"梁志华盯紧对方苦涩的眼睛,"你本人就不通,社员怎么能通呢?"

"我……我给人家……创不下家业,也不敢……毁业!"

"我不想再跟你啰嗦了!"梁志华烦了,"三天!离开战只有三天了,你考虑!要是第三天把劳力拉不上工地,后果由你负责!"

"你现在就撤了我!"犟牛的犟劲来了。

"撤不撤你,三天以后再说!"梁志华更硬,"你不要吓我。你犟,我专给犟人治犟毛病!"

犟队长嘴唇噏嚅着,发青了,再没说话,一转身走出了指挥部的工棚。

第三天,整个山坡上是黑压压的人群,迎风抖摆的红旗,会战终于打响了。梁志华来到胡家沟的时候,径直走到苇子沟边,苇子沟,依然是密不透风的苇子,蚂蚱和呱呱鸟的乐园,他气坏了,二话没说,走进了胡家沟。

社员已经出工了,散布在河川的秋庄稼地里,问了几个社员,都不肯说犟牛的去处,其余干部,也都躲得找不到下落。"你摆下空城计,我没办法了吗?"梁志华冷笑着,又出了胡家沟,"我不能让你一个犟牛,破坏了全社的统一作战方案!"

第四天晌午,梁志华采取第三步方案了,他也是说到做到。他的身后,整整齐齐排列着八十名男女民兵,全社最精壮的劳力,肩头扛着明灿灿的镰刀、镢头和铁锨,朝苇子沟开来。

梁志华领着民兵,走进苇子沟,又一个意想不到的场面出现了,苇子沟里,蹲着或坐着胡家沟生产队的男女老少。他明白了,也气坏了,气呼呼下了沟,走到犟牛队长当面:

"把社员带出来!"

犟牛队长蹲在地上,扭着头,盯也不盯他。

"把社员带出来!不然我处分你!"

犟牛队长呼地站起,瞪着牛眼,指着胸膛:"你让民兵朝这儿挖!"

梁志华一扭身又上了沟岸,派出两个民兵,把正在不远处作业的两台推土机调来了。

推土机的钢铁履带,在山坡的土地上搅起滚滚黄尘,司机打开车门,探出身来,等候他的吩咐。梁志华说明了情况,司机一听,朝沟下瞅瞅,惊恐地盯着他,六神无主。

梁志华兀自跳上驾驶台,看也不看司机,盯着前边,冷冷地说:"开!"那意思很明白,一切后果由我梁某人负责!

司机搬动操纵杆,明光灿亮的大铲落到地上,引擎牵动以后,梁志华随着机身的颤动也颤动着身子,坐垫前的钢铁里发出浑实的呼隆声。梁志华喊:"把消声器去掉!"

司机眼一闪,跳下车去,拔掉了消声器,又跳上驾驶台,脸上轻松得多了:"吓唬人呀?"

梁志华仍然绷着脸,机车开动了,轰隆轰隆的吼声,在两岸夹坡的沟道里回响,一股股黑色的泥浪,裹着腐叶败枝,翻起又落下,铁铲下,苇根被斩断时发出嘎嘎吧吧的脆响。眼看接近苇丛了,司机回过头来,那意思很明显:就从人身上往过轧吗?

梁志华紧紧盯着大铲前头的苇丛,那儿有两个老汉,蹲在草地上,眼里露出满不在乎的神情,嘴里咂着烟袋,大概估计这台推土机无论如何不敢从他们头上轧过去吧,不过吓唬老百姓罢了!梁志华已经感觉到司机的眼睛里的意思,仍然冷冷地说:"加档!"

"轧死人咋办?"司机吓坏了,终于喊出来。

"你为啥要轧死人呢?"梁志华笑了,"你得想办法,既要把他们赶跑,还不许伤一点皮!"

"啊呀!我当你真豁上了!"司机长长吁出一口气,笑了,"那好办!你看——"

铲土机轰隆轰隆滚过去,铁铲深深地扎进泥土里,卷起半人高的土浪。梁志华看见,当翻卷的泥土落到那俩老汉脚边的时候,俩老汉眼里闪出一缕惊恐的余光,慌忙爬起来,滚到一边去了。

司机像是受到鼓舞,开得更快了,终于闯进密密层层的苇林了。

苇子林边的男女社员乱糟糟爬起来,好多人跑上沟去了,梁志华笑了,对司机递上一支烟,说:"没一个真正想死的!"

犟队长压不住溃散的阵脚,气急败坏跑过来,跳上驾驶台的踏板,从窗玻璃外边死死盯住梁志华,布满血丝的一双牛眼一眨不眨。

梁志华叫司机停了车,他打开车门,刚探出半个身子,万万没料到,犟牛队长猛地朝他脸上吐来一口唾沫,然后跳下车,走了……犟牛队长一口唾沫儿,换来的是立即被撤职,被留党察看,接着就挂上牌子游遍了河西公社的大村和小庄……再没有一个干部和社员敢于公开反对规划了,这件事被添枝加叶地演义得更加有声有色,四下传播,轰动了全县,梁胆大的名号也就响起来了。

唔!恍如昨天!眼前的苇子沟里曾经发生过的轰轰烈烈的场面,现在已经不是敢想敢干的光荣的记录了,而是带着令人羞愧的讽刺萦绕在他的心间;昔日那被铲除挖掉的苇根燃起的火堆和烟柱,熏烤着他的心,愈来愈难忍了……

发疯啊!真正是发疯啊!梁志华自叹着,做下挨骂的事了,让人骂吧!犟队长要是不客气地朝他脸上吐唾沫儿,就吐吧!让那些被他的强迫命令坑害过的干部和社员,出了气,平了心;好了,梁某人也该离开这河西公社了!唉!

山村的夜是这样静。走进村口的时候,自行车链条的响声听来似乎更响了,谁家门口传来一声凶猛的狗叫,吓了他一跳。别这么神经紧张吧!别这么丧魂失魄吧!搞过瞎指挥的公社干部,全省也不是我一个哩!他给自己宽解,有我的责任,也有上级的责任!别自己把自己搞得灰溜溜地抬不起眼……

梁志华推着自行车,走进犟牛家的土门楼,亮着灯光的小灶房里,立即传出一声中年妇女沙哑的问话声:"谁呀!"这是犟牛的媳妇彩娥的声音。

"我。"梁志华回应了一声,把车子在院子里的柴禾堆跟前撑起来,就朝里走去。

彩娥站在小灶房的门口,从门里泻出的亮光中,探身盯着梁志华,三十出头的彩娥,认清了来人的时候,直起身来,双手一拍,诧异地说:"噢呀!梁书记呀!你怎——黑天来?"

"黑天闲呀!"梁志华随口说。

"书记总是忙啊!"彩娥拖着腔儿说,"还是忙着修梯田大会战吗?"

"呃……"梁志华脸红了,幸亏黑夜看不出来,这个中年女人一把抓到他的伤疤上,他噎住了。

彩娥开心地笑着,狡诡地扑闪着眼睛,得意地瞧着失掉了威风的领导者,仿效着梁志华过去的口号:"大批促大干,大干促大变,河川园田化,山坡梯田化。你现在化得咋个样吗?"

"哦……这……"梁志华更加窘迫,脸上热烘烘地,说不上话来。

"一批二斗三背砖,不怕社员不上山。你的这一套办法好啊!硬啊!咋不用了呢?哈呀……"

梁志华听着,难堪极了,而那个女人,说得正解气,看不出有停歇下来的神气。这当儿,上房里传来一个老年妇人呵斥的问话:

"娥娥,你和谁说话,这样没大没小的……"这是犟牛母亲的声音。

"是梁书记!"彩娥笑着说。

"啊呀!是……梁书记……吗?"老婶子结结巴巴说着,已经走出门,站在台阶上。

"是我,大婶!"梁志华赶忙走上前。

"梁书记啊!你黑天半夜,怎么来的?"老婶子亲切地问。

"骑自行车。"梁志华说。

"你怎么……骑自行车!"彩娥站在背后,仍然不放过机会,"坐推土机多威风嘛!"

"这挨刀子的……嘴长!"老婶子禁斥着儿媳,动手拉住梁志华的胳膊,"快,屋里坐。"

"嘴长犯法吗?梁书记赏给我一个牌子才好!"彩娥不理婆婆的训斥,更加来劲地挖苦,"我脸厚,不怕游街!在山沟小村有啥好游的?要游到西安城里游!咱乡下人难得机会进城,权当逛热闹哩!经世事哩……"

"打嘴!"老婶子真的变了脸,变了声,她大概觉得媳妇说得太过分,客人受不了了,"来了客人,不见问吃问喝,光知道卖嘴!"

彩娥却哈哈笑着,进了灶房,似乎并不怕。

梁志华被老婶子牵着胳膊,进了上房,脊背上的芒刺似乎消失了。他坐下来,尴尬地装着烟末儿,划着火柴……她的男人犟牛受了他的整治,她跟着担惊受怕,现在自然要出一口气了。

"老梁,你黑间还不歇息,真是苦累!"老婶子念叨说。

"大婶!我今日来,专门给你做检讨来咧!"梁志华趁早说明来意,也许倒能免去彩娥的挖苦和讽刺,"我那年对犟牛……"

"不要说了!事情过去了,再不要提了!"大婶宽容大度地说,"咻有啥哩!犟牛是个平民百姓,挂一回牌牌,也没伤他皮肉,没啥!"

"犟牛是对的。"梁志华诚恳地说,"我当初脑子发热,听不进群众意见……"

"谁都有失手!"大婶仍然宽容大度地说,"一家人过日子,也在碰磕!大人训娃娃,也不定都是娃没理!'老子训儿儿不羞,官家打民民不恼'!"

"大婶,我们是同志,平等……"梁志华连忙纠正说,老人把他和旧时的官家连在一起了。

"一样!跟父母一样!"大婶又打断他的话,把谈话的意思又扳回自己一边,"你是书记,管了那么多人,有多少麻烦事,哪能把个个人都端平搁稳,把件件事都弄得清清白白呢?总有个不周到的时候……"

梁志华捏着烟卷,烟卷在手指间冒出一缕缕烟气,在他的脸前飘流,透过烟雾,他看见老人过分宽容的神情里,遮饰着疑虑和担忧。她怕他。怕他什么呢?怕他尔后再行报复吗?抑或是其他什么原因呢?他的心里现在才真正感觉到了那一层无形的隔膜,他沉默了,倒不想过多地解释什么了。

短暂的沉默,隔膜着的难以相通的感情,使检讨者和接受检讨者都不自然了。彩娥正合时宜地走进来,打破了刚刚出现的沉闷的局面,俩人都感到解脱了。

她一手端着竹皮暖水瓶,一手勾着两只搪瓷缸,一身很合适的夹衣服下,透出一股健壮的中年妇女的强悍的气息,她一边倒水,一边笑着:"你今黑是专门做检讨来了?"

梁志华强装笑脸,准备接受彩娥的奚落了。

"那就向我检讨吧!"彩娥说着,在炕边的木椅上坐下,抬起一条腿,坐成一个二郎担山的姿势,双手掬着膝盖,挺直腰板,"你的心诚不诚呢?"

梁志华仍然笑笑,说:"心可掏不出来……"

"负荆请罪,应该自带荆条!"彩娥说。这大约是个读过几年书的有文化的妇女吧,可能上过初中,不然怎么知道这个历史故事呢!她挖苦说,"我灶房里可有的是笤帚圪垯烧火棍……"

"彩娥!真该挨嘴板子!"老婶子斥责儿媳,"没大没小,满嘴胡喷!还不下面去!"

彩娥瞧一眼愠怒的婆婆,却哈哈笑着,从椅子上跳下来,顺炕站着,并不介意婆婆的斥责。笑毕,撇一下嘴唇,说:"梁书记,你有心做检讨,俺妈还不敢领受呢!你看怕人不怕人!"

"你越说越不像话!"婆婆开始动手拉扯儿媳的胳膊,"你走!去把犟牛叫回来!"

彩娥抽回胳膊,双手像铁钳一样抓住老人的两只胳膊,把老人推出门:"你去叫。你害怕,你走!我不害怕,梁书记不是老虎,吃人吗?"

老人竟然真的走出院子去了。

彩娥重新坐在椅子上,侧对着梁志华。婆婆不在场的时光,她严肃起来,说:"你那天晚上在广播上做检讨,俺一家人围在喇叭底下听。"彩娥抬头瞧瞧挂在门楣上方的有线入户的小喇叭,继续说,"俺妈听着,流了眼泪,说自古官家做了瞎事,谁见过给百姓赔情认错?听说你在公社受批评,下不了台,俺妈坐不住,睡不着,硬逼着犟牛给你送鸡蛋去,叫你放宽心……"

梁志华扬起头,不由地轻轻啊了一声,眉头紧皱起来,"有这样的事?"

"娃他大是个孝子,拗不得俺妈,去了两回。头回去,你没在公社;二回去,你正在机关会上检查讲话呢,他没好意思叫你,回来俺妈还骂他不会做事……"

"噢!"梁志华眼一闭,心在胸脯里加快了跳速。卷烟燃到最后了,烫着了手指,他又抽出一根来,点上了。

"俺妈天天早晨叮嘱他,'咱不要揭发人家梁书记!人家揭发让人家揭发,咱不要……'"

"老人怕我打击报复吗?"

"也许是。"彩娥说,"她可说是'咱不要推下坡的碌碡'!"

梁志华现在才明白了,在集中揭发批评他的专门会议上,犟牛闭口不吭的原因了。他一手拍着自己的脑门,盯着彩娥,什么话也不想说了,任何解释都是多余的,甚至是可笑的。

"梁书记!"

一声又大又重的喊声,伴着架子车车轮轧轧的响声在院子响起,带着热诚和亲切的气流,从门口冲进来。犟牛和老大婶,母子二人,已经站在门口,梁志华站起来。

"你不要听彩娥胡说!"犟牛笑着,"那是个疯子!"

梁志华也笑着,没有说话。

彩娥撒娇似的瞟了犟牛男人一眼,出门走了,梁志华在这一瞬间,第一次发现了这个泼辣的中年女人的那一缕柔媚之情。

"拉苇根去了?"梁志华问。

"噢!"犟牛高兴地说,"啊呀,老梁,前多年咱知道人家东古大队的苇子比咱的苇子秆高,皮子厚,却不知道人家是新品种!现在好了,你给咱铲了劣种苇子,正好栽良种苇子!你倒办了件好事!"

"因祸得福!"梁志华自愧地说,"我当初,可是强迫你去干劳民伤财的事,蠢哪!"

"人都有失算的时光!"犟牛不以为然地说,印象中执拗死犟的家伙,此刻变得通情达理,"你这几年在河西,苦吃得不少……"

"唉!"梁志华摇摇头,"尽干了些蠢事!"

"你的丰收渠工程,不该停……"犟牛说。

"我说不准再说那些事,你……犟牛,记不住吗?"老大婶提醒儿子。

犟牛哈哈一笑,表示再不说了。

隔壁的灶房里,传出两声爆响,是滚油烫击辣面或是葱花之类的声音,接着,彩娥双手端着木盘进来了,放在桌子上。盛着醋和酱油的小碗里,飘着一层油花花;葱花和辣子,也一满是油汪汪的;木盘的中央,有一大盘炒得嫩黄的鸡蛋。

彩娥一转身,随即又端来两碗干面,先递给梁志华一碗,又递给男人一碗。

梁志华接住碗,又推放到桌子一边,千辞万谢,说他刚刚吃罢晚饭。

犟牛放下碗,一家人全瞪起眼睛。

"你让老梁吃饭嘛,瞪眼做啥!"彩娥提醒男人,"让人也不会让!"

犟牛傻笑着,端起碗,硬往老梁手里塞。

合家围劝,老大婶最着急,甚至说出不相干的话:"俺娥娥嘴头不饶人,心好,梁书记不要计较!"

老梁为难了。

"老梁,你知道,这鸡蛋,他大给你送过两回了!"彩娥说,"今日正好。"

"对对对!"犟牛说,"你吃了,俺妈就放心了。要不,她还得催我送第三回……"

梁志华提起筷子,饭是什么味啊……

犟牛在狼吞虎咽,大块的面片从喉咙里滚下去的时候,发出呼呼响声。梁志华停下筷子,问犟牛说:"你什么时候栽苇子根?"

犟牛头也不抬:"明天早上。"

"我跟你一块去栽。"梁志华说。

犟牛抬起头来,醒悟似地一眨眼,坦诚地笑了。

梁志华慢慢搅动筷子,隔壁灶房里,大婶和彩娥,一边吃着饭,一边管教着不安心吃饭的孩子,声音是严厉的,感情是疼爱的,小院里,一切都显示出农家特有的和谐。

梁志华一眨眼,两滴泪水滚到饭碗里,黄土一样纯朴的人民啊……

一九八一年元月,于灞桥

毛茸茸的酸杏儿

整整十年过去了,姜莉一想到吃过的那一次酸杏儿,嘴里就会有酸水泌出来。

十九点整,中央电视台的新闻联播节目准时开始。姜莉坐在沙发上,右腿压着左腿,左手握着茶几上的细瓷茶杯,看着中央台那位熟悉的男播音员开始介绍今晚的节目内容。她的儿子正趴在隔间的小桌上赶做作业,厨房里传来碗盏盘勺的碰撞声,那是她的丈夫在收拾洗刷晚饭用过的餐具。读者不要以为又是什么"妻管严"造成的家庭内部的谁怕谁的乏味的笑料,其实是爱好和兴趣造成的这种格局。姜莉每天必看不辍的是新闻联播,而对那些装腔作势的电影或电视剧简直不能容忍。一当新闻联播结束,她就回到隔间的办公桌前开始工作,批改学生作业或者备课。她的丈夫和儿子,正好相反,对国际国内的新闻时事毫无兴趣,任何低劣的故事片却可以耐着性子看到电视小姐向观众致"晚安"的时候。

这是一天里最恬静的半个钟点。电视机前静静地坐着她一个人,手握一杯清茶,看一天来在这个世界上发生的重要事件。学校和家庭,公事和私事,顺心事带来的欢乐和琐屑事惹起的忧烦,此刻都排除到心胸以外的空间里去了。

头条新闻是政协的一个首脑会议。这个会议上,集中了那么多老人。这些曾经震惊过世界,影响过中国历史进程的文才武将,现在都老了。她的父亲也老了,退休在家休养着。他原是市上的一个中层领导干部,对她生活着的这个古老而优美的城市的生活发展,也产生过一定的影响。她每每看见一位老态龙钟的老人,就会想到成熟了的杏子。成熟了的杏子把儿松了,即使没有自然的风吹或人为的摇撼,迟早还是要从杏树枝条上落下来。成熟是胜利,也是悲哀。成熟了,生命的活力也就宣告结束了。

又一条新闻。首都机场。多漂亮的建筑物。中国正在变化,北京尤其显著。一位首长即将登机出访,正在和送行的国家领导人握手告别。电视录像机一直跟着那位首长,直到他走进飞机的舱门,然后极迅速地掠过正沿着舷梯爬上去的随行人员。这时候,她瞅见了一张熟悉的面孔,自信而又顽皮地笑了一下,电视录像机切断了。

她的心里轰然一响,闭上了眼睛。

他穿着一身粗格子布料的西装,似乎是无意间转过头来,那么顽皮地笑了一下……

灿烂的夕阳给那个黄土塬坡涂上了一层绚丽的色彩,即使那些寸草不生的丑陋的断崖和石梁,此刻也现出壮丽的气势。她从公社开完知青会议,坐了三站公共汽车,在河川的一个小站下了车,把草绿色的军用挎包搭上肩头,就开始爬坡了。一条弯弯曲曲的小路在夕阳里闪晃,在山坡的秃梁和茅草间蜿蜒,把塬坡上的村庄和河川里的世界联结沟通起来。

爬上山梁,又走下沟底,跨过那一道浅浅的沟底的泉水,再爬上对面那面阴坡,就可以看见她们下乡锻炼的村庄了。沟底下好凉快哟!夕阳的红光还在坡顶的树梢上闪晃,沟底已经显得有点幽暗了。同一条沟道,朝南的阳坡上只有稀稀落落的几株榆树,干焦萎靡,像贫血的半大娃子。朝北的阴坡上,却是一片茂密的山林。刺槐密密层层,毛白杨杆粗冠阔,椿树和楸树夹杂其中,竞争拔高,争取在天空占领一块更加宽大的空间,领受阳光。蓑衣草和刺蓟、野蒿,铺满了地皮。五月里,乡村最媚人的季节。她真是奇怪,这个干巴巴的黄土高原的山野之中,竟然有这样幽雅的一块绿地。

她蹲下身来,想在泉水里洗洗手脸,甚至想扒掉长衫长裤,痛痛快快洗一洗爬坡时渗出的粘汗。她刚刚撩起水来,一个人从树后蹿了出来,她吓坏了。

原来是他,正在仰头哈哈大笑。

她浑身都吓得酸软了,瘫坐在地上,流出眼泪来。开这样的玩笑,简直是恶作剧,她气恼地瞅着他,撅着嘴。

他大约意识到玩笑开得过分了,就赔着笑脸,走到她跟前,弯下腰,动手扶她站起来。

她坐在地上,一把抓住他的胳膊,在他的脊背上擂起拳头。她使足劲儿打,真打,打得那宽宽的脊背嘭嘭响。他不躲避,也不叫疼,反而哈哈哈笑着,扬着手说:"打呀!砸呀!使上劲呀!看你有多大劲儿吧!打得我……好舒服哟!"

她泄气了,终于忍不住笑了,和这个活宝在一起,你永远也难憋住什么气呀!他能把人惹恼,又能把你逗乐。她停住手,泄了气儿,这才觉得膝盖上火烧火燎地疼。她低头拉起裤腿,膝盖上渗出血来了,刚才他吓得她跌扑跪倒的时候,石头蹭破了皮肤。

他看见她腿上流出血来,也愣住了,这个玩笑真是开得太冒失太过火了。

"怎么办呢?感染了会化脓的。"她有点害怕,嘴里直吸冷气。

"我有办法——"他迅即转过身,跑上坡去,在草丛里揪下几片刺蓟的嫩叶,在手心里揉烂,用三个指头捏着,直朝她膝盖的伤口上按下来。

她吓得缩回腿,挡住他的手:"那是什么东西?敢乱涂!"她自小接受的是母亲或者医生给伤口涂抹紫色或红色药水,从来也没见过用这种草汁消炎治伤。

"刺蓟,消毒良药,中药材里的药名叫小蓟。还有大蓟,乡里人叫马刺蓟。"他给她介绍,说这是正儿八经的中药,"我割草割麦时,不小心给刀刃挂破了手指,用这绿汁子一涂,就消炎消毒了。好得很哪!"

"没听说过。"她疑疑惑惑。

"乡里人都知道,小娃儿也知道这窍道。"

"我可有点怕。"

"甭怕。涂上包好!"

她伸出了左腿,把伤着的膝盖弓起来,紧张地瞅着他捏着揉烂了的刺蓟叶儿的手指。他用劲一捏,一挤,绿乎乎的叶汁滴在伤口上,凉凉的,刺激得伤口更疼了,真像是涂上了碘酒一样。

他跪在她跟前,用劲地挤着叶汁,轻轻地在伤口上涂抹均匀,使绿色的液汁覆盖了红红的皮肤。尽管他努力做到小心翼翼,而整个动作和姿势,却是笨拙的,笨拙得可爱又可笑。他抬起头来,认真地问:"还疼吗?"

她不忍心使他失望,就笑笑说:"真的不疼了呢!"

他的医术得到验证,得意地笑了,说:"要是一时找不到刺蓟,还有更方便的办法,同样也能消毒。"

"还有什么好办法呢?"她盯着他问,看着他的样子,觉得很有趣,"你能当外科大夫了。"

"要是找不到刺蓟——"他说,"那就给割伤的手指上浇一泡尿。"

她的嘴里随即"噢哟"一声,脸颊腾地红了,双手捂住脸,低下头:"真不害臊!你——"

他似乎这才意识到她是一位姑娘,一个和他有严格禁忌的异性;在他得意地向她夸耀医疗技能的时候,竟然忽视了这个重要的忌讳。小时候,他和小伙伴们在坡沟里割草,谁要是不小心割破了手指,立刻就浇上一泡尿,血就止了,日后也不会化脓,可那都是些男孩子呀!现在站在他面前的是一位姑娘,一位从城市里来到乡下的漂亮的姑娘。他得意中说漏了嘴,羞红了她的脸,自己也难堪了,不自在了。他忽然转过身,解嘲似的哈哈哈笑着,向对面的山坡间奔去。

她听着他的笑声和脚步声远了,扬起头,看见他在对面的山坡上跑着,撞得小刺槐和小山杨的树杆哗哗哗抖动,叶子刷刷刷响。他奔到一块树木稀少的草地上,跳跃起来,在空中挥一下手臂,又跌落到地上,再跳跃起来,像一头撒欢的小马驹。他奔到一棵大树下,一跃身,双手抓住一根横向的树股,凌空吊起来,打了几个大摆,又跳到草地上,顺势躺下,绿色的茅草遮住了他的半个身子和头脸。她看得呆了,跨过水渠,朝他走去。

"你狂了吗?"

"我可能会发狂的。"

"你——瞎得很!"她用刚刚学会的乡下话说。

"就是。"他心平气和地应承。

她坐在他旁边。软茸茸的胡须草给坡地铺上一层厚厚的绿毡,幽暗下来的树林里是一股股青草和野花的清香气味。她看见他躺在绿草丛中,闭着眼睛,胸脯一鼓一落。她想唱歌,想在树林间大声呼唤,想像他刚才那样蹦起来跳跃。她觉得胸膛里憋着什么,需得排遣一下,呼唤和跳跃也许是排遣的最好办法。她终于没有开口,也没有蹦起来,只是双手掬着膝盖,一动不动地坐在草地上,清爽的山风掠过她的面颊,树叶在哗哗哗响。

她随意问:"你到这儿来干啥?"

他毫不含糊地答:"等你。"

她的心忽闪一下,不知该怎么说了,他连一丝弯儿也不绕。

"我一天不见你,心里就慌慌,没有办法抑制。"他说,"最好的办法,就是想法立即找到你,说几句话,哪怕从老远看一眼也好。"

她的脸上烧燥燥的,嘴里有点干涩了。她咬着嘴唇,似乎心儿要从喉咙蹦出来了。她长到十九岁了,第一次听见一个男子说他想她,离不得她,他说得凝重,一板一眼,毫不隐晦,也不拐弯抹角,赤裸裸地说出了他对她的倾慕。她回避不得,也无法隐晦,他的话堵死了她的一切退路。

她无力回避,也不想违拗自己的心愿和感情。她想听他继续说出更多的剖白的话,他已经说透了她同样想说而没有说出口来的话。她默默地坐着。

她在东田村的村巷里,在东田村田野里的小路上,在东田村山沟间的泉水旁,在东田村青年集会上,每天都有撞见他的机会。小小的东田村,街巷短浅而天地狭窄,低头不见抬头见。她的心里不知从哪天起,萌生了一种喜欢和他待在一起的永无满足的渴望。一天不见他一面,她就有一种说不清的不自在。也真是巧得很,她去泉水边挑水了,他也挑着水桶走到小沟里来了,他帮她从水潭里提上两桶水来,说几句话,互相瞅瞅,笑笑,然后挑水回家去了。他的母亲曾经给她说过,她儿子现在最喜欢挑水了,比过去勤快多了。过去,常常是铁瓢碰得缸底吵吵吵响,他也懒得去给妈妈挑一担水,她撕着他的耳朵把他从小书桌旁拉出门,把水担架在他的肩上……她明白,他和她一样,总是寻找能凑到一块的机会。可是,她和他,从来也没向对方吐露过一句心里话,更没有传递过纸条或书信。

他今天赶到半道上来等候她,是最明白无误的一次大胆的行为。

他今天赤裸裸地说出他倾慕她的话,是最大胆的举动。

她有一种预感,一种无法摆脱的逼近了的预感:似乎今天要发生什么事了!她有点害怕,却又是一种不可抗违的希冀和渴盼:她似乎意识到某种危险,却又无法拒绝这种危险的诱惑。

他站起来,朝山沟里头走去,回过头来,向她招手。

她也从草地上站起,顺着这面沟坡走上去,离村庄就会越来越远了,她有点犹豫:"到哪儿去?"

"回家去也没事,走走,玩玩。"他说。

她走上去了。他在前头等她。他们一前一后走着。

"这是你的家乡,你还稀罕到这坡里来逛景?"她随口问。

"当然,太熟悉了。"他说着,转过身,停住脚,盯着她说,"那会儿没有你。我想和你俩人走走。"

坡路越走越陡了。她从来没有在这个没有路径的山坡上走过,脚下滑溜溜,歪着腰,张着手,时时都有滑倒的可能。

他抓住她的手,拉着牵着,她感到好走多了。那是一只多有劲儿的手啊!走到一面塄坎下,他一跃就跳上去了,猫下腰,伸下胳膊,几乎把她提起来了。她上了塄坎,挣脱开他牵着的手,四个细长的手指,被他攥得像一把排笔一样黏结在一起了。

山坡愈来愈陡了,光线愈来愈暗了,林子里也愈来愈静了,鸟儿的叫声愈来愈杂了。她跟着他,又走上一面土塄坎,斜插着朝沟里走着,眼前闪出一个水潭,聚着一汪清凌凌的水。她在水潭边站住,弯下腰,看见水底下有一撮细沙在微微翻滚,那儿肯定是一个极小极细的冒水的泉眼儿,这是一潭活水哩!他也在水潭边站住,弯下腰来了。

她把拎包扔到地上,想撩起水洗洗脸,面孔止不住地发烧呀!她伸手撩水的当儿,看见了水中自己的影子,就停住手,呆呆地看着。她想看看此刻里自己会是一副什么鬼模样,大约傻乎乎的叫人看了好笑吧?却看不清脸色是红是白,只有一双亮闪闪的眼睛在水里闪光。

"你看什么呀?"

"鱼。小鱼。"

"嘻!哪有什么鱼儿呀!"

"不信你看——"

他挪脚站到她这一边来,弯下身来了。这个小潭的边沿的地方太窄小了,要站下两个人简直是太拥挤了。他挨着她的肩膀弯下腰,一只手扒着她左边的肩头,瞧着水潭,煞有介事地瞅寻小鱼儿的踪迹。

"鱼在哪儿?"

"在那儿。"

"我怎么看不见?"

"那根水草底下。"

"那不是小鱼。"

"那是什么?"

"是小虾。"

"山坡上哪来的小虾?"

"山坡上哪来的小鱼?"

她知道,其实谁也不在乎究竟是小鱼还是小虾,水潭里压根儿什么也没有,既没有小鱼,也没有小虾,只有她和他倒映在水中的脸,她和他其实都在瞅着对方的水里的眼睛。她看见的是一双火辣辣的眼睛,一双英武的总像是进攻着什么目标的眼睛,一双说不来好看或不好看的顽皮的眼睛,看一眼就会使人心跳不止的眼睛啊!

她的腿蹲得又酸又麻,从水潭边跷到草地上的时候,就瘫坐下来,双手撑着后边的草地,伸直双腿,真舒服,草枝戳得脚踝痒痒的。

"你饿不?"

"饿也得饿着,这儿没什么吃的。"

"我的挎包里有点心。"

他翻开她的挎包,取出点心,在草地上解开了。他取出一块,递到她手上说:"这是一块甜馅饼。"又拿起一块,填到自己嘴里,口齿不清地说,"这是一块奶酪。"

"洋奴!"她笑着说,"把点心硬要叫……"

"外国人喜欢野餐。"他说,"我们也权当正在野餐。要是再有两瓶汽水就更妙了。"

她仰头看看,天色已经昏暗了,树林里笼罩下一幕幽深的昏光:"天要黑了,回吧!"

"回吧!"他说。

"回家怎么走那边?"她说,"那边越走越远了。"

"地球是圆的,从这边走过去,再从那边转回来。"他说着,继续往前走。

"你呀……"她也抬起脚来,跟他走去。

"腿还疼吗?"

"还有点疼。"

"我扶着你。"

"我能走。"

他挽着她的胳膊。她没有拒绝。谁也不知道要走到什么地方去,她却依恋着他漫无目的地走着。他们走到一棵大树下,庞大的树冠下是一块平地,没有别的树木。她仰起头:"这是啥树?"

"杏树。"他说。

"树上那疙疙瘩瘩的东西,是杏吗?"

"是杏儿。"

"我们在城里买的,全是黄的。"

"没有成熟的杏是绿的,成熟了就变成黄色的了。"

"绿杏能吃吗?"

"能啊!"

"好吃吗?"

"好吃极了!"

他话音未落,已经跃身跳起,抓住一根树股儿,一蜷腿,就翻上去站到树杈之间了,一伸手,摘下几颗绿杏儿来。

她伸出双手去接,等他把杏儿扔下来。

他却笑着,晃着手里的绿杏儿,久久不松开攥着的拳头。

"快呀!丢下来,我能逮住。"

"你张开嘴巴,我给你丢到口里去。"

"你呀!真坏——"

"那……你先叫我一声哥哥吧?"

"那……先叫我姐姐吧!"

"那……你等着吧!"他把一颗杏儿填到嘴里,咔嚓咔嚓啃起来,声音好响,故意撩逗她说,"啊呀!这杏儿多香啊!"

她急得在树下团团转,跳一跳,够不着树枝。她拣起一块石头,朝他打去。他一伸手,却从空里把石头抓住了,开心地笑起来。

"你坏!"

"我坏。"

她又从地上拣起一块石头。

他笑着说:"甭打了,我拉你上来吧!你自己从树上摘下一颗绿杏儿才好吃哪!"

她扔掉石头,扬起双手。

他一只手抓着树枝,一只手伸下来抓住她的手,她就被提起来,真不知他有多大劲儿啊!她被提起,吊在空中,却不动了,吊得她的胳膊好疼。她乞求地说:"快呀!我的胳膊要断了!"

"叫声哥哥!"他在树上说。

"你——"

"叫吧——叫一声,我就有劲拉你了。"

"哥……"

她一句未出口,自己心里先轰然发热了,眼花了。她在迷昏中被他拉上树杈,脚下直打晃,从来也没有爬过树呀!她的脸上燥热难忍,脚下又不稳当,不由得搂住他的肩膀,用一只拳头在他身上砸着。他也张开一只胳膊,搂着她的腰,一任她打他、砸他,发狂似地喊:"啊呀!我即使从树上栽下去摔死,也不遗憾,有人叫我哥哥了!噢哟!我要狂了……"

她坐在树杈上,羞得想哭了:"你……欺负我!"

"我叫你……"他笑着,颤着声,"姐……"

她一扑抱住他,头枕在他的胸脯上,再也说不出话了。

他把一颗杏儿悄悄塞到她手里。

幽暗的光线里,她看看那颗杏儿,绿莹莹的皮儿上,似乎有一层毛茸茸的细绒,她咬了一口。酸得她不由地挤眯了眼睛,合不上嘴巴,牙齿也不敢再咬了,却又舍不得吐掉,那酸味里有一种无可企及的香味的诱惑。

"啊呀!真酸!"

"酸才有味儿。"

"熟了是甜的。"

"熟了倒没绿着时有味。"他说,"成熟了的杏儿,把儿松了,风一吹就落地了,风不吹也要落掉了。成熟是胜利,也是悲哀。"

"谬论!"

"真理!"

她和他争执起来。其实,她早佩服了他无意间说出的话,却故意和他争执,企图引出他的更富于诗意的话来。

他却早不计较自己说过的话是谬论还是真理了。是谬论,她也不会揭发批判;是真理,也不会被谁重视到写进哲学词典,没有任何意义,随口胡诌罢了。他对她说:"我提议——"

她抿着嘴等待着,他要说什么呢?

"看着——"他指着吊在头顶的一嘟噜绿杏儿,说,"最下边这颗,你从那边咬,我从这边咬,看谁咬过谁吧!"

"坏点子真多!"她歪一下头。

"有趣儿!你试试。"他怂恿她,"小时候,我们在山坡上割草,三四个伙伴争着咬一颗杏儿,看谁咬得准……"

她咯咯笑着,和他同时站起,用嘴巴去吞咬那颗毛茸茸的绿杏儿。树枝晃着,杏子晃着,谁也咬不着。她开心地笑起来。他也哈哈笑着。

她没咬住绿杏儿,却碰到了他的嘴唇,一刹那间,那双强悍的胳膊搂住了她的肩膀,她也伸出了双手……俩人跌到树下去了。她和他全忘记了是站在树上。

跌下去了,俩人跌落在草地上还搂在一起。

绿叶如盖的杏树下,绵软软的草地上,她和他依偎在一起,感觉到了他嘴唇上的绿杏儿的酸味儿……

……

她招工回城了。一年多时间里,母亲给她介绍了七八个对象,她一律拒绝结识。母亲终于打听到她在下乡时交下一个男朋友,经过几次劝解,不得结果,父亲终于出面了。

"我们应该尊重莉莉的自主权。"父亲说,"但总得让我们知道他是谁,了解一下情况嘛!"

母亲憋气地斜眼瞅着她,到底憋不住了:"说呀!他是个什么人呢?"

"他是个农民。"她说,"你明明知道,还要问!"

"农民又怎么样呢?"父亲严肃地反问,"农民是我们国家的根基。我不反对你嫁给一个农民。"

母亲朝父亲撇着嘴角。

她一愣,瞧一眼爸爸,又低下头,看来只有母亲一个人投反对票了,父亲毕竟是领导干部。

"爸爸自小就是农民,放羊的农民。"爸爸颇为动情,"解放后进了城,陕北家乡的农民来到咱家,我总是当上宾招待。我们怎能忘记农民父老!"

这是真的,姜莉多少次亲眼看见过父亲和陕北乡亲在家里畅饮畅谈的场面呀!

"问题不在他是不是农民。"父亲说,"干部,军人,医生,无论干什么的,主要要看这个人如何。你说说,你喜欢的那位青年农民是个什么样的人呢?"

她倒慌了神儿。是啊,她和他在一个村子里生活过三四年了,只觉得喜欢他,一天不见他就心烧神乱,却从来没有来得及想过他有什么优点、缺点。他是个什么样儿的人呢?她也说不清白。

"他家啥成分?"母亲急了。

"贫农。"她说。

"是党员不是?"

"不是。"

"那么总该是个团员吧?"

"也……不是。"

"你看看!连个团都入不上,肯定是个落后分子。"母亲很得意,"你怎么能与这号人拉扯呢?"

"他写过申请,团支部老是怀疑他。"她说,"怀疑他想里通外国。"

"怎么会产生这样的怀疑呢?"父亲问。

"他喜欢研究国际关系。"她似乎才找到了话题,可以谈他的独特长处了,"甭看他是个农村青年,才二十出头,他到处搜罗资料,把世界各国的政治、历史、地理以及民族风俗都研究了……"

"他研究这些干什么呢?"父亲惊奇了。

"他说他将来在国家需要的时候,准备出任驻国外的外交官。"她说,"他正偷偷跟一个中学老师学英语……"

母亲早已忍俊不禁,大笑起来,胖胖的身体笑得颤抖着,掏出手帕擦眼泪。她不能忍受母亲的轻蔑的笑声,看看父亲,父亲冷漠地扭过头去,她看不清他的脸,就急忙解释说:"他对非洲最有兴趣,如果能出任到非洲某个国家,他将来要写一部研究黑人的书……"

"神经病!"母亲挥着胳膊,没有耐心再听下去,"绝对是个神经病!"

"什么'神经病'!"她顶了妈妈一句,"我觉得他……"

"起码可以看出他不成熟。"爸爸的语气虽不严厉,却是肯定无疑的,"莉莉,甭计较你妈妈的话。她说得不准确。我看呢?咱们既不嫌弃他是农民,也不要想高攀未来的大使。我觉得关键是他不成熟,二十几岁的人了,有点想入非非吧?我想看见你找一个更稳当更成熟的对象。"

"我只是说他的兴趣和爱好。我压根儿也没指望他当什么外交人员。"莉莉说,"我就是要跟他这个纯粹的农民。"

"你呀……你也更不成熟。"父亲站起来,摇摇头,走出门去了。

随后……她听从了父亲的指导,与父亲的战友介绍来的一个青年结识了,这就是她现在的孩子的爸爸。

他是个医生,一个真正成熟的人。他给她做饭,洗衣,做一切家务中的琐屑的事,从来不厌其烦,而且根本无需她开口。他从来也没有和她争论过什么问题,更谈不到吵架拌嘴了。即使她偶然火了,他即刻就默然了,过一会儿又来嘘寒问暖。他从来也不说长道短,出门上班,进门做饭,他从来也不谈及医院里的任何是非,更不会像那个不成熟的乡村青年张口东南亚时局,闭口非洲大陆的干旱问题。她和他组成的这个小家庭,经济富裕,关系平静和谐,却也有点寂寞,甚至乏味。她从来也没有过欣喜若狂的一阵儿,也没有过心儿震颤的一刻,杏树上的那种疯狂的追逐和如痴如醉的依恋,再也没有重现过。近年来,在这样的家庭环境里,她发觉自己也变化了,变得既不会任性,也不会撒娇了,甚至说话也细声慢气的了……她也成熟了?

他说过,杏子成熟了,把儿也就松了,风一吹就落下来了,风不吹也要落下来。倒是那未成熟的毛茸茸的酸杏儿,那酸得使人不敢合牙而又不忍吐掉的味儿啊!留在心中,永难忘怀,什么时候一想起来,嘴角就会有酸水泌出来。

他在恢复高考制度的头一年,就考进了国际关系学院,而今确实做着驻某国大使馆的秘书工作。妈妈卑视为"绝对的神经病"人,现在正在重要的岗位上,为祖国服务。她既没有心思和妈妈赌什么输赢,也不是遗憾自己丢掉了这样一个体面的丈夫。她现在更多地想着的,是父亲所谓的神秘的成熟的含义。

她刚才在电视里看见他在舷梯上回过头来的一笑,笑得自负,笑得顽皮,还是那一股火辣辣的进攻的精神,却依然看不出任何成熟的标志。

他大约永远都是个不会成熟的人?

她却成熟了,不可挽回地成熟了!

丈夫心平气和地走过来,坐下了。儿子也完成了作业,在小竹椅上坐下了,晚上有电视连续剧《陈真》,爷儿俩最快活的时间到来了。

她从沙发上站起来,端起茶杯,准备去备课。当她坐在桌前案头的时候,却怎么也集中不起思维来,眼前总有那么一嘟噜毛茸茸的酸杏儿……

一九八五年五月草成

十一月小改于西安

到老白杨树背后去

从二楼的阳台上，可以观赏这个城市北半边的夜色。绿的红的蓝的粉红色的窗帘，使万千个窗户呈现出五彩缤纷的色彩。夜是安静柔密的。夜总是夜。星光在城市的上空显得灰暗。月亮也显得冷寂无光。城市北边横亘西东的那一架山或者说是一道塬坡，逶迤伸展开去，看不见峰峦，看不清豁峪，只是一道模糊的雄伟的轮廓。山就是山。夜色里看不清峰峦和豁峪的轮廓依然是不失其雄伟。

我喜欢浏览异地的夜色。这个黄土高原上的北方小城，三十万男女白天奔忙在大街小巷里，夜晚就在那一孔一孔绿的红的蓝的粉红色的窗帘里头蜗居，于是就创造出这个北方小城不同于北京和广州的独自的色彩和氛围。哦！这是金关市的夜色。

我有点寂寞。我白天里观赏了这个小城可资骄傲的古董和现代文明的标志。这儿没有秦俑，没有唐王陵墓，却有瓷窑。这儿的瓷窑不是一般随随便便的什么破窑，而是唐三彩的发祥之地。举世闻名的唐三彩马和三彩骆驼，首先从这几个坍塌淤塞的破窑里被创造成功，还是世界第一。我在这儿住着金关市最高级的一家宾馆，享受着超越了我应该享用的规格标准。我品尝了这个古老的瓷都风味奇特的传统小吃，辣得冒汗辣得舌根僵硬的荞麦饸饹。我的心里却又怎的滋生寂寞了？我希望见到一位熟人，一位生活在这个城市多年的熟人。一位朋友，一个同学，一个旧时的同志，一个同乡，聊一聊，听一听，或者有幸被邀到他家去坐坐，我对这个陌生之地的陌生隔膜就完全打破了。这是我每到一个新地方的最惬意的事，说来不算奢望，有几回就真的如愿了，有几回只好留下寂寞和最终也未戳透的隔膜。

同行的和在金关城新结识的几个朋友在胡聊乱吓。我转进小屋。烟雾腾腾。空气浑浊。烟把儿从烟灰缸里溢出来,落在茶几上,和橘子皮花生壳混在一起。某个作家第三次结婚了,娶了个年龄相差十多岁的舞蹈新星。某走红的女作家和男人开始分居。某男作家和某女作家公开同居。性和爱和婚姻总是在一切角落里成为最畅通的话题。没听过的总想听,听到了总想说给还没听说过的人。

咣咣咣!

有人敲门。

敲门敲得这样响。完全用不着使那么大的劲儿。要么是急了,要么是个莽撞汉子。四五个人全都转过头盯着那门板,却没有谁打算立即跑过去拉开旋钮。我是觉得那门敲得太响太用劲,反倒不急于去打开它,毕竟我坐得离门最近,最终还是我拉开门。

一位女人。中年女人。她看我一眼,旋即就放弃了我,把一双灵活的眼睛扫向屋里,把坐在屋里床上、椅子上和沙发上的每个人扫瞄一遍,最终又把眼光落到我的脸上。我避开脸。

"这屋有个……辛程吗?"

我立即抬起头。一双疑惑不定的眼睛。眼睛的边儿和大角儿小角儿聚着皱纹。那些皱纹又几乎抹平了,像油漆匠在刷漆之前用砂纸打掉木板的沟缝儿,光了也柔了,然而总抹不掉隐藏的沟缝儿。那双眼睛虽无灵光,却很灵活,像淘洗得洁净的两只黑色套着白色的玻璃球儿。我看她看得这样仔细,却仍然认不出她是谁。我问:"你认识辛程不?"

"认识。把他烧成灰我也认识。"

"那好。你就认吧!他肯定在这屋坐着。"

她朝前走了两步,站到屋子中间,又一次扫瞄起每一位在床上椅子上沙发上坐着的人来,却不显得任何难为情。她终于把眼光又集中到我的脸上,使我很不舒服,像面对一双汽车灯的强烈照射。她眼睛一眨,带着探试而又几乎肯定的口气说:"你大概就是……"

屋子里的人都笑了。

玩笑至此,也就够了。我却惶惶然问:"你是……哪位?"

"现在……该你认我了!你也好好认认吧!难道把我忘得一干二净了?真是贵人眼高……"

我简直不敢相信这就真的遇上她了……

偏斜的太阳在山坡上闪耀。酸枣棵子繁密的小叶子变黄了。胡须草的长叶晒成了灰白色。好久没有落雨了。铁刷子草顶耐旱,叶子凝聚成乌黑色。马刺蓟花儿像紫色的绣球儿缀在焦枯的满布着小刺儿的枝干上,无精打采。蚂蚱在声嘶嗓干地叫唱。太阳太刺眼了,那焰光灼得人不敢抬头,稍微溜一眼就头晕目眩,眼前发黑。

我们躲在沟道里。沟道里有三五十株白杨树。这沟道就叫白杨沟。白杨树抖抖擞擞地冒出黄土坡沟的夹缝儿,把枝枝梢梢伸向蓝色的天空,地上就落下一大片阴凉。春天时沟里流一股水,旱季里就断流了,只有湿漉漉的沙土,津津地渗出水珠儿来。白杨独占这一方风水地,得天独厚,枝叶茂密,树干光滑滋润。沟里有小潭,水不外溢,也不见少,大约渗出来的水正好够挥发的。水潭边的软土湿泥里留着分作两半的硕大的牛蹄印,也隐现着梅花瓣儿似的野兽的足迹,许是狐狸,也许是狼。反正旱季里山坡上的水是稀罕的,放牛娃把牛赶到这里来饮水,狼和狐狸也会嗅到水的气味的。

草笼扔在一边,磨得明光灿亮的草镰也撂在地上。等太阳绕到那道高粱背后,四面山坡上不见阳光的时候,我们才动手到塄坎上去割草。

四个人围坐在白杨树阴下,抓石子儿。七颗五色的小石子,像麻雀蛋一样,褐色的,紫红的,紫黑的,乳白的,全是从沙土里掏出来,洗净泥沙。撒开来,抛起一只,再抓起地上的,接住空中落下的那颗。有单抓,有双抓,还有一二三的抓法。四个人分作两家,对门为朋友。玩起抓石子,我们三个男孩子全敌不过薇薇。轮到薇薇抓的时候,我就一眼不眨地盯着。她抛起一颗石子,再轻巧地抓起撒在地上的两颗,然后翻过手来,接住空中即将落地的那颗石子。灵巧的手翻来覆去,一张一合,石子在手掌心撞得当当作响。那眼睛低下来又翻上去,两个小辫子有节奏地跳弹着,我常常看得忘记了轮着我抓。

玩了三回,我就兴味索然,或者说从一开始我就热情不高。我总希望和薇薇做对儿,不光图赢。刚才开始用手心手背配对家的时候,厚儿和薇薇同出手心,而我恰恰和喜娃都出了手背。我没兴趣了,提议说:"玩'过门'吧!"

喜娃首先响应。厚儿也同意了。薇薇不吱声,却没反对,她无疑爱当新娘子。

喜娃、厚儿和我争执起来,争先要当女婿。薇薇说还是用"猜崩猜"决赛来确定轮流做女婿的先后顺序。我胜利了。我们三人爬到火样烤晒的山坡上,选择自己喜爱的野花,准备装扮新娘子。野豆荚吊着一串串豌豆花一样的花朵,紫红发蓝,很讨人喜欢,而一想到这种野豆荚又叫狼豆荚,我就放弃了。粘草花粉红粉红,挺好看,可那枝叶上分泌出一种粘汁,碰一碰就会染上黏糊糊的东西,一定会把薇薇的头发给黏结在一起。秃子草花黄澄澄的,像蛋黄,粉嘟嘟的煞是好看,唯其名字不雅,不大吉祥,我也没摘。我爬到坡顶上,在一堆乱石岗上,看见了一片野蔷薇,红的花白的花粉红的花开得一片灿烂,花团锦簇,成疙瘩结串儿。

我捏着一把野蔷薇花儿从坡上跑下来,头上冒着汗,手指被小刺扎破了,火辣辣地疼。薇薇盘腿坐在草地上,羞答答地低着头。我手足无措了。喜娃提醒我快给新娘子插花。我跪在薇薇面前,把一枝一枝红的白的粉红的野蔷薇插到她的小辫上,头顶上。我这才发现,薇薇在我们采花的时候,在水潭里洗过脸了,头发也用水抿抹得平平整整,水津津的了。

喜娃做礼宾先生:"拜天地。跪好!你俩并排跪好——"

我跪在草地上,偷偷扭过头,薇薇也跪下来,有点忸怩,显出羞答答的样子。

"一拜天神——叩首!"

我双手撑地,沙土地凉适适的,点一下头,再点一下头,一共叩了三下。薇薇缀满野蔷薇花枝的头也低下去,又扬起来,磕了三下,红的白的粉红色的花朵摇摇闪闪,甩甩蹦蹦。

"二拜地神——叩首!"

我和薇薇照例认真地叩拜三回。

"三拜祖宗神灵——叩首!"

三拜之后,我挺直跪着,不知下来该怎么举动了。喜娃长我两岁,经见多些,并不慌急,扯着悠悠的嗓门(简直跟村子里的礼宾先生二太爷的调门如出一辙)喊:"奏乐——"

喜娃喊过,把双手卷成圆筒,套在嘴上,吹起喇叭唢呐调儿,呜——哇——嚓。厚儿也跟着吹起来,双奏乐。

"入洞房——"

喜娃忙里偷闲,吹着兼喊着。他喊了"入洞房"之后,我却愣着。洞房在哪儿?该往哪里走?

"到老白杨树背后去!"喜娃急嘟嘟地喊。

我还是不明白:"到老白杨树背后咋办?"

喜娃不耐烦了:"跷尿骚呀——"

我和薇薇悠悠走着,并肩齐排儿,那棵老白杨树变得陌生而又神秘。跷尿骚,就是说要用一条腿从薇薇的头上跷过去!大人们结婚时,怕新娘子疯长,跷了尿骚就不再长了。我和薇薇走到老白杨树下,默默地站住了。

薇薇低着的头扬起来,头上的花串摇摆着,衬得那脸儿粉嘟嘟的,像一朵粉红色的野蔷薇,那双眼睛已少了羞怯,而涨出一缕难受的惊恐的神色,求饶似地说:"哥吔!你甭跷了,我还要往高长哩!"说着,那双眼睛里潮出了泪水来,迅即溢满了眼眶,闪闪颤颤,眼看着要滴流下来。我忽然难受了,忙说:"反正是玩哩!你咋就当真了?算了算了,不跷……"

她妩媚地笑了,一甩头,就跑了。

喜娃早等着。薇薇又盘腿坐下。喜娃把他采的一把野花往她头上插,我的那些野蔷薇被取掉了,扔在地上。我站在旁边,看着被扔在草地上的红的白的粉红色的野蔷薇,有一种说不清的冷寂。看着喜娃在她的小辫上和头发里插花儿,我顿然厌恶起他的手来,那手指捏着她的有点黄的辫梢,令我十分反感。我想抢上一步,把他捏弄她小辫的丑陋难看的指头砸断。我情急中终于生出一个借口,把他插到她头发上的花儿拔了,摔到沟底里。

"你……干啥?"喜娃气呼呼地扬起头。

"那粘草花,黏糊糊的,把薇薇的头发会黏成一窝麻!"我说,"你这个笨熊,采的这些烂脏花!"

喜娃傻乎乎地醒悟似地笑了。他自己也扔掉了粘草花,又一心一意把那些乱七八糟的野花插到薇薇头上。他对我说:"轮你当礼宾先生了,喊吧!"

我冲口而出:"我不会!"其实那几句简单的仪程是难不住我的。想到让他和薇薇拜天地做夫妻,我心里的那种别扭劲儿继续加剧。我喊不出口来。

只好由厚儿做礼宾先生。

在厚儿用双手代替喇叭唢呐的吹奏声中,喜娃和薇薇朝老白杨树走去。我没有吹。厚儿单独的吹奏显得很单调。我跟着喜娃和薇薇到老白杨树下。喜娃说:"洞房里不许来。你刚才入洞房,我就没去。"

我知道不该来,然而我要来。

喜娃辞不动我,只好忍让了,转脸对薇薇说:"你蹲下去,我要跷尿骚呀!"

薇薇难为地说:"甭跷吧!我要长高……"

喜娃说:"不跷尿骚,就不算玩'过门'。"

他说着,就用手按压薇薇的肩膀。我早已不能容忍,跳上前去,一拳打在他的耳根上。喜娃恼了,急猴了,转过身,回击一拳,砸在我的脑门上。我眼里金花乱冒,仰八叉跌倒在地。喜娃趁势压在我身上,气呼呼地说:"你当新郎时,我给你当礼宾先生,又吹喇叭,又吹唢呐;轮我做新郎了,你啥啥也不干……"

我自知理亏,心里却不服气。

薇薇把我们拉开了。厚儿喊:"轮我做女婿了……"

薇薇笑着哄厚儿:"算了算了。你看,为做女婿都打起来咧!这样吧……你们仨把自个采的花儿,全都插到我头上……"

厚儿最小,也最好说话。他把他采的花就往薇薇的头发上插。喜娃也插了。我也把那些野蔷薇花儿拣起来,插到薇薇的头发上。

薇薇的头发上和小辫儿上,缀满了各色各样的花儿,红的白的粉红的野蔷薇,紫红的野豆花,黄色的秃子花,紫色的马刺蓟花儿……山坡上夏季里所有的花儿都被我们三个采来,插到她的头上了。坡地上收割过小麦的拶根下残留的几枝晚熟的麦穗儿,我也把它捎来了,吊在她的两条辫梢上。她的头上缀满了五彩六色的野花儿,像个花仙,像个花神,像个山野里的花的精灵了……

"没料到你成了作——家!我那时候咋就看不出你会当作家!"

"瞎碰……"

"我那时候只觉得你很犟。'犟牛黄'……"

"沾了一点犟的光,也吃了不少犟的亏。"

"你小时候好强。好强得很咧!"

"沾了好强的光,吃亏也吃在好强上头。"

"犟人,好强人,都有出息,也都遭难特多。"她说,"我看电影,听广播,那些成大事的人,都是些犟人,都是些好强的人,又全都是些倒霉蛋。倒霉得要死,可还是犟……"

"唔!对……那些电影几乎千篇一律。"

"而今该你走运了。知识人儿吃香了。你的工资提了吧?"

"提了。"

"写书听说很挣钱?"

"挣是挣,也不怎么样,不及经商挣得快。"

"一个字多少钱?"

"一二分。"

"啊呀！才一二分！我听人说几毛哩！"

"……"

"家属户口进城了么？"

"进了。"

"城里分房了没？"

"分了。"

"多少平米？"

"二十多……"

"二十多平米？还算照顾知识分子？我想你该一百多哩！那怎么住得开！"

"我还住在乡下。户口进城了，没搬家。只是不种责任田了。"

"啊呀！你这个人不知打的啥主意。住在乡下做啥？离不得那个山沟？下雨街巷里烂得像猪圈。吃的还是那股泉水，听说上边村子的女人在泉水里洗褯片子……"

"我图清静……"

"噢！对咧！你怕人打扰，这倒也是。不过，我看过你一篇小说，叫《收获》。你把那个烂山沟写得好美！我咋就看不出想不起有啥好看的好美的。我就记着那洗褯子的泉水，一想到喝那水、吃那水做的饭，就恶心，就起鸡皮疙瘩。我从你的小说里看到，还是没毯啥进步，还是人拉独轮车，还是褯子水！不就是破白杨沟吗？你可写得诗情画意。怪道人说看景不如听景……"

我有点惭愧，有点惶惶然，有点被揭穿了西洋景后的尴尬。然而，我又有点犟起来，难道我和喜娃和厚儿给你头发上和小辫上插满的香气四溢的野花不能留在心里一点什么吗？我有所期待，希望她能记得那使我永难忘记的童年在白杨沟里的嬉戏。令我彻底失望的是，她漫不经心地把话题转移了。可见，白杨沟她插满鲜花的花的精灵花的神花的仙的形象已经统统湮没了。她在嘲弄自己家乡的贫穷落后，甚至比一位异乡人还要刻薄。我有点心酸。

"那年我回去，我舅没在家，到渭北买粮去了。我等了两天，半夜里拉回几口袋包谷来,像做贼似的。我每年都给舅家寄钱,简直是填不满的穷坑,闹得我日子老也不得宽展。一想起来我都头疼,怎么也想不到家乡有什么可爱……我十多年没回家了,老也不想回去。"

"我这……纯粹是……文人多情……"

"你也写点城市人的小说嘛!农村小说……谁看!我反正一看见猪呀牛呀穿大襟的女人呀就烦了……"

"当然……城市总是文明……"我想把话引开,不要再说家乡的话了,"你在这儿,生活还好吧?"

"可——以。"她拖出很长的一种调门,像秦腔戏演员起唱之先的一声叫板。这声叫板的调儿,就给将要唱出的大段戏文定下了调子,或是花音慢板,或是二六板,亦或摇滚板。她说,"俩娃都工作了,可以养活自个了。老头子跟我的工资吃不清用不完,行啰!只是老头子……不大顺心……"

"有什么不顺心的事呢?"

"按说啥事也没有,全是自生的不自在。这也看不惯,那也听不顺,广播上一句新名词就听得火冒三丈,电视上一个镜头就惹得他骂爹咒娘。我说,何必呢?人家广播上说要重用知识分子,就用呗!人家电视上演那些搂搂抱抱的戏,让人家搂去抱去,干着你屁事啦!你该拿的工资拿了,该住的房住上了,就吃点好的过个安宁日子行了……"

"他做什么工作?"

"保卫科长,几千人的大厂子的科长。虽然而今时兴文凭,保卫科长的位子还稳当着哩!再说……哎!这老头子也是个犟人,死脑筋,总说自己亏了……"

"怎么会亏了呢?"

"他当兵那阵儿,在青藏高原开车。雪下得半人深,车开不过去,旁的人都钻在驾驶室不敢出来,这个犟家伙硬是用铁锨把几十里公路铲开了。他立了功,当年国庆就上了天安门观礼台,见了毛主席,照了相。回来就提拔了干部……"

我早就听说过她的丈夫的英雄事迹了。二十多年前,这位英雄司机,因为上过北京,因为受过毛主席的接见,凯旋归来,轰动了我们小河两岸的十里八村。亲戚和媒人挤得碰破了脑袋,竞相把自己熟悉的最好的姑娘的照片掏出来,展示在英雄面前。人如何贤淑,家教多么严格,模样最最疼人了。小镇上的照相馆因此骤然兴隆起来。英雄眼力不错,在纷如花瓣般的照片里,终于瞅中了薇薇。我那时正读中学,城市里的中学离我们的小河川道几十里远,周日回到家中,就听说了薇薇许配英雄的事。当晚,薇薇来到我家,喜不自胜:"他在青藏高原开车。雪下得半人深……"我却张大嘴巴喘不过气来……

我崇拜英雄,尤其是那些舍生忘死慷慨激昂的悲壮人物。岳飞、牛虻、董存瑞,这些古今中外忠肝烈胆的英雄,一触即使我心潮激荡。可是,当我听完薇薇以完全佩服倾慕的口吻述说完这位英雄的时候,心里却怪不是滋味。我闭口不语,低下头,不想看她得意的脸。

"订下阳历年结婚哩!"

"恭喜。"

"到那天,你去送我。"

"我……上学哩!"

"阳历年学校放假!"

"放假……我也不去!"

她似乎这时才意识到我的情绪不好,忽然哑了口,出气粗了。我抬头看了一眼,她的脸憋得通红,泪水涌出来,慢慢站起,转身走出门去,我没有送她。

我很快就意识到我的毛病又犯了。我想起在白杨沟里玩"过门"时和喜娃打架的事。我稍一冷静下来就想到,其实我和薇薇没有任何契约,婚姻的事连提也不曾提过,我为什么恼怨人家订婚的事呢?我的忌妒心太强了!我真坏!我凭什么给薇薇使性子?元旦到来的时候,我决定去送她,以弥补我的无礼。

按我们乡下的风俗,女子结婚时,亲门本族的人要去送嫁女自不必说,整个村子里年龄相仿的男女青年也要去送,在男家里参加过婚礼,吃一顿丰盛的宴席,也给出嫁的女子壮一壮声威,自然人愈多愈好。薇薇是五叔的外甥女,母亲和父亲因为什么可怕的原因,双双喝毒药死了,薇薇就在舅家抚养长大了。因为这个原因,送嫁的人特别多。

五挂马车一溜排开,马头上挽着红绸,车上坐着穿饰一新的男女。我也坐在马车上,听众人嘻嘻哈哈说笑,说薇薇命大,跟下了个好女婿,小河一川十里八村谁家姑娘能嫁一个跟毛主席照过相的女婿呢?

我却想起白杨沟里的游戏来——

"入洞房。"

"洞房在哪儿?"

"到老白杨树背后去。"

"到老白杨树背后咋办呢?"

"跷尿骚。"

英雄家住水湾村。马车一进村口,新郎和一帮男女就站在那里迎接。新郎一身军装,好不威武,关公脸,剑眉,五官端正,一派英气,自负而又谦恭地礼让着客人。我简直觉得自己太穷酸了。

院里搭着席棚,棚下摆着桌椅,我们一伙送嫁的客人坐定之后,水湾村的一位干部模样的人主持了婚礼,他喊:"新郎新娘就位——"

新郎和新娘先后站在主席台前。

"第一项,向毛主席像行鞠躬礼。"

俩人先后转过身,向毛主席致了礼,又转过身来。英雄虽是新郎,仍然腰板挺直,保持着军人英武的姿势。薇薇却一直低头站着,脸膛红扑扑的,羞答答的样子。

"第二项,宣读结婚证书——"

我听不准那位干部念着结婚证书的干巴巴的声音。我又听见了喜娃当礼宾先生的声音。这儿进行的是革命化了的婚礼程序,喜娃却记着乡村里古老的婚典仪程。新式的或旧式的仪程全都无关紧要了,我的耳际只是轰响着一百个喜娃的声音:

到老白杨树背后去……

到老白杨树背后去……

到老白杨树背后去……

我忍受不住耳际的轰鸣了。我已经飞快地走出水湾村村巷了。我不知道自己是怎样溜出那个陌生的屋院的。我不敢再想"老白杨树背后"将会发生什么事……我憎恨那个英雄。扫几十里雪有什么了不起！如果扫雪能取得和薇薇"到老白杨树背后去"的资格，我会发誓把世界上的雪扫除光净！然而毫无办法。我那年刚刚十七岁，第一次领受到了空虚的折磨。我虽然自幼备受生活的艰辛（因此取下辛程的笔名），痛苦过，难受过，委屈过，屈辱过，却从未感受过空虚的滋味，现在有了人生的第一次空虚的感受了……薇薇和那位扫雪英雄"到老白杨树背后去"了呀……

"我们这多年里，还是可——以的。沾老头子的光，我随军当家属了，在军人服务社工作。他后来'支左'，倒是免了灾难；要是在工厂或党政部门，就是'走资派'，非挨斗不可。再后来就复员到工厂当保卫科长……没遭啥大灾横祸。不像你，一个乡村教员，还挨了批斗……"

我虽已过不惑之年，然而老毛病又发作了——我又忌妒起来。几十年来，翻来覆去的名目繁杂花样翻新的政治运动，稍有作为的人乃至毫无作为的庶民百姓，有谁能完好无损呢？我几乎没有听到谁说过他几十年来活得自在。薇薇说她和她的老头子"没遭大灾横祸"而活得基本自在，我又忌妒了！

那年冬天，大约是薇薇随军离开家乡之后第一次回归，为的给舅舅（我的五叔）奔丧。丧事完后，她和她的老头子到我任教的乡村学校来看我。她和他正好看到了我一生最狼狈最悲凉的形态。我的屋子兼办公室里贴满了大字报，门上和窗上贴着像给死人办丧事一样的白纸对联，内容是毛主席送瘟神的诗句："借问瘟君欲何往，纸船明烛照天烧。"窗角上吊着一只用白纸糊成的灯笼，那同样是乡村里给死魂野鬼照路用的丧灯。她来了，他也来了。她有点难受，眼角湿湿的。他却暗暗用眼睛瞅她,有所示意,有所警告。他对我说:"你还年轻嘛!大风大浪中难免迷路。犯了错误不要紧嘛!斗私批修嘛!回到革命路线上来嘛……"

她和他走了。我送她和他出了门,走上公路,我连头都抬不起来。我想到了我偷偷逃脱他们的婚礼的举动。我想到我曾经忌妒她和他"到老白杨树背后去"了。生活实际证明她和他"到老白杨树背后去"是走对了脚步,如果我"到老白杨树背后去"的话,她会有今天的这种风光么?我真切地感到了忌妒薇薇的阴暗心理。我痛切地感到了我的忌妒行为的卑劣。我真坏!坏得该当"纸船明烛照天烧"!像第一次感受空虚的滋味一样,我又第一次感受到了绝望的滋味。绝望是人生中最大的不自在。

她和她的老头子却活得自在!

"我这人容易满足。房子比不上教授标准,可也够住了。吃的虽不是山珍海味,一天总要炒俩菜。彩电洗衣机录音机也有了。我是满足了。我想咋也比在舅家给牛割草的日子好过了。老头子这人犟得很,对目下的新潮流扭不过弯儿,自寻烦恼,自寻的不自在……"

"他做好工厂的保卫工作就行了呀!"我劝解说,"何必……"

"我也这样说哩!"她说,"谁知他……"

她约我到她家去做客。

我谢绝了,为此而想出了许多理由,甚至谎话。

她告辞了。我送她到大门口。她很快就隐入朦胧的灯光和月色里。她一句也没提我们在白杨沟的游戏,是忘了还是根本就当作游戏而不值一顾?这样动我心魄令我空虚令我急猴更使我彻底暴露出忌妒的恶劣天性的游戏,又怎么能完全忘记完全不值一顾啊……

哦!我的白杨沟里的老白杨树哟……

一九八六年十一月十二日
于白鹿园

轱辘子客

轱辘子客给派出所民警逮走了。

消息和黎明一起来到龟渡王村。村民们并不分辨消息的真伪更不惊诧。

轱辘子客是乡间对那些赌博成性的赌徒的通称。龟渡王村的人把做豆腐营生的人叫豆腐客,把做风箱绝活儿的人叫风箱客,把那些在集镇上做买主与卖主中间协调的人叫牙客,把作风不好的男人叫嫖客,又把那样的女人叫窑客。把赌徒叫轱辘子客是起源于一种甚为古老的赌具。在龟渡王村当代村民的意识里,轱辘子客是专指王甲六的,谁一说轱辘子客大家就明白那是指的王甲六。

王甲六赌博的名声远近皆知。解放后禁绝多年以至后来出生的男女村民像看工艺品一样看见的麻将,就是王甲六不知从哪里弄回来的。米黄色,骨质,小巧玲珑,印着点点花花杠杠圈圈。那形状像缩小了百余倍的一页一页砖头。所以赌徒们根本不说打麻将而用行话说"搬几把砖头"。王甲六弄回麻将来又找不下对手,于是叫来几位对劲儿朋友,不厌其烦地教给他们麻将的玩法儿,然后就围坐在火炕上玩起来。王甲六的女人起初也没料到这东西会那么邪乎,不过跟扑克牌象棋一样玩玩而已,她还热情地给那些前来凑兴赏光的乡党沏茶递烟招待哩!他们开始从一支劣质纸烟赌起,然后是一分二分的硬币,再往后就从角票发展到块票以至十块一疙瘩的票子像柿树叶子一样飘落。王甲六的女人早已懊悔不迭,满村追寻王甲六的踪迹。王甲六有时三天五天不沾家不露面,她提着菜刀满村满街寻找,声言要把狗日的手剁了。

轱辘子客王甲六打麻将已修炼成一身真功夫。一摆开麻将,如果没有派出所的民警和提着菜刀的女人的惊扰,他可以一直打下去,不吃一口饭也不喝一口水更不会丢盹打瞌睡,最高的纪录是五天六夜。那一晚记忆深刻,进入地道(备战年代修的)时小麦才现黄色,而当出地道时满川满原的麦子已收割过大半。他的女人扬着割麦的镰刀照他脖子砍来的时候,他巧妙地抓住她的手腕,而且把那手腕扭到背后,一直把她推进大门,然后从腰里摸出一厚扎票子塞到女人怀里说,看看能不能补上被风摇落的麦子?女人还是被那一扎砖头厚的票子镇住了,气自消了大半。王甲六赌博功夫深厚,赌技却也一般,据说根本不靠赌技而全凭运气。他有输有赢,自然也就有痛快淋漓和沮丧不堪。他赢了想赌输了更想赌。无论村人的卑视亲友的苦劝警长的训斥以及最难对付的女人的混闹,一当看见赌友的眼色时全部烟飞云开忘记得干干净净。他的正当营生是杀猪卖肉,从农户手里买得生猪然后自宰自销,累计下来至少也有三几万元的收入了,可大都孝敬给赌徒了。他把自个手中的钱赌了输了又把女人的存折搜出来赌了也输了。

女人终于逮住了一回,撕着耳朵把他拖回家里,今晚输了多少?他态度和蔼满脸堆笑,没输也没赢。女人追问说,去了赌场身上自然装着钱,既然没输没赢那钱也就原数未动就该立马交出来。他依然笑着说他根本没有一块钱只是看看热闹。于是她就扒光他的衣服,搜了里子又搜夹层,果然只搜罗到几张烂糟糟的毛票。她肯定他输光了。打得男人王甲六跳到炕上又蹿到桌子底下,她依然不停不饶地追着打着。王甲六的头上脸上隆起一个个鸡蛋似的疙瘩身上横竖交错着红血印子。王甲六实在撑不住招不起猛地拉开门闩往外逃。女人急了赶上两步一家伙砸在他的未跨过门槛的那条腿腕上。王甲六扑通一声栽倒在门外,挨打的那条腿慌急中甩脱了棉鞋,那鞋窝里哗啦啦飞出一张张十块面额的人民币少说也有七八十张。她顾不得他摔得是死是活赶紧扔下擀面杖捡拾票子。这当儿王甲六已经金蝉蜕壳似的逃走了。他并不十分难受,另一只棉鞋里还藏着五六百块,总算保存下来已属万幸。他又赶往赌场里去了。

辁辘子客刚入不惑之年。他的老子是个笑弥陀佛的屠夫杀手,生就一张笑眉笑脸,却成就了一辈子白刀子进去红刀子出来的行当。无论他怎样和善,毕竟是杀生的刀子手,下九流,入不得王氏家族的祠堂。那些吃猪肉喝猪血的族长族子族孙们入得而杀猪的他入不得,他也不曾认真地想过,不准入就不入了。王甲六生就一副俊相,俊俏的腰身俊俏的肩膀,俊俏的眉眼俊俏的脸庞,开口自带三分笑,谁见了都愿拉上几句闲话儿。人说这娃子承继了老屠夫的全部优长而又排除了老屠夫的缺陷,譬如老子的那双水眼泡儿绝无痕迹。老子入不得祠堂而甲六根本不用顾虑入不入祠堂的问题,祠堂早已改建成龟渡王大队的办公室了。

王甲六长得俊俏而命运不济。他高中刚念了一年却推迟了几年毕业,这其中正好遇着没完没了的"文化大革命"运动。他回到龟渡王村就参加"农业学大寨"运动。他有文化会写又能画常常帮助党团支部搞宣传工作,满村满街的墙壁上都是他写的画的标语口号和图画。他的俊俏眉眼不仅吸引男青年更吸引女青年。他很快成为青年们的领袖,很快取代了已经超龄的团支部书记而成为龟渡王村的重要角色。尽管免不了一些闲言碎语,说入不得祠堂的人的后代居然也在人前吆五喝六,但终因其霉味太重而放不到桌面子上来议。况且年过六旬的党支部王支书特别器重王甲六,明显表示出要把甲六培养成接班人的意向。王支书与刘大队长几十年来貌合神背,谁把谁也搞不掉,谁对谁也服不下,形成这种局面的根本原因在于两人所代表的龟渡王村的两大姓氏。老支书因为比大队长年龄大过十余岁而率先感到了威胁,想在王姓姓氏里培养出一个年轻人来接班,以免大权旁落,王甲六应运而至。刘耀明大队长早已明白这个底里,却不动声色。老支书说要着手培养接班人的工作,他立即表示拥护,而且由他提出培养对象王甲六。

刘耀明既厌恶老支书的狡猾又蔑视他的愚蠢。如果把王甲六安排为一个副书记,那么他就由二分之一变成三分之一了。然而目前从中央到地方都在大喊大叫培养革命接班人,自己根本不能愚蠢地表示抵制;况且王甲六的表现有口皆碑,表示异议同样是愚蠢的。他如果连这点路数都回旋不开岂能与王支书共事到今天?

他早已观察到王甲六和女青年王小妮眉来眼去意思思。他最初一直不大在意,认为那是年轻人的事而现在却觉得有机可乘。王小妮很活泼很积极很泼辣也很漂亮,是龟渡王村学大寨运动中的"铁姑娘"。她老子王骡子却是个吃生米甚至连谷穗也嚼食的顽冥不化的拗熊,他与王甲六的屠夫老子有旧仇,尽管是新中国成立前为地畔争执早已不复存的况且屠夫已经谢世而他仍然记着死仇。他早已向女子小妮警告过,除非王甲六当了接班人倚权借势杀了他才能成婚云云。大队长刘耀明把这一切算计得准确无误,然后就找寻一个合适的机会或者说创造那个想要得到预期目的的机会。机会总是有的。

老支书到县上开会去了,会议专题学习中央关于加速培养各级革命接班人的指示精神,会期三天。大队的工作自然由刘耀明主持,大队办公室也自然由他值班睡觉。他第一夜睡在办公室的土炕上,想着三天后王支书回来就会理由更充足地着手王甲六的任职问题的实施了。第二天晚上他照例坐在办公室里翻报纸,满纸都是有关接班人的论述和报导。王甲六来了,和他商量青年突击队加班夜干修水库的问题,而且提出青年们要添置一个新篮球而必须经大队长批准才能开支。他大大赞扬了青年突击队学大寨的热情而且顺手就在申请买篮球的纸头上签了字。他很爽快果断而不像老支书那么啰啰嗦嗦。他答应了王甲六的要求之后又连连咂舌皱眉。王甲六以为他反悔了忙问究竟。他说他老舅要盖新房是夜夯地基理应去帮忙去庆贺而恰恰不能脱身。王甲六自告奋勇代替他值班。结果是刘耀明披上夹衣上原给老舅父夯地基去了,王甲六睡在大队办公室里值班。

夜半时分。大队办公室里,那个铺着公用被褥的土炕上,王甲六和王小妮正在如愿以偿初试云雨,而且不一而足。春夜里弥漫着春花春草气息的春风从纱窗吹进屋子,两个十分要好十分钟情的青春男女狂热地在那个公用土炕上没完没了地爱抚。他们庆幸得到了一个难得的机会而丝毫不知这是刘耀明设下的陷阱。

后来的事情就完全按刘耀明大队长的准确设计一步一步演进着。王骡子正睡着听见一个陌生的声音在窗外喊：老骡子你狗日还睡！你女子在办公室炕上……老骡子手提板斧，奔出大门时，后襟被老伴扯断了，光着脚一气奔到昔日的老祠堂现今的大队办公室窗根下，一斧头就劈断了纱窗，吓得两个正在柔情蜜意中的男女魂飞魄散，抱头鼠窜。而老骡子未能跳进窗子就气死在窗台上。看热闹的人围来的时候只看见办公室大炕上遗丢着王甲六和王小妮的衣裤鞋袜和擦过排遗物的烂纸……局面像打碎的瓷器一样不可收拾。

当老支书带着自信的微笑走回龟渡王村的时候，他在县上学到的理论以及深思熟虑的决策全部宣告破灭。刘耀明冷静而又谦卑地连连检讨自责，说他失职。王支书只好硬着头皮给自己圆面子，说根本不是失职不失职的问题而是王甲六的自我爆炸。自我爆炸是自林彪死于温都尔罕之后的一个时兴名词。

最惨的是王小妮。有多少个条件优越的求婚者像过眼烟云一样被她拒绝了。现在，王骡子以不顾一切的急躁情绪托亲告友为丢尽了脸面的女儿觅寻落脚之地，不管贫富不论长相瞎子跛子都不在意只要求愈远愈好，而且声言一旦嫁出就不再往来权当女儿死了没那个女儿了。龟渡王村最漂亮最活泼最积极最泼辣的"铁姑娘"终于被嫁到山里去，谁也没见过她的女婿是什么模样，据说不见比见了要好些。

其次是王甲六。他的能写会画不仅不再是一个令人羡慕的优长，而成为令人厌恶的诱人干坏事的手段，他的俊眉俊眼也变成了令人恶心的流氓的标志表征。他长过二十五岁又长过二十八岁还没见任何媒婆媒汉为他提亲做媒。他完了。他灰得比龟孙子还灰。他比龟渡王村揪出来的地富反坏分子还灰。这原因在于，龟渡王村历史悠久，民风淳厚，仁义之乡也！他在村里实在活得太窝囊了。有一天，刘耀明大队长悄悄给他说了一桩亲事。

那个女人其实跟王小妮的遭遇大同小异。离这儿百余里的田家庄的一个女青年和下乡来帮助搞路线教育的一位干部发生了关系，名声倒了，难得出嫁，亦是托人远嫁。刘耀明当干部眼宽路熟，得到这消息，就想到了王甲六。他觉得对王甲六有一种说不出的负疚，这未尝不是一种心理慰藉。王甲六早已失了婚配选择的基本条件，饥不择食地娶回了那个失过身的女青年，就是现在拿着切面刀满村撵着要剁他手腕的女人。

多年以后，当王甲六搂着这个女人睡觉并且有了儿子又有了女儿的时候，他不止一次地想到刘耀明这个人。这个人令他憎恨得咬牙切齿又令他折服得五体投地。和王小妮的风流韵事酿成的灭顶之灾过后不久，他就知道了刘耀明在其中所做的手脚，恨不得用他爸留下的杀猪尖刀捅了那个刀条脸的家伙，然后再一刀结束了自己，免得一想到可爱的王小妮如今的下落心头刀绞般的痛楚。这个并不令他留恋的龟渡王村之所以还使他留恋，仅仅只是看看老屠夫留下的比他还小的两个妹妹和一个弟弟都未成人。当刘耀明给他又介绍下这个女人的时候，他除了平复仇恨更多地折服刘耀明的为人。天哪！相比之下，凭他自己的无知和浅浅的涉世能主宰龟渡王村的大权么？差得太远了！令他安慰的是，刘耀明介绍的这个女人长得虽不及小妮，可也算得女人中的上梢人品，至于婚前跟某下乡干部的勾当根本不必计较，说穿了与自己是殊途同归。平静的生活使他得到满足，这个女人诱人的身体也使他的感情渐渐平复。后来发生的事却使王甲六又一次体味到人生的另一种痛苦和开心。

无论如何，王甲六做梦也想不到刘耀明还会在他的女人身上打主意。在他看来，刘耀明是龟渡王村最厉害的一个人，他的心计和心数儿在龟渡王村可以说空前绝后，老支书根本不是他的对手。可王甲六从来不会想到刘耀明还会搞他婆娘之外的旁的女人。那人的刀条脸上永远没有大喜大怨的时候，那刀条脸永远也看不到谄媚什么人或厌恶什么人，那刀条脸对龟渡王村的男女老少永远是帮你解决一切最困难最琐屑的愁肠事的认真诚恳的态度，你只能完全信赖而不会产生一丝猜忌。

那一年刘耀明承包了大队的砖厂,雇用了一些龟渡王村的男女青年。王甲六一时找不到挣钱的营生,又不愿意下气到刘耀明手下去挣钱。刘耀明大约看出什么而邀请他去当推销员,又请他的女人去做会计和给雇工计工时。事情就从那时候开始起变化。

那一晚他从西安一家建筑单位回来是偶然的机遇,原先说好不回来因为事情的变化而又回来了。回来了就在砖厂刘耀明的卧室的小窗户外听到了他不想听到的那种动静和声音。他在像老骡子一样砸碎窗框的时候却比老骡子多了一副心计也多了一份节制力。他悄悄离开了。

他离开砖厂就跑起来,奔回家门,没有惊动正在熟睡的孩子和老娘,悄悄摸出老屠夫弃置已久锈迹斑斑的杀猪刀,直奔刘耀明家。他叫开了门而且悄悄告诉那个半老女人说,刘耀明喝醉了,呕吐出血来了,要她去关照男人。他拉着惊慌失措的半老女人走出村子以后,就把尖刀的锈痕斑驳的刃子横在她的鼻尖上,威胁她跟他走绝不许胡拧咧,无论她看到什么听到什么而没有得到他的指示绝不许说话或轻举妄动……他把她像吓傻的猪一样拖到砖场的窗户下。

她听到了窗户里头床上的令人噎死的淫荡的声音,又看见鼻尖上横着的刀刃,一下子气死过去了。王甲六一刀割断她的腰带,就在窗下的台阶上码下了她的裤子。她迅即醒转来就再也忍不住了,叫起来喊起来撕扭起来。王甲六死死压着她洋洋得意地说,现在你喊吧你叫吧声音越大越好……

紧锣密鼓似的过了一天,刘耀明在砖厂摆弄下一盘腊汁羊肉和一盘腊汁牛肉,两瓶西凤酒,邀请王甲六。王甲六和刘耀明坐在当面,心情竟是从未有过的沉静。他侮辱了刘耀明比刘耀明欺侮了他更使他觉得划算得多。他已经无所顾忌而刘耀明却顾忌甚多。他冷眼瞅着刘耀明掏出来的一厚扎票子迫使刘耀明又缩手装回口袋。刘耀明对他再不是一个可怕的蝙蝠翅膀而不过是一只癞蛤蟆。他解除了多年以来那有形无形的蝙蝠翅膀投射在心里的阴影。他报复了他想报复的一切而酣畅淋漓。他根本不计自己付出的代价因为他的代价早已付出的太多。他第一次觉得和刘耀明坐在对面没有畏怯之感了。

酒后的默契是各行其是和忘却前嫌。刘耀明继续承包砖厂一年比一年挣得多。王甲六把老屠夫杀猪刀上的锈痕磨光擦亮，无师自通地干起了白刀子进去红刀子出来的祖传营生。那个女人经过一番风流二番惊吓之后也收缰拘心，跟着王甲六压猪腿拔猪毛卖猪肉。两个身上和手上都沾着猪毛油腥气息的肉体互相不能嗅觉，倒显出相对的安静与和谐。

王甲六日子好过了，钱多了，老娘突然仙逝，高血压致使一跤而毙命。王甲六大动响器，八挂五的乐人外加一台木偶戏，公社电影队的电影连放三晚，七寸厚的松木棺材是龟渡王村死过的老人中的最高级享受。他的两个妹妹早已出嫁不提。唯一令人惋惜的是弟弟入赘过继到县城跟前一个无男娃的人家里去了，那时候王甲六正背霉正困顿正活得人不人鬼不鬼毫无办法挽留亲爱的同胞弟弟。现在，当他久久地跪在新堆成的母亲的坟堆前，茫然瞅着和新坟并列的荒草萋萋的老屠夫的旧墓堆时，心里忽然幻起一股黄烟，弥漫过头顶又迷蒙了眼睛。他久久处于一种茫然的无知觉状态。

王甲六醒过来时，看见缀满天幕的星星。星际那么浩渺又那么虚幻，离他那么近又那么远，看去什么都清清楚楚又什么都朦朦胧胧……他觉得自己可怜可笑又十分可憎。他觉得刘耀明可憎可笑又十分可怜。

第二天早晨，他从帽子上摘下了孝布扔在炕角里，觉得为母亲守孝白布要戴过百日的仪礼也十分可笑。他没有踏上自行车走村串庄去收买肥猪。他想散心了。他想逛他妈的逛一逛了。他把千余元现钞塞进腰里就搭乘远郊公共汽车进西安逛去了。其实他在西安只逗留了半天，看见那些穿着时髦新装的年轻男女在大街上勾腰搭背的亲昵动作，忽然想到了小妮！哦！恍若隔世啊仅仅只不过十来年光景。他找到山里去，没有找到王小妮而终于弄清了可爱的小妮的下落,她在新婚之夜就走进了自己的坟墓。他在山里小镇上逛了两三天,竟然绵绵思想与小妮的魂灵陪伴……他再次回到西安城里,进电影院看不完最叫座的时髦电影而提前退场,进豪华餐厅叫来一桌酒菜拨拉不了几筷子又惶然离去……他终于如愿以偿带着一副米黄色骨质麻将回到龟渡王村里来……

王甲六现在给派出所掏厕所。派出所的一切杂事脏活都留给那些被抓进去的倒霉鬼干了。轱辘子客王甲六用铁勺舀挖腥臭不堪的秽物的时候,忽然想到自己四十年来的这许多劣迹,而又无可奈何,正像人总想走一条笔直的路而其实每一步都歪着一样无可奈何。他现在等待县公安局拘捕车来载他进拘留所。警长正忙着办理拘捕他的手续。午后,警长回到所里时突然通知他,尽管他属屡教不改早该收监劳改仍然再给他一次机会,今晚在龟渡王村召开村民大会,让轱辘子客王甲六和那一帮轱辘子客向村民坦白检讨保证。

轱辘子客王甲六却竟然感到小小的意外。

坐乘供销社的运货卡车,王甲六回到龟渡王村昔日的祠堂前多年的大队革委会如今的村民委员会办公室。一进院子再一进屋子,那个土炕依然盘踞在那儿。那个留下他和王小妮半宿风流一生悔恨的土炕啊!

他听见了那个熟悉的昔日曾令他毛骨悚然而今又令他恶心的声音。嘿!刘耀明。刘耀明老了也更老到了,刀条脸上的表情比以往任何时候都更趋成熟了。刘耀明和警长又和乡长安排着今晚的大会议程。刘耀明推托让别人主持会议说自己老了不行了。警长和乡长一致说他是村长不出面主持这样的大会太不像话。刘耀明根本无法推脱就勉强接受下来了。王甲六蹲在墙角旮旯里,心里呼呼呼往上蹿火,刘耀明有什么资格主持批评教育我王甲六的大会?他龟孙子给我回话求和还来不及哩!他忽然从地上蹿起来一蹦蹦到警长当面:

"警长乡长乡长警长……我有一句话要说,龟渡王村任何一个安着鼻子安着眼睛的人主持这个大会我都诚心实意作坦白作交代作检讨,只有这个……刘耀明……没资格主持批判我的会……"

警长和乡长一齐瞪起眼睛。

乡长说:"这事你管不着你只顾作检讨!"

警长说:"啥时候了你还不老实!"

轱辘子客王甲六急了也豁出来了:"我宁愿去坐监去劳改你们现在立即送我去县拘留所,可我绝对不愿意再听见刘耀明在我面前说三道四!"

乡长似乎听出什么蹊跷,对警长示一个眼色就做出和蔼耐心状:"你甭急你甭躁你说说到底有什么问题?"

轱辘子客想把刘耀明从根到底连兜子翻一遍,忽然想到自己曾经用锈痕斑驳的杀猪尖刀割断刘耀明婆娘裤腰带的犯法的事,他咬着嘴唇瞪着眼睛半天说不出一句话来。再闷下去就会给乡长和警长造成无理取闹的印象,轱辘子客王甲六脑子一转就改口说:"刘耀明倚仗职权承包龟渡王村集体砖厂,承包租金少得跟白占一样,你是乡长你是警长为什么不管他只抓我王甲六赌博?"

乡长骤然变色训斥说:"刘耀明的问题归刘耀明,砖场承包合理不合理也不是你一个人说了算,你赌博成性屡教不改至今仍混闹不休看来真是无可救药了……开会开会立即召集村民开会!"

警长也厉色道:"看来你是不想珍惜我给你的这个最后机会了?"

轱辘子客想说什么却说了风马牛不相及的话已经颓然闭起了眼睛,扑通一声跌坐在地上,嘴里嗳嚅咕哝着什么话,谁也听不清,谁也不再想听他胡说什么,只顾忙活召集村民开会。

龟渡王村几年来甚为稀罕的村民大会,说定了最终还是由刘耀明主持。

一九八八年二月十三日
于白鹿园

关于沙娜

这个作家是一位工作和生活都十分正常的作家。天明即起,洒扫清洗,早点自烹牛奶鸡蛋,外加一块馒头,然后坐下来写字或读书;没有废寝忘食,也没有彻夜长熬;不喝酒,更不吸烟;似乎也没有什么抢眼的卓尔不群的风度,读者从报刊上看见的照片,也正常普通,没有目极八荒的伟岸,没有双臂架椅纵论天下的派势,也没有手搓长发眉头紧锁誓与民族共死生的痛苦万状的景象。这个作家很平和,生活和工作平静的时候很平和,被生活和工作中的龌龊事狠狠地龌龊着的时候,依然很平和,把愤怒用平和表达出来的时候,就成为一种个性,一种风度。据说作家出身于一个古典文明很纯正的家庭,培养孩子的诸多戒律中有一条很难做到,不许喜怒无常情绪失控。这样的家庭和受这样律条训诫的孩子也不是绝无仅有,所以并不排除作家性情中的先天性因素。

作家现在骑着一辆自行车正在往回赶路,乳白色的水雾说不清是在消散还是朝峡谷里隐退,笼罩在雾帐下的村庄渐渐裸现出来。灰黑的瓦和粉白的墙,在庞大的树冠下在密如壁垒的竹林中时隐时现,时有一幢幢款式新颖的小洋楼从眼角掠过,有鹤立鸡群的感觉。作家的头发和眉毛上都凝结着细密的水珠儿,面颊也湿润润的。作家每天早晨醒来,不洗不梳,便踏上自行车驶出县城,来到纯粹属于农民生活的某个村庄某个岔口某条山沟的地方,有时候跑出去二三十华里,尚未铺垫柏油或水泥的坑坑洼洼的山野道路,既要求你紧握双把儿,还要你目不斜视心不二用,对轮下的路况做出选择随机应变调动车头,稍微马虎就可能被石头撞翻,被窝进深坑,或绊倒在拖拉机碾出的七歪八扭的辙道里。作家的大脑和心脏在简单的专注里得到调节和休息,还有整个身体的锻炼。在这样的山地沟谷间的自然状态的村路上骑自行车,使足部、小腿和大腿的肌肉得到锻炼自不必说,腰部、双肩乃至整个身体每一个部位的肌肉、筋骨和血流,都在频频的小颠大簸中运动不息,心脏、肠胃等内脏都在颠簸里颠簸着。作家有意或无意地自我抚摸时,都明显地感觉到了双腿双臂腹部和臀部的肌肉重新紧凑起来重现弹性。作家骑车到某个择定的地段,扔下车子,在田间小埂上随意走走看看,或者在草地上做一点踢腿舒臂的轻微运动,然后再骑车返回日渐繁华日渐喧嚣的县城。作家两年前开始这套别出心裁的晨练项目的时候,县委书记正儿八经对此事做出安排,让一位司机送作家到任何感兴趣的地方,晨练完了再送回来。作家不做解释,淡淡一笑说,那我就不去了。书记很诚恳地解释说,你的写作我不懂行也帮不上忙,但我得负责你的安全。山大沟深野兽出没,人也可悍,万一出个差错谁也受不了。你是名牌作家,是稀有动物,是大熊猫是金丝猴是朱鹮。我的职责是保护,这是上边领导叮咛过的。作家仍然淡淡地笑着,心里却想,自己在草地在田埂上伸胳膊踢腿,弯腰仰背撅屁股,让一个小伙子站在旁边是不可思议的。况且,骑着自行车所发生的身体各个部位的颠簸的美好感觉和奇妙的健身效果,统统没有了。作家说,忘了给你交底儿,我曾经在省武术队受过专业训练,三五个人近不得身,尽可以放心。

　　作家骑车驶进文化馆的院子,一眼瞅见自己的门外站着一位年轻女人,墨绿的裙子和粉红的短袖衫,就像在瓦沟和砖缝都透着千年古气的小院里浮现着的一朵清丽的荷花。作家来深入生活时,选择了文化馆作为栖息地,主要是空间里气氛的适宜。文化馆设在孔庙里,平房很多,虽然破旧,却不断修补,漏了修塌了补,画画的跳舞的唱戏的写作的和行政管理的干部们快活地生活在这里,和这些古老的平房一样古老的合抱粗的柏树下,每天早晨都有一层乌鸦粪,绝无仅有的一方和谐之地。

"秦书记——"

作家骑车到自己门前,刚跳下车,正打算招呼等候自己的女人,对方却先开口了。这个女人很漂亮,脸上和胳膊上裸露的皮肤很细腻白净,眉眼和脸上的气韵都很大气。这样的眉眼和这样的气韵,在纯粹的山民的宅院里是看不到的,也区别于县城街道上那些晃来荡去的天不怕地不怕只怕警察的女人。作家问:"你找我?"

"对。秦书记。"

作家开锁,先让客人进门,自己再进去。作家让客人坐在沙发上,把一只沏上茶的纸杯放到客人面前的茶几上,也给自己那只瓷杯添上水坐下来。作家问:"你找我有事?"

"对。秦书记。"

"你说吧,啥事?"

"我要当乡长。"

作家稍稍愣了一下,确是意料不到的事。作家眨了眨眼,专注地看着这个要当乡长的女人。女人确实很漂亮。在门口初看一眼是漂亮,现在坐在对面再看还是漂亮,粗粗儿扫过一眼很漂亮,专注地细看起来更漂亮。这个漂亮女人坦率而又平静地说她要当乡长,说过之后依然是坦率和平静。这样漂亮的眉眼里蕴藉着坦率和平静,就使漂亮有了气韵和质量,作家发觉自己已经喜欢上这个女人了,这样坦率地"跑官要官"的人,作家竟然喜欢上了。

"你在哪个单位工作?"

"三岔沟乡政府。"

"噢!我唯一没有去过的一个乡。"

"欢迎你去。太远了,路不好走。"

"我已经习惯山路了。"

"你去了,我陪你到下边去看看。"

"你说你要当乡长?"

"是。"

"你现在是副职吗?"

"不是,一般干部。"

"你在乡上分工做什么工作?"

"名义上是搞妇女工作,其实啥都干,啥事紧火了就干啥,哪儿戳下窟窿了就补哪儿。"

"你为什么一定要当乡长呢?"

"我觉得我能当乡长,我要是当上乡长一定是个好乡长,我肯定能当个好乡长。"

"你们乡上给县上推荐过你吗?"

"不推荐我还臭我。"

"为啥?"

"我回答不了,我也弄不明白。"

作家不好再问什么了,这个要当乡长的女人显然是不想正面回答,而不是回答不了,更不是弄不明白。她前面说的"还臭我"的话,实际已经是答案了。这里留下的令作家推测的可能性是多向的,这样短而又浅的交谈无法得出明晰的结论。作家便想松弛一下,绕开话题:"你叫我老秦吧。别叫官名了。那个官衔是为我下乡方便,没有实际意义,作家兼职的官衔跟一般官衔有区别的。"

"你甭推。"女人说,"我知道你是兼职,我也知道你并不管县上的具体事,我只是让你给书记把我提一下。"

"我不推,我可以提建议的。"

"对,这就对,我就是想让你给书记把我推荐一下。我一个普通乡干部,要见县上领导,比见总书记还难。"

"我好坏也是个书记嘛!你连招呼都不打就来了……"

"你是兼职,你也说你是兼职咯!你要是真的当上管事的书记了,肯定也就一毯样儿的难见了。"

"你的嘴好畅快哇!"

"你是说我说了个毯字吗?而今毯字都被人嚼烂了。酒席上一个毯字从头说到尾,讨论会上一说到毯就生龙活虎了,男人不说毯没人缘,女人不说毯不可爱,领导不说毯脱离群众……哎呀!你们作家不是整本整本写毯的文章吗……"

"你这么漂亮又这么年轻,开口闭口就是毯长毯短地说话,也是为讨个好人缘呀?"

"反正我走到哪儿也躲不过个毯字,我就说,他说我也说,他说我不说他就得意了,我也说了他反而得意不起来了。"

"噢!有这样的效果?"

"难道你没有遇到过?"

"遇到过,城里人比乡里人还喜欢说。"

"你也躲不过吧!躲不过你咋办?"

"跟你一样——也说。不过,没有你那样的效果,我如果掺和说了,他们就更兴奋更肆无忌惮了,恨不得把毯皮子剥开说。"

"我还以为城里人文明不说哩!"

"一毯样儿。"

随之是漂亮的女人爆发的笑声,她先是仰起头笑,笑得浑身颤抖,粉红色的鼓胀的胸脯悠悠地颤着,直到扭过身子趴在沙发一边的扶手上,半天直不起腰来。她已经笑得浑身瘫软,再也发不出笑声,却仍然抑制不住想笑,喉咙里就喷出"嘿……嘿……嘿"的声音,缓缓地抬起头来,断断续续地笑着说着:"秦……秦书记……你也……敢说毯……哩……"

作家自己反而不笑,作家也没有生活在真空中闺阁里,在城市的文化人圈子里,以男女生殖器创作的或隐晦含蓄或直白粗浅的"段子",层出不穷花样翻新繁茂不衰。餐桌上传统的猜拳行令的娱乐方式早已消亡了,"黄段子"成为美酒佳肴的佐料或者说进行曲,作家的耳朵早被毯的进行曲磨出膙子了,作家说:"你一口一个毯字我都没笑,我说了一回你就笑成这样儿。"

"你是……书记……还是……作家……嘛!"

漂亮的女人喝了口水,拢了拢头发,脸上就恢复平静了:"你看看,咱们也是说起毯来就把正经事儿忘了哩。哦!秦书记,你就在书记面前推荐一下我。"

"我除了听你说了一通毯,啥也不了解呀,你能不能给我说一下你的政绩,只说你。"

女人甩了一下头发,喝了口茶,开口了。

"我只说修水电站的事吧,我们乡最僻远了,电还不通。三任乡长都想修个小发电站,都没有修成,水电局不给钱。我给乡长说你把这事交给我吧。乡长说我们几个头儿齐上阵了都要不来钱,你能成?我说反正你们已经没决可掐没猴可耍了,我来试试。不出两个月,我把钱要来了。现在,有电了。"

"你怎么要来的,上床?"

"看看看看看!你看看看看看!连你秦书记都这样说,难怪别人臭我哩!"

"我跟你说着玩哪!"

"我把钱要来了,却把我搞臭了。都说我把局长哄到床上才把钱要来了。人家编得有鼻子有眼儿,连细节和对话都活灵活现,比小说写的还曲折比黄片演得还露骨。秦书记你也是个女人,我就给你说一句最难听的……说局长见了我连老命都不要了,一夜弄了八回第九回休克了……你看看他们怎么臭我!"

"你应该让乡长出来说话。"

"现在谁能堵得住谁的嘴!反正又不违犯'四项基本原则'。"

"那你怎么还在那儿工作?"

"我不管,管不了也就干脆不管。局长也惨了,他老婆跟他闹,我倒是替局长难受了,别人乱说是一回事,家里人闹就麻烦了。我就去找局长老婆,那老婆一见我鼻子都歪咧,我一手抓住她打过来的两个手腕儿,她连动都动不了。我真的学过拳道。我听说你也练过。我用另一只手指着她的鼻子,'论权论钱,数上你的老汉,论起毬来,你看看我家小伙子。'我把我丈夫的相片支到她眼前让她看,我又说,'你老汉是个好老汉,少有的好老汉。你把这个好老汉的脸抹得五麻六道,你作孽!'我把她的手撂开,我走了。那老婆居然没动静。"

"嗬!我真刮目相看了。那么你说说,你怎么把钱要到的?"

"其实也是我遇上好机会了。前头三个乡长要不来,也该轮到我们乡了,再不给我们就没有说辞了。当然,我也陪局长和相关干部吃饭喝酒,酒席上,我发现局长也爱读爱听毬的段子,我也就凑热闹说,局长爱听爱说,人家从来也不动手动脚,这是个好局长,现在可真应了一句俗话,'好人落下个赖名誉'。"

作家听到这里,很肯定地说:"我给一把手推荐,我肯定会推荐。"后半句话她没有说出来,相信聪明的女干部会想到。果然,直言要当乡长的漂亮女人自己说出来了:"至于人家提不提我当乡长,你也管不了,我只要你推荐一下。"

作家送女干部出门,突然记起来忘了问名字:"你得把你的尊姓大名留下呀!"

她已经用脚拨开了自行车的车撑棍儿,回头笑笑:"沙娜。挺洋的吧?"

"你现在回三岔沟?"

"还有拨款的尾数没到位,我去水电局催。"

那女人已经跨上自行车,旋即又跳下来,对作家说:"我给你带了一袋蘑菇,新鲜的。"

作家一看,窗台上有一只白色塑料袋,扎着口,拎起来沉沉的。

"喂!书记,我是秦业。"

"噢!秦书记,什么事?你说。"

"这段时间县委不是正在调整中层和乡镇的领导班子吗?"

"是。有什么事你说。"

"我给你推荐一个人——"

"谁?"

"三岔沟乡的女干部沙娜。"

"这人——你甭说。"

"你认识呀?"

"我认识不认识你都甭说。"

"这人挺能干的……"

"这人你甭再提。"

"为什么?"

"甭问为什么。这人你甭说。"

…………

作家秦业把电话机扣好,没有想到会是这样一个结果。她想到书记即使不满意,也会缓然处理,诸如通常所用的办法,让组织部先了解了解情况吧!唯独这样干脆利落的否定,显然不是她印象中的书记处事的习惯。作家不用回味,那不假任何思索没有丁点犹豫不留丝毫回旋余地断然拒绝的态度,起码证明一点,沙娜在书记的印象里是很糟糕的,连说都不能说连提都不宜提的,根本进入不到"考虑考虑"的层面。书记敢于这样断然表态,还证明了另一点,书记对沙娜很熟悉。在全县几百名干部中,单是各部局各乡镇的党政正副职领导干部,书记也未必能一一叫出名字,一般普遍干部办事员就更马马虎虎了,然而却认识而且熟知沙娜,可见沙娜如果不是因为出类拔萃的漂亮而招人注意,肯定就是别的什么原因了。作家唯一能想到的还是沙娜提供给她的陪水电局局长喝酒说毯的事,也许……也许是没有底线的,也是没有意义的。

作家陷入一种少有的心绪麻乱的状态。她本来正在赶写一部中篇小说,这是山区风情系列中的一部。前头已经发表的几部反响颇好,已有出版社邀约结集出书,这无疑是令作家最惬意最舒心的事。她没有料到进入山乡以来的感觉如此敏锐,甚至某乡民的一句话都会激起创作冲动,她素来写城市里各色人物的生活纪事和人生沧桑。她生在一座北方古老的城市,长在这座城市也工作在这座城市,而且是这座城市中传统文化甚浓的家庭,除了夏收秋收到郊区农村帮助农业合作社收麦子掐谷穗等短暂的接触之外,最长的一次乡村生活经历是到农村搞"四清"运动,原定半年时间,结果因为"文革"开战而中途撤退了。她没有料到五十岁以后到陌生的山区乡村还会产生这样敏锐的感受和体验,一篇篇大大小小长长短短的小说、散文连续涌泄出来,真的是获得写作上的二度青春了吗……现在,漂亮的沙娜却把她搅乱了。她原打算给书记打个电话推荐一下,甚至不算推荐只是提说一下,至于适宜不适宜提拔,不仅不是她管的事,说穿了她自己也心里没谱儿,她仅仅只是看见了一张山区少见的漂亮的脸蛋,听了一番为修水电站要钱以及派生出来的风波,她自己也没有力主推荐的意思,只是提说一下。书记反复了三四次"这人你甭提说"的话,反而把自己心里弄得不安宁了,坐不下来也提不起钢笔了。

她喝罢自煮的牛奶,就锁定了分管水电工作的石副县长,拨通了电话。

"喂!我是秦业。"

"啊呀!秦大姐,我都想死你了。"

"甭作秀了——电话可是我打给你的。"

"兄弟不敢骚扰你呀!你给人民制造精神食粮哩!"

"贫!"

"嘿嘿嘿嘿嘿!老姐有何盼咐?"

"我想见一下大驾,有空儿没有?"

"这哪敢马虎,兄弟恭候。"

她之所以锁定石副县长,唯一的原因就是可以断定他了解沙娜。三岔沟乡修建成功小水电站,在县上也算得一个不大不小的基础设施建设工程,主管水电工作的县长不会不认识要回资金的沙娜。再说,石副县长是本地猴儿,从山里走出去念了书又分配回老家山区县工作,从乡里干到县里,又从县里下到乡里,再从乡里调回县里,几十年来上上下下往返调动,把县机关和下辖乡镇的旮旯拐角都踏踩过了,无异于一部活档案,不会不认识沙娜的。她便骑上自行车,想听听石副县长关于沙娜的印象。

"忙啥哩?"

"没忙啥。"

"看你桌上摊下这阵势——"

"哦!清理清理,及早清理一下。"

作家秦业听出"清理"一词中不寻常的语气,敏感地感到一种"交手"的意味,就开玩笑说:"高升?拍屁股要走?你可怎么撂得下那几个相好呢!"

"再多也不行!再多也不抵老姐一个。"

说罢便哈哈大笑,十分畅快地笑。秦业也笑,却是败下阵来的笑,也畅快。在现任的县委和政府的领导班子里,石副县长是她唯一可以肆无忌惮地开玩笑的一位,一是年龄相仿,都过五十了,超越了人生容易引起麻烦的年龄区段,自然还有个性,一个不足二十岁的中专毕业生,在这个县干到五十多岁也干到副县长这个位置上,没有才干没有政绩和没有精明乃至没有一点油滑都是不行的。他的年龄已不允许他继续待在副县长这个位置上,这是毫无疑义的,到哪个位置上去,秦业却不知底儿,现在,看阵势是有眉目了,她就问:"去哪儿?敢告诉老姐吗?"

"对老姐我啥话都敢说,前几天跟我谈了话,到政协去。"

"当主席?"

"噢!"

"如何?"

"好哇,临终混个正县级,再晃荡几年,回家抱孙子,咱这人嘛!尽够了。"

"好,你倒是知足。"

"人得活个明白,人活得明白才活得自在。"

"挺富于生活哲理的。"

"你看看,县长刚挂上四十,书记还不到四十,让人家年轻人指挥咱一个半大老汉,甭说咱心里受话不受话,人家年轻人也别扭。"

"人明白了话就好说事也好办。我想向你打听一个人。"

"谁?"

"三岔沟乡的一个女干部,沙娜。"

"唔!"

"认识吗?"

"你,怎么问这人?"

"我,怎么不能问?"

"一般女人都不问这人。"

"你说什么?"

"女人一般都不问这人。"

"为什么?"

"我没有研究。"

"哎呀!女人一般不问她,那么问她的都是男人了?"

"基本如此。"

"什么原因?"

"我没有研究,只看见现象,现象就是这个样子,为什么是这个样子,我没研究。"

"问她的男人里头有没有你?老滑头!"

"哪轮得上我这老汉呢!"

"这话怎么闻着酸酸的?哈哈!"

"哈哈哈!"

秦业就不再坚持问下去,再问下去,就显得自己不明白了。然而又不甘这样的结果,她也用石副县长半是正经半不正经的口吻说:"还没卸下县长的乌纱,说话已经像政协主席了。"

"唔？你说什么？"

"说话已经像政协的主席了。"

"县长怎么说话，政协主席又怎么说话？"

"县长就像你昨天那样说话，政协主席就像你今天这样说话。"

"有什么差异？老姐你甭损我！"

"我没研究。我只看到现象，现象就是你这个样子。有没有差异，为什么会有差异，我没有研究。哈哈哈！"

"哈！弄半天你把我装进我的话里了！老姐，你也够滑够损的！哈哈！"

……

秦业骑上自行车往回走，县城的街道真可以用日新月异来形容，上回看见的杂货铺，现在已变成装饰一新的小超市了。洗头洗脚的门面似乎又添了好多家，总是标着温州的牌子，而门口招徕顾客的小姑娘却未褪尽当地人的胎音。她又嗅到一缕幽幽的香味，只有烤红薯的香味才能诱发人的食欲，即使你刚刚吃过饭撂下碗筷，仍然会诱发你走到烘烤炉前掏出零钱来。她一眼就扫瞄到了左侧街角那只用大号汽油桶改装的烤红薯的火炉，一个穿戴颇利索的年轻人站在炉前，她便走过去。

她把两个烤红薯放在车前的筐兜里，自然地又想到吃红薯的风波。她刚到这个山区县不久，一位办公室的女干部来找她，传达领导指示，作为县委领导人，不宜在大街上啃烤红薯。秦业没有给女干部解释，她只是传达而已。这位女干部后来又来传达过一次，建议她最好不要穿旗袍上街。无须解释，同样是在群众眼里的党的领导者的形象问题。秦业后来知道，她的行为已经被编成"段子"，在餐桌茶社流传：县委秦副书记穿着开衩很高的旗袍，坐着当地农民开的"拐的"（三轮篷车），手里攥着烤红薯啃着，引得市民争相观赏，交通为之拥塞。她穿过旗袍上街，她也在街道上边走边啃过烤红薯，她从文化馆到县委开会或办事，乘坐过当地人称叫"拐的"的带篷三轮车，车费仅仅一块或两块,图得省事,而没有叫县委的轿车。人们把这真实发生过的三件事焊接在一起,就有点滑稽的意味了。她后来买了一辆自行车,她还是穿旗袍,各色裙装里她就喜欢旗袍。她仍然买烤红薯吃,只是忍着馋劲儿,回到屋子里吃。人们可以在餐桌上永不厌烦地说那些以男女生殖器官编出的极富智慧的"段子",却不能容忍你在街道上啃烤红薯。秦业骑着自行车驶进文化馆大门的时候,突然把"拐的"、旗袍、烤红薯与沙娜联系到一块。如果她不是个作家而是一个县或乡的干部,如果还有坐着"拐的"穿着旗袍啃吃烤红薯的行为,能否提拔为一个乡长呢?这个联想仅仅在一瞬间发生,到她打开自己的门锁坐下来之后,似乎又把这个联想推置一边了。

秦业给自己新沏了一杯茶,秦业坐在沙发上啃着烤红薯,隔年的红薯烤熟后的味道更加绵软香甜。当地农民用什么方法居然能把去年秋天挖下的红薯储存到今年夏天,真是了不起的进步。沙娜肯定提拔不了乡长了,"这人你甭提说","女人一般都不问这人"这些话里的潜台词可以作多向猜测,而结果却是清楚的分明的。她对沙娜也就刚刚见过一面,只看见一张漂亮的脸蛋和甚为畅快的说话,唯一的政绩就是为三岔沟乡要到了建立小水电站的款子,仅凭这些,她也是无法心地踏实信心十足鼎力推荐沙娜的。

秦业随一个文化代表团出访欧洲,几近一月,再回到县上再推开古柏浓荫遮蔽下的文化馆的房门的时候,似乎从虚幻的世界终于踩踏到实处。她仍然没有忘记给自己买两个烤红薯,这红薯分明已是今年的新鲜红薯了,红薯远远没有长到它应该长成的个头儿,味道也是一种尚未成熟的绛生味儿。农民急于卖钱,早一天上市就抢一份好价钱。秦业咀嚼着这绛生的嫩红薯的时候,所有西餐无论法式的荷式的都被从胃腔里扫荡净尽了。

有人敲门。

通讯员送来厚厚一沓传阅文件。

秦业一手拿着红薯啃着，一手翻检着文件。把那些必须要阅读的篇幅又比较长的上至中央下到省市县的文件先浏览一下标题，分检出来，准备随后再读，她看到一份单页的干部任免的通知，她看到了沙娜的名字。

沙娜被任命为乡长了，沙娜不在三岔沟乡任乡长，而是调派到五里坡乡任乡长。

秦业的眼睛凝固在那页简短的文字上，沙娜两个字在纸页上舞蹈，沙字蹦起来娜字落下去，娜字弹起来沙字落下去，沙字娜字一起弹蹦起来又一起落下去又并头弹蹦起来了，那页白纸像杂技场上的弹床，秦业被那两个弹蹦着的字弄得眼睛都花了，头也有点晕眩，就把眼睛移开，发现拿在左手里的烤红薯已经攥成一把泥，从手指间从后掌下流出来……

二〇〇三年二月十二日，二府庄

猫与鼠，也缠绵

"我要见局长。"小偷说。

"你说啥？我没听清楚你再说一遍。"警察李猛乍从椅子上跳到地上，大声反问。

小偷垂下头，没有再说一遍刚刚说过的话。他相信李警察把他刚才说的话都听清楚了。他和李警察中间的距离大约也就是三米远，他蹲在墙根下，李警察跷着二郎腿坐在椅子上，他的口齿清晰吐字很正声音也大着哩，李警察不会听不清。恰恰可能是李警察听得太清楚了，而且大大出乎意料了，一个小偷一个小毛贼，怎么敢挑选审讯他的警察呢？而且要局长亲自来，太出格的要求。李警察从椅子上蹦到地上的举动和他佯装没有听清的反问的语气里，有惊诧，有嘲弄，有蔑视。他让他再说一遍的真实语气是，你是个什么货色你为老几你是皇上的外甥吗，居然敢叫我们局长来审讯你？小偷扬起头瞅了一眼李警察，李警察整个脸上的表情证实着他的猜忖。其实，小偷在提出这个要求之前，早就预料到了李警察会有这种反应的，他自己也明白局长是不可能去审讯一个小小的小偷的。这样，小偷又垂下头，没有按李警察的命令再重复申述要局长来的要求。小偷以为不再说比说更能表明他要见局长是认真的。

"说！把你刚才说的话再说一遍。"

"你都听清了……"

"听清了也还要你再说一遍。"

"那我就再说一遍——我要见局长。"

"你再说一遍。"

"我要见局长。"

"再说一遍。"

"……"

小偷不说了。他现在不敢说了,再说脸上可能就要挨耳光或溅唾沫了。他低垂下脑袋,看看李警察是否还坚持要他再重复那句话。

李警察放弃了。李警察一只手夹着烟卷,另一只手反叉在腰里,在屋子里踱步,竟自乐呵起来:"我办了十来年案,大贼小贼都交过手了,还没见过哪个贼娃子开口先要局长亲自来。嗨呀呀呀……"

李警察嗨呀呀呀地笑着,确是把诧异、鄙夷、蔑视以及好笑等丰富的内容,都揉进那听来颇为轻淡的笑声里了。按说,平常发生的这类小绺小偷案子根本就进不了市局的门,属于案件发生地所辖的派出所的正常业务,局里办的都是上了档次的大案要案,李警察也不会上手问的小毛贼,居然提出要见局长,真是有点滑稽可笑了。

李警察唯一感到新鲜感到惊讶的是,这个小偷偷到了公安局里来了,偷到他的办公室里来了。这是他万万没有想到过的事。这样的案子本身就很滑稽。这样的小偷也就更滑稽。想想明天在局机关传播开以后,会是怎样的惊诧和滑稽。想想这样滑稽的案子在市民中传播开来以后会引发怎样的街谈巷议。这样滑稽的事,偏偏撞到李警察腿上了。完全是撞上了,不经意间撞上了。像他这样肩负本市大案要案侦破重任的警察,必须审讯这个给本局制造滑稽的小毛贼了。小毛贼居然还要见局长。嗨呀呀呀呀!李警察忍不住又笑起来。

这个滑稽的案子,撞得真是太巧了。真得相信世界上确实有这样不迟不早不偏不差恰恰巧巧的事让人撞上。

李警察明日一早要出差,自然还是追查案件线索。这种差事对他这种职业来说是家常便饭,早已习以为常,早已没有了普通人出远门前夜的精细准备和对陌生之地的新奇和激动。他在收拾几件简单的行李时,突然发现把火车票忘记在办公室抽屉里没有带回家,说好局里公车明日一早到家接他送站的。妻子说:"这么晚了,算咧不去取咧。明天一早让司机把车拐进局里去拿。"他沉吟了一阵儿,最后还是决定当即去取回来。许是职业习惯,习惯里充斥着严密,不容许疏忽也不允许拖沓。他说:"别让司机拐来拐去的了。我很快就取回来,不过半个小时。"他就骑上摩托车从城圈外的住宅地进到最繁华的老城区了,在办公室就撞上了这个正在行窃的小毛贼。如果听了妻子的话明早顺路来拿火车票,这场滑稽的捉贼和审讯就会错过了,没有了。

他按局机关军事化的严格管理规定,把摩托车停在东墙下的车棚里,就走过院子,进入办公大楼的大门,轻捷地上着宽敞的水泥踏级。大楼里空空荡荡,该关的灯都关掉了,楼道里昏昏暗暗,只有厕所的灯照亮着白布门帘。他突然想到,既然楼道里的灯都关了,还开着厕所的灯干什么,给谁开呢,生活里常常就有这些盲区。他上到三楼了,一个人也没有见着,这是正常的不足奇怪的事。他走到自己的办公室门口,摸着黑就把钥匙往那个圆形黄铜暗锁的锁孔里插。准确无误地插进去了,无须解释,再熟悉不过了。他往外扭动钥匙,扭动了,门却推不开。他怀疑是否拿错了钥匙,顺手把门边墙上的灯按着了,楼道里一片空前的灿亮。钥匙对着哩嘛!他心里同时想,不可能错嘛!这门的钥匙几乎跟自己身上的某个器官一样熟悉,怎么可能拿错呢。他又把钥匙捅进去,又往右边扭动一下,仍然是钥匙顺利地扭动了,门却推不开。他怀疑是不是锁子失灵了?滑丝了?可下午开门时还好着哩。他第三次扭动钥匙的时候,右肩顺势就抵到门上,用力一顶,顶不开。尽管顶不开,他却隐隐看到锁子部位的门板和门框有了一点错差的位移。这一刻,他的头发噌地一下竖立起来了。锁子和钥匙都没有问题,正是那两公分的位移证明了这一点。那就肯定是屋里有人顶着门,这人肯定不是正常的人了,黑着的灯就又证明了在屋子里潜藏的人属于什么样的人了。所有这些判断,都是李警察在用右肩一抵的瞬间完成的。他随之在接着的一瞬间就声色俱厉地叫起来:"谁在里边?开门!"他已经离开门口,贴墙站着,如果有人冲出门来,他只需伸出一只脚就置对方于死地了。他又对着门喊:"狗日的不想活咧?"

门依旧死死地关着。

他用肩膀抵住门板再推,隐隐听到了门里边压抑着的喘气声。他的头发又一次噌地竖了起来。他抓过号称杀人魔王的罪犯,也没紧张到头发竖立的程度,这个隐藏在自己办公室里的歹家伙,却使他两次头发竖立,如同人在野地里看见蛇和在自家床上发现蛇的感觉是决然差异的。他抵着门板的肩膀和歹家伙顶着门板的肩膀同时都在发着力,肩膀和肩膀之间就隔着一层不过几公分厚的木板,进行着殊死的较量。他又想到,如若对方猛乍抽身,他肯定会闪跌在地,歹家伙一跷就会逃出门去。他又贴着墙壁做好出脚的准备,对着屋子喊:"你狗日再不开门我就挖门了。"他已拨动了值班室的电话,自然说的是悄悄话。

值班的刘警察话毕就到了。两人决定同时用手去推门板。李警察提醒刘警察,小心闪跌!然后再次把钥匙插进锁孔,往右扭动。两人合力一推,那门板就一寸一寸移位。可见里面的人绝不轻易放弃,直到无奈直到大势已去,放弃了抵抗,门开了。李、刘两位警察冲进门时,全都是训练有素的规范化的抓捕凶犯的动作,直到两人看见门后地上蹲着的人,双手抱着头,毋宁说护着头顶,同时就松弛下来。李警察一把揪住那人的头发往后一掀,那人的闭着眼睛的脸就呈现出来。李警察几乎失声叫道:"怎么是你?你到我办公室来干什么?"刘警察也惊讶地叫起来:"怎么是你?"

这是市局机关里烧锅炉的那个小伙子,在水房里干了十多年了,嘴唇和两颊上的茸茸黄毛,业已变成又黑又硬的胡碴子了。

水工从口袋里掏出一沓人民币来,放到就近处那个三角书报架的架板上,这些刚刚偷得的钱可能在兜里尚未暖热。他一步也不敢动。他不做任何分辩也不撒谎,掏出赃款来就表明他已经不做任何徒劳无益却可能招来耳光的对抗。李警察很熟练地把他的双手扭到背后,使其丧失全部反抗和报复的能力。刘警察同样老到地搜查他的每一个衣兜,尚未发现任何凶器。尽管如此,李警察还是把一副手铐扣在水工的右手腕上,同时扣住一只木椅的一条木梁子。然后就和刘警察开始审讯。你在本局院子里偷了多少次?你都偷过哪些人?你偷过多少钱?还有什么物品?你在社会上作过多少回案?就你一个人作案吗?还有同伙?是谁?诸如此类最基本的疑问都问过了。其中往往夹杂着李警察和刘警察带着情绪性的话语,诸如:你狗日吃了豹子胆居然偷到市公安局里来了!平时看去你老老实实勤勤快快憨憨厚厚的农民小伙子,怎么会是个贼?老鼠居然钻到猫窝里偷食来咧!无论李、刘两位警察怎么追问怎么损刮,水工却只有一句话回答:"我要见局长。"拖得时间稍长逼得也紧了时,水工对于那句话做了修改,意思更明白了点儿:"见了局长我把核桃枣儿全倒出来。"

李警察的手机响起来。是妻子打来的,问他怎么出门这么久还不见回家。他说他跟值班的刘警察说说话儿,没有什么麻缠事。他把意外撞上这个小毛贼的事对妻子保密下来,是职业的严格纪律,已成习惯。而妻子对他这种职业所形成的担心,或者说担惊受怕,却已形成一种心理惯性。她在电话里开始数落:"你你个人出了家门就不知道回家了。你明天要出差要起早你还不知道早点回家,又没有什么正经事。"李警察口里噢噢噢应答着马上回家,同时就把刘警察拍了一把,两人走到楼梯口来商量。李警察笑着挖苦:"这狗日的死咬着要见局长,该不是咱局长的外甥吧?"刘警察同样挖苦似的笑笑说:"没听说过局长有这门亲戚。这货在局里烧了十多年的锅炉了,没见过跟局长有啥来往咯!不过也许万一有情况,局长有意避亲躲闲话也说不定。"李警察为难地说:"这号小毛贼的案子挂都挂不上号儿,怎么向局长开口说这话呢?怕是寻着受夯挨头子呀!"刘警察说:"不管局长来不来,得让局长知道这件事。这个案子虽小,跟社会上的偷盗不一样,它发生在市局机关大院里。"李警察连连说着"对对对有道理"的话,同时也就有了主意:"我给局长报告机关院内发生的偷窃案件,顺便捎带一句小偷要见他才交代问题的话,看局长怎么说就怎么办。"刘警察表示赞同。不过两人都估计到局长是百分之百不会来的。两人就商定,把小偷转移到值班室继续审讯,或者等到明天早晨上班后交给相关部门去。李警察得回家去了,明天出差有更重要的案子。

李、刘两位警察都没有料到,局长居然答应亲自来审讯。李警察愣过神儿一边关手机一边说:"牛刀真的出面杀鸡来咧。"刘警察也跟着阴了一句:"噢呀!说不定真个把局长的外甥扣住了。或者是局长的远门亲戚也说不定。"无论如何,有一点可以立即做出决断,李警察不能马上回家了,得陪着局长。

截止到李、刘两位警察抽着烟等待局长到来的时候,他俩同样百分之百地丝毫也不曾意识到,正是他俩的这个电话,把他们的局长送进了地狱。

局长在他的二楼办公室里通知李警察去汇报案情。刘警察看守着铐着一只手的小偷水工。李警察走进局长办公室。局长坐在单人沙发上喝茶,把另一杯沏好的茶水推给李警察,同时指一指并排隔着小茶几的另一个单人沙发,让李警察坐下。李警察有点拘谨地坐下来,礼节性儿地握住了装着茶水的一次性纸杯。他刚才和刘警察在楼梯口商量该不该把小偷的要求报告局长的时候,还轻松地调侃小偷会不会是局长的外甥一类调皮话,现在却无端地拘谨甚至紧张起来了。他就从他来办公室拿明日出差的火车票说起,一直说到给局长打电话为止。他特别解释了要不要把这件事给局长汇报的两难选择。局长真诚地表示,他处理这件事处理得好,说:"公安局被偷,当然不是一般的偷盗案子,你说得很对。我也是从这一点考虑,才亲自来审这个小毛贼。他不提出要叫我来我也要来。贼娃子偷到咱们心脏里来了,闹笑话哩嘛!"

局长很平淡地做出安排:"你明日要出差你就可以回家了,别影响了正经事。"李警察忙说:"我年轻少睡一会儿不碍事,明天坐火车还可以睡觉。我得陪着局长,万一有事你跟前也得有个帮手。"局长淡淡地笑笑,说:"这么个小毛贼,我还对付不了哇!万一有事还有小刘在跟前,有一个人就行了。"这样,李警察就不再坚持留下为局长当帮手的想法,看着局长把那只黄绿色的帆布挎包挂上肩头,相随着一起出门,一起上三楼,一起进入自己的办公室,对小偷说:"我们局长亲自来了,你就老老实实交代你的偷盗事实吧。"然后就退出办公室,和伺候在门外的刘警察告别,就回家去了。

李警察下楼,出楼,走过院子,在车棚发动摩托车,直到驱车穿过大街小巷,脑子里就隐隐浮现着局长那只黄绿色的帆布挎包。这种帆布质地黄绿颜色的挎包,曾经在六七十年代风行整个中国,人不分男女长幼和职业,出门一律都是挎着这种包在肩头的。将军挎这种包士兵也挎这种包,教授挎这种包小学生也挎这种包,部长省长和工人农民一样都习惯挎这种包。这种包体现着绝对的平等和绝对的一律。这种包现在在城市里几乎绝迹,连贫穷落后相对不太注意装潢的乡村人也没人用了。随着一个时代的结束也结束了一种包的价值,或者说一种包的被废弃标志着一个时代的结束。然而,局长还挎着这种包。局长一年四季上班下班开会出差都挎着这种包。局长当警察时挎这种包,调办公室当副主任再升主任挎着这种包,直到跃升为副局长再到局长,几十年所有变化中唯一不变的就数这种包。他曾经亲自批示过给全局干警买一种实用型的手提式皮包的拨款报告,自己却从来也不使用那个质地不错的皮包。这种黄绿色的帆布包挎在局长肩头,早已成为本局一道迥然的风景,这种早已陈旧的过时的包在局长肩头却造成别致的新颖。人们不仅不以为它落伍,反而装满了敬重,也装满了荣誉……至于局长如何审讯小偷水工以及审讯的结果,他已经全然漠不关心了。这个小案子小毛贼,本身不具备让他关心的分量;即使局长这样的牛刀亲自出手,也不会撕下几两肉来;只是因为发生在公安办公大楼里才不一般,只是体现局长的一种作风一种姿态罢了,案子本身并没有多少意思。

李警察把这个撞到腿上的案子轻描淡写地说给妻子,突然意识到对他的一个重要好处。正是这个贼向妻子证明他私设的小金库里只有五百元人民币。小偷把他的大小抽屉全部翻了搜了,就是这个数儿。妻子总是不相信他的小金库银子的储量。他解释过多回也无法使妻子的心稳妥下来。现在可好,小偷水工向妻子揭开了谜底儿。妻子舒展地笑了,就把他拢上床去,刚刚获得的踏实的心就蒸腾起更多的温柔,兼蕴着曾经疑猜小金库打着埋伏的歉意,全部融为一种前所未有的温柔和激情了。李警察自然敏感觉察到熟识的老套里新生的鲜活,作为远行前夜必有的夫妻之事,呈现出新鲜的别开生面的美好……明早轻松上路。

李警察办公室里,局长对小偷的审讯正在进行。

局长走进李警察办公室,第一次和铐在椅子横杠上蹲在地上的小偷水工眼光相撞时,随口轻淡地说出一句:"嗬!是你呀!"然后就在椅子上坐下来。刘警察送走李警察,自己在门外侍候着。

小偷水工低下头没有说话。他心里想,从局长到大门口站岗的武警再到扫地务花的勤杂工,任谁知道在水房里干过十多年的他竟是一个贼时,都会发出这样的感叹来。既然贼的面目已经暴露出来,任何人的惊讶对他都不再构成压力。压力只在本真的丑相处于可能被揭开而又可能被继续掩盖的时候才会发生。

"据后勤处同志说,你是用过的民工中最能干最勤快的一个,哪个民工也没干到你这么长时间,十多年呀!从领导到警察对你都很信任嘛!甚至在待遇上把你都当局里职工一样对待呀,结果你却干出这样的事。"局长说,"农民孩子的忠厚老成到哪里去了不说,你连起码的良心都没有。"

小偷无动于衷。这全是废话一堆喀。作为一个贼被铐在椅子下边的横杠上,在你眼前脚下的地板上蹲着,你却说这一堆属于情感范畴的话,连什么作用也起不了。小偷心里现在最焦虑的是什么样的结局。锅炉肯定烧不成了,当水工的工资也挣不成了,都不重要。要紧的是会不会判刑蹲监狱,重判还是轻判,毕竟偷的是公安局这样的谁也不敢碰的单位。其他属于感情世界道德范畴的话语,对他来说连任何力量任何意义都没有。他现在低垂着头,等待恰当的时机,按自己蓄谋已久且十分确定的一招进行。这一招是他被李警察铐到椅子横杠上时冒出来的,相信绝对有效的;如果这一招不能奏效,他就只有蹲监狱一条路一个结果。让局长说吧!局长想说什么,局长无论怎么说怎么问,他都听着。

"我把你狗东西毙了!"

局长"叭"地拍响了桌子,声响震天,同时就直昂昂地突兀在小偷眼前。刘警察当即推门进来,看了一眼局长又看了一眼小偷,弄明白没有意外情况儿,又退出身子拉上门板。

"枪毙你都便宜你了。"局长又补说了一句。

小偷水工低垂着头,心里突然觉得局长不像个局长了。这么大失法律水准的话,居然从他的嘴里说出来,而且鼓着那么大的劲。就他的偷窃行为和偷得的钱数儿,离着挨枪子儿的距离还远得很哩!这种吓唬不仅不起作用,反倒让小偷惊讶局长怎么会说出如此差池的话。小偷倒是有点急,局长一会儿动情的软话一会儿乱抡的吓人的硬话,都不是他等待的可以说出那一招儿的时机,就只好再等着。

"明日这事一传开,看看这些干警把你砸死!"局长说,"你们村子的农民知道你竟敢偷公安局,看看谁还会把你当人看。你爸你妈你媳妇,谁在村里还能抬起头来?"

这一下刺中要害穴位了。小偷不自在地扭了扭身子。这是他最敏感也最虚怯的一个穴位。道理很简单,从明日起他就不是公安局的烧锅炉的水工了,可能一辈子再也不会走进从早到晚有武警站岗的这幢高大气派的门楼了,这个院子里的头头脑脑和普通警察会怎么骂他,他都听不见了,也就没有什么压力了。而他生活的村子里的人们的眼色,才是他最不堪忍受的。一旦他的贼皮在村子里亮出来,直到进入棺材也甭想脱掉了。还有他尚健在的父母,也将在别人的那种眼光下度完余生。更有他正上小学的一女一男两个孩子,心里也将罩上父亲一张贼皮的阴影。这个敏感的穴位在他被李警察铐住右手的时候就刺疼了,只是时间和地点都不容他更多地去纠缠,眼下最致命的穴位是他的结局。因为会不会重判或轻判,比他和他的父母他孩子的面子都重要得多。

"说。"局长重新在椅子上坐下来。

"交代你的罪行吧。"局长点燃一支烟。

"你不是说要我亲自听你坦白吗?"局长说。

小偷水工抬起头来。他心里的整个感觉和全部智慧迅捷地完成了一次整合,形成一个判断,现在到了抛出唯一能够拯救自己的那一招的时候了。他抬起头来的时候,没有忘记沉稳,为此而稍作静默,然后才说出蓄意已久的一句话——

"局长,我偷过你。"

小偷说完这句话,看了局长一眼就低下头去。在他短暂的一瞥里,看见了局长的眼光避闪了一下。那一瞬,他相信他招中局长最致命的穴位了。这个穴位对局长来说,比局长刺中他的那个虚怯的穴位要致命百倍。局长躲闪了一下的眼光,标志着他和他的关系的根本性易位,老鼠咬住猫的脖颈了;双方在这一瞬间,都清楚谁对谁更致命。他很快低下头去,就是不要再继续去看局长的那种眼光,只要看见躲闪的那一下就行了。让局长掂一掂分量,尽快做出选择。小偷现在是一位超级心理学家,认为像局长这样有身份的大猫,在这样不容久想的时限里,要与一个他这样的老鼠做出同流合污的妥协达成一种利害同盟,是十分残酷的。他如果一眼不眨地盯着局长,于局长做出他所期待的选择是不利的,他低下头,就是留给局长一个不受逼视的软空间,对这个无法回避的残酷做出自己的整合。

"我不记得我丢过钱。"局长说。

局长说这句话的时候,是一种轻淡的口吻,却也没有否定小偷坦白的事实,只是不记得。他做出这样的回答,是在接到李警察的电话之后,出门上路回到他的办公室时就已整合出来的选择。李警察在电话里向他报告了小偷要对他坦白的要求,他就准确无误地判断出小偷要对他说什么事了。那一刻,他同时感到了地狱的恐惧。这个突然袭来的灾难,比之本市发生的几十年不遇的恶性案件对他更具威压。任何恶性案件的发生,只是增加他的工作压力,对他本人并不构成威胁；这个小毛贼所做的案子虽然不足挂档，却对他个人的命运直接造成威胁。如此之突然。如此之意料不及。毁灭之网竟然由一个小偷对他撒开。对这样的灾难从来未有心理防范准备，没有先例也就没有参照可循，真是无法找到一个安全可行的办法来处理这个小偷已经抛出的罗网。他现在说出的听来不大在意的话，是他所能做出的自认为最恰当的话。

小偷仍然低垂着头。他在专心致志地解析着局长的话，尚不敢轻率地做出反应。

"说，你还偷过谁？"局长说，"包括你在社会上作的案。"

小偷水工当即意识到，不能让局长就这样轻松地滑开。他甚至在这一刻产生了一种蔑视，你没有做出任何一点儿承诺，怎么可能让我松开咬你的口呢？你怎么可能轻轻松松逃开了呢！他才不想向局长坦白其他偷盗案件。他相信局长其实也无心听他交代其他偷盗案件。他继续低垂着头，而不想和局长对视，就说——

"我偷过别人，钱数都很少。我偷你偷的次数最多，有两次数字很大。"

他说完仍然低着头。他不想看局长眼里的脸上的感情反应，避免对抗，仍然想留给局长一个重新掂量的软环境，以期盼局长朝着有利于自己结局的方向转折。

"你胡说哩嘛！我办公室顶多留一点抽烟和吃饭的零钱，谁拿了也不在乎。我的同事常从我抽屉拿钱让我犒劳他们。"局长说。

这真是稀罕的案情，不管它大小，都是稀罕。小偷坦白招供他偷了局长，局长却拒不接受。局长针对小偷的进攻，做出尽可能轻淡又轻松的反应，让怀着最阴毒的目的的小偷逐渐接受这样的理念，你手里攥着的那个把柄，已经没有证据，可以用如上的话不大费劲就化解了。局长已经意识到现在到了最危险的当口儿，对手已经兜出他攥着的最后的王牌了，他反而比初听到电话报告初见这个小偷时更具信心了。

小偷听到这里，也已无路可择，更坚定了按最初的一招进行到底,现在还不是这一招完全失败完全捞空的时候。他仍然低着头,说得更具体,把杀手锏抛了出来——

"我有两次偷你都偷得五位数。你都没有报案。"

这个话里的潜台词是明白不过的。小偷明白,被偷的局长更明白。李警察把电话打给他的时候,他的脑子里立即蹦出来的就是这两次被盗的五位数的款子,致命在于他两次被盗都没有报案,这是他现在最难排除的心惊肉跳的致命的穴位。小偷已经把话说到头了,他只要把小偷最得意的这个把柄化解掉,就会彻底粉碎这个小毛贼的阴招了。他反其道而行,索性把小偷的阴招全部掰开:

"你可以说你偷我的数字是六位七位数。你说得越大,我越无法解说这些钱的来源。你想反咬一口让我解脱你。我明白。你这点小九九很阴毒的,可谁会信呢?你想想你诬陷的后果,比你偷盗的行为要严重得多。"

小偷水工现在才感到了软弱。他抛出杀手锏而没有收到杀伤性效果,就感觉手里空空心里也空空的软弱了。他现在才重新感觉到了局长警衣肩头的那个标志性符号,是这个大院里人人敬畏人人仰慕的唯一一个标志符号,是最具分量的。还有那个黄帆布包,就放在旁边的桌子上,这个过时的稀世陈物也对他软弱下来的心变成一个沉重的压力。

局长觉得这个飞来的横祸应该过去了,化险而为夷了。他现在才能拿出自己的一招儿。他清楚小偷要什么。他在李警察报给他的案情电话的最初反应,感觉到了横祸的同时,也明白小偷要向他坦白的目的,其实说穿了就是一点小小的勾当。他不能在小偷的胁迫下让小偷的欲望得到满足,留下心灵深处的亏损。他要把小偷这个歹毒阴险的招数粉碎之后,不失局长体面地给予他一点满足。

"你偷了同志们包括我的一些零用钱,算不上什么大事,老老实实交代,争取宽大处理。但——"局长说,"这件事性质恶劣,影响太坏!你居然敢在公安局行窃。我当然得亲自过问了。"

小偷水工听到这里,似乎心里有数了。他的脑袋此刻抵得住一台高速高效运转着的电脑,条分缕析,字斟句酌,刨皮搜核儿,既是一位精确的语言大师,又是一位洞察微明的心理学家。他已经判断出来,关于他偷盗案件的性质和处理结果,都包含其中,而且为他下来要做的口供定准了调子。小偷水工准确无误地抓住了局长这段话里的关键词:零用钱。把局长两次被他盗走的均上了五位数的款子缩小为零用钱的一般范围,于他就"算不上什么大事"了,于局长也就更算不上什么大事了,被盗大额款子而不报案的嫌疑也就化解无虞了。局长后半句话的意思,无论性质多么恶劣,影响坏到怎样的程度,并不依此为据来量刑,真实的用意只是解释局长为这件小案子而出马的因由。这样,小偷要见局长的目的已经达到,蓄谋的一招已经实现了效果,就该及时回报,让被他咬住的大猫也心底坦然。他当即对局长说:"局长,我没偷过你。我连你的'零用钱'也没偷过。打死我我都说这话。"

局长已经转身拉开了门,对刘警察做出纯粹业务式的安排:"就这样暂时就这样了。太晚了你先把他关起来。明天我安排人正式审讯。"

小偷被刘警察带到四楼一间空荡无物的房子,把手铐的另一半扣死在墙上的一个钢环上。他在心里嘲笑刘警察,你不给我戴铐子我都不会逃跑了,你不锁门我都不会逃跑了,我现在还有什么必要逃跑呢!当屋子里剩下他一个人的时候,顿然觉得被抽了骨头也被挑除了筋儿的疲软,高度的精神紧张一旦解除,攥紧的心一旦松开,比射精快感褪去之后的疲软还要疲软,欲望完全满足之后的慵懒被瞌睡挟裹着进入温柔之乡。在跨进梦乡之门的最后一缕清醒的意识里,他的脑海里久久闪现着局长最后一瞥的目光。他对局长用压低了的声音说他连局长的"零用钱"也没偷过的时候,局长只瞥了他一眼就迅即避开了。那一瞥倏忽一闪之后就深掩不露了;初见的那一刻和现在令他仍然挥之不去的这一刻,他在心里一次又一次地发出吟诵,他和我一样其实都是鼠哇!

三天之后一日,局长被"双规"。

李警察几乎在局长被"双规"的当天,在南方的海滨就知道了这个惊天的消息。电话是刘警察打给他的。他当时正在温厚的海水里游着。他是一个生长在北方旱地却擅长水性的人,难得有大海这样施展生理优势的好水。他回到沙滩上休息的时候,手提电话响了。他听到刘警察报告的消息时如同发生了地震,一打挺就从沙滩上跳了起来,连声问:"你说啥你说啥你说啥???"

极端的震惊之后也是一种疲软。李警察躺在沙滩上,也如同被人抽了筋剔了骨似的疲软。他也开始向温柔之乡移动,在进入梦乡的门槛时尚存的一缕清醒里,眼前像蝴蝶一样飘忽闪动着局长那只黄绿色的帆布挎包。到李警察从沙滩上重新站立起来时,这只黄绿色帆布挎包还历历飞舞在眼前,不过里边不再装着敬重和风度,而是老鼠和蛤蟆以及浸淫的耻辱和肮脏了。

晚上,李警察躺在宾馆的房间里,妻子又打来电话告诉他局长被"双规"的消息。他说刘警察已经告诉过他了。妻子似乎抑制不住惊奇和新鲜,说事情的起因正是他出差前夜撞上的小偷牵扯出来的。他说他知道,刘警察已经说过了。妻子仍然不甘心扫兴,告诉他局长被宣布"双规"的有惊无险的情景。局长被省上通知去开会。局长还挎着黄绿帆布包坐三菱车去了。局长走进会议室大门,发现会议室内空无一人,还以为自己是第一个到会者。门后闪出两个人同时扭住了他的胳膊,搜了他的衣兜儿,又搜了他的黄帆布包儿,怕他带枪。然后一位领导从套间出来向他宣布组织的决定。她还告诉他一个细节,就在他的局长被宣布"双规"那一天,《日报》还登着一篇很长的写他勤政廉洁的通讯,作者把那个黄绿色的帆布包单独列了一章,赞美的句子和诗歌一样。他却为那位作者开脱:"我要是那位作者也会这么写的。"他的话使妻子大为扫兴,把局长东窗事发的过程和细节省略不说了。

半个月之后,又是海滨。沿着中国陆地的又一个城市的海滨。

李警察和他的一位河南籍的同事,循着这个案子的线索又追踪到这个滨海城市来了。他把他的旱鸭子同事拖到海边来。他在海里劈水斩浪。他的河南籍的旱鸭子朋友在浅水里泡着。他们又先后回到沙滩上抽烟,从报童手里买来一份当地的晚报,翻出有关他们局长的新闻报道。通栏大标题,醒目,震人。他和他的同事挤蹭着头,几乎同时看完了标题很大而内文不长的文章,过目不忘的是最刺眼的一段文字:小偷交代说,他偷过局长十二次,累计偷得六位数的赃款。他偷第一次时,局长还是办公室副主任。局长升主任时,他偷过。局长升副局长时,他也偷过。局长升成局长时,他仍然偷。无论偷多偷少,局长都没报过案。局长在"双规"期间交代,这些被偷的钱都是赃款……

李警察的河南籍同事拍了一巴掌报纸:"我操!"

李警察接着用自己的乡土话应和:"我日他妈。"

李警察的同事转过脸模仿李警察的口音:"我日他妈!"

李警察顿然也想滑稽一回,模仿他的河南籍同事的口音:"操!"

二〇〇二年七月二十七日于原下

腊月的故事

一

这是北方乡村冬天里的一个平淡无奇的早晨。

麻雀在后院的树枝上吱吱啾啾吵成一片。这是冬天里唯一能够听到的鸟叫声。天天早晨都是在麻雀这种热烈的吵闹声中睁开眼睛,郭振谋老汉就感到自身这架运转了大半生的机器开始发动,毫不迟疑地从炕上坐起身来穿衣蹬裤。冬天里天寒地冻,田里和果园里没有什么逼紧的活路,放羊也需等得太阳出来霜花化解之后。他随着麻雀的叫声起来是一种习惯。习惯对于一个年过六十的人来说比制度比命令还难以违抗,再么么躺在炕上不仅不是享受而是别扭了。

郭振谋老汉穿着衣服系着裤带的时候,心里渐渐踊跃着一种激情,一种紧张,其实什么急事要事都没有,而那种掺杂着紧张情绪的激情却逐渐充溢在整个躯体里。他不奇怪,完全能够把准这种脉象,是年气儿催的。年气儿是看不见说不清的。是期待是期盼,是结束是开始,是抖落是重新披挂?一交上农历腊月,这种年气儿就在乡村潮起了,腊月初五吃"五豆粥",一种掺杂着五种豆子的稀饭;腊月初八吃"腊八面",一种在大米稀饭里下进细面条也拌以炒菜的面食。每一家农户的每一只锅里舀出来的,几乎是一律的饭食。年气儿就是这样日渐一日在乡村的村巷屋院里弥漫着,把男男女女老老少少的血液蒸腾起来。郭振谋老汉准确无误地记着,这个被麻雀吵醒的黎明是腊月十九日,再过四天就是祭祀灶神的日子了。灶神是天帝委派到人间的挂不上"品"位的最小的神,却是最深入基层的神,深入到家家户户。一张木刻拓印的纸神,坐在两只大红公鸡之间,慈善的脸上最显眼的是一撮捋得顺溜的黑胡须,位置就在锅台正前方的墙壁上。灶神的职责是一年四季三百六十五天一天三顿都要观察记录每一家锅里下进去什么舀出来什么,到每年腊月二十三回到天宫向天帝述职,报告农人锅里的稀稠,天帝据此判断人间生灵的日子过得窝囊不窝囊。配贴在灶神左右两边的红纸对联的内容,是传承了不知多少年代的一成不变的"上天言好事,入地降吉祥"。郭振谋老汉瞅着已经褪色已经被烟熏得发黑的灶神画像和对联,心里就想着再有三四天时间,这位灶神爷爷就该卸任了,新的一届灶神爷爷也要赴任了。昨日他在集镇的年画地摊上买了一张新的灶神画像,还是木刻拓片古香古色的那种,对联却换了几个字:"上天报实账,入地细观察"。郭振谋老汉问卖画小贩,古人传下来的对联怎么敢胡修乱改?卖画小贩说,镇上那个专门印制灶神画像的老板说,去年全镇人均收入只有九百九十块零几毛几分,镇长给县上报的是两千块零几毛几分。村哄镇,镇哄县,一路哄到国务院。得了奖,提了干,明年年尾儿再冒算……印刷灶神画儿的老板还说,镇长可以胡报冒算,灶神爷回天宫可不敢学镇长的样子,连该下的雨水都误了。卖画小贩说印灶神画儿的老板还说咪,这叫对症下药。郭振谋老汉听着,同时就在心里码算自己的年终总收入,其实早都码算过不知多少回了,三代六口之家,统共毛收入也就差不多八千块,人均一千三百多元,在村子里算个中等偏上的家庭。镇长最终报到朱镕基总理那儿的数字却是两千块还零几毛几分。他打趣地对卖画儿小贩说,咱们明日搭火车上北京找朱总理,讨要那两千块的缺额去,零头就不说了。两人哈哈笑着,郭振谋老汉一手交了钱,挑了一张满意的灶神画儿和一幅崭新的对联,分手时又撂出一句,咱也得对症下药……郭振谋拴紧裤带扣好纽扣,下一步就是茅房了。

老伴还懒在炕上。老伴向来是比郭振谋早起早离炕头的,无奈小孙子的学前班放寒假,每天早晨都搂着奶奶不许离开被窝,她就依着孙子的性儿多享一会福。老伴儿听着老汉开开后门走向后院的脚步声也不在意,早已耳熟能详早已毫不留意,不料,老汉一声惊慌失措的叫声响起:"咱的牛哩?"她一把推开孙子,裹上衣裤,奔向后院。

二

女人奔到后院时,还夹着一泡尿,也不觉得排泄的急迫了。她没有看见老汉。老汉不在后院里,也不在牛圈里。牛圈里已经没有牛了。牛槽里残留着牛舌卷舔未尽的草料。牛圈里有一堆新鲜的牛粪。没有了牛的牛圈显现出一种空前的令人腿软的空寂。女人真的双腿发软要瘫坐到地上了。她叫了一声,我的牛哇!两眼一黑就扶住圈墙的墙壁软瘫到地上。

女人的眼睛重新睁开之后,就急匆匆出了牛圈,后院的围墙已经被破开一个大豁口,足以让硕大的牛通过。我的天哪,要拆开这样大的豁口,得费不少时间哩!这墙的砖头是废砖和碎砖,是儿子从一家拆迁的破产工厂当作垃圾弄回来的。要把这些碎砖扒掉,而且不容弄出声响,得花好久时间哩,一家人却都死睡着,一任毛贼从从容容拆墙搬砖,扭锁开门拉牛,真是睡死了哇!

墙外是麦地。一畛麦地那头是一条田间小道,是农人施肥锄草收割麦子公用的一条窄窄的小路。麦苗上落着一层厚厚的霜花,隐隐显现着老汉郭振谋的两行新踩的脚印,牛的蹄印和偷牛贼的脚印似乎看不出来,被霜花遮掩住了,证明牛最迟是在夜半之前被偷的。女人朝茫茫的麦地望去,看见老汉从小路连接大路的拐弯处走过来,他肯定是跟踪搜寻线索去了。

女人看见,老汉站到当面的时候,额头和脸上满是汗水,蒸腾着一缕缕白色的气体,像是火炉上滚开的水壶的壶盖周边冒出的白气。这么冷的天,这么冷的天的清凛大早时分,还出这么大粒子的汗,还冒这么如壶开锅滚一样的气,可见老汉心里鼓着多大的劲,抑或是心里虚弱到啥程度了。"快把汗擦了。你心里甭吃劲儿——咱人最要紧。"女人毕竟是女人。女人毕竟比男人心软。女人最先掂出来人和牛的分量和轻重。女人也毫不含糊地掂出来自己和老汉的轻重和位置。她把自己刚刚发生的两眼发黑软瘫倒地的惨事已经搁置一旁了,真诚地关心起亲爱而又可怜的老汉了。

"牛是从这麦地里拉走的。没走小路。斜插过这一畛麦地,走到大路上的。当然,贼当然要抄近路,麦地里走起来也没响动。"郭振谋老汉分析判断,"在二狗家麦地里有一泡牛尿,沥沥拉拉尿了有十步长,牛是边走边尿的。当然,贼当然不会让牛停下尿完才赶路的。在大路上,有一堆牛粪,被踢踏得乱七八糟。牛是在那儿被推上拖拉机的,那儿有拖拉机的辙印。牛屎是贼把牛弄上拖拉机时踩踏稀烂的。当然,贼当然只顾尽快把牛弄上拖拉机逃离现场,哪还顾得脚上踩着牛屎哩!再说,天也太黑了。"

"咋办呢?"女人说,"这该咋办呢?"

尽管把贼和被偷的牛走过的路径勘察得清清楚楚,尽管把牛尿牛屎和运载拖拉机的辙印分析得头头是道,郭振谋看似一个脑袋清醒且不乏主意的人,然而在老伴问到"咋办呢"的时候,却不自觉地呻吟似的反问或自问了同样一句话:咋办呢?其实他在麦地里追踪牛和贼的线索往来的路途中,已经想到过一个又一个应当采取的紧急措施,然而,当女人向他讨要主意的时候,他却没有说出一条来,而是立即想到了儿子。在他的潜意识里,举凡家庭的重大举措,必须和儿子商量,才能得到肯定或否定以至最后做出决定。他在这个家庭里一言九鼎的时代是从哪年结束的,或者说发生变易位的,记不清也说不清,反正早已不可挽救地形成现在这样的家庭格局了。他似乎此刻才想到了儿子。在这样重大的家庭灾难发生时,竟然不见儿子的面,他不可理喻地问老伴:"秤砣呢?"

"还睡着。"女人说。

"这大的事都遇下咧,还睡!"

"兴许娃还不知道。"

郭振谋便从后院走进后屋,走过穿堂,又出了后屋的前门,站在院子里,对着前屋的后窗,忍不住就提升了嗓门吼:"秤砣!"

"哎。"新屋新窗里传出声音。

"牛被贼偷了!"

"我知道。"

"你知道你还睡着不起来?"

"已经偷走了,我起来迟起来早都没用。"

"嗨……"郭振谋老汉右拳捶打到左掌心里,气急败坏地对女人说,"你听听!你听这话说的!就像偷了隔壁的牛——偷了隔壁的牛也该关心问问情况嘛……"

窗户里传出平静而近乎冷峻的声音:"不管咱的牛隔壁的牛,贼偷了就没有了,谁来关心谁怎么关心都不顶啥,牛没有了。"

郭振谋老汉想着,话虽然倒也是这话,事虽然倒也是这事,但似乎一般人都不这样说。然而儿子秤砣就这样说。他平时也就是这样说话说事。这个狗日的什么时候开始这样说话论事,郭振谋记不得了。他的热汗已经晾干,头上的蒸汽也早已偃息,紧张的心和因紧张过度而鼓足着劲的腿脚此刻渐渐松弛,出过汗的皮肤似乎浸了水的冷。他想回到后屋去。儿子一边扣着外套的扣子,一边走过来。

"总得想个办法吧?"老子说,"总不能把牛丢了咱连一句话也不说一步路都不跑吧?"

"我想不出啥办法。"儿子说,"你有啥好办法你说么,路由我跑话我也能说。"

"总得去找去寻呀。"

"上哪儿找?"

"牲畜市场。还有……托付亲戚、朋友、熟人,还有你的那么多同学,让他们留心一下,看看谁家槽头新添了牛,咱好暗里去查问。"

"我可以百分之一百告诉你——爸,牛在屠宰场里。在哪一家我估不准,但准在屠宰场里。县上有两家屠宰场,城郊有五家,杀猪杀羊杀牛,还有驴,给西安的大饭店小饭铺送货。凡是送到他们屠宰场的牲畜,一般都是随到随杀,人家连喂牲畜的食槽都不备。屠宰老板根本不问猪呀羊呀牛呀驴呀是从哪条道儿上来的——自养的贩卖的还是偷来的,只是掐一掐肥瘦,以质论价。屠宰场老板更愿意收购那些偷来的牛羊猪驴,贼急于出手贼没摊本钱可以压价收购嘛!送货的人走进屠宰场的大门,老板一搭眼就能看出来人的牲畜是自养的是倒贩的还是偷来的……现在找到屠宰场,连牛皮也认不出来了,况且人家老板就不准你翻找。"

"狗日的!"老子信下了。

"现在哪里还有偷牛自养的贼呢?"儿子说,"现在的贼也是抓时间抢速度的现代化头脑了。"

郭振谋老汉闷在那儿,打了个冷战。

老伴提议回到屋里去说话。

一家三口回到老两口居住的后屋,毕竟比院子里暖和多了。父子俩在小火炉对面坐下。女人给丈夫和儿子沏茶,弄得玻璃杯叮当响。

"总得给派出所报个案吧?"老子说。

"报也成,不报也没啥。报案和不报案的结果是一样的。"儿子说。

这是郭振谋老汉自己也知晓的事实。村子里时常发生丢羊丢猪丢牛的盗窃事件,邻近的村子也都发生过。被盗的农户主人向派出所报了案,好则来人察看一下,问问情况儿,在本本上记录记录,在挖开的围墙上照一照相,然后说等着吧,将来破了其他案子也可能把这件案子带出来。结果是本村和邻村被盗窃的案子一件也没有幸运地被带出来。郭振谋老汉还是忍不住说:"报还是报一下吧!兴许还有运气被牵带出来,赔不赔钱也罢了,让人心里明白一回,是个什么贼。"

"牛已经没咧,明不明心都一样。"儿子说,"光脸贼麻子贼本村贼外路贼,都是贼咯,你弄清哪一个没意思——牛是已经没有咧。"

"你不是有个同学在城里干公安吗?"郭振谋老汉突然想起来这个重要关系,直生气自己到这时候才记起这个重要关系,"让他给派出所说一说，让派出所把这事当个事办。"

"没用。"儿子说，"话当然可以说。可你也想想，一头牛顶多值两千块钱，派出所警察为这个小案得花多少钱？开警车一公斤汽油也要两块多。即便把贼逮住了，两千块钱顶多判几天拘留，又放了。派出所花那么多钱劳那么大神受那么多苦，难道就为给你明个心吗？"

"哈呀！世事真是变得没眉眼了。一头牛两千多块哪！两千多块的牛丢了都不值得报案了。那时候谁家丢一只鸡，偷鸡贼都要上会挨批挨斗的。"郭振谋老汉想到"那时候"话就多了，"那时候，猪在街道上跑鸡也在满街巷跑，生产队的牛夏天晚上不往圈里拴，就在树底下过夜，连个牛毛也没人敢偷。而今倒好，挖墙拉牛不光没人追查，还说你丢的牛折价太少不值得查，真是长见识了。"

"你不是常说'那时候'年年到头不够吃吗？你不是常说你和我妈都被饿下浮肿病了吗？"儿子眼里做出耍笑的神气，"你怎么刚丢了一头牛，又想回到生产队里过只挣工分不分钱也吃不饱的日子呢？"

"我没说饿肚子好喀。"郭振谋反驳得意的儿子，"可那时候确实没有这么多贼。"

"这号偷牛偷羊的贼不算啥，小毛贼。"

"哈呀！你的口气倒不小。"

"不是我口气大，是你从年头到年尾只放牛种地啥也不知。我说出那些大贼来把你能吓死——"儿子说，"揣着枪抢银行，票子整捆整捆整箱整箱地弄走，这贼大不大？一个省长一个市长贪污受贿有几千万上亿的，这号贼大不大？你那一头牛值两千元，你掂掂轻重大小吧！"

"再小也是贼嘛！再小也是我养大的牛嘛！"郭振谋心里还是解不开，"总不能说偷牛的贼不是贼嘛！"

"是贼。偷多偷少都是贼。"儿子说，"一个贼偷了一串麻钱，一个贼偷了皇上的金库，当然得先逮那个偷金库银库的贼——你说还去不去派出所报案？"

郭振谋老汉闷下头,抽着烟袋,仍然耿耿于怀,反问儿子:"这就完了?丢了就白丢了,偷了就白偷了?"

"完了。到这儿就完了。再不提这事了。"儿子说,"你不是还要上集卖胡萝卜吗?不能丢了一头牛连年也过不成了。"

郭振谋老汉又闷住头,再说不出什么话了。

"贼也要过年哩!"儿子秤砣说。

三

不管心里自在不自在受活不受活,郭振谋老汉还是听从了儿子秤砣"该弄啥还照样儿弄啥"的话,骑上自行车上路了,加入明显稠密于往日的人流车流,奔县城去了。

年气儿愈显得浓郁了。冬日里刚刚出山的太阳也泛着温柔的光。郭振谋老汉骑着自行车的速度和姿态,让同时进行的路人感到依旧是个强健的中年人,他自个也感觉和十年前骑车子没有多大差别,上下车子一样轻捷自如,腿脚一如既往那样灵便,车后架上驮载百余斤胡萝卜绝不喘气。他特别自信自己的身体,似乎根本没有年逾花甲老之已至的感觉。他的饭量在那儿明摆着,肉饺子可以吃四十几个,羊肉泡馍能泡足三个烧饼,有时比儿子秤砣还要多吃半碗。狗日的秤砣居然屡屡调侃老子,说,爸的肚子是公社化生产队培养出来的肚子,能饿也能咥,胃的伸缩性很大。狗日的念书念不出名堂,把心眼拐到说俏皮话上了。郭振谋骑着自行车在宽阔的柏油马路上行进着,遭遇盗贼造成的两千多块的重大经济损失,渐渐在减压。"贼也要过年哩!"狗日的秤砣怎么就会说出这种实实在在的俏皮话,让人反倒没话可说了。他的双腿踩踏着自行车,心里就一遍又一遍地发出无可奈何的自慰,毬咧毛咧就算一回倒霉事儿咧!财去也许人安哩!让贼也好好过个红火年吧!

"杀羊。"

看着父亲推着自行车走出街门,秤砣回过头对媳妇杏花说。杏花正在扫院,扬起头来,平静地说:"你杀。"

"你得帮我压住羊腿。"

"我不敢。我害怕刀子染红。"

"多看几回就不害怕了。"

"我不敢看,也不想看。"

"你倒像是高干家的贵重人儿。"

秤砣说着就走出街门,在街巷里吆喝吼叫来两个帮忙的乡党;又返回身来,从羊栏里牵出一只山羊,走过院子时自言自语着,贼还算是有良心的贼哩!拉了牛还给咱留下羊。秤砣把羊拴到门外土场里的树干上,又返回身来取刀子。秤砣把刀子在掌心颠了两下,就有一种炫耀的快感。这是一把藏刀,真真正正的藏刀,刃不长,把儿也不长,却是浑实实用的一种;把儿上铆嵌着铜钉,闪闪发亮,挂在墙上或佩在腰带上都是很值得观赏的工艺品;然而既能割断羊的脖子,也能割断牛的粗厚的脖颈。这是他的朋友铁蛋送他的。铁蛋在公安局工作,收缴的长刀短刀匕首无数,特意选了这把最实用最精美的刀子送他。

杏花出门倒土的时候,正好遇见最惨烈的那一幕,羊脖子底下射出一道红色的血光,她本能地尖叫一声,扔了盛着垃圾的簸箕,双手捂住了眼睛。那两个帮忙抓着羊腿的小伙子,见状哈哈笑起来。秤砣听见了媳妇的尖叫,瞥一眼立在原地捂着眼睛的杏花,对那两个帮手说,看看,咱这位真的像是高干院里长大的千金,其实她爸跟我爸一样都是在土里刨食的主儿。

秤砣把扒过皮开过膛的羊刹开拆卸,两条后腿联结的后臀,自然是一只羊身上最好的肉。分装到两个皮实的蛇皮塑料袋子里,扎了口,吊捆在自行车后架的两侧,再把剩余的羊肋羊头和下水交给杏花。杏花只是害怕白刀子进去红刀子出来时涌出的血流,等到活羊变成一堆羊肉的时候,她就安之若素波澜不惊了。杏花说,杀了一只羊,后臀送朋友,自家吃杂碎真是够义气咧。秤砣说,哥们儿就是哥们儿。

秤砣刚跷出后门门槛儿,就跨上了自行车,奔城里去了。这是每年腊月二十前后必有的一次访友活动。他有两个朋友,两个初中念书时交结的朋友。当秤砣在家庭里说话可以算话的时候,就开始了给两个朋友送羊后腿的礼尚往来。每年春节将至,杀了羊,送两位朋友一人一块羊的后臀。今年虽然丢了一头牛,羊还在,这个约定成规的事不能破也不能中断,照送。

一个从未经见过的温暖的冬天,刚刚过去的三九里竟然下了一场细雨。而这种如丝如缕的细雨通常是九尽以后清明时节的景象。大路两边的麦苗似乎压根儿就没有经过冬蛰,绿莹莹的景色也如同开春返青时的征象。秤砣身上已经发热了,想到即将见到久不谋面的好朋友,心里就有点按捺不住的兴奋。朋友真是一种说不大清白的关系,对父母对妻子不便说不想说的话,在朋友那儿就可以毫无忌讳甚至放浪形骸。他不是那种广交的性子,仅有的这两个朋友就愈交愈显出珍贵甚至神圣。然而,与这两个朋友如何形成朋友为什么会结交至今他没有认真想过也弄不大准确。在中学一个班的五十多名男女同学里,他们三个人是怎么走到一起的,真是说不清,其实论起性格和脾气,三个人正好是三种差异很大几乎是执拗的性情。决定人与人关系远近的是不是有一种看不见嗅不出的气味?这种气味只有身体和心灵能够感知?因此才决定是排斥还是吸附?反正他和他俩在一起就感到舒畅感到亲近,分别了就会思念,思念起来就觉得溢满愉悦。

城市太漂亮了。两三个月不进城再进城就能看到新的更奇特的景观。秤砣每一次进城都会有一种新奇和随之而发的惊叹,然而从来也没有亲近感,如同看见别家门楼里出出进进的年轻媳妇,越是漂亮越有距离感。秤砣想,这市里的市长其实只是城圈里头的人的市长,据说市长安了亲民电话,谁家的狗叫扰乱休息谁家的下水道堵塞哪条巷道的第几根路灯灯泡被打碎了或无缘无故不发光了,都可以直拨市长的亲民电话,问题和困难一般都会在很短的时间里解决。可是自家所在的村子和周围数不清的村子,别说狗叫扰人,即使狼吃了娃娃,也没谁会想到给市长打亲民电话。一头养了整整一年的肥牛丢了,无论父亲母亲杏花和他自个,谁会想到打那个亲民电话呢?最终连给派出所报警也免去了。其实,自己的村子还归属市区管辖,就有点更为分明的城里人的市长的感受了。

秤砣走到一幢住宅楼下。铁蛋在这幢新造的住宅楼上有了一套两居室的房子。同为农村孩子的铁蛋已经在城市里有了安铺支锅的一坨住地,扎住脚也就扎下了根,再也不是市长鞭长莫及的乡里人了。他敲了门。他还不习惯按那个门铃的按钮。门开了,铁蛋媳妇开了门,一身松松散散的衣服和松松散散的姿态,突然现出惊喜和热情,把他让进纤尘不染的屋内。

"羊腿。"

秤砣进了门,手里提着羊腿,交给了铁蛋媳妇。铁蛋媳妇客气地笑着接住那个装着羊腿的蛇皮塑料袋子,说:"你年年都忘不了送这。"

秤砣走到不大不小的客厅,问:"铁蛋呢?"

"办案出差了。"媳妇说,"你快坐下。"

"快过年了。"秤砣说,"过年能回来吗?"

"说不准。"

"啥紧火案子过年都不能回来?"

"抢了银行了。"媳妇说,"还有一起爆炸案。都是最急的大案。"

秤砣便告辞。不说今年铁蛋办案出差不在家,即使往年铁蛋在家,他也是放下羊腿便拉上铁蛋一块去给小卫送另一只羊腿。铁蛋这位做护士的媳妇,应该说是绝无一丝可弹嫌的毛病,人的干净整洁和这套住室的干净有序融为一体,你看到她的干净清爽就联想到这屋子里的一器一物的秩序与和谐。也许这屋子和女主人和谐完美到无可弹嫌的同时,也产生一种容留不住客人的效应,起码是秤砣这号客人。真是无法说得清白,秤砣到这个新迁的居室来过不止一次了,过去他们居住的临时性平房,秤砣同样是这种感觉。绝不是护士待人冷淡,反倒是礼仪毕至客气周到面面俱全,然而秤砣还是觉得待不住。秤砣总觉得在这儿放不开,手脚似乎被一根无形的丝络缠裹着,心里也就更觉得被裹束得老大不自在。没有办法改变。铁蛋是好朋友,护士媳妇也是好人好媳妇,可他就是在这两个好人的屋子里待不住。

"我给小卫把羊腿送过去,赶天黑还要回家哩!"

秤砣已经马不停蹄地出城了。小卫所住的房子是靠近工厂围墙的一排瓦顶平房的两间。围墙那边是五六十年代建成的老式住宅楼,与日新月异变着花色的新式公寓住宅比衬着,人就会为这个曾经显赫的庞大的国营工厂生出气数已尽的惋惜。小卫住着的这一排平房,原先是厂里新来的单身青年工人的集体宿舍,秤砣在小卫刚刚进入这家工厂入住这里的集体宿舍时就来过,还住过不止一夜,太熟悉了。这儿曾经是最富生气的一隅,成百号无牵无挂的青年男女集中在这一排平房里,一股壮气和活气就形成一股巨大的气场,反倒比围墙那边的家属院更具活力。他曾经和小卫住在临时调换出来的四人一室的屋子里,喝啤酒,谝闲传,抽烟就是从这儿起步的。他对工人生活的切实感受和仰慕,就是那时候诱发的。现在,他从这家工厂破落残败的大门骑着自行车长驱直入,看守大门的老头竟然视而不见或许是连问一声的信心也没有。想想也是,这里既已无任何需要保密的产品,连值得破坏分子破坏的价值也没有了。秤砣骑车通过偌大的厂区时忍不住咂舌了,曾经令他眼热心也热过的景象,已经无可挽回地败落了,曾经在这儿体验过几个美好夜晚的乡村农民秤砣,现在发觉自己竟然对这儿有某些牵挂,忍不住连连咂着嘴,表示着含蓄的痛心。

"秤砣哥——"

秤砣听见小卫叫他了。他骑车子一直骑到门口跳下来,和小卫就挽着手走进屋子。

"年年送一条羊腿!"小卫说,"我不说谢了。"

"年货办得咋样?"秤砣问。

"嗨!谁现在还办年货!"小卫说,"有亲戚来了,到饭店吃一顿,省事。城里人都这样过年。"

"乡里没有饭店。"秤砣说,"有也舍不得挨宰。自家屋里做着省。"

"麻烦!"小卫说,"人都怕麻烦。"

闲谝着,小卫媳妇端上来茶水,不像以往那么大大咧咧,倒有点往昔印象里少见的拘束和闪烁其词。秤砣首先猜疑小卫大约又欺侮媳妇了,又不好问。小卫则一如既往,一派的昂扬神气和欢畅的说话。从来也不见他忧愁过,从来也不见他皱眉挠头的动作;从来都不向人告艰难哭穷。如果城里人和乡里人都养成小卫这样的爽快,这世界就没有愁苦悲伤的面容了。

"铁蛋出差不在。"秤砣说。

"我在城里也见不上面。"小卫说,"案破不了人可是忙着。"

"厂子看去彻底不行了?"秤砣说。

"不说厂子。咱只说咱的事,咱的话。"小卫说,"谁现在还说厂子的事呢?早都没人说了。"

"那么多工人呢?现在都干啥呢?"

"鸡不尿尿总有出路喀。"小卫说,"各人有各人的活法。"

"你现在弄啥哩?"秤砣问,"收入还可以吧?"

"啥都干哩。啥能挣钱就干啥。"小卫说,"年头上给一家饭店当保安,活儿倒是不重,就跟兵马俑一样在那儿站着。可我看着那些鸟人拿着公家的钱肥吃海喝,还要咱保卫,屁股一拍不干了——眼不见心不烦。"

"那么红火的工厂,才几年时间成了这样!"

"我都不可惜你倒可惜。我的工厂我都不瞅一眼了,你倒总是提说。"

"好好好,不说了。"秤砣说。

"你今年弄得咋样?"小卫问。

"凑合。"秤砣说。他没有说丢牛的事,也许正如小卫不想说工厂的事一样。

"娃呢?"秤砣问。

"到舅奶家去了。"小卫说着,就提高嗓门对厨房里的媳妇说,"甭做饭了。咱和秤砣哥到外边去吃饭。"

秤砣当即表示反对:"在家里吃自在。"

正在为到不到外边下馆子的事稍有争议的时候,门外有人说话,而且脚步声杂乱。小卫坐着不动,却用眼珠斜瞅着门板,似乎不在意,原也无法判断是不是自家的来客,一种沉稳中的不屑,只有眼角的余光显示出留意的神色。

确凿敲的是自家的门,敲门声很有修养。

小卫立马站起,两步跨到门口,拉开了门。秤砣看见四五个人站在门口,有一位中年女人,肯定是做妇女工作的什么干部。倒是这位妇女干部先说了话:"要过春节了,局里领导来看望你们,这是局长——"

局长已经伸出手来,脸上配合着职业性的微笑。小卫却视而不见局长伸出的手,也不管女干部接着介绍的另三位各个方面的主管,却做出急迫的又是莫名其妙的解释:"啊呀!各位领导肯定走错门了。我不是困难户。我从来都没有困难过。各位领导走错门了——肯定。"秤砣瞅着这场景,也有点惊讶,小卫从来也没说过日子难过的话,倒是永远的昂扬;如果真是到了需得救济才能过年的程度,就足以使秤砣吃惊和伤心的了。

"没错儿。是你,梁小卫。没错儿。"妇女干部说,随之就职业性或习惯性地赞颂起局长来,"局长十分关心下岗工人,一定要亲自来看望,把温暖送到每一个困……"

"哈呀!没错儿,各位领导十分关心下岗工人,我绝对相信。"小卫更加快乐地解释,"关键是咱不困难嘛!把温暖应该送给真正需要温暖的主户。"

一个中年男干部说了:"小卫同志觉悟很高,为国家分忧解难,有困难都不说困难。"

"没有没有没有。"小卫更嘎气儿了,"不是觉悟高低的事,关键在我不是困难户。"

几经争议和推让,带来的过年礼物还是留下了。秤砣坐在稍远稍偏的地方,用不着说话,却看完了这一幕送温暖活动的全过程。他发觉随行的几位脸上已现出尴尬或阴影,只有局长温柔的笑还残留在脸上。秤砣看清楚了礼品,一袋标着十公斤的袋装大米,一块缠着显示喜气的红纸条的猪肉,估计有两三斤吧,还有装在信封里抽出来又装进去的两张百元票子。秤砣刚才看见那位女干部把钱从信封抽出来送到局长手里,在局长送给小卫时小卫只顾着分辩自己不属于困难户,局长把钱又交给女干部,女干部又装进信封,放到小圆桌上。在小卫媳妇送客人出门时,小卫只踩着门槛站了一会儿。秤砣在心里早已判断清楚,小卫属于需要救助才能过年的主儿是没什么错的。他太了解小卫了。他对小卫性情和脾气的把握甚至比对自己还清醒还准确。小卫自小就是个阳性子人,上学时与人打架吃了亏,还要说他"把狗日的美美搔了一顿"。他愿意别人说他行而不愿意说他不行,真不行也要说成行;他愿意别人羡慕他有钱而不愿意别人发出哪怕是真诚的怜悯,真没钱也在任何时候任何人面前都做出一副腰粗气爽的神气。今天,当着秤砣的面接受救助,这是让小卫太难堪的事。秤砣唯一所能选择的就是淡化这件事,便对重新坐在简易沙发上的小卫说:"拾个啥总比掉个啥强嘛!"

"哈哈!把戏儿耍得真妙哇!"小卫仍然大大咧咧地笑着说着,"他们把工厂盗光偷垮了,今日个可提着礼品送温暖——"

"嗨,你说你初几到我家?"秤砣岔开话题。

"你知道这是一帮什么货吗?"小卫固执地回到原来的话题。进门时三问都不谈厂子的小卫,现在有点不依不饶地要说话了,"那个刘厂长,还是劳模,当着这个厂子的厂长,在外边给自己还办一个厂,凡是利润大的订单都转到他的小厂去生产,至于把本厂的外购材料弄到他的小厂有多少,谁也说不清。本厂连年亏损,他的小厂却越办越红火。工人告了,上边查了,人家从账面上早都做好了查的准备,结果只查出些鸡毛蒜皮,给了个免职处分。人家早就吃肥了,不指望当厂长挣的那几个工资了,屁股下坐的汽车比省长的汽车还高级。再说今日来的送温暖的局长吧,说是更新产品,进口设备,贷款几千万,结果产品没出厂就捂死了。结论是市场变化神秘莫测,就完了。周游了欧洲,几千万买个'死洋马',反而从厂长升成主管局的局长了。下边工人议论说,这个局长是拿票子铺的路砌的台阶。可说归说,局长还风风光光当局长,还笑眯眯地给咱送过年的'温暖'哩!现任的厂长你猜干什么呢?准备卖地皮。地皮现在可是值钱了。等到这个厂长把地皮卖完,这个工厂就彻底消灭了。国家养了这么一竿子货,咱们小工人还能指靠这一袋米一串肉过年吗?哈哈!咱靠咱自个过日子。日子还过得不错。你让你的弟妹说,咱的日子过得咋样?"

"嫽着哩!"媳妇在厨房里快活地应着。

"这一声多脆!"小卫畅快地说,"秤砣哥来了,是哥们儿难得相聚的好日子,硬是让什么'送温暖'给搅砸了。好了好了,秤砣哥和他送的羊腿,真正才是送来温暖了。"

小卫媳妇已经端出几盘菜来,啤酒也倒上了。小卫对媳妇说:"咱俩先敬送羊腿送来真正温暖的秤砣哥一杯——干了!"

秤砣的心底里沉沉的,有点酸,仍然做出不在意的样子对喝了酒。为了摆脱心里的那一道阴影,秤砣主动挑战喝酒,果然奏效,话多了调儿也高了。小卫一贯好喝酒,酒量却很浅,三下两下就狂声浪语起来了。

四

温馨的记忆现在不可遏制,反复咀嚼的余味却是苦涩的。

秤砣记忆里最深刻的一件事,是和小卫在这家工厂职工食堂吃的那一顿午饭。那年秤砣刚刚进入县城中学,他和小卫和铁蛋开始形成好伙伴的时候,小卫领着他和铁蛋从县城搭乘公共汽车来到城圈外沿儿的这家国营工厂。小卫的爹在这家工厂当工人。正当工厂下班时间,男女工人都是一身深灰色的工作服,许多人手里掂个铝制饭盒朝一个方向走去,欢乐的声浪把秤砣弄得不知所措。

这是秤砣第一次走进工厂,关于工厂和工人的最初的认知就是在这里得到的,跟他自小生活的乡村差异太大了。铁蛋的父母也是农民,同样是头一回进城进工厂,走路的脚步都乱了。只有小卫是三人之中最优越最可资骄傲的,他的家虽然也在农村,他的母亲虽然也是农民,然而他的父亲是工人,是穿工作服吃商品粮月月领工资的工人。小卫不仅毫无拘束,反而比在学校更显得自在欢乐,就像进入自己的家一样畅快。小卫把他俩引到他爹的宿舍。他爹正在脸盆洗脸,满手满脸的香皂沫子。小卫向他爹介绍了秤砣和铁蛋,撒娇似的宣扬:"我们是桃园三结义的兄弟啦!"他爹擦净的脸和眼做出一副惊讶:"再添一个女同学可就成'四人帮'啦!"然后哈哈大笑。大家都笑。秤砣一下子就觉得轻松自如了。

小卫的爹领着三个孩子到职工大食堂去吃饭。饭是份儿饭。每人一碗混着肉片、丸子、猪皮、豆腐、粉条、白菜的杂烩菜,两个大白馒头,围在一张桌子上,那个香啊!

"大伯,你们天天都吃白馍肉菜?"秤砣问。

"逢到节日大会餐,八菜一汤。"小卫爹说。

"你可是天天过年哩!"秤砣说。

截止那时候,储存给十二三岁的秤砣的全部生活记忆,就是过年才可以吃几天纯白面的馍馍或包子,荤腥的肉菜或掺着肉末儿的饺子。乡村娃娃需得盼望一年的这些好吃食,在小卫他爹的工厂的职工食堂里,天天顿顿都是。已经了知城乡和工农之间存在差别的初中生秤砣,第一次把这个作为未来政治理想要消灭的巨大差别切切实实体验了一回,留下了至今依然不能泯灭的印象。那么令人向往的工人,现在居然需要用救济的一袋大米一串猪肉和信封里装着的二百元钱欢度春节。阳性情人的小卫虽然拒不承认困难户,再三谢绝救济物品,无论如何也不能再现他爹做工人时的优越和自信了。

初中毕业以后,只有铁蛋勉强够上了高中录取分数线,秤砣和小卫都回到各自的村子。已经开始活泛起来的乡村出现了盖房热潮,秤砣跟一位瓦匠师傅学了几年手艺,最终只达到可以砌墙抹灰的水平,再复杂的工艺就弄不了了。乡村建房热潮一过,秤砣彻底扔了瓦刀,买了一辆四轮拖拉机跑运输,挣了一把钱,盖成了他和杏花现在住着的三间新式水泥楼板平房。小卫回乡来大约等了三四年,等到他的爹提前退休让他顶班,一下子就成为天天顿顿都像过年的工人了。铁蛋高中毕业够不上大学录取分数线,却够着了中等专业技术学校,竟然上了省里专门培养警察的学校,三年毕业了,在市里当警察。只有秤砣还在乡村继续着乡里人的日子。工人还需靠救济的一袋米一串肉和二百元才能过年?这是乡村人秤砣无法想像也几乎是不敢相信的事;这事发生在好朋友小卫家里,就具有逼近鼻息的酸和痛了……

暖冬的太阳总是让人产生阳春时节的错觉。秤砣和杏花以及父亲母亲,在胡萝卜地里挖掘最后一块可以卖钱的胡萝卜。他一个人在前头抢着双刺镢头,用一层细土覆盖着的胡萝卜被挖出来,在阳光下现出红艳艳水灵灵的嫩色。父亲和母亲在他身后坐着马扎,扒掉胡萝卜上附着的泥土。杏花则蹲着挥动一把刀,嚓嚓嚓切掉胡萝卜顶头上的叶子。

"你前几天给小卫铁蛋把羊腿送去了?"父亲无话找话。

"送去了。"秤砣说。

"那俩娃娃日子混得咋样?"

"差不多。还不错。"

"城里还是好混喀!"

"会混的人混得好,不会混的人难混。"

"咋说也比乡里好混!"

"不见得。真个不见得。"

"即便不会混的人,城里有人管哩!乡里人不管混得好混得不好,没人管喀!"

"管也看怎么管哩!给你送二十斤米一串肉二百元让你过个年,

可不管过了年又怎么混的事,二十斤米能吃几天?"

"那倒是。人说年好过节好过日子最难过。你说城里还有靠那点点儿东西过年的主户?"

"噢!听说的……"

秤砣便把发生在小卫家的实事说成虚泛的了,免得父亲再问。他不想把小卫的窘境晾到父亲和全家人面前,那是个阳性情的人。

冬天的北方田野里没有农活,也几乎见不到人,静寂容易令人倦怠沉闷,一阵儿摩托车的声响就显得格外震人。秤砣看见那摩托车从村子里驶到田间大路上来,又进入狭窄的小路朝自家的胡萝卜地跑过来,猛乍便扔了镢头叫起来:"铁蛋儿!"

话音刚落铁蛋就到地头了,和秤砣甩着胳膊像是握手又像是击掌,然后就和老人以及杏花一一打招呼,然后就和大伯大妈蹲在一起扒抹胡萝卜的泥土。秤砣爸坚决制止,半是玩笑地说:"这么干净这么细白的手,咋能干这号粗活哩!"说着就对秤砣发出不容分辩的意见:"你把镢头撂下。你跟铁蛋回屋去。这儿连口水都没有喀。"

秤砣跨在铁蛋摩托的后座上。铁蛋告诉他,昨晚从南方回到家,天明时小卫媳妇就找上门来,说小卫昨日晚上被抓了。秤砣大为惊讶,问出了什么事。铁蛋看着已驶到村口便封口不说。待两人进入秤砣的大门,在前屋里坐定,铁蛋才重新开口说:"偷盗。"秤砣反而不想再问,诸如偷什么在哪儿偷怎么被抓,似乎没有什么意思了。无论在什么地方偷无论偷什么东西都没有什么差别了,关键是偷和被抓。铁蛋还是按照思维习惯给他简单介绍了事情的经过:小卫和城郊两个农村青年合伙偷了农民两头肥猪,正好被巡逻的警察撞上了,那两个当地农民跑脱了,不熟悉地形的小卫被抓住了——

秤砣听到这儿,有点按捺不住的急切,忙问:"你专门来给我报这个凶讯呀?"

"哎!这事……哎!"铁蛋一声三叹,急得脸都红了,"你看看小卫……咋弄下这号事……哎……"

"好了。你甭说了。你不说比说透还好些。"秤砣点燃一支烟,

"你只说咋办吧!"

铁蛋还是打破了难以出口的障碍:"那天也就巧了,巡警按局里指示春节扩大巡逻区域,正巧撞上咱们的小卫。抓到临近派出所连着审问,小卫交代他已经偷过四回了,全都是农民的猪咧羊咧牛咧……现在小卫压力最大的是偷你的牛这件事……"

秤砣吁出一口气,没有一丝一缕破案的惊喜,连刚才发生的惊讶都在这一刻散失殆尽了。居然会发生这种事!这仅仅是抽半支烟以前的不可思议的惊讶;当确定这种事居然就发生了的时候,秤砣的苦笑就难以叙说了。他问:"现在怎么办?"

"我就是来跟你商量这事的。"铁蛋说。

铁蛋告诉他,派出所让小卫立即交出偷盗的猪呀羊呀牛呀的赃款,不管他实价卖了多少钱,一律按市场收购价赔偿,返还农户。另外还要加罚金……大约近万元。

"我的牛钱不要返还了。"秤砣当即说。

"小卫媳妇让我来找你,就有这意思。"铁蛋说,"小卫媳妇说牛钱将来肯定要还,只是当下太紧张。"

"不要了。"秤砣说,"再不提这件事了。赶紧让小卫快回家——剩下几天就过年了。"

铁蛋说:"我给小卫媳妇先凑一笔钱,赶紧把人赎回来。"

"我手里还有一千,你顺便捎给小卫媳妇。"秤砣说,"我不留你吃饭了。小卫媳妇肯定正等你哩!"

铁蛋骑着警用摩托走了。

秤砣重新返回胡萝卜地里。

"铁蛋走咧?"父亲问。

"走咧。"秤砣答。

"没吃饭就走?"

"警察总是忙。"

"来有啥事?"

"没啥事。"

"没事老远跑来做啥?"

"朋友嘛。"

"我看你说话冷冰冰的?"

"怪你没教会我说热乎话。"

二〇〇二年三月八日于原下

作家和他的弟弟

我曾在一部小说里说过,昼伏夜出几乎是世界上各路盗贼共有的生活习性。仅就这个习性而言,作家类同于盗贼,只是夜出工作的性质与之相去甚远罢了。这篇小说记述的作家就是一个顽固地遵循着昼伏夜出规律的人。他沉静而又疯狂地写作一夜,天色微曙时伸着懒腰打着呵欠躺到床上,直到午后才醒来。

在作家睡眠的这段时间里,最恐惧的事就是来人。来人太多了,多到一般人不可想像的程度。作家因一部小说以及由小说改编的电影爆炸,就出现了这种寻访如潮的情形。作家自然沉浸在热心者好奇者研究者的不断重复着的问询的愉悦之中,多了久了也就有点烦。烦就烦在心里,外表上不敢马虎也不敢流露出来,怕人说成名了就拿架子摆臭谱儿脱离群众了。然而作家还想写作,还想读书,即使不写不读,仅仅只想一个人坐下来抽支烟品一杯咖啡。于是作家终于下定决心,在白天睡觉的这段时间里,拔掉电话插头,拉下了门铃的闸刀,在门板上贴一张粗笔正楷的告示:如若不是发生地震,请手下留情,下午三时后敲门。作家往往最容易在语言上出错,仅这条告示而言,就存在严重的错误,因为地震如果真的发生时,即使是四五级的中震,作家就会自己冲出门来的,任何人都不必敲门了。无论如何,这条幽默而又严峻的告示确实制止了无数只已经举起或蠢蠢欲举的手,保证了作家的睡眠。

大约十二时许,作家正沉入深睡状态,有人敲门。轻敲时作家没有听见。作家被惊醒时的敲门声,已不是敲而是捶,真如发生了失火或地震一类灾难似的。任谁都可以感同身受地去想像作家的不快甚至恼恨了；一个通夜写作而刚刚睡了三四个小时的人多么需要休息啊！

作家是聪明人。敢于无视告示而如此用劲儿捶打门板的人，肯定是有重大事由的人，所以也就不敢恼怒，甚至怀着忐忑的心情赶紧拉开门闩。站在门口的，是弟弟。二弟。

作家的第一个心理反应是，这个货又来了。

作家连"你来了"一类客套话都不说，就转身走进客厅。弟弟也不计较哥哥的脸热脸冷，尾随着进入客厅，不用让坐就坐到沙发上了，把肩头挎着的早已过时的那种仿军用黄色帆布挎包放到屁股旁边的沙发上，顺手从茶几上的烟盒里抽出一支烟来点着了。美滋滋地吐出一条喇叭状的烟雾之后，弟弟笑嘻嘻地说："哥我想你了。"

作家还没有从睡眠的恍惚里转折过来，木木的脑子里却反应出：你是想我的钱了。其实早在开开门看见弟弟的那一瞬，他首先就想到了自己腰里的钱包。这已经是惯常性的心理反应了。没有办法，他的兄弟姊妹全都生活在尚未脱贫的山区。已经给许多人提供了发展机会的社会环境是前所未有的，然而他的兄弟姊妹没有一个能够应运而出，连一个小暴发主儿都没有，更没有一个能通过读书的渠道进入城市的。他们依然贫穷。他们自觉不自觉地把骄傲的心理和依赖的眼光都倾斜到作家哥哥身上来了。作家是兄弟姊妹中唯一一个走出山沟走进省会城市的出类拔萃者，而且不是一般地进入城市谋得一份普通的社会工作，而是一步步打进文坛且走出潼关响亮全国文坛的佼佼者。作家自己有时候也纳闷：同是一母一父所生的兄弟姊妹，智商为何有如此悬殊的差别，以至怀疑自己是不是父亲的血缘……现在，作家最揪心的是，兜里没有多少钱，怎么打发这个货出门呢？小说作品走红了，由小说改编的电影更红火，然而作家的稿酬收入却少得羞于启齿，即使启齿说给兄弟姊妹，兄弟姊妹也不信。

弟弟喝了口水就坦然直言："哥，你甭怕也甭烦，我不要你的钱。我知道你名声大，钱可不多。你是个名声很大的穷光蛋。你给我钱我也不要。"

作家不由一愣,有点摸不着头脑了。

弟弟更坦率了:"我想搞一个运输公司。先买一辆公共汽车,搞长途客运,发展到三辆以上就可以申报公司了。"

作家吃惊地瞅着眉色飞扬的弟弟,半天才回过神来,我们家里终于要出一个"万元户"了哇。

"你想想你能有多少钱给我?你把我大嫂卖了也买不来一辆'中巴'……"

作家终于清醒过来,甩了烟头,讥讽道:"凭你这个货能搞长途客运?你是不是昨晚做梦还没醒来?"他太了解这个弟弟了。在他的兄弟姊妹中,这是他唯一可以当面鄙夷地称之为"这个货"的一个。其他几个,本事不大,却还诚实;做不了大事,做小事做普通事也还踏实;挣不来大钱,挣小钱也还扎实巴稳。唯有这个货,什么本事没有还爱吹牛说大话包括谎话,做不来大事还不做小事;挣不来大钱还看不上小钱,总梦想着发一笔飞来的洋财。连父母也瞧不起的一个谎灵儿人物。他唯一的长处是有一副好脾气,无论作家怎么损怎么骂都不恼,而且总保持一张天真的笑嘻嘻的脸。

"我知道你看不起我,不相信我。事没弄成以前谁也不信,大事弄成了人就给你骚情了,挡都挡不住。"弟弟不仅不恼,反而给他讲起生活哲学,"你前多年没成名时,谁把你当一回事?我那时候看你没日没夜地写稿投稿,人家不登给你退回来。甭说旁人把你不当个人看,兄弟我咋看你都不像个作家。可你把事弄成了,真成个人了,而今我咋看你都像个作家……"

作家还真的被弟弟堵住了口。这是生活运动的铁的法则。他当业余作者屡写屡投稿件屡屡不中且不说,即使后来连连发过不少小说散文诗歌时,文坛也没人看好他,只有那部小说和小说改编的电影爆炸之后,原有的属于他的生活秩序整个被打乱了。这个过程和过程中的生活法则,被弟弟都识破了。作家突然想到,论脑瓜,这个货还真的不笨;论心计——好的或坏的——他还真的不缺,说不定弄不来小事还能弄成大事哩!而今常常是这类人最早越出原有的生活轨道和惯性,一夜暴富。作家便松了口,半是无奈地笑笑:"行啊!你想买一列火车搞运输我都没意见。你搞吧!"

弟弟笑了:"现在该求你。不要你的钱,只要你给刘县长写个字条儿,让他给银行行长说句话,我就能贷出款子来。刘县长是你的哥们儿……办这事不费啥。"

作家故作惊讶:"哦!你还真动脑子了,把我的朋友关系都调动起来了……"

"而今这社会好是好,没有'关系'活不了。"弟弟说,"你不过写一张二指宽的字条儿。刘县儿也不过给行长打个电话说两句话。都不算啥麻烦劳神的事喀!"

作家笑笑,夹着烟在屋子里转了两圈,给刘县长写了一张字条儿。

几天之后,作家愈来愈感到某种逼近而又逼真的隐忧。这种隐忧之所以无法排遣,在于他意识到某种危险。作家的情绪制约着思路。总是别扭,总是不能通畅,总是无法让想像的翅膀扇动起来,正在写作的长篇巨著遇到了障碍。他终于拿起电话,拨通了刘县长办公室的号码,很内疚地说明来龙去脉,最后才点破题旨:"你不知道我这个弟弟是个什么货!我给他说不清道理才把他推到你手里。你随便找个理由把他打发走算了。"

刘县长笑了:"你的电话来晚了。你弟前日后响就来了。我把他介绍给农行行长了。"

"这怎么办?"作家急了,不是怕弟弟贷不到款,恰恰是怕他贷到款子,三天两后响把钱赔光了怎么办!他对刘县长叙说了自己的隐忧。

刘县长不在意地笑了:"银行现在不会再做这种挨了疼里疼而说不出口的蠢事了。现在贷款手续严格了。你放心吧。"

作家放下电话时,稍微安稳了。

巧的是,电话铃又响了,是弟弟打来的。

弟弟说:"哥呀贷款是没问题的。刘县长一句话,农行行长照办。我想贷十五万,他连一个子儿不敢少给。"

作家听着弟弟狐假虎威得意忘形的口气,心情又负累了。真要是贷下十五万元,这货把钱给倒腾光了,谁来还贷?他便郑重警告弟弟:"你得考虑还贷能力……"

"害怕火烫还敢学打铁!"弟弟满腔豪气,"现在人家贷款要担保人,或者财产抵押。咱们兄弟姊妹就你日子过得好。你给我来担保。"

作家脱口而出:"那就把我押上。"

"谁敢押你这个大作家呀!"弟弟哈哈笑起来,"行长倒是给我出主意,把你那本书押上。"

作家现在才放松了,疑虑和隐忧全在这一瞬间化释了。行长给弟弟出的这个主意,分明是游戏,不无耍笑戏弄的意味。自以为聪明的弟弟现在还在农行行长的圈套里瞎忙着。作家既不想为贷款而负累,也不想再看弟弟揣着那点鬼心眼在老练的农行行长跟前继续瞎忙出丑。他便一语戳透:"我的那本书早都卖给出版社了。版权在人家出版社,不属于我了,押不成了。"

弟弟显然不懂出版法。这个专业法律与弟弟的实际生活太隔膜了。弟弟还不死心:"你写的书怎么不由你哩?你的娃娃咋能不跟你姓哩?"

"这是法律。"作家说。

"到底是你哄我哩,还是农行行长哄我哩?"弟弟的声音毛躁起来了,已经意识到那个梦的泡儿可能要碎了。

"你自个儿慢慢辨别吧。"作家说。

"那你得给我想办法。"弟弟说,"哪怕找个有钱的人,哪怕编个谎话,先让我把款贷下。"

作家再也缠不过,便说:"我有一支好钢笔,永生牌的。你作押吧!"说罢挂断了电话。

冬天到来的时候,作家完成了长篇小说的上部。此刻的心境是难以比拟的,像生下了孩子的产妇,解除了十个月的负累之后的轻松和痛苦折腾之后的恬静与踏实;像阴雨连绵云开日出之后的天空一样纯净和明媚。这些比拟似乎又都不够贴切,真正的创造后的幸福感是难以言说的。

作家急迫地想回老家去。温暖的南方海滨,他都毫不犹豫地谢绝了。他迫切地想回到故乡去,那里已经开始上冻的土地,那里冬天火炕上热烘烘的气息,那一家和这一家在院墙上交汇混融的柴烟,那一家的母鸡和这一家的母鸡下蛋后此起彼伏的叫声,甚至这一家和那一家因为牛羊因为孩子因为地畔而引起纠纷的吵架骂仗的声音,对他来说都是一首首经典式的诗,常诵常吟,永远也不乏味。每一次重大的写作完成终止,每一次遭遇丑恶和龌龊之后,他都会产生回归故土的欲望和需求。在四季变幻着色彩的任何一个季节的山梁上或河川里,在牛羊鸡犬的鸣叫声中,在柴烟弥漫的村巷里,他的"大出血"式的写作劳动造成的亏空,便会得到天风地气的补偿;他的被龌龊过的胸脯和血脉也会得到迅速的调节,这是任何异地的风景名胜美味佳肴所无法替代的。他的肚脐眼儿只有在故乡的土地上才汲取营养。他回来了。

作家下火车时,朋友刘县长在那儿接站,随后便进入一家新开发出来的民间食物的餐馆。便是豪饮。便是海阔天空的大谝。便是动人的城南旧事式的回忆。作家后来提起了弟弟贷款的事,随意地问:"后来他还缠没缠你?"

刘县长也是多喝了几杯,听罢便大笑起来,笑得前俯后仰,说话都不连贯了:"啊呀!我的我的……作家作家……老哥老哥呀……你的你的……这个活宝活宝……弟弟呀!我现在才……才明白了……你为啥为啥把他……叫'货'……"

作家倒进一大口酒,没法说话,等待下文。

刘县长仍然止不住笑,拍着作家朋友的肩膀:"任何天才天才……作家……也编不出……的……"

刘县长讲给作家一个可以作为小说结尾的故事——

你弟弟从我办公室走时,我借给他一辆自行车,机关给我配发的一辆新型凤凰车子。在咱们这个小县城里,天天用汽车接送上下班,我嫌扎眼,就让后勤处给每位头儿配发一辆自行车。他把车子骑走了,三天后给我还回来,交给传达室了。传达室老头儿把车子交给我的时候,我都傻眼了。车铃摘掉了。车头把手换了一副生锈的。前轮后轮都被换掉了。后轮外胎上还扎绑着一节皮绳。只剩下三脚架还是原装货。真正是"凤凰"落架不如鸡了……

作家"噢"地叫了一声,把攥在手里的酒杯甩了出去,笑得趴在桌子上直不起腰来:"我的多么……富于心计的……伟大的农民弟弟呀!"

刘县长倒是止住了笑:"你不还我车子倒算个屁事!你说你丢了,我还能叫你赔一辆不成?可他……偏偏耍这种把戏……"

"这就是我弟弟。常有教人意料不到的创举,教你哭笑不得教你……"

刘县长说:"我看着那辆破自行车,突然就想起你常常挂在嘴上的'这个货'!我忍不住就说了你的'这个货'的称呼……才体会到这个称呼真是恰到好处……"

当日后晌,作家就回到了父母仍然固守着的家园。没有热烈,却是温馨。窑洞整个都收拾得清清爽爽。火炕已经烧热。新添的一对沙发和一只茶几,使古老的穴居式的窑洞平添了现代文明生活的气氛。父母永远都是不需要客套式的问候的,尤其是对着面的时候,看一眼那张镌刻在心头的脸就不需要再说什么了。

他随后转悠到弟弟的窑院来。

弟弟正蹲在窑门口的台阶上抽烟。笑嘻嘻地叫了一声哥就搬出一只马扎来。作家没有坐,站在院子里,看满院作务过庄稼的休眠着的土地。宽敞的院子里有两棵苹果树,统落叶了,树干刷上了杀灭病菌虫害的白灰灰浆。一边墙角是羊圈,一边墙角是鸡舍。一只柴狗蹿进蹿出。是一个井井有条的令人感到舒服的庄稼院儿。

客运汽车公司显然没有办成。那辆偷梁换柱而焕然一新的自行车撑在储藏棚子门里。所有零部件都是锃亮的,只有三脚架锈迹斑驳,露出一缕寒酸一缕滑稽一缕贼头贼脑。

作家用嘴努努自行车,说:"兄弟,再去借用一回,把他的三脚架也换回来。"

"不用了不用劳神了。"弟弟顺茬说,"三脚架一般不会出问题,新的旧的照样能用。"

"你也太丢人了!"作家终于爆发了。

"我丢什么人了?"弟弟一脸的诚实之相。

"我给你买不起'中巴',买一辆自行车还是可以的嘛!"作家摊开手,说,"你怎么能这样?"

"噢哟哟哟!"弟弟恍然大悟似的倒叹起来,"这算个屁事嘛!也不是刘县长自己掏钱买的,公家给他配发的嘛!公家给他再买一辆就成了嘛!公家干部一年光吃饭不知能吃几百几千辆自行车哩!我揣摸几个自行车零件倒算个屁事!"

作家说:"我现在给你二百元,你去买新车子。你明日格就把人家的零件送回去。"

"你这么认真反倒会把事弄糟了。"弟弟世故地说,又嘻嘻哈哈起来,"刘县长根本没把这事当事……权当'扶贫'哩喀……"

作家瞅着嘻嘻哈哈的弟弟,想说什么也说不出来了,就走出了窑院。晚炊的柴烟在村巷里弥漫起来,散发出一种豆秆儿谷秆儿焚烧之后混合的熟悉的气味。作家还是忍不住在心里呻吟起来,我的亲人们哪……

二〇〇〇年秋草拟
二〇〇一年八月二十日重写于蒋村

地　窖

一

从公社大院的蓝砖围墙上翻过去,就跳进派出所的小院;从派出所用红砖砌成不久的新围墙上再翻过去,噗通一声跌进供销社的杂院;从供销社的土打围墙上翻过去,他就钻进河西村鸡肠子似的村巷了。

他连续翻越三道围墙,不敢怠慢,甚至连喘一口大气的时间也不敢耽误,拔腿就跑。黑暗里瞅不清路面,他脚下一滑,跌了一跤,大概是踩到一泡猪屎或是一洼牛尿上头了。他不敢抚伤惜疼,爬起来挣扎着再往前跑,一直跑过河西村肮脏的村巷,跑下村北的河滩稻地里来了。

复种过冬小麦的一畦一畦稻田里,秋天收割稻子时留下的太高的稻茬子冻得梆唧唧硬,他磕磕绊绊抬高脚步,免得再次绊倒,跑过三四畦稻地,就遇到一条宽大的水渠。水渠干涸了。水草枯死了。渠岸可以隐蔽下半截腿脚,渠岸上两排稠密的杨树和柳树粗大的树杆正是最好的遮掩,他顺着水渠跑啊跑,踩踏得渠底的枯草和落叶嚓嚓嚓响。他感到上气接不住下气,头晕眼花,喉咙里直想呕吐,脚下被干草的枝蔓缠绊了一下,又摔倒了,再也爬不起来了。

他躺在水渠里的枯叶干草上,大口大口喘气。心头却泛起一个甚为得意的胜利,无论我怎么狼狈,狗日的终究还是没逮住我!

他忽然觉得自己很好笑。他是河西人民公社社长,官儿虽然串不上几品,手下也领导着这个公社河川和塬坡地区的一万八千多社员哩。他在这里是受敬重的人物,谁也不敢放肆地跟他说话。现在倒好! 被人追着,翻墙跳院,完全像一个逃犯一样惊慌失措,狼狈不堪,裤腿上沾着猪屎或牛粪,膝盖上的裤子也撕破了,躺在这冬天夜晚的河滩里,真是昔日的威风彻底扫地了。

大喇叭的响声从河西村上空传到静寂的河滩上来。声音激越昂扬,战报! 河口县造反司令部彻底解放河西镇! 联合司令部的保皇儿孙狼狈逃窜!

他从渠底里站起来,借着烟头的火光看看表,正是子夜一时,该到哪里去呢?

寒星闪眨。没有月光。河滩远处有一声声冻僵了似的无名水鸟的叫声。这种水鸟只在夜静更深时叫,叫声说不上忧愁,也说不上凄凉,只是十分难听,难听到使人一听到这种叫声就想到它的样子绝对丑陋不堪,甚至会想到那是一种安着两只秃翅的癞蛤蟆,而河边上的人从来没有谁在白天发现过这种水鸟的踪迹。他忍受着这种声音的折磨,跛着一条腿,沿着渠岸往上走,躲到谁家去安全呢?

二

他站在一座门楼下。

他静一静气儿,叩响了吊在门板上的铁环儿。他的手劲儿慎重而又准确,使铁环碰撞木门的声响只能惊醒院子里头的主人,绝不能使左邻右舍闻声惊动。他在等待的时刻,瞧一眼这幢普普通通的门楼,土坯立柱,碎瓦掺顶,夹在两边的土打围墙之间,安一副粗糙的木头门板,死死关着。这就是目下整个河口县几乎家喻户晓的造反司令唐生法的家。

院里由远及近响着一阵沙沙沙的脚步声。门闩子滑动了一下。门吱呀一声拉开了。

"到这时候才回来!"女人怨怨艾艾的声音,大约把他当成她的丈夫唐生法了。他没吭声。她立即发觉站在门口的是一位生人,用一种警惕的声调问:"你是谁?"

"我是关社长。"他直接通报出来,免得她把他当成是歹徒或是什么不速之客,"关志雄关社长。"

"噢……关社长。"她的口气放松了,随问,"深更半夜,你来做啥?"

"让我先进门再说。"他说,"我有话非跟你说不行。甭张扬,甭惊动家里任何人……"

她往旁边移了移身。他走进开着的一扇门的门道。她随手就轻轻关上门。

"关社长……你有啥事?深更半夜找我说?"她在院子站住,又疑虑重重地问。

"到屋里头再说。"他得寸进尺,"屋里都有什么人?"

"能有谁呢?有一个吃奶娃儿,大女子跟她奶奶睡着。"她说着,转身朝院里走去。

他放下心来。她的公公和婆婆在原来的老庄屋住,离她的这个小院很远。他跟她走进厦屋。

她一进厦屋门,就把脚地上一只瓦盆移到旮旯里去,那瓦盆里有半盆黄黄的尿。

屋里,正面墙根有一张方桌,堆放着醋瓶盐碟辣子盒,还有一只帽子大小的瓦盆里盛着剁碎的酸渍红苕秆儿。厦屋南头是一张放得很宽的土坯火炕,炕上真有一个小娃儿钻在被窝里,露出被头的半个脸蛋儿红扑扑的,睡得正香。厦屋北头堆放着米缸面瓮等杂物杂器。一般农家都是这种简单零乱的格局,赫赫有名当当震响的唐司令的家也不过如此。他一转眼珠儿就把这幢三间宽的厦屋扫瞄了一遍,又溜一眼屋顶,架着木椽木板和晒粮食的苇席,万一发生紧急情况,可以爬上去临时躲藏在那里。

她用一根针把煤油灯芯挑了挑,屋子里稍微亮了,又把那根针插到墙上的一撮麦秆上,就靠住炕边站着,双手搭在棉袄前襟下边。那棉袄的边角上露出陈旧发黑的棉花絮套儿来。她显得很拘束,又有几分不安,问道:"你到底有啥急事?"

"你男人带着人马到公社抓我……"

"呀……"

"他抓住我,就把我杀了!"

"啊呀……"

"我逃脱他的手了!"

"噢……"

她紧张得眉头紧皱,两道细细的淡淡的眉毛之间出现了一个深深的倒置着的等式号。她说:"你真糊涂!你是给吓傻了吧?他要抓你杀你,你不给远处跑,咋给跑到我屋来咧?"

"我没吓傻。"他说,"我想来想去,只有你这儿最安全。"

她瞪大眼睛:"我这儿……咋会安全?"

他说:"他可能追寻到我家去,也可能搜到我的亲戚朋友家里,可他绝对不会想到,我会躲在他自己的屋里……"

"噢呀……"她似乎明白了。

"再说,我相信,你不会让他干出杀人的事。"他说,"不管怎样革命,杀了人总是麻烦事。他现在头脑发热,什么事都可能闯出来。你会替他日后着想,就不能让他惹祸。我想来想去,只有你会真心实意救我。"

"啊!这话对对的。"她的脸上泛出一缕温和的神色,看看屋里的旮旯拐角,为难地说:"可这屋里……连个隔墙……也没有……"

"这厦屋里……当然不能住。"他说。这屋里只住着她和炕上的那个奶娃儿,夜晚是无法回避的。"你想想办法。反正我是走投无路了。你们后院有窑洞吗?有储备柴禾的小草棚没有?"

"有个窑,里头塌顶了,现时只在窑口放些柴禾。"她说,又连连摇摇头,"不成不成。你要给塌死在里头才冤枉哩!"

"我不怕。"他说,"或者让我先看看。"

"甭看甭看。"她说,"我再想想……"

这当儿,前院的街门"咣咣咣咣"响起来。

"呀!那个鬼回来咧!"她从炕边跳到屋子中间,脸色骤变,"这可咋办呀?"

他急忙捏灭了烟头:"我从后门走!"

"来不及了。"她说着,弯下腰,钻到方桌底下,一把拉起一块水泥盖板,说,"快下红苕窖去。窖壁儿上有脚踏的台窝儿,一摸就摸着了,摸着往下溜。快!"

他不再犹豫,钻到方桌下,就溜下黑咕隆咚的地窖口子。

"咣——咣——咣!"敲门声变得很重很响。

"听见了。甭敲了。"她捏着嗓子,装得睡意惺惺的调门儿,朝着院里喊,"我正穿衣裳哪!"

敲门声果然停歇了。

他在溜进窖口并且用脚摸着了第一个台窝,又摸准了第二个台窝以后,看见她弯下腰把他扔在地上的一只烟头把儿捡起来,扔到炕洞里。他就继续往下溜。这个女人真细心。女人比男人都更细心。女人哄男人总是天衣无缝。他下到地窖里头了,统共不过七八个台窝就下到底了。

"甭咳嗽,也甭打喷嚏!"

她对着地窖警告他说,"咣当"一声就把地窖口盖上了。

他划着一根火柴,地窖里有两个拐洞,一大一小,都垒堆着红苕。东边那个大点的拐洞里,靠窖壁有一个窄窄的通道,可以凑凑合合坐下一个人。

头顶的脚地上有一阵儿咚咚咚的脚步声。他不假思索就明白厦屋的主人回来了。他屏声敛息坐下来,用一只手卡着两腮。

三

他用左手紧紧地掐住两腮,聆听地窖上面的动静,厦屋主人踏进门时很急很重的脚步声消失以后,随之就响起一连声的惊喜和嘘叹:

"噢哟哟！大的个亲蛋蛋娃哟！噢哟哟！这脸蛋红嘟嘟粉嘟嘟的！大都要想死你了！噢哟哟！"

这简直是王母娘娘的声音，太真挚了，太富于感染力了，太富于诱惑力了。他想到了舐犊的母畜。他想到了以喙哺食的燕子。他的心底潜入一丝温柔的春风，屏敛的声息开始松懈，绷紧的神经也稍微松泛开来，而且诱发起对亲爱的妻子和儿女的思念了，半年之久没有照过面了，她和孩子也不知怎么混着日子……

"噢哟哟！大的个亲蛋蛋！让大看看，小牛牛长大了没？哈呀！长大了！大了！大的个牛牛娃哟！你长得好疼人哟！大走南闯北，没得时间亲你咬你，今日叫大美美地亲上一口……"

他心里的森严壁垒哗哗哗土崩瓦解，烦乱毛躁起来。他听惯了这个人的令他脑皮发麻心慌意乱六神无主的训斥声，也受够了这个人使他毛发倒竖汗不敢出叫尿一滴绝不敢尿下两滴的吆喝声。现在，他听到的是一曲人伦人性人的动物本能似的最优美最动人最真实最自然的声音。这些声音都是从造反司令唐生法的嗓眼里发出来的，都是真实的。

"你吃饭不吃？"

"刚吃过了。"

"要喝水壶里有。"

"不喝了。睡吧！不早了。"

"你又喝酒来？我闻见酒气了，熏死人！"

"今日不喝不成哇！我们把狗日的'老保'的老窝儿给捣了！可惜……让关志雄那个老狐狸跑他妈的了！"

他不由得又掐住了两腮。唐生法和他女人说话的声音一丝不漏地传到地窖里来，甚至那孩子吸吮母乳的吧唧声也能听见。唐生法大约刚刚喝罢庆祝攻克河西镇的胜利酒，顺路回到老窝来与孩子和女人欢聚。

"你抓人家关社长做啥嘛！"

"关社长！死不改悔的走资派！你还叫他社长！关社长！我抓

住他……"

"他都垮台了,还碍着你们啥事?"

"他妈的!这老狐狸又臭又硬!他'亮'他妈的个毬'相',竟敢'亮'到'老保'那边!我不拔了这颗钉子……"

"气也没用——他给跑了!"

"能跑到台湾去!?哼!"

"你想逮住他,又逮不着,猴急了吧?你今黑不该回来,该是连夜去查问,看他藏在谁家?"

"查个屁!不用查也知道,他肯定到保皇狗家藏起来了。"

"那不一定——"

"嘿嘿!听口气儿,好像你倒知道下落?"

"那也说不定。"

"在哪儿?"

"在咱家这厦屋里。"

"净说梦话!"

"在红苕窖里藏着。你下去逮去!"

"耍笑我哩!哎!你这婆娘……"

他听见唐生法吹灭煤油灯的声音,地窖口那个圆水泥盖板没有合严的缝隙透着的亮光消失了,灯灭了。脱衣服的窸窸窣窣的响声。唐生法躺下身去时的一声呻唤。他揉一揉揞得僵麻的脸腮,终于松了心,缓缓吁出聚压在胸腔里的闷气,捂着嘴巴无声地打个哑巴呵欠,想瞌睡了,几乎折腾了大半夜了。那头顶的厦屋的说话声还是传到地窖来,虽然细弱,仍然清晰——

"甭胡骚情……甭……"

"我早想你哩!想得很哩!"

"天知道你心里想着谁!哄我……"

"别冤枉人噢!不论走到天南海北,我都想着你,还有咱的亲蛋蛋娃。"

"我可不是瓜呆儿!村里娃儿们唱说,'造反队,造反队,公猴母猴一炕睡。'你和母猴睡来没？"

"那是保皇狗侮蔑俺们造反派哩！你咋能当真？跟上他们瞎哄哄，乱叨叨。"

"你看看你那东西，软不拉唧的！还说人家侮蔑你哩！"

"我半个多月没回家……夜格黑间……跑羊了……"

"倒是跑马了！你的羊跑到谁的大腿弯子去了？我早都知道！"

"尽瞎胡说……"

"你跟那个女政委，那个婊子，村里都摇了铃！你还哄我——"

"那是保皇狗给我造谣！"

……

他已经用指头塞住了两只耳朵孔，再不想听下去了。他已经半年没有挨过自己老婆那温热的胸脯了。他受到这种炕头枕边的口角的刺激，心里潮起一股燥热。他闭了眼，塞实了耳孔，努力想这地窖，这是地窖而不是他和老婆的软床，使自己的情绪渐趋平静。他想到自己听人说过的唐生法和造反司令部那个女政委的风流传言，简直跟真的一模一样。甚至传说，有一晚，一个造反队员想吃鲜物，溜到农民的包谷地里去掰棒子，一脚踩住个软囊囊的东西，吓得跳起来，用手电一照，唐生法和女政委光溜溜地摞在地上，身下铺着一件旧军衣。他现在蜷卧在唐司令和他女人睡觉的火炕旁边不过五尺远的浅浅的地窖里，听他们的房话，真是太难为情了。难为情不可躲避，他却断然料定，唐司令现在不会再去考虑抓他逮他的事，因为他无法向女人辩解那个家伙为什么会蔫软……他已经很累了，心里的危机刚一缓解，就感到累死了，瞌睡一下子袭上心来，靠着窖壁睡着了。

四

卜卜卜……卜卜卜……

他惊醒了，头顶的水泥板盖还在卜卜卜响。

他咳嗽一声，示意他已听见了，随之就听见她叫他："上来吃饭。"

盖板揭掉了,地窨里透进亮光来。哦!已经到了吃早饭的时辰了,他站起来,腰脊酸疼,挣着忍着爬上地窨来。

屋里真亮啊!冬日温柔的阳光洒在庭院的地面上,看一眼也能感到温暖的滋味。他不由地舒展活动一下腰身,蜷卧太久的腰舒活了许多。厦屋的脚地上放着半盆温水,冒着热气,他洗了手脸,看看方桌上已经摆好的饭菜,对她说:"还是让我到地窨里去吃饭。大白天,说不定有人来……"

"放心吃吧!"她说,"大门我关着。"

他放下心来,走到方桌旁坐下,端起碗来。熬煮得又稠又粘的包谷糁糊糊,香甜可口,有一股油腻腻的粮食本身的香味。一碟冰凉沁人的酸渍红苕秆儿,绿茵茵的,调着红艳艳的辣椒星末儿,酸辣味长。竹篾编成的空心小篮里,垒堆着三四个烤得焦黄酥脆的包谷面馍馍,似乎比白面馍馍甚至比面包还要香甜。他吃得很香,确是饿急了。

他转过脸,看见女主人坐在炕边上,怀里搂着那个亲蛋蛋娃。那孩子偎在她的解开了衣襟的胸脯上,吸吮着乳汁,两只脚还在不安生地乱蹬乱踏。她一任儿子吃奶,一任儿子用手抓那露出衣襟的肥实的乳房。她低头看着儿子吃奶,一绺头发从鬓角垂吊下来,遮住了侧对着他的半边脸颊。他说:"你也吃饭呀。"

"我等会儿再吃。"她扬起头来,宽厚地笑笑,问他说,"你夜格黑受罪了,那地窨里潮湿得很哩!"

"没事儿。"他说,一边抬起头来,漫不经意地打量着她,她比他昨晚第一面见到时要年轻些,不会超过三十岁。她露出的胸脯皮肤很细很白。她的脸颊显得干燥,尤其是一双手,手背和食指上炸开一个个黑色的小裂口。他想,她的手和脸要是稍微做一点保护,甭说香脂之类,即使有一点凡士林膏或者甘油,那手指就不会裂了,脸色就会滋润柔和了。尽管这样,她的模样还是很好看的,一双灵活的眼睛似乎总怕羞,显得秀气的直直的鼻子,使人可以想到她年少时一定很可爱。

"那墙上有一张生狗皮,铺上可以隔潮气。再下去时拿上,铺着,能坐也能睡。"她说。

他往门扇后面的墙上瞅瞅,那儿确实挂着一张狗皮,纯黑色,黑得油光闪亮,像一块黑缎。他点点头,笑着说:"有这样的好褥子,享福了。"

"享什么福哇!"她撇撇嘴。她撇嘴的样子很好看,也很自然,显示着她的真诚。她说,"那地窨湿溜溜的,站不起又躺不下,够受罪咧!还享啥福!享'豆腐'——"

街门响了!有人要来。

他紧张地站起,碗里还剩下半碗糊糊没有喝完,放下碗,就慌忙往方桌底下钻。她挡住他,用嘴努努墙上。他记起了生狗皮。他从墙上拉下狗皮,回身走到方桌跟前,看见她已把孩子用被子围在炕上,端起他喝剩的半碗包谷糁糊糊,摆出一副正在吃饭的架势,心里不由颤了一下,就溜下地窨去。

他在地窨里听见有人走进屋来,尖尖的嗓音十分响亮。

"大白天把门关得严严的,做啥哩?"

"猪呀狗呀,钻进院来乱拱乱拉……"

"噢!我还当是你在屋里窝着……野汉!"

"你有老经验了!你窝野汉窝惯了!我可没那个本事!"

"这本事好学。你要愿意,嫂子给你引个野汉子,比法法那货漂亮多了!"

随之是两个女人畅快的笑声。

"我的那个鬼,成天怕我拉野汉,一见我跟旁的男人说句话,他也起贼心。即就是七十岁的老柴火棒子,他也不放心。"

"谁要你的脸蛋子长得那么好看哩!"

"他成天贼头贼脑地防着我。我说,我要是真心想拉野汉,你怎么防也是防不住的,除非你用铁链子把我的腿捆在炕边上。他说那不行,还要我挣工分哩。他说要是能给我那个地方安一把锁子就好了,钥匙装在他怀里。我说,你甭安什么锁子,你把你的章子盖上吧……"

俩人又是一阵疯狂了的死笑。

他一把捂住嘴,差点忍俊不住,笑出声来。

"说正经事儿吧!玉芹,借我些毛票儿,我要买一扎卫生纸……"

……

他静静地坐着。狗皮毛茸茸的,光溜溜的,暖柔柔的。这黑狗活着时肯定是一只极漂亮的狗。它奔跃起来,黑色的皮毛一定会闪闪发光。它叫起来,声音一定洪亮。它肯定是村子里狗群的领袖……他现在无异于那只有闪亮的皮毛而丢失了生命活力的黑狗!

即使像这黑狗的命运,他也只是觉得自己好笑而不觉得难受或痛苦。

难受和痛苦是他刚刚被揪出来批判斗争的事,那时真是有十万个为什么结在心头而一无答案。后来,刘少奇主席的名字打上了红×,西北局第一书记刘澜涛和陕西省委书记霍士廉被押到汽车上游遍西安东西南北四条大街,他的顶头上司河口县委杨书记和汤县长也被打倒斗臭了,反而全都想通全然没有痛苦心情了。他们比他垮得更惨,因为他们比他官儿大,官儿越大地位越高,跌下来时响声自然就越大,摔得也就越重越疼。他不过是一个小小的公社社长,出了河西公社的辖区就很少有人知道他的名字叫关志雄了,不出河西公社也不是所有人都认识他的黑方脸儿,大多乡民只知道关社长而不清楚他的名字。他能不垮台吗?他能不狼狈吗?他能不威风扫地吗?这样一比一照一想,他心里那十万个为什么全都不释自消了。

造反派们要他交代"三反"罪行他就把自己臭骂一顿。造反派们要他手敲铜锣胸挂纸牌走村串巷去游村,他就一个一个村子往过游,铜锣敲得像耍猴。造反派们要怎样他就怎样。这种日子虽然不大体面也不大好过,又毕竟也是一种日子,一种过法儿。事情坏就坏在那个"亮相"上头。

"亮相"是戏里演员出场后的一个动作名词。《人民日报》的一篇社论借用了它,一下子普及到各个角落里来。其实就是要被打倒的领导干部表一表态,是谓"亮相"。他把那篇社论看了又看,读了又读,黑笔勾了,红笔又圈,勾得圈得满篇社论都是点点圈圈和杠杠道道,几乎要倒背如流了,脑子里却愈来愈坚定:不敢"亮相"!千万不敢!公社里的两派势不两立,自己"亮"到任何一派去,就会使另一派火上添油,必置自己于死地不可。他就拖着,继续在那社论上头下工夫,点点圈圈和杠杠道道已经把那篇社论涂得旁人无法辨认字迹。直到全县三十二个公社的头儿们大都"亮相",他拖不下去了,就咬咬牙,终于豁出去了,写下一张"亮相"大字报:

> 我要和联合司令部的革命派一起执行捍卫毛主席的无产阶级革命路线
>
> 关志雄×月×日

这下糟了,比他所能预料的还要糟糕。

"造"字号果然被激怒了。全县三十二个公社的头儿们大都"亮"到他们一边了,小小的河西公社关志雄竟然敢于公开声明站到"联"字号一边,气得"造"字号的头头唐生法火冒三丈,亲自带领人马来捣河西公社"联"字号的老窝,来抓他这个顽冥不化的"黑手"。声言要砸烂他的狗头。要踩上千万只脚。要他不投降就灭亡。要火烧水煮油煎活拔毛。要千刀万剐掏心扒肺斫指挖眼剥下皮来绷鼓鼓……

他在心里怨恨《人民日报》那篇社论。他讥笑炮制社论的理论家鼠目寸光,连他都能预计到的后果而比他高明几十倍的他们却预计不到。他"亮相"的后果证明了他的预计的正确和他们的社论的破产。公社社长心目中神圣至上的党报的声音,也不过如此水平!

他无可奈何,坐在生狗皮上,昏昏睡过去了。

五

"关社长,上来!"

听见她的坦然的叫声,他睁开眼,地窖口有微弱的亮光,水泥盖板已经揭掉了。他本打算合目睡觉了,尽管睡不着。白天几次昏睡,打发过了一天,晚上倒没瞌睡了,他就仄愣着身子,蜷卧在狗皮上,合目养神。她叫他,肯定有什么事,或者有什么话要说。天已黑了,冬夜很长,和她说说闲话拉拉家常,未尝不是打发漫长的冬夜时光的一种办法。他爬出地窨来。

孩子已经睡着了。她坐在炕边的小凳上,怀里抱着一只夹板,夹板间夹着一只厚厚的毛边鞋底。她用一只铁锥在鞋底上戳一个眼儿,就把两根穿着麻绳的大号长针对穿过去,两只手同时朝两边扯拉长长的麻绳,鞋底上就留下一个褐色的麻绳疙结。她纳扎得很熟练,不慌不忙,间或把明光灿亮的锥尖在头发上擦一擦,麻绳穿过鞋底发出咝咝——咝咝的响声,虽不很好听,却也使人顿然感到安静和舒坦。他坐在方桌旁的木椅上,悠悠地吸着烟,看着她低头纳扎鞋底。

烟雾缭绕的眼前浮现出奶奶。一撮浅红的麻丝吊在空中,奶奶抽下一根,加到手里正在拧着的绳子里,右手提起来,左手啪啦一下转动麻绳下吊着的小拨架儿,手中那一束麻皮儿就拧成一条绳子。他常常坐在奶奶膝前,看那枣红溜光的小拨架儿啪啦啦打转,连同奶奶忧伤的吟唱一同拧进麻绳里。可奶奶已经死了,是饿死的。这枣木拨架传给妈妈,妈妈又啪啦啦转着它拧着麻绳,用麻绳缀纳布鞋鞋底。他是穿着这样的布鞋走进朝鲜的。妈妈也老死了,三年已经过了,家乡的沙土地上的那个小墓堆已长满了蒿草。那只枣木小拨架被姐姐拿去了,也还在拧着麻绳。他的妻子是纺织女工,用机器纺纱织布,再也不会使用那只小拨架儿了。

那拧着奶奶妈妈姐姐忧伤的歌儿的枣红拨架啊……

"今黑你甭下地窨去了。"她说。

"那……我……"他不知怎么回答。

"今黑你睡炕上吧。"她平静地说。

"不……我还是……到地窨去睡。"他显得意料不及,有点慌乱。

"地窨太潮湿,待的时间长了,会生风湿症的,腰腿要疼的。"

"不要紧。狗皮隔潮气。"

"白天黑夜蜷窝在地窖里,不行……"

"没事儿……"

"你甭犟,落下腰腿病,日后不好治。"她的话很平静,却坚定不移,"被子我都暖好了,你再甭犟了。"

他一看,火炕上铺着两道被子。靠炕里头的棉被里,那可爱的孩子已经睡得很香。炕边铺着的一条棉被,像是久置未用的半新的被子,很干净,大约是从柜子里刚刚取出来的。他犹豫了一阵,终于不好再拒绝了。

她继续纳扎鞋底,也不说话,许是生分,许是她生性不爱说话。他也不敢贸然问她什么,这毕竟是他的头号敌人唐生法的妻子。他悠悠吸着烟,心里却想,唐生法从东唐村杀出来,闹到公社,不久就在县上当起全县"造反司令部"的副司令了,声名赫赫。他的女人似乎与他没有关系,住在昏暗的厦屋里,就着煤油灯昏暗的灯光纳扎鞋底。她至少对他来说还是一个谜。

"睡吧。"

她已经纳扎完一只鞋底,取下夹板,用剪刀剔剪了绳头,把那布满褐色麻绳疙结的鞋底折了折,又用斧子镇了镇,就放到炕头边的那个笸篮里,平静地对他招呼说:"时候不早了,你在地窖里窝蜷了一天一夜,早点歇息下。"

他支支吾吾应着,却不动身站起来,他觉得难为情,怎么好意思爬上她的火炕去呢!

她绷着脸儿,像对长辈人那样自然,说着就脱了棉鞋,爬上炕,一口吹灭了火炕头土盘栏台上的煤油灯。厦屋里黑得伸手不见五指。他听见她在黑暗里窸窸窣窣的脱衣服的响声和溜进被窝时的一声解脱劳作的舒服的呻唤。

他借着烟头的火光走到炕边,并且在心里骂自己,她对他这样信赖,自己反而忸怩,不是说明自己的正派,反倒显出自己疑神疑鬼了。她很周到地考虑过一切,黑暗里脱衣服,她和他都要方便些。他爬上炕,脱去棉衣棉裤,留下衬衣衬裤躺下了。

被窝里好热,热得发烫,炕烧得好美呀!他的蜷窝太久的腰腿一挨着热烘烘的火炕,不由得舒坦地呻唤了一声。

真是不可思议。他,一个正儿八经的人民公社社长,现在和一个比他年轻近十岁的女社员睡在一个火炕上。她和孩子睡在炕那头,他睡在炕的这头,一颠一倒,正像乡村里的农民夫妻那样睡觉。真是不可思议。

他一时无法入睡,不单是白天在地窖里睡掉了瞌睡。他想,自己虽然有好多缺点和毛病,却在男女关系问题上自认干干净净,梆正硬气。他虽然也常与女同志和女干部们开开玩笑,却从来也没有过任何不光明正大的行为。他十六岁从家乡河南参军,正好跟上到朝鲜和美国佬打仗,战争把一个贫苦的乡村少年锤炼成一个优秀的中国军人。他是最后一批撤回祖国的,回来时两腮已经挂满黑森森的络腮胡须了,一个战功赫赫的连长。严格的军纪使他顺利地通过了人生的青春期的骚动,归来后在西安与一位纺织女工结合了,一个河南籍的漂亮姑娘,一个生活习惯完全吻同的不错的老婆。无论在部队或转业地方当社长,人们可以任意评价他的功过和为人,独独没有令上级领导也令一般人讨厌的男女作风问题,这使他走到任何场合都很自豪。现在,他和一个女人一颠一倒睡在火炕上,如若传出风声,纵然长一万张嘴也说不清白了。

"乖乖,吃奶!"

孩子吸吮乳汁的咂舌的声音很响。尖利的北风在房脊屋檐上嘶叫。小厦屋暖融融的,木格窗户外面挂着稻草帘子。门关死了。橡眼也用麦秸塞得实实的。淡淡的乳香和火炕的热气混合着,弥漫在小厦屋里。他感到一种诱惑。他的鼻孔痒痒,忍住了没有打喷嚏。他闭上眼,努力把那种隐隐约约的诱惑挥斥开去,只要一进入睡眠,就什么感觉什么诱惑都不存在了。

他终于迷糊了。仅仅只是迷糊,而不是熟睡和酣眠。也不知迷迷糊糊睡了多少时辰,又被一阵响声惊醒,哗哗哗的水声。他一时搞不清哪儿来的水声。灵醒过来后,他就判断出那是她在撒尿。他拉拉被头蒙住头脸,企图阻挡那种声音,却无济于事,还是遮挡不住那很响的声音。他的心里毛躁起来,如果一伸手从炕下边拉住她的胳膊,她大约会自然地钻进他的被窝。他第一次意识到自己原也不是圣人,竟也产生这种淫邪的念头。他终于控制住自己跃跃欲动的手脚,故意拉出鼾息声,佯装睡得很死,似乎什么也不曾察觉。他的耳朵却异常敏感,听见她爬上炕来,黑暗中踩了他的脚,又钻进靠墙的那条被窝里去了。

西北风依旧在房檐和屋脊吹出哨子一样的哐啦声。窗上的稻草苫子也有风吹动的吱吱声。热尿的气息渐渐散掉,屋里依然是火炕热烘烘的气息,淡淡的乳香。

他努力使自己再度入眠,用数数儿来净化心灵。他自己告诫自己:无论现在是黑帮是走资派或是刘少奇路线的罪人,组织上还没有正式行文开除党籍和撤销他的社长职务,还是共产党员,还是前志愿军侦察连连长,绝对不能和人家女人钻到一条被筒里去。这样反复告诫还真管用,他心头潮起的那种骚乱渐渐平息了,终于又迷糊了。

一觉醒来,天已大亮,他爬起来,穿戴整齐,站在火炕下的脚地上,从厦屋门里望出去,小院旁侧的小灶房里,传来扑嗒扑嗒的风箱拉动的响声,她正在烧锅。他看着她随着风箱扭动着的后背,不由得在心里慨叹:我到底还是拯救了自己的灵魂!

六

她说:"地窖里又潮又闷,多难受。没人来时,你就上来坐着;有人来了,你再下去。"

他确也不想再下到黑暗憋闷而又潮湿的地窖去,可屋里总有人来,有人来借一只木斗或是一杆秤,有人纯粹是抱着孩子来串门儿。她的女儿在老奶奶跟前玩腻了,不时跑回来,玩一阵,闹一阵,又回奶奶家去了。他因此总也不得安生,出了地窖屁股没坐稳,街门又响起来,慌慌乱乱又钻进地窖去。

他索性就待在地窖里，坐在生狗皮铺垫上，静静地闭目养神。他努力抑制自己的瞌睡，以免到晚上又再度失眠，以免失眠时再听到那热尿在瓦盆里冲击出的哗哗哗的响声和闻见那股新鲜的尿臊气味儿。

他回想朝鲜战场那些亲身经历的往事：那冷炒面就着雪团的滋味，那坑道里滴滴答答的永不止歇的滴水声，那炮弹轰击时迎面扑来的热浪，那抱着冲锋枪跃出战壕时义无反顾的追击，那扑倒在脚下的亲爱的战友的尸体……

他们的侦察连经历了多少次惊心动魄的战斗啊！整个两军对垒的封锁森严的战场，他们侦察连的战士却几乎无所不至，一次又一次摸到敌人的心腹里，使敌人毁于一旦！哦！那个像姑娘一样秀气却又沉静勇敢出奇的"小江苏蛋子"啊！那个像周仓一样疾恶如仇秉性刚强的"河北老虎"啊！那个纯厚诚挚的"关中牛"啊！他们都长眠在那对国人陌生而对他熟悉如掌的异国山沟里了！他们没有像黄继光或邱少云那样留下闪闪发光的名字，他们的名字只有他们的亲人和他永难忘记。啊啊！那一次深入到敌人下巴底下的侦察，是损失最惨重的一次，侦察排牺牲了一半勇士，换来了那个结果……那就是战争！那就是革命！而眼前的这种摸不透吃不准跟不上的运动，算他妈的什么熊革命啊！老子十七八岁的时候，已经是出入敌阵的老练的侦察老虎了，而眼前那些熊男女胳膊上挽一条红袖章却来压老子的脑袋……

应该写一本回忆录了，早该写了，那些淤塞在心口儿的战友的血啊！他现在窝藏在这个类似战场坑道的红苕窖里，既不能写回忆战争出生入死的文字，也不能履行一个公社社长的职责；那些在战场上硬练出来的侦察技能，却派上用场了，敏捷地翻越障碍物，出其不意潜入敌人最意想不到的最危险也最安全的地方……晚上却不得不听人家一个年轻女人在瓦盆里尿尿的声音……他一阵想得壮怀激烈，一阵忧愤压抑，一阵儿沮丧灰心，无论怎样难挨，却是排除了瞌睡的袭扰，又一个白天过去了！

七

喝罢汤,他没有下地窖去。她已经在火炕上铺好了被子,照例是两条。有了昨晚的第一回,今晚似乎就成为自自然然的事了,不再觉得太难为情了,心里的障碍早已倒塌了。她似乎也比昨晚随便自然一些了,没有吹灭煤油灯,就脱下了厚重的棉裤,合着棉袄坐在火炕里头那条被子里。他毕竟在地窖里蜷曲得太久,渴望早点躺到热烘烘的火炕上展一展酸麻的腰身,就不再忸怩。脱下了棉衣棉裤,躺下来。

煤油灯小小的火苗一闪一闪,小厦屋的炕墙上有一层昏黄的光亮。那小娃儿还没睡着,从炕那头的被窝爬过来,爬到他的枕头旁边停住了,瞪着一双黑乌乌的圆眼珠儿辨认着他,似乎把他当作大大了。他支起身,想把小家伙拖进自己的被窝。那小家伙却往后缩,不肯就服。他搂住他的头,在那红扑扑的脸蛋上亲了一口,那温热的脸蛋和嘴巴上有一股幽幽的乳香味。他的太长的络腮胡须扎疼了他,小家伙哇地一声哭了。她咯咯咯笑着把儿子拽进怀里,把奶头塞进娃儿的嘴里,吹灭了煤油灯,搂着孩子睡下了。

小厦屋骤然黑下来。老鼠立即出动了,桌上的什么东西碰翻了,"咣当"一声响。

"你是个好人,好社长。"她在炕那头说。

"你咋个知道我瞎我好呢?"他问。

"我听村里人说,你是个直杠人。"她说,像是和他拉家常,"人都说你好……你给俺村减了'光荣粮',老人碎娃都夸你实在。"

"唔……"他应着,唤起一件沉寂了的记忆。

他初到河西公社头一年秋天,这个东唐村刚刚上任的支部书记为了显示自己的政绩,报"光荣粮"报得出格的高,他没有表扬他的积极行为,反而压缩了那个不切实际的数字。就是这么件小事,她和东唐村的人至今念念不忘,直说他好啊直杠脾气啊……

"原先那个苟社长,总是嫌干部报'光荣粮'报得少,总要往上加哩!你倒好,往下码!"

"社员也得吃饭嘛!"他平淡地说。

"那个苟社长可不管社员锅里有没有米下,只管叫多交'光荣粮'。人一比,当然就说你好。"她实实在在地和他说话,不是恭维,"其实我也不知情,只是听人说你好。"

他颇得意,心里挺受活。好久以来,他已经受够了呵斥和谩骂,而根本听不到谁说他的一句好话了。这个女人毫不矫饰的话,陡地唤起他一种自信与自尊,一股做人的力量。

"俺屋里的人可没谁说你好。"她说。

"为啥?"他问。

"你还不知道吗?"她问,随之又自作解答,"你把俺阿公给撤职了,他成了'四不清'下台干部,抬不起头,一家人恨你恨得咬牙!"

他默不作声,说不出话来。

他是以"四清"工作团长的名义进入河西公社的。他坚定不移地按照"四清"运动的工作条例领导了运动。"四清"运动进行了整整半年时间,春天开始,夏收后结束。有一批大小队的干部或因政治或因经济问题被撤职下台了,个别人受到了法律惩处。她的阿公——东唐村前支部书记的倒台即属此列。他怎么能忘记呢?她不说,他心里也清楚她的阿公恨他恨得要死。

"我家那个鬼扯旗造反,就是替他老子申冤出气……"她很坦率。

"我明白。"他说,他早已明白这种关系。整个河西公社甚至河口县里以唐生法为首的造反司令部下纠集的人马,几乎纯一色是"四清"运动时受到冲击的干部或者是他们的亲属和族里人。他"亮相"怎么能"亮"到他们一边呢?他对她说,"那么你呢?你恨不恨?"

"你整了俺阿公,又没收了俺家粮食,还赔了五百块,我自然也该咬着牙恨你才对。可我……恨不起来。"她依然说得很冷静。

"为啥?"他也奇怪,不明其中原因。

"唉!"她叹口气,"我娘家爸是贫协主任呐!他在'四清'中当了贫协主任,又入了党,是你的工作组的积极分子。这下复杂了,两亲家分成两派,自'四清'以后就不来往了,见了面说不到一搭嘛!文化革命开火了,娃他爸扯起造反当司令了,俺娘家一家人都参加了'联合'那一派。你说,我该咋办?"

"唔!"他顿然明白了,却无法回答她该怎么办的问题。

"我啥也不管,啥也管不清。"她说,"谁爱怎么闹就怎么闹去!我只管跟俺娃娃混日月……"

"噢……"他沉吟了一声,表示明白了她两边为难的处境,却依然无法帮她谋划一个更为高明的办法,只好沉默不言。

"混吧!往前混吧!谁知道谁错谁对呢?"她漠然地说,"睡吧!"

小厦屋沉寂下来,没有一丝声响。整个村庄沉寂下来,没有一丝声响。这个躺在塬坡根下的像个簸箕掌一样的东唐村,再也听不到一丝声音。没有车鸣,没有人声,偶尔有三两声骤起骤落的狗吠声。躺在这样安静的乡村里的一个热烘烘的火炕上,使人会时时产生一种错觉:那外部世界正闹得轰轰烈烈的"文化革命"运动是不是真的发生过?堂堂的关志雄社长真的被压过"喷气式"?真的会像被追赶的强盗一样仓皇翻过三道围墙?

她在混日月。她的男人一家子都受到"四清"运动的整治,唐生法正是以此为动力而扯起了造反的旗帜。她的亲生父亲恰恰是"四清"运动的积极分子,如今正为维护那场运动而参加到与女婿绝然对立的另一派群众组织里。"这场运动,真正把群众发动起来了。"他们现在不仅是为自己的柴米油盐而劳心费神,确确实实在为政治争斗哩!她倒好!一边是阿公和丈夫,一边是亲生父母兄弟,她只好和她的儿子混日月!她不混怎么办呢?

他自己又能怎样?他其实也只是另一种混日月的人罢了。他是怀里揣着"四清"运动的红头文件踏进这个陌生的河西公社的,从那一天起,他就和唐生法以及他下台的父亲站在了对立面,和她的亲生父亲(那位贫协主任)结成了同盟。他现在首当其冲,成为唐生法们的眼中钉,真是无法回避。那些和他一起分乘着十辆卡车浩浩荡荡开进河西公社的几百名"四清"大军,早在四年前全部撤离了,回到省城里纷如烟花的工厂、机关或企事业单位去了,独独留下他来承受那些被他们整治过的人的恶气和仇恨。他怎么办?混吧!像她一样混吧!

在地窨里蜷卧了一天,硬是支撑着没有睡觉,留下瞌睡到夜里,他果然很快就睡着了。那热烘烘的火炕所散发出来的淡淡的柴烟气息,万无一失的环境给他惶惶不可终日的心所带来的松懈和踏实感,使他睡得好舒坦啊!直到他感到憋闷,感到鼻孔被堵而不能透气,他被憋醒过来了。

他其实没有完全清醒,从沉沉死睡里刚刚被憋醒过来时还是迷迷糊糊,本能地伸出手,推开堵塞窒息鼻孔呼气吸气的东西,却触到了乳房。

他顿时灵醒过来,立即明白发生了什么事。他立即缩回手,并为自己刚才在半醒半睡状态下的行为暗暗难为情。他不知该怎么办。他的左侧贴着一个温热诱人的肉体,柔软的腹部偎着他,两只肥实饱满的乳房贴压着他的脸,几乎把他的眼鼻和嘴巴全盖压住了。那双正在哺育婴儿的饱胀的乳房,乳汁挤压出来,流进他的眼眶,热乎乎黏糊糊的乳汁从鼻翼流进嘴角。被窝里热烘烘的气息,甜腻腻的乳香,以及这个温热的肌体里散发的诱人的气息,使他刚从梦中苏醒过来,立即又沉迷了。他一把搂住她的腰,紧紧贴着那柔软的胸脯,翻过身来……

他闭上眼睛,静静地躺着,心里暗暗滋浮起一缕幽幽的懊悔。她也静静地躺着,鼻头顶着他的耳根,呼出的热气吹得他的脖颈骚痒痒的。她快快地给他说,她和唐生法刚结婚时还罢了。婚后半年,唐生法到镇上的小学校当了民办教师,一月才挣十块钱生活补贴,就开始瞧她不入眼了。加之她连续生下两个女娃,就更加抬不起头了。唐生法说她是个尽下软蛋的瘟鸡,从早到晚没个笑眉眼。她的阿公当着党支书,开会常讲男女平等哩,实际上恼恨她没生下个男娃来。阿公进出院子从来没有正眼瞅过她,像是这屋里根本就不存在她这个儿媳妇。阿婆倒是从早到晚睁着一双气鼓鼓的烂边红眼瞅着她,咒她说,唐家的烟火就要灭在她的手上了。到她生下这个男娃,情况刚刚好转,唐生法又扯旗造反去了,又和那个女政委日戳在一起……

她流泪了。热乎乎的泪水在他脖颈上流下去。她说:"我吃粗粮酸菜,不觉得恓惶,早晚没个知心人儿,我恓惶死了。你是个好人。我跟你把心贴在一搭,哪怕一会会儿,哪怕一时时儿,我都值得了……"

他的那种懊悔情绪飘散了,搂住她的发抖的身子没有说话。

她说:"我以为你夜格黑会逗我,可你睡死了。我……你可甭骂我是个烂女人……"

他不由地淌下眼泪。他记得自己很少淌眼泪。在战场上执行侦察任务时从一道高崖上跌下去,跌得左腿的脚尖朝后而脚后跟朝前了,黑暗里,他抱住左腿狠劲一拧一扭,又把脚尖扭拧到前头,爬起来又跑了,疼得汗如雨浇而独独没淌眼泪。他唯一记得的是亲爱的侦察排长在铰剪敌方的铁丝网时不幸中弹,连尸首也未能拖回来,回到营地后,他才抱着排长与他紧挨着的空被子和枕头大哭一场。他再记不得自己什么时候还淌过眼泪。挂在脖子上十多公斤的木牌只用一根细铁丝吊着,勒到肉里去了,他仍是只淌虚汗而不淌眼泪。这个女人本来也没有什么特别伤情的大事,然而却使他流泪了。

她寻求安慰。她寻求寄托。她寻求真诚。她寻求别人尤其是亲人的起码的尊重和爱护。可她所寻求的一样也得不到。阿公永不瞧她的蔑视的眼神和阿婆盯得太紧的红边烂眼里透出的厌恶的眼神,都使她无法忍受,而丈夫唐生法却是只爱"亲蛋蛋娃"而不知想她的人。她的心里淡泊而冷寂,这从他见她第一面就能感觉出来。一个年龄尚轻的挺好看的乡村女人,怎么能年年月月忍受这种无所寄托的光景呢?他大约是可怜她,也可怜自己目下孤苦无援的境况,不由地热泪长流了。他一时找不到安慰她的合宜的话,只是紧紧地把她微微颤抖着的身子搂在怀里,自己也感到某种暂时的切实的寄托了……

第二天,一早醒来,他又听见小灶房的风箱扑嗒扑嗒响。她端着半盆温水走进来,对他笑笑,也不说话,就从悬在空中的竹竿上拉下毛巾,投进脸盆里,又提着热水瓶出去灌水了。她的一笑,含着羞涩,含着默契,含着一种踏实的真诚,久久地留在他的记忆里。她的眼里褪去了忧郁,闪着光彩,那闪着光彩的眼睛使他的心里滋浮起一缕温暖和福气。她照顾他的生活殷勤而不浮躁,完全像是对她的心爱的男人那样实心实意,朴实无华。

往后的夜晚,她照例铺下两条被子,一条里裹着宝贝男孩。她在哄得孩子吃饱睡熟后,就贴着他睡下来。有时候,她对他说:"老关,你先上炕歇下,我把这褯片子洗了就来。"他也不再别扭,对她说:"玉芹,把桌子上那盒烟递给我……"

他就脱了裤子,坐在被筒里抽烟,看她在脚地上洗刷褯片子。

八

大约是刚满十天的那天晚上,敲门声立即使他紧张起来,立时意识到自己成了乐而忘蜀的刘皇叔。他穿了衣服,装好烟盒,挟了晒干的狗皮,又钻到方桌下,准备潜入地窖,回头一看,她已叠好被子,用笤帚扫了他扔在地上的烟把烟灰,对他微微一笑。在她要盖上盖板的时候,弯腰亲了他一口。

他很熟练地下到地窖里,坐在狗皮上,听着上面厦屋的动静,果然是唐生法回来了。

"妈的巴子!给我弄点吃的。"

"你要吃啥哩?吃面还是吃馍?"

"日他祖宗!先给我喝口水。"

"你今日咋咧?一进门就气儿不顺!"

"日他婆!唉嘘……"

"咋啦?没得抓摸上那个婊子吗?"

"胡说啥!你尽操他妈的那些毛呀球呀的闲心!革命遇到困难了……唉嗨!"

"给人家斗垮了吗？"

"毬！凭他们要斗垮我？"

"那你回来胡嘀嗒啥哩？"

"唉唉……我说老人家呀老人家，你怎么给你的造反派也泼凉水嘛！你把俺们轰起来跟上你造反，你咋又给俺头上泼凉水嘛！"

"谁敢给你泼凉水呀！"

"老人家又发下最高指示了，要保卫'四清'成果哩！凡是最新最高指示传下来，对咱都有利，咱都游行欢呼庆祝哩！唯有今黑间的庆祝会开得窝囊！明明知道这个指示是给咱泼凉水，给保皇狗们撑了腰，咱还得开会庆祝，敲锣打鼓放鞭炮……我都憋死了！"

"噢哟！毛主席叫保卫'四清'成果？"

"唉唉唉！老人家啊老人家，你说刘少奇搞了'四清'扩大化，搞了'经济路线'，俺们批刘少奇批得正上劲，冷不丁你又指示说要保卫'四清'成果！既然是刘少奇路线搞下的'四清'，这'成果'咋能保卫它？唉唉唉……你老人家尽是给糨糊缸里添胶哩嘛！越弄越黏糊！我看哪……莫非你老人家真个……老糊涂咧！"

"啊呀呀！你快悄声些！要是给人听见你抱怨伟大领袖，我看你怎么办？只死甭想活了！"

"我心里简直要憋炸了！你看，我又不敢跟旁人说，气得肚子胀胀的……你不会揭发我。"

"那可难说。我也忠于毛主席。谁反对毛主席，就砸烂谁的狗头！"

"嗬哟！你去告发去！我不在乎。不是我吹，你就是说我攻击毛主席，也没人信。我说话人就信了。我说老鼠逮猫有人信，你说猫逮老鼠反没人信……"

"你……反正我可知道你的箱子底儿……"

变成俩人不冷不热不恼不亲的口角了。

他坐在生狗皮上，几乎要蹦起来了。老天爷啊！毛主席发下最新最高指示，要保卫"四清"运动的成果哩！啊啊！你老人家终于开了口了,终于发下一条有利于我关志雄的指示了!毛主席啊北斗星,我可真望见北斗星灿烂的光辉了!他一刻钟也坐不住,那柔软光滑的狗皮上的黑色狗毛,顿时变成一撮撮钢针了,扎得他不能安生。

他还是坐下来,心里在叫,"四清"的成果早就应该保卫嘛!你老人家叫我们搞了"四清",我们怀里揣的就是"二十三条"嘛!你说那是刘少奇路线,我们这些"四清"队员可怎么办?你老人家不说保卫成果谁能保卫得住?哈哈!唐司令沮丧了,憋得肚子要爆炸了,哭爹咒娘日祖宗了!自从造反以来记不清发下多少回最高指示了,几乎都是使唐司令心花怒放而使他沮丧,唯有这回唐司令不高兴而使他抑制不住兴奋鼓舞扬眉吐气的痛快心情了。他不由得在心里诵读着毛主席语录:被敌人反对是好事不是坏事。真是颠扑不破,透彻精辟。

他再也无意去偷听炕上的房话了,兴奋的心情使他顿然觉得这地窖难以忍受,一刻钟也难挨下去。他要出去。他想放炮。他想欢呼。他要真心实意表示对最新指示的拥护……他终于累了,过度兴奋之后无处发泄的累呀!他颓然倚在地窖的窖壁上,睡着了。他心里很踏实,相信当他熬过这一夜再睁开眼睛的时候,必是一个阳光灿烂的早晨……

"我要走了。"

"满村满地都是人,咋么走?"

"那……黑天走。"

"今日黑间?"

"今日黑间。"

"你走吧!你在这儿总不能长久住下……"

她的眼里又隐隐浮出那一缕郁郁之色,把明亮可爱的眼睛罩住了。唐司令一早爬起来就蹬上自行车走了。她有点慌乱地招呼他吃完饭,收拾了碗碟,猛地扑到他的怀里,喃喃说:"我真想把你在这地窖里永久藏下去……"

有人敲门。

他又潜入地窖。

她在地窖口叮咛:"妇女队长派我上工,在饲养场捣粪。我在外头把门锁上了,你干脆上来歇着吧。"

他想,再难挨也就只剩一天时光了,万万出不得意外,就对她说:"你不在家,万一有个变故,没法遮掩,还是地窖里头保险……"

她也不再坚持,上工去了。

他坐在生狗皮上,心里很踏实,再难挨也就只有一天了,天黑以后就可以走了。救命的地窖!柔软的生狗皮!热烘烘的火炕!温馨的饱满的奶子!竟然使他有一股难以割舍的留恋。

她放工回来了,熟悉的脚步声比以往急些也重些,随之就唤他出窖。

"我在村里听到个消息……"

"快说——"

"公社里驻扎下军队了!"

"真的?"

"满村满街人都说哩!说公社里驻下整整一个连的解放军,一百多号人哩!听说往各村各队分派哩!叫社员搞生产哩……"

"这就好了!"他长吁一口气。

他在来这儿之前,已听到军区要派解放军下乡"支左","抓革命,促生产"。现在解放军真的来了,来了就好了。他心里有数儿,军区的观点和倾向正是他所"亮相"的那一派……"不管咋说,解放军来了,我就可以回公社。谁就再也不敢杀我剐我了,批批斗斗倒不怕!"他说。

"后晌我不上工去咧!"她对他说,"你要走了……再见就不容易了。"

他心里觉得酸酸的。他一阵企盼天快点黑下来,黑下来就可以走了;一阵又企盼天甭那么快就黑了,黑了就该和她永久性的告别了。

她照例关了街门,陪他坐着,她似乎手足无措,闲坐着就显得惶惑,又把一只鞋底夹进夹板,纳扎起来。麻绳拉过鞋底嗞嗞嗞的响声,使他的心微微颤抖,隐隐作痛,好像麻绳是从他心上穿过去的。他坐在方桌旁的椅子上,抽着烟,一眼不眨地瞅着她。她一锥扎过去,扎着了食指尖,鲜血染红了鞋底。她忙用右手攥住了食指,抬头看他一眼,疼痛使那张忧郁的脸愈加显得楚楚动人。她心不在焉。她怎么会扎了手哩?心不在焉!他立即奔到她跟前,看那受伤的手指。她撇撇嘴角,温柔地一笑。他低下头,把那食指吞进嘴里,吮着那带腥味的血。她丢了夹板,搂住他的脖子,眼泪顺着脖颈流下去。

冬天北方的天很短,转眼就黑了。

她早早哄得孩子睡下,甚至不惜在宝贝儿子的屁股上抽了两巴掌,强制那不安生的孩子安宁下来,带着委屈的哽咽进入梦乡。

她钻进小灶房去了,风箱扑嗒扑嗒又响起来,大概是做晚饭。他走出厦屋,走进小灶房,对她说:"我帮你烧锅吧。"

"你快坐到屋里去。你一来我就乱套了。你坐在屋里,我心里就稳稳当当的。去!坐到屋里,让我再服侍你一顿饭。"她说。

他走回小厦屋,又一次用心打量起来,一张方桌,一个土坯火炕,一只没有油漆的板柜,剩下就是些提不上串的瓦盆瓦瓮旧棉套破席片之类的物什了。他看着这一切,像是要把这些东西永久地储入记忆似的。

她走进厦屋,端着一只粗糙的瓷碟,那碟子里盛着炒得焦黄油亮的鸡蛋,另一只手里端着一盘烙黄的锅盔。锅盔是用麦子面烙的,无疑是乡间的高级食物了。她又给他倒下一杯茶水,对他说:"你这些日子受委屈了,没得好吃食。"

他忙说:"这些东西……该当留给娃娃。"

她笑笑说:"你吃吧!我再也拿不出啥来。"

他坐下来,操动筷子,那鸡蛋很香,锅盔也十分香甜可口。他吃得很慢,细细地咀嚼着,却难以下咽,喉咙里似乎有什么东西堵住了通道,却又不能不吃,不吃会使她伤心的。

他说:"玉芹……我要走了。"

他想说几句感谢她救护的话,却又觉得没有必要。

她把那条干净的半新的被子又铺开了,默默地低着头,靠在炕边上。

他说:"你明白……我得……走。"

她说:"你得到后半夜走。天刚黑,人没睡定。"

他和她躺进被窝,反倒没有那种欲望了。他搂着她。她静静地贴着他。俩人都不说话,一切话语都显得轻薄而难尽人意。似乎那种永远使人沉迷的人伦之乐顿然失去了任何意义……

九

一晃多年过去了。

他正在翻阅一件材料,门被推开,有人走进寝室兼办公室的房子。他急于把一页的最后几个字看完,没有抬头,也没有招呼来人,凭着脚步的响声觉察得出来人小心谨慎,必是下级干部,大约要向他请示什么或汇报什么。他放下笔,从椅子上转过身来。

来人竟是唐生法。

他站在房子中间,两只手互相勾着吊在裆前,这姿势首先使人想到他很善良,有点可怜,有点拘谨,有点诚恳的意味。他指指另一张椅子,示意他坐下。他就在那把椅子上坐下来,腰挺得很直,使人看着他坐得很不舒服。

唐生法从口袋里摸出一支烟点燃了。他吸得很狠,吐出烟雾的时候,明显瘦削了的脸颊上的皮鼓起来了。他的胡须和头发串联在一起,眼角粘着干涸的眼屎,眼白血丝如网,真可谓疲惫憔悴,形容枯槁。他忽然产生一种幻觉,这是一只被打断了脊骨的狼。

他等待他开口。

他还在狠命抽烟。

这是一九七七年的春天。在他的主持下,河西公社举办了"说清楚"学习班。唐生法自然是河西公社必须"说清楚"的头号角色了。

唐生法扔掉已掐捏不住的极短的烟把，猛然抬起头来，对他说："关书记，我想跟你说一件心事……"

他很诚恳地称他"关书记"。他再不敢称他为"死不改悔的走资派"或"三反分子"了。他不知是否忘记他曾这样喊过千遍万遍？他过去是公社社长，后来结合为革命委员会主任，稍后又是党委书记兼革委会主任，一元化领导体现于一身。他说："说吧！你要相信我，就甭顾虑啥。"

"我相信你才找你……"

"说吧！"

"我跟女政委……那个'麻哈'事……再甭追究了……"

关书记没有开口。

"实在不行的话，你可以按有这事定罪。"唐生法说，"我只求你……甭张扬出去。我的女子都长大了……"

"就这件事？"

"就这件事。"

"这件事可以不再追究。"关书记豁朗地说，"我答应你。"

唐生法愣了一下，对他如此爽快的应诺有点意料不足，一时反应不过来，倒无话可说了。唐生法只愣呆了极短一会儿，就现出某些难言的愧疚低下头去，又在口袋摸烟。

关书记很满意自己的回答。这种干脆爽快的应诺使对方愈加显得低微和猥琐，反来也使自己更有味地咀嚼胜利者的宽容和豁达。生活以曲折复杂的流向终归确定了他的胜利和他的破灭。他坐在讲台上而他坐在台下的一个旮旯里的不可倒转的位置，就充分地显示出胜利者和失败者的区别。他在台上宣讲上级党组织关于彻底清查与"四人帮"有牵连的人和事的文件。他在台下的旮旯里低垂着脑袋抽闷烟。

然而他严格地把握自己，或者说其实根本不用什么把握而已养成习惯，就是决不显示自己的胜利者的昂扬。他不像有些同僚在胜利的时刻按捺不住，对整过他们的人表现出毫不掩饰的报复心理。

他对唐生法他们除了原原本本地宣讲上级政策,而绝口不提他们对他个人的无所不用其极的手段。他甚至在适当的场合能够心平气和地替对方做出一些不失原则的开脱之词,甚至引起一些心胸狭隘的干部的非议,然而他继续毫不动摇地按自己的主张处理唐生法们的问题。这样,在敌手唐生法们和众多的干部心中,就造成一种关书记客观、宽厚的印象,这正是他一贯追求的修养目标。他以为,这样做的结果会使唐生法们彻底从精神上垮台而不会引起哪怕是一个人的同情;反过来,如使众人感到关书记有挟嫌报复的阴私夹杂在这场严肃的政治斗争之中,情况就会不同了;可能会使唐生法们有了社会同情,也肯定使许多人对他敬而远之。他不仅要征服唐生法们这一伙对手,更重要的是征服所有他的下级和同僚们的心。唐生法今天来找他,提出要他不再追究自己和女政委的事,就部分地证明了这一点。他爽快地答应了他,是他这种征服的继续。

"唉!"唐生法比较轻松地喷出一口烟,"那件'麻哈'事,这几年已经没人说了,要是再扬播起来,不是我受不了,主要是我的……女子和娃子都有……一张脸了……"

关书记不动声色,抽着烟,心里却在叫,你让我敲铜锣游街示众把我当猴耍的时候,你向我脸上吐唾沫擤鼻涕踢屁股的时候,从来没有想到过我这一社之长的脸还是不是一张人脸吧?更没有想到我的儿子和女子比你的儿子和女子年龄更大。他瞅着唐生法穿在身上的皱皱巴巴肮脏邋遢的蓝制服,依然不动声色地说:"当然……孩子最厌恶听到父母的这一类闲话……我可以理解。"

"至于我在'文革'中的问题,我说过的,我承认过的,我不反悔。我没有说清楚的问题,我再进一步往清楚说。"唐生法向他表示,诚恳的言辞使人想到他已经做好最坏的准备。他随之现出某种焦灼神色,"你这几天能看出来吧?有些人现在把所有问题都朝我头上摺。狗屙下的都赖说是我屙下的。我是裤裆里抹黄泥,说不明也辨不清是泥是屎了……"

"这种现象是存在的。"关书记肯定他的话,"你自己应该怎样做,我想你应该是明白的。"

"那当然,那当然。"唐生法连连说。

关书记想,即使对唐生法这样已被整个社会潮流推到旮旯里去的角色,也不能不承认他说的实际情况,不承认就使他彻底失望,以为说清说不清都是同样的结局。他承认他说的那种情况,正是为了从他心里排除这种情况对他进一步"说清楚"的干扰。他说:"你该当实事求是,把自己在'文革'中的问题说个一清二楚,相信组织会辨别清白什么是狗屙的什么是你屙的,哪个是黄泥哪个是臭屎……"

"我一定往清楚说。"唐生法说,表示出很大的诚意,随之又微微摇摇头,苦笑一下,"有些话,怎么说也说不清楚……"

"事实总是事实。"关书记说,含有明显的批驳意味,原则的问题绝不含糊,"说清楚"学习班怎么能存在"怎么说也说不清楚"的问题?他对他批评说,"你首先应该考虑把问题'说清楚',而不是'说不清楚'。"

他勉强点点头,表示接受。

"对你在'文革'中受到的迫害,我向你赔情认错,请你处罚。"唐生法说,"我现在恰好认识到你是个好领导人。"

关书记一下子不自在了。这个曾经恨不得把他踹成粉末的唐生法,当面恭维起他来了,实在有点别扭,有点滑稽。他似乎充耳不闻,无动于衷。对他说:"你还有啥事吗?"

"没有了。"唐生法说,"我越想越害怕!那天晚上,你要是不逃掉,我就犯下大罪了。我这几天总在想,那晚亏得你跑了,救了你也救了我!我当时真是一条疯狗……"

"你去休息吧!"关书记说,"该'说清楚'的问题继续往清楚里说。那件……'麻哈'事嘛,我答应你的要求,不再追究了!"

唐生法站起来,蔫蔫地走出去。

关志雄书记闭上门,在屋子里踱起步来。他突然想起那潮湿憋闷的地窖,那黑缎似的柔软光滑的生狗皮,那干净的半新的被子,那热烘烘的烫人皮肉的火炕,那压得他透不过气来的饱满的乳房和挤压出来从眼眶流过鼻翼流进嘴角的奶汁……这地窖里的隐秘至今尚不为第三个人知晓,如果要他说清楚,他能说得清楚吗?关志雄书记的心绪波动了一阵儿,就恢复了常态,并不影响他继续以胜利者的宽容去批阅那卷宗里有关唐生法"文革"作乱的材料……

学习班结束了。唐生法"说清楚"了一些应该说清楚的问题,还有一些必须"说清楚"而怎么也说不清楚的问题,按照惯例先"挂起来"。唐生法的公社革委会副主任的职务被撤了。他是以造反派代表的身份进入"三结合"革委会的。后来老人家指示说"群众代表"不要脱离生产,关志雄立即执行照办不误,把唐生法给支使回东唐村去了,他不满意也叫他说不出口。到一九七五年"批邓反击右倾翻案风"时,唐生法闻风而动,一长排列举关志雄排挤打击造反派的大字报就贴在公社大门两边临着大街的围墙上。关志雄迫于形势。又把唐生法从东唐村请出来,安排到公社农具厂任厂长,他满意与不满意参半。关志雄也是颇伤了脑筋,无论如何不情愿给自己屁股后边安插一双挑剔的眼睛,塞到农具厂总比他撑在公社大院要好些。现在,唐生法的厂长职务也给撤了,一切职务都给撤光了,让他也尝一尝"从哪里来再回到哪里去"的滋味儿。

唐生法得到处理决定后,胡须芜杂的脸色不仅没有羞愧,反而缓和松弛下来。他原先估计自己多半得坐牢,而实际只是撤职回家。不过,他并没有表示感激,只是说他完全接受组织处分。关志雄看得出来,唐生法内心并不服气,只是再无丝毫的能力和热量反抗罢了。

对唐生法的处理也出乎许多人的意料,人们几乎一律肯定他最少也得"坐两年"。人们又反过来说关志雄宽宏大量。其实关志雄心里清楚,新的政权所实施的新政策和政治策略,努力使自己区别于"四人帮"的极"左"路线,缩小打击面,对"文革"中作乱的人也决不以"四人帮"的残酷办法整治,只是择其罪大恶极者予以惩处,一般人"说清楚"错误就完事了。

唐生法悄悄默默回东唐村去了。

关志雄在河西公社继续担任党委书记,工作自然很忙,他却精力充沛,心劲十足。两年之后,到一九七九年的春天,他与唐生法又一次交手,竟然陷入深重的尴尬境地……

十

关志雄收到一封经别人捎来的信。信封是一只普普通通的牛皮纸糊成的,没有经过邮局自然也就没有邮票和邮戳,里面却装得鼓鼓的,拿在手里掂掂,很有点分量。他撕开信封,先看末尾,赫赫然署着"唐生法"的名字,心头不由一紧,就从头至尾读下去——

关书记:

你好,一定很忙。

我本想找你谈一次,一是考虑到你十分忙,不便打搅;二来我怕见了你反而把想说的话说不清楚,因此写这封长信。

你给我爸平反了。我爸经你重新安排为东唐村的支部书记了。"四清"运动中没收我们家的房屋和粮食以及钱款也都退赔了。我们一家老少,尤其是我父亲,对你十分感恩。我却没有这种感激你的心情。

我爸的三条罪状,走资本主义道路、走地富路线以及多吃多占的经济问题全部推倒了,一分钱的问题也不存在了。当你今天以公社党委书记的身份宣布给他平反的时候,是否想到过当初你做为"四清"工作团团长给他整治下这些莫须有的罪状的做法有点荒唐?

我爸是东唐村农会主任,是东唐村第一个加入共产党的党员,自建立起农业社自然是第一任农业社社长,后来就是中共东唐村支部书记了。他是怎样一个人,作为儿子我不能替他吹捧,相信你在东塘村的平反大会上看到的社员的情绪就明白八九了。你作为"四清"工作团团长把这样一个死心塌地跟共产党跑的老农民打倒,而且没收财产残忍到连水缸也拔走的程度,你而今能无动于衷吗?

在整个河西公社,大队和小队的干部以及普通社员,有你领导的"四清"运动中遭受和我父亲一样冤情的人有多少?你会比我知道得准确;而我只知道大约是百分之九十的前任干部全都变成了"四不清",有的甚至变成了"地富反坏"敌对分子,你稍微想想就可以体味他们十四五年来过的是一种什么日子!你面对这些无辜农民,心情能不感到一点愧疚吗?

我当时高中毕业回乡,受聘为小学民办教师,一月十块钱补贴费,其余和社员一样挣工分。我父亲亲自指示生产队给我只记相当于中上等水平的工分,理由是我干的"轻省活"。我在两年任教期内的工作如何,有当时的校长和教员现在都活着,可以了解。而我因父亲的倒台也被从学校清除回家,替换我的竟是一个初中毕业生。你想想和我一样受歧视的那许多被整治的干部的亲属和子女,他们心里是怎样地不受活。

"文革"开火了,我豁出去了。反正我已经人鬼莫辨了,造你关书记的反,出一口气,让你也甭那么自在地过日子,我就泄了恶气了。我在"文革"中的作为和结局,我不会后悔。我被撤职回来的时候,也没有后悔。只是你总要我"说清楚",我怎么能说得清楚呢?现在我一句话就可以说清楚了,"四人帮"们大闹"文化革命"究竟是什么原因,早已是司马昭之心,路人皆知。而我借文化革命之风,就是为了报仇。

当你急急忙忙赶到河西公社一个又一个村庄去为那些被你打倒又被你扶起的农民平反的时候,你是否也会自问:这是怎么回事?自己到河西公社十余年干了怎么一回蠢事?而你能把这蠢事的来龙去脉以及你当初那么卖力地干这件蠢事的客观和主观的原因"说清楚"吗？我以为你现在说不清楚。其实，现在根本没有人要求你"说清楚"。

我现在想和你讨论一个问题，我做下了你认为尚未完全"说清楚"的错误，你也做下了你根本说不清楚的错事，你我十几年来的仇视和互相伤害，究竟是为了什么？你怎么看这个问题我不知道。

同是一个我，既可以做一个合格的人民教师（我曾被推选为模范教师），又可以是一个凶恶的迫害革命干部的打砸抢分子（譬如对你的种种凌辱和迫害）。同是一个你，既可以以"团长"的名义把全公社上至支书下至会计出纳的百分之九十的干部一齐扫荡，然而你又可以以党委书记的名义给他们一个一个平反，你不觉得是一场真正的悲剧么？

这场悲剧的痛切之处还在于它是以人民的名义发生和演化着。譬如我，是以反修防修"不吃二茬苦不受二遍罪"的堂皇的名义去造反的。譬如你，也是以同样堂皇的名义进行"四清"运动的。而这两场运动的共同结局，恰恰都使人民包括我也包括你吃了二遍苦也受了二茬罪。

我感到现在普遍滋生起一种厌恶政治的社会心理和社会情绪。出现这种情况的原因不难理解。政治在多年来变幻莫测的动乱中最终失去了它最基本最正常的含义，变得不是于人民有利而是有害了，令人听之闻之就顿生厌恶之情了。说句难听话，当人民最关心最崇拜的政治最后使人民终于发觉它不过是一块抹布的时候，哪儿脏就朝哪儿抹而结果是越抹越脏的时候，自然就明白这块抹布本身原来就是肮脏污秽的一块布，那么它就只能使人失望以至厌恶了！

听说你正在与教育部门的负责人做工作，想给我恢复民办教师的工作。你的好意我可以理解，但我现在恰恰不宜去做教师的工作。我在"文革"中的作为可以说是臭名远扬。我现在为自己的恶劣行为懊悔不迭。我无法站在讲台上向幼稚的孩童去做"传道授业解惑"的神圣的事。一句话，我现在还不能恢复面对那一双双纯洁天真的孩子的眼睛时自尊自信的勇气。我作过乱，我骂过人，使用的是最肮脏的语言。我打过人，拳头和脚都使用上了。我造过谣，不惜颠倒黑白，无中生有，以置对方于死地而为目的。我搞过阴谋，用最不光彩的手段去达到最堂皇的目标。我尚未从自己的心里彻底扫荡这一切人类最坏最恶劣的品质，尚未恢复到我六十年代初刚刚开始做教师工作时的那种纯洁的心理状态。我怎么能去做教育后一代人的神圣的工作呢？

我将认真地对自己讲求一下"心理卫生"。基于如上认识，我现在首先向你做真诚的忏悔。我不是一般地遵循"向前看"的说教，而是真心实意地希望自己从懊悔中获得解脱。我也想向一切被我伤害过的人忏悔。既然我明白了这场悲剧的实质，同时也就觉得它十分好笑，也就觉得没有必要使你我在心里互相憎恨，因为这些东西，本不属于我们应该有的东西。

致以敬礼！

唐生法
一九七九年五月二十日

关书记读完这封长信，抬起头来。窗外是一排白杨，枝叶绿郁葱茏，在温柔的阳光和微风里舞摆。他的眼光有点呆滞，一下子难以从这封信的震撼里清醒过来。他点燃一支烟，在屋子里踱起步来。

他踱着步，渐渐加快，脑子里开始烦躁不安。他猛然刹住脚，拉开门，吼叫起通讯员小马来，过大的声音在公社院子里回荡。

小马闻声奔来，机灵的眼睛瞅着公社的最高领导者的脸色，有点惊慌。他对小马吩咐说，立即给公社派驻到所有村庄的干部打电话，紧急通知，让他们今晚回公社机关来，汇报各个村庄纠正"四清"运动

"冤假错"案的进度和状况。小马不敢表示出任何异议,转过身就走,钻进电话房里去了。

他忽然想:要不要把唐生法给他的长信向全体公社干部读一读呢?这封信对加快复查"四清"中大量案件的进度不无推动力吧?当然,拿出这封信来公之于众……这需要勇气!

关志雄转过身,一拳砸在那信纸上,自言自语吼道:

"奶奶个熊!老子豁出去了!"

十一

这是在市人民代表大会期间,我与关志雄的一次相遇。我过去只知道他"文革"中受过折腾,并不在意,因为几乎所有大小领导干部都受过类似的折腾,只是程度上的差别,并无幸免者。今天晚上,他却向我道出了这一段"地窖"里的奇特经历,使我难以忘记。

"你看,我把我一生中最见不得人的事都告诉你了。今晚以前,世界上没有第三个人知道我躲地窖的事。可我心里很憋,我说给你,你骂我也好,瞧不起我也好,反正我心里松泛了一些。你们作家可以把自己心里的事儿变个法儿写出去,我没这个本事。你觉得我的这段经历有意思的话,你可以写小说,只是……甭胡球编!现时有些小说、电影编得太虚了!"

这就给我日后的小说定下了调子。当我今天打算写这个故事的时候,已经少了顾虑,文学园地早已出现了一种类似于小说也类似于报告文学的新形式,叫作报告小说或纪实小说。不过我觉得我的《地窖》还是小说,不仅仅是因为主人公的名字是我随意改换的,我的朋友自然不叫关志雄。

那一晚,我们在一块多喝了几杯,关志雄脸膛泛红,眼珠熠熠生辉,兴奋难抑。我问他后来还见过那位救他命的地窖女主人没有?他笑着说:"见过一次,是她和唐生法开着汽车把我请去的。他妈的,唐生法这小子有文化知识,又有在公社农具厂当厂长时拉下的熟人

'关系',在东唐村开办了个小加工厂,挣了大钱。他和女人开着大卡车到县上来把我拉去,备下家宴,把他父亲也请过来。

"那家伙真不得了,挣下几十万了。他给东唐村小学捐献了一座二层教学楼,又给东唐村修建了自来水塔。他说……他做这些事是要讲一讲'心理卫生'……

"我在他家里,再也找不到那个地窖了。他们盖下了小洋楼,厦屋拆掉了,地窖早已填平夯实了。我竟有点惆怅。

"那玉芹也容光焕发,发胖了,还烫了发,是那个小加工厂的会计,走起路来脚下叮咚响。进门时一见面,她的脸一下子红到脖颈。唐生法大瓜熊不知底细,还对着我开她的玩笑,'都老球了,见人还脸红哩!'……"

我不禁畅怀大笑。

关志雄却没有笑,从沙发上站起,走到窗前,推开窗户。这座十层楼的宾馆下面,是灰濛濛的低矮平房的瓦顶,灯光大都熄灭,临街公路上的路灯放出一种紫色的柔光。这座饭店的多数窗户也都黑下来。夜正深沉。

关志雄站在窗前,抽着烟。他现在是河口县人大常委会副主任。他对着黑沉沉的夜空,站了很长时间。

后来,我们都睡觉了。

中篇小说

康家小院

一

没有女人的家,空气似乎都是静止的。

康田生三十岁上死了女人。把那个在他家小厦屋里出出进进了五年,已经和简陋破烂的庄稼院融为一体的苦命人送进黄土,康田生觉得在这个虽然穷困却无比温暖的小院里,一天也待不下去了。他抱起亲爱的亡妻留给他的两岁的独生儿子勤娃,用粗糙的手掌抹一抹儿子头顶上的毛盖头发,出了门,沿着村子后面坡岭上的小路走上去了。他走进老丈人家的院子,把勤娃塞到表嫂怀里,鼓劲打破蒙结在喉头的又硬又涩的障碍:

"权当是你的……"

勤娃大哭大闹,抢胳膊蹬腿,要从舅妈的怀里挣脱出来。他赶紧转过身,出了门,梗着脖子没有回头;再看一眼,他可能就走不了了。

走出丈人家所居住的腰岭村,下了一道塄坎,他双手撑住一棵合抱粗的杏树的黑色树干,"呜"地一声哭了。

只哭了一声,康田生就咬住了嘴唇,猛然爆发的那一声撕心裂肺的中年男人的粗壮的声音,戛然而止。他没有哭下去,迅即离开大杏树,抹去眼眶里的泪水,使劲咳嗽两声,沿着上岭来的那条小路走下去了。

三十年的生活经历,教给他忍耐,教给他犟倔,独独没有教会他哭泣。小时候,饿了时哭,父亲用耳光给他止饥。和人家娃娃玩恼了,他占了便宜,父亲抽他耳光;他吃了亏,父亲照样抽他的耳光。他不会哭了,没有哭泣这个人类男女皆存的强烈的感情动作了。即使国民党河口联保所的柳木棍打断了两根,他的裤子和皮肉粘在一起,牙齿把嘴唇咬得血流到脖子里,可眼窝里始终不渗一滴眼泪。

下河湾里康家村的西头,在大大小小高高矮矮地拥挤着的庄稼院中间,夹着康田生两间破旧的小厦房,后墙高,檐墙低,陡坡似的房顶上,掺接得稀疏的瓦片,在阴雨季节常常漏水。他和他的相依为命的妻子,夜里光着身子,把勤娃从炕的这一头挪到那一头,避免潮湿……现在,妻子已经躺在南坡下的黄土里头了,勤娃送到表兄嫂家去了,残破低矮的土围墙里的小院,空气似乎都凝结了,静止了,他踏进院子的脚步声居然在后院围墙上发出嗡嗡的回音。灶是冷的,锅是冰的,擀面杖依旧架在案板上方的木橛上……妻子头上顶着自己织成的棉线布巾(防止烧锅的柴灰落到乌黑的头发里),拉着风箱,锅盖的边沿有白色的水汽冒出来。他搂着儿子,蹲在灶锅前,装满一锅旱烟。妻子从灶门里点燃一根柴枝,笑着递到他手上时,勤娃却一把夺走了,逞能地把冒着烟火的柴枝按到爸爸的烟锅上。他吸着了,生烟叶子又苦又辣的气味呛得勤娃咳嗽起来,竟然哭了,恼了。他把一口烟又喷到妻子被火光映得忽明忽暗的脸上,呛得妻子也咳嗽,流泪,逗得勤娃又笑了……一条长凳,一张方桌,靠墙放着;两条缀着补丁的粗布被子,叠摞在炕头的苇席上。一切他和妻子共同使用过的家具和什物,此刻都映现着她忧郁而温存的眼睛。

连着抽完两袋旱烟,康田生站起来,勒紧腰里的蓝布带子,把烟袋别在后腰,从墙角提起打土坯的木把青石夯,扛上肩膀,再把木模挂到夯把上,走出厦屋,锁上门,走过小院,扣上木栅栏式的院墙门上的铁丝扣子,头也不回地走出康家村了。

第二天清晨,当熹微的晨光把坡岭、河川照亮的时光,康田生已经在一个陌生的村庄旁首的土壕里,提着青石夯,砸出轻重有致、节奏明快的响声了。

三十岁,这是庄稼汉子的什么年岁啊!康田生丢剥了长衫,只穿一件汗褂,膀阔腰粗,胳膊上栗红色的肌肉闪闪发光。他抡着几十斤重的石夯,捶击着装满木模的黄土,噼里啪啦,一串响声停歇,他轻轻端起一页光洁平整的土坯,扭着犍牛一样强壮的身体,把土坯垒到一起,返回身来,给手心喷上唾液,又提起石夯,捶啊捶起来……

他要续娶。没有女人的小院里的日月,怎么往下过呢!他才三十岁。三十岁的庄稼汉子,怕什么苦吃不得吗?

十四五年过去了,康田生终于没有续上弦。

他在小河两岸和南塬北岭的所有村庄里都承揽过打土坯的活计,从这家那家农户的男主人或女当家的手里,接过一枚一枚铜元或麻钱,又整串整串地把这些麻钱或铜元送交给联保所的官人手里,自己也搞不清哪一回缴的是壮丁捐,哪一回又缴的是军马草料款了。

他早出晚归,仍然忙于打土坯挣钱,又迫于给联保所缴款,十四五年竟然糊里糊涂地过去了。人老虽未太老,背驼亦未驼得太厉害。而变化最大的是,勤娃已经长得和他一般高了,只是没有他那么粗,那么壮。他已经不耐烦用小碗频频到锅里去舀饭,换上一只大人常用的粗瓷大碗了;也不知什么时候学的,勤娃已经会打土坯了。

康田生瞧着和自己齐肩并头的勤娃,顿然悟觉到:应该给儿子订媳妇了呢!

二

勤娃在舅家,舅舅把他送给村里学堂的老先生。老先生一顿板子,打得他把好容易认得的那几个字全飞走了。他不上学,舅舅和舅母哄他,不行;拖他,去了又跑了;即使不得不动用绳索捆拿,他一得空还是逃走了。

"生就的庄稼坯子!"听完表兄表嫂的叙述,康田生叹一口气,"真难为你们了。"

勤娃开始跟父亲做庄稼活儿。两三亩薄沙地,本来就不够年富力强的父亲干,农忙一过,他闲下来。他学木匠,记不住房梁屋架换算的尺码。似乎不是由他选择职业,而是职业选择他,他学会打土坯,却是顺手的事。

在乡村七十二行手艺人当中,打土坯是顶粗笨的人干的了,虽不能说没有一点技术,却主要是靠卖力气。勤娃用父亲的那副光滑的柿树木质的模子,打了一摞(五百数)土坯,垒了茅房和猪圈,又连打了几摞,把自家被风雨剥蚀得残破的围墙推倒重垒了。这样,勤娃打土坯出师了。

活路多的时候,父子俩一人一把石夯,一副木模,出门做活儿。活路少的时候,勤娃就让父亲留在屋里歇着,自己独个去了。

他的土坯打得好。方圆十里,人家一听说是老土坯客的儿子,就完全信赖地把他引到土壕里去了。

这一天,勤娃在吴庄给吴三家打完一摞土坯,农历四月的太阳刚下塬坡。他半后晌吃了晚饭,接过吴三递给他的一串麻钱,装进腰里,背起石夯和木模,告辞了。刚走出大门,吴三的女人迎面走来,一脸黑风煞气:"土坯摞子倒咧!"

"啊?"吴三顿时瞪起眼睛,扯住他的夯把儿,"我把钱白花了,饭给你白吃了?你甭走!"

"认自个倒霉去!"勤娃甩开吴三拉拉扯扯的手说。按乡间虽不成文却成习律的规矩,一摞土坯打成,只要打土坯的人走出土壕,摞子倒了,工钱也得照付。勤娃今天给吴三家打这土坯时,就发觉土泡得太软了,后来想到四月天气热,土坯硬得快,也就不介意。初听到吴三婆娘报告这个倒霉事的时光,他咂了一下嘴,觉得心里不好受。可当他一见吴三变脸睁眼不认人的时候,他也来了硬的:"土坯不是倒在我的木模上……"

吴三和他婆娘交口骂起来。围观的吴庄的男女,把他推走了。骂归骂,心里不好受归不好受,乡规民约却是无法违背的。他回家了。

"狗东西不讲理!"勤娃坐在小厦屋的木凳上,给坐在门槛上的父亲叙述今天发生的事件,"他要是跟我好说,咱给他再打一摞,不要工钱！哼！他胡说乱道，我才不吃他那一套泼赖！"

康田生听完，没有吭声，接过儿子交到他手里来的给吴三打土坯挣下的麻钱，在手里攥着，半晌，才站起身，装到那只长方形的木匣里，那是亡妻娘家陪送的梳妆盒儿。他没有说话，躺下睡了。

勤娃也躺下睡了。父亲似乎就是那么个人，任你说什么，他不大开口。高兴了，笑一笑；生气了，咳一声。今天他既没笑，也没叹息。他就是那样。

勤娃听到父亲的叫声，睁开眼，天黑着，豆油灯光里，父亲已经把石夯扛到肩膀上了。他慌忙爬起，穿好衣裤，就去捞自己的那一套工具，大概父亲应承下远处什么村庄里的活儿了。

"你甭拿家具了。"父亲说，"你提夯，我供土。"

说罢，父亲扛着石夯出了门，勤娃跟在后头，锁上了门板。村庄里悄悄静静，一钩弯镰似的月牙悬浮在西塬上空，河滩里蛙声一片。

"爸，去哪个村？"

"你甭问，跟我走。"

勤娃就不再说话。马家村过了，西堡，朱家寨……天麻明，走进吴庄村巷了。父亲仍不停步，也不回头，从吴庄的大十字拐过去，站立在吴三门口了。勤娃一愣，正要给爸爸发火，吴三从门里走出来。

"老三，还在那个土壕打土坯吗？"

吴三一愣，没好气地说："我还打呀？"

"你只说准，还是那个土壕不是？"

"我另寻下土坯匠了。"

勤娃早已忍耐不住（这样卑微下贱），他忽地转过身，走了。刚走开几步，膀子上的衣服被急急赶上前来的爸爸揪住了。一句话没说，父子俩来到勤娃昨日打土坯的大土壕。

"提夯！"康田生给木模里装饱了土，命令说。

勤娃大声唉叹着，提起石夯，跳到打土坯的青石台板上。刚刚从夜晚沉寂中苏醒过来的乡村田野上，响起了有节奏的青石夯捶击土坯的声音。

太阳从东塬顶上冒出来,勤娃口渴难忍。往昔里,太阳冒红时光,主人就会把茶水和又酥又软的发面锅盔送到土壕来。今日算干的什么窝囊事啊!

乡村人吃早饭的时光到了,土壕外边的土路上,踽踽走过从塬坡和河川劳动归来的庄稼汉,进入树阴浓密的吴庄村里去了。爷儿俩停住手,爸爸从口袋里取出自带的干馍,啃起来。勤娃嗓子眼里又干又涩,看看已经风干的黑面馍馍,动也没动,把头拧到一边,躲避着父亲的眼光,他怕看见爸爸那一双可怜的眼光。他第一次强烈感到了出笨力者的屈辱和下贱,憎恨甘作下贱行为的父亲了。

农历四月相当炎热的太阳,沿着塬塄的平顶,从东朝西运行,挨着西塬坡顶的时光,五百数目为一摞的土坯整整齐齐垒在昨日倒坍掉的那一堆残迹旁边。父子俩收拾工具和脱掉扔在地上的衣衫,走出土壕了。

"给老三说,把土坯苫住,当心今黑有雨。"父亲在村口给一位老汉捎话,"我看今晚有雨哩。你看西河口那一层云台……"

"走走走走走!"勤娃走出老远,粗暴地呵斥父亲,"操那么些闲心做啥?"

勤娃回到家,一进门,掼下家具,就蹲在灶锅下,点燃了麦草,湿柴呛得鼻涕眼泪交流,风箱板甩打得噼啪乱响。他又饿又渴,虚火中烧。父亲没有吭声,默默地在案板上动手和面。要是父亲开口,他准备吵!这样窝窝囊囊活人,他受不了。

"康大哥!"

一声呼叫,门里探进一颗脑袋,勤娃回头一看,却是吴三,他一扭头,理也不理,照旧拉着风箱。父亲迎上前去了。

"康大哥!实在……唉!实在是……"吴三和父亲在桌前坐下来,"我今日没在屋,到亲戚家去了。回来才听说,你又打下一摞……"

"没啥……嘿嘿嘿……"父亲显然并不为吴三溢于言表的神色所动情,淡淡地应和着,"没啥。"

"你爷儿俩饿了一天,干渴了一天!"吴三越说越激动,"我跟娃他妈一说,就赶紧来看你。我要是不来,俺吴庄人都要骂我不通人性了。"

"噢噢噢……嗬嗬……"康田生似乎也动了情,"咱庄稼人,打一摞土坯也不容易,花钱……咱挣了人的麻钱,吃了人的熟食,给人打一堆烂货,咱心里也不安宁哩!"

"不说了,不说了。"吴三转过脸,"勤娃兄弟,你也甭记恨……老哥我一时失言……"

怪得很,窝聚在心胸里一整天的那些恶气和愤怨,一下子全都消失了,勤娃瞟一眼满脸憨笑着的吴三,不好意思地笑笑,表示自己也有过失。他低头烧锅,看来吴三是个急性子的热心人,好庄稼人!他把爸爸称老哥,把自己称兄弟,安顿的啥班辈儿嘛!反正,他是把自己往低处按。

"这是两把挂面。这是工钱。"吴三的声音。

"使不得!使不得!"父亲慌忙压住吴三的手。

"你爷儿俩一天没吃没喝……"

"不怎不怎……"

勤娃再也沉默不住,从灶锅间跳起来,帮着父亲压住吴三的手:"三叔……"

第二天,吴庄一位五十多岁的乡村女人走进勤娃家的小院,脸上带着神秘的又是掩藏着的喜悦,对康田生说,吴三托她来给勤娃提亲事,要把他们的二姑娘许给勤娃。乡村女人为了证实这一点,特别强调吴三托她办事时说的原话:"吴三说,咱一不图高房大院,二不图车马田地,咱图得康家父子为人实在,不会亏待咱娃的……"

按照乡间古老而认真的订婚的方式,换帖、送礼等等繁章缛节,这门亲事终于由那位乡村女人做媒撮合成功了。康田生把装在亡妻木匣里那一堆铜元和麻钱,用红纸捆扎整齐,交给五十多岁的媒婆,心里踏实得再不能说了——太遂人愿了啊!

婚事刚定,壮丁派到勤娃头上。

"跑!"康田生说,"我打了一辈子土坯,给老蒋纳了一辈子壮丁款,现时又轮着你了!"

勤娃拧着眉,难受而又慌恐:"我跑了,你咋办?"

"你跑我也跑!"康田生说,"哪里混不下一口饭? 只要扛上木模和石夯!"

勤娃逃走了。半年后,他回来了,对村里惶惶不安的庄稼人说,解放了! 连日来听到南山方向的炮声,是追打国民党军队的解放军放的。他向人们证实说,他肩上扛回来的那袋洋面,是在河边的柳林里拾的,国军失败慌忙逃跑时撂下的……

三

日日夜夜在心里挂牵着的日子,正月初三,给勤娃婚娶的这一天,在紧迫的准备、焦急的期待中来到了。明天——正月初三,寂寞荒凉了整整十八年的康田生的小庄稼院里,就要有一个穿花衫衫,留长头发的女人了。他和他的儿子勤娃,无论从田野里劳动回来,抑或是到外村给人家打土坯归来,进门就有一碗热饭吃了。这个女人每天早晨起来,用长柄竹条扫帚扫院子,扫大门外的街道,院子永远再不会有一层厚厚的落叶和荒草野蒿了,狐狸和猫豹子再也不敢猖獗地光临了(有几次,康田生出外打土坯归来,在小院里发现过它们的爪迹和拉下的带着毛发的粪便,令人心寒哪)! 肯定说,过不了几年,这个小院里会有一个留着毛盖儿或小辫的娃娃出现,这才算是个家哩! 在这样温暖的家庭里,康田生死了,心里坦坦然然,啥事也不必担忧啰!

乡亲们好! 不用请,都拥来帮忙了。在小院里栽桩搭席棚的,借桌椅板凳的,出出进进,快活地忙着。平素,他和勤娃在外的时间多,在屋的时间少,和乡亲乡党们来往接触少。人说家有梧桐招凤凰,家有光棍招棍光,此话不然。他父子一对光棍,却极少有人来串门。他爷儿俩一不会耍牌掷骰子,二不会喝酒游闲。谁到这儿来,连一口热水也难得喝上。可是,当勤娃要办喜事的时候,乡党们还是热心地赶来帮忙料理。解放了,人都变得和气了,热心了,世道变得更有人情风味了。

今天是正月初二,丈人家的表兄表嫂吃罢早饭就来了。他们知道妹夫一个粗大男人,又没经过这样的大喜事,肯定忙乱得寻不着头绪,甚至连勤娃迎亲的穿戴也不懂得。勤娃自幼在他们屋里长大,和娘老子一般样儿。他们早早赶来为自己苦命早殁的妹妹的遗子料理婚事。

康田生倒觉得自己无事可干了。他哪里也插不上手,只是忙于应付别人的问询:斧头在哪儿放着?麻绳有没有?他自己此刻也不知斧头扔到什么鬼旮旯里去了。麻绳找出来的时光,是被老鼠咬成一堆的麻丝丝。问询的人笑笑,干脆什么也不问,需要用的家具,回自家屋里拿。

康田生闲得坐不住,心里也总是稳不住。老汉走出街门,没有走村子东边的大路,而是绕过村南坡梁,悄悄来到村东山坡间的一条腰带式的条田上。那块紧紧缠绕着山坡的条田里,长眠着他的亡妻,苦命人哪!

坟堆躺在上一台条田的塄根下,太阳晒不到,有一层表面变成黑色的积雪,马鞭草、苍耳、芨芨草、蒿子、枯干的枝叶仍然保护着坟堆。丛生的枳树枝条也已长得胳膊粗了,快二十年了呀!

康田生在条田边的麦苗上坐下来,面对亡妻的坟墓,嗫嚅了半天,说:"我给你说,咱勤娃明日要娶亲了……"

他想告诉亲爱的亡妻,他受了多少磨难,才把他们的勤娃养育大了。他给人家打下的土坯,能绕西安城墙垒一匝。他流下的汗水,能浇灌一分稻子地。他在兵荒马乱、疫疠蔓生的乡村,把一个两岁离母的勤娃抓养成小伙子,够多艰难!他算对得住她,现在该当放心了……

他想告诉她,没有她的日月,多么难过。他打土坯归来的路上,不觉得是独独儿一个人,她就在他身旁走着,一双忧郁温存的眼睛盯着他。夜里,他梦见她,大声惊喜地呼叫,临醒来,炕上还是他一个人……

四野悄悄静静,太阳的余晖还残留在塬坡和蓝天相接的天空,暮霭已经从南塬和北岭朝河川围聚。河川的土路上,来来往往着新年佳节时月走亲访友姗姗归来的男女。

康田生坐着,其实再没说出什么来。这个和世界上任何有文化教养的人一样,有着丰富的内心感情活动的庄稼汉子,常年四季出笨力打土坯,不善于使用舌头表达心里的感情了。

再想想,康田生有一句话非说不可:"你放心,现在世事好了,解放了……"

他想告诉她,康家村发生了许多亘古闻所未闻的吓人的事。村里来了穿灰制服的官人,而且不叫官人叫干部,叫同志,还有不结发髻散披着头发的女干部。财东康老九家的房产、田地、牲畜和粮食,分给康家庄的穷人了。用柳木棍打过他屁股的联保所那一伙子恶人,三个被五花大绑着押到台子上,收了监。他和勤娃打土坯挣钱,挣一个落一个,再不用缴给联保所了……

他叹息着:你要是活着,现时该多好啊!

康田生发觉鼻腔有异样的酸渍渍的感觉,不堪回想了,扬起头来。

扬起头来,康田生就瞅见了站在身旁的儿子勤娃,不知他来了多久了。

"我舅妈叫我来,给我妈……烧纸。"勤娃说,"我给我爷和我婆已经烧过了,现在来给我妈……"

唔!真是人到事中迷!晚辈人结婚的前一天后晌,要给逝去的祖先烧纸告祷,既是告知先祖的在天之灵,又是祈求祖先神灵佑护。他居然忘记了让勤娃来给他的生母烧纸,而自个却悄悄到这里来了。

勤娃在墓堆前跪下了,点着了一对小小的漆蜡,插在坟堆前的虚土里;又点燃了五根紫红色的香,香烟袅袅,在野草和枳树的枯枝间缭绕;阴纸也点燃了,火光扑闪着。

勤娃做完这一切,静静地等待阴纸烧完。他并不显得明显地难受,像办普通的一件事一样,虽然认真,却不动情。康田生心里立即蹿起一股憎恶的情绪。想想又原谅自己的儿子了。他两岁离娘,根本记不得娘是什么模样,娘——就是舅母!

康田生看着闪闪的蜡烛,缭绕的香烟,阴纸蹿起的火光,心里涌动着,不管儿子动情不动情,他想大声告慰黄泉之下的亡灵:世道变了。康家的烟火不会断绝了。康田生真正活人的日子开始啰!祖先诸神,尽皆放宽心啊!

四

勤娃脸上泛着红光,处处显得拘束。因为乡村里对未婚男女间接触的严格限制,直到今天,结婚的双方连看对方一眼的机会也没有过,使人生这件本来就带着神秘色彩的喜事,愈加增添了神秘的色彩。平常寡言少语甚至显得逆愣的勤娃,农历正月初三日,似乎一下子变得随和了,连那双老是像恨着什么人的眼睛,也闪射出一缕缕羞涩而又柔和的光芒。

长辈人用手拍打他剃得干干净净的脑袋,表示亲昵地祝贺;同辈兄弟们放肆地跟他开玩笑,说出酸溜溜的粗鲁话,他都一概羞涩地笑笑,不还嘴也不介意。

舅母叫他换上礼帽,黑色细布长袍,他顺情地把借来的礼帽,戴在终年光着而只有冬季包一条帕子的头上,黑细布长袍不合身,下摆直扫到脚面。无论借来的这身衣着怎么不合身,勤娃毕竟变成一副新郎的装扮了。

按照乡村流行下来的古老的结婚礼仪,勤娃的婚事进行得十分顺利。

勤娃完全昏头昏脑了。他被舅家表哥牵着,跟着花轿和呜哇呜哇的吹鼓手,走进吴庄,到吴三家去迎亲。吴三还算本顺,没有惯常轿到家门口时的讲价还价。当勤娃再跟着伴陪的表兄起身走出吴三家门的时候,唢呐和喇叭声中忽闪忽闪行进的轿子,已经走到村口了。那轿子里,装着从今往后就要和他过日月的媳妇。

回到康家村,女人和娃娃把他和蒙着脸的新媳妇一同拥进小小的厦屋,他一把揭去媳妇脸上蒙着的红布,就被小伙子们挤到门外去了,没有看清楚,只看见一副红扑扑的圆脸膛,他的心当时忽地猛跳一下,自己已经眼花了。

媳妇娶到屋了,现时就坐在小厦房里,那里不时传出小伙子和女人们嘻嘻哈哈的笑闹。所有亲戚友人,坐过午席,提上提盒笼儿告别上路了。一切顺顺当当。只是在晚间闹新房耍新娘的时候,出了一点不快的风波。

勤娃和新娘被大伙拥在院子里,小伙子们围在他俩周围,女人们挤在外围,小院里被拥挤得水泄不通。新婚三天里不论大小,不管辈分,任何人有什么怪点子瞎招数儿,尽都可以提出来,要新娘新郎当众表演。这些不断翻新花样,几乎带有恶作剧的招数儿,不文明,甚至可以说野蛮,可是,乡村里自古流传不衰,家家如此,人人皆然。老人们知道,对于两个从来未见过面的男女,闹新房有一层不便道破的意思:启发挑逗两个陌生的男女之间的情欲。

勤娃还不是了知这层道理的年龄的人。人家要他给新娘子灌酒,他做了。人家要新娘子给他点烟,他接受了。人家叫他"糊顶棚",他迟疑了。

勤娃知道,所谓"糊顶棚",就是在舌尖上粘一块纸,再贴到媳妇的口腔上腭里。他看过别人家耍新娘时这么玩过,临到自己,他慌了。

有人打他的戴礼帽的头。谁把礼帽一把摘掉了,光头皮上不断挨打。哄哄闹闹的吼声,把小院吵得要抬起来了。有人把纸拿来了,有人扭他的胳膊了。他把纸粘在舌尖上,只挨到媳妇的嘴唇上……总算一回事了。

一个新花样又提出来:"掏雀儿"。要勤娃把一条手帕儿从新娘的右边袖口塞进去,从左边袖筒拉出来。他觉得,这比"糊顶棚"好办多了。他刚动手,新娘眼里闪出一缕怨恨他的眼光。勤娃愣愣地想,这有什么关系呢？于是就有人挟住新娘的两条胳膊……勤娃的两只手在新娘胸前交接手帕的时候，他触到了乳房，脸上轰地一热，同时看见新娘羞得流出眼泪了。勤娃难受了，他此刻才意识到自己太傻了。

"掏着雀儿没？"

"雀大雀小啊？"

勤娃低下头，羞愧得抬不起头来，哄闹声似乎很遥远，他听不见了。

他猛地抬起头，掼下手帕儿，挤出人堆去了……

忽地一下，人们"哗"地一声走散了，拥挤着朝门外走了，小伙子们骂着，打着唿哨，院子里只留下新娘，呆呆地站在那里。

"啊呀，勤娃！你真傻！"舅母怨他，"闹新房耍媳妇，都是这样！你怎的就给众人个搅不起？"

"这娃娃！愣得很！"父亲也惶惶不安，"咱小家小户，怎敢得罪这么多乡党？人家来闹房，全是耍哩嘛！你就当真起来？"

"去！快去！把乡党叫回来，赔情！"舅母说，"把酒提上去请！"

"算哩。"舅舅说，"夸不过三日，笑不过三日。只要往后待乡党好，没啥！明日，勤娃把酒提上，走一走，串串门，赔个情完事。"

……

勤娃进了自己的新房。父亲已经在小灶房里的火炕上安息了。舅舅和舅母也安睡了。小院的街门和后门早已关严，喧闹了一天的小院此刻显得异常静寂。

媳妇坐在炕沿上，低眉领首，脸颊上红扑扑的，散乱的两绺鬓发垂吊在耳边，新挽起的发髻上，插着一支绿色的发针，做姑娘时被头发覆盖着的脖颈白皙而细腻。勤娃早已把闹房引起的不快情绪驱逐干净了。他不像舅母和父亲那样担心失掉乡党情谊，他要保护他的媳妇不受难堪，乡党情谊能比媳妇还要紧吗？屁！

他坐在椅子上，说什么呢？他找不到一个可以和她搭讪的话茬儿，而心里却想和她说说话儿。久久，他问："你……冷不？"

她头没抬,只摇一摇。

"饿不饿?"

她仍然摇摇头。

他又没词儿了。他想过去和她坐在一块,搂住她的肩膀,却没有勇气。

"你怎么……刚才就躁了呢?"

她仍然没有抬头。

"我……我看他们,太不像话!"他说,"怕你难受。"

"你……傻!"她抬起头来,爱抚地挖了他一眼,"你该当和他们……磨。你傻!"

他似乎一下子醒悟了。他在村里也看过别人家闹新房的场景,好多都是软磨硬拖,并不按别人出的瞎点子做的,滑过去了。他没有招架众人哄闹的能力……直杠人啊!"你傻!"新娘这样说他,他心里却觉得怪舒服的。男人跟女人怎样好呀? 他猛地把媳妇搂到怀里。

"啊哟!"媳妇低低地一声叫,压抑着的痛苦。

他放开手,媳妇的左臂吊着,一动不动。他把她的胳臂握断了吗? 天啊,她是泥捏的呢,还是他打土坯练出了超凡出众的臂力? 他吓坏了。

"一拉一送。"媳妇把胳膊递给他,"我这胳膊有毛病,不要紧的,安上就好。拉啊——"

胳膊又安上了。他站在一边,不敢动了。

她却在他眉心戳了一指头:"你……傻瓜……"

五

农历正月里的太阳,似乎比以往千百年来所有正月里的热量都要充足,照耀着秦岭山下南塬坡根的小小的康家村的每一座院落,勤娃家的小院——康家村里最阴冷荒凉的死角,如今也和康家村大大小小的庄稼院一样,沐浴在和煦温暖的早春的阳光下了。

新婚之夜过去了,微明中,勤娃没有贪恋温适的被窝,爬起来,动手去打扫茅厕和猪圈了。笼罩在两性间的所有神秘色彩化为泡影,消逝了。昨天结婚的冗繁的仪式中,自己的拘束和迷乱,现在想起来,甚至觉得好笑了。他把茅厕铲除干净,垫上干土,又跳进猪圈,把嗷嗷叫着的黑克郎赶到一边,把粪便挖起,堆到圈角,然后再盖上干黄土,这样使粪便窝制成上等肥料,不致让粪便的气息漫散到小院里去。

做着这一切,他的心里踏实极了。站在前院里,他顿时意识到:过去,父亲主宰着这间小院,而今天呢?他是这座庄稼院的当然支柱了。不能事事让父亲操持,而应该让父亲吃一碗省心饭啰!他的媳妇,舅母给起下一个新的名字叫玉贤,夫勤妻贤,组成一个和睦美满的农家。他要把屋外屋内一切繁重的劳动挑起来,让玉贤做缝补浆洗和锅碗瓢勺间的家事。他要把这个小院的日子过好,让他的玉贤活得舒心,让他的老父亲安度晚年,为老人和为妻子,他不怕出力吃苦,庄稼人凭啥过日月?一个字:勤!

他拄着铁锨,站在猪圈旁边,欣赏着那头体壮毛光的黑克郎,心里正在盘算,今日去丈人家回门,明天就该给小麦追施土粪了,把积攒下的粪土送到地里,该当解冻了,也是他扛上石夯打土坯的最好的时月了。

他回到院里,玉贤正在捉着稻黍笤帚扫院子,花袄,绿裤,头顶一块印花蓝帕子。他的心里好舒服啊,呆呆地看着这个已经并不陌生的女人扫地的优美动作。怪得很啊!她一进这小院,小院变得如此地温暖和生机勃勃。

"勤娃!"

听见父亲叫他,勤娃走进父亲住的屋子,舅舅和舅母都坐在当面,他问候过后,就等待他们有什么指教的话。

"勤娃。"父亲掂着烟袋,说,"你给人家娃说,早晨……甭来给我……倒尿盆……"

勤娃笑了。

"这是应该的。"舅母说,"你爸……"

"咱不讲究。咱穷家小院,讲究啥哩!"父亲说,"我自个倒了,倒畅快。我又不是瘫痪……"

勤娃仍然笑笑,能说什么呢,爸是太好了。

太阳冒红了,他和玉贤相跟着,提着礼物,到丈人吴三家去回门。

走出康家村,田野里的麦苗,渐渐变了色,温暖的阳光照耀着坡岭、河川,阴坡里成片成片的积雪只留下点点残迹,柳条上的叶苞日渐肥大了。

"玉贤——"

"哎——"

"给你……说句话……"

"你说呀!"

"咱爸说……"

"说啥呀?"她有点急,老公公对她到来的第一天有什么不好的印象吗?

"咱爸说……"

"说啥呀?你好难肠!"

"咱爸说,你往后……甭给他……倒尿盆!"

"噢呀!"玉贤释然吁出一口气,笑了,"怎哩?"

"不怎。"勤娃说,"他说他自个倒。"

"俺娘给俺叮嘱再三,要侍奉老人,早晨倒盆子,三顿饭端到老人手上,要双手递。要扫院扫屋,要……"玉贤说,"俺妈家法可严哩!"

"俺爸受苦一辈子,没受过人服侍。"勤娃说,"他倒不习惯别人服侍他。"

"咱爸好。"玉贤说。

两人朝前走着,可以看见吴庄村里高大的树木的光秃秃的枝梢了。

六

平静的和谐的生活开始了。院子里的榆树枝上,绣织着一串串翡翠般的榆钱,一只花喜鹊在枝间叫着。玉贤坐在东院根西斜的阳光里,纳着鞋底。后门关着,前门闭着,公公和丈夫,一人一把石夯,天不明就到什么村里打土坯去了,晚上才回来。她一个人在小院里,静得只能听见麻绳拉过布鞋鞋底的"咝咝"声。有点寂寞,她想和人说说闲话;不好,过门没几天的新媳妇,走东家串西家,那是会引起非议的。她就坐着,纳着,翻来覆去想着到这个新的家庭里的变化。感觉顶明显的,是阿公比亲生父亲的脾气好。父亲吴三,一见她有不顺眼的地方,就骂。阿公可是随和极了。他从来不要求儿媳妇对自己的照顾和服侍,打土坯晚上回来,锅里端出什么就吃什么。平时在家,她请示阿公该做啥饭? 宽面还是细面? 干的还是汤的? 阿公总是笑笑,说:"甭问了,你们爱吃啥做啥。"她在这个庄稼院里,似乎比在亲生娘老子跟前,更畅快些。人说新媳妇难熬,给勤娃做媳妇,畅快哩!

勤娃也好。勤快,实诚,俭省,真正地道的好庄稼人。她相信在结婚前,母亲给她打听来的关于勤娃的人品,没有哄她。他早晨出门去,晚间回来,有时到十几里以外的村里去打土坯,仍然要赶回来。他在她的耳边说悄悄话:"要是屋里没有你,我才不想跑这冤枉路哩!"

昨天晚上发生的事,很不寻常。

勤娃打土坯回来,照例,把当日挣的钱交给老人。老人接住钱,放在桌上,叫勤娃把媳妇唤来。玉贤跟着勤娃,来到阿公的住屋。

阿公坐在炕上,看一眼勤娃,又看一眼玉贤,磕掉烟灰,说:"从今往后,勤娃挣下钱,甭给我交了,交给贤娃。"

老人不习惯叫玉贤,叫贤娃,倒像是叫自己的女儿一样的口吻。玉贤心里忽然感动了,连忙说:"爸,那不行! 你老是一家之主……"

"一家人不说生分话。"老人诚恳地解释,"我五十多岁了,啥也不图,只图得和和气气,吃一碗热饭。这日月,是你们的日月,好了坏了,穷了富了,都是你们的。日子怎么过,家事怎样安排,你们要思量哩!勤娃前日说,想盖三间瓦房,好,就该有这个派势!三间房难也不难。爸一辈子打土坯挣下的钱,盖十间瓦房也用不完,临到而今还是这两间烂厦房。怎哩?挣得多,国军收税要款要得多。现时好了,咱爷儿俩闲时打土坯,不过三年,撑起三间瓦房!"

"爸,还是把钱搁到你跟前……"勤娃说。

"你俩都是明白娃嘛!爸要钱做啥?还不是给你攒着,干脆放你们箱子里,省得我操心。"老人把亡妻留下的那只梳妆匣儿,一家人的金库,一下子塞到勤娃怀里,作为权力的象征,毫不迟疑地移交给儿子了,"小子,日月过不好,甭怪你爸噢!"

勤娃流泪了,说:"爸,你迟早要用钱,你说话,上会、赶集……"

"嗨!你还不知道吗?"老人爽快地笑着,"爸一辈子只会打土坯,挣汗水钱,不会花钱。"

现在,那只装着爷儿俩打土坯挣来的钱的梳妆匣儿,锁在箱子里的角落里。玉贤觉得,这个家,真是自己的家了。她在娘家时,村里的媳妇们,要用一块钱,先得给女婿说,再得给阿公阿婆说,一家人常常为花钱闹仗。她刚过门两月,老阿公一下子把财权交给她手上了,是老人过于老好呢?还是……

她看看太阳已经上了东墙墙头,小院里有点冷了,也该当去做晚饭了,勤娃和阿公晚间回来,都想喝一碗玉米糁糁暖胃肠的。

街门"吱"地一响,妇女主任金嫂探进头来。

"玉贤,政府号召妇女认字学习哩。乡上派先生来扫除文盲,办冬学,你上不上?"

玉贤早就听人说要办冬学扫除文盲的传言,今天证实了。她觉得新鲜,人要是能认识字,该多有意思哟。心里虽然这样想,嘴里却说:"这事……我得问一下俺爸。"

"你爸不挡将,勤娃也不挡。"金嫂说话办事都是干脆利落,"人民政府的号召,哪个封建脑瓜敢拉后腿?"

"挡不挡也得给老人说一下。"玉贤矜持而又自谦地说,"咱不能把老人不当人敬。"

"好媳妇,真个好媳妇。"金嫂笑说,"我先给你报上名,谁要是拉后腿,你寻我!"

金嫂像旋风一样卷出门去了。

"好事嘛!认字念书,好事喀!"康田生老汉吃着儿媳双手递上前来的玉米糁糁,对站在桌边提出识字要求的玉贤说,"我不识字,勤娃小时也没念成书,有一个人会认字了,谁哄咱也哄不过了。"

阿公虽然不识字,并不像村里特别顽固的那些老汉们封建。玉贤并不立刻表现出迫不及待的样子,故意装出对上冬学的冷漠,免得老人说她不安分在小庄稼院过生活了,心野了:"要上让他去上。我一个女人家,认不认得字,没关系……"

"啥话!新社会,把妇女往高看哩!"老公公大声说,"我和勤娃忙得不沾家,想学也学不成。"

她达到目的了,服侍阿公吃饭,给勤娃把饭温在锅里。勤娃得到天黑才能回来。春三月,正是翻了身的庄稼人修屋盖房的季节,打土坯的活儿稠,勤娃把远处村庄里的活儿干了,临近村庄的活儿,让老阿公去干。真的学会了读书识字,那该多有意思啊……

康田生喝着热乎乎的玉米糁糁,伴就着酸凉可口的酸黄菜,心里很满意。对新媳妇过门两三个月的实地观察,他庆幸给儿子娶下了一个好媳妇,知礼识体,勤勤快快,正是本分的庄稼人过日月所难得的内掌柜的。日常的细微观察中,他看出,媳妇比儿子更灵醒些。这样一个心性灵聪的女人,对于他的直性子勤娃,真是太好了。他心甘情愿地把财权过早地交给下辈人,那不言自明的含义是:你们的家当,你们的日月,你们鼓起劲来干吧!他爽快地同意儿媳去上冬学,也是出于这样的考虑,让聪明的玉贤学些文化,日后谁也甭想搞哄勤娃了。保证在他过世以后,勤娃有一个精明的管家。俗话说,男人是耙耙,管挣;女人是匣匣,管攒;不怕耙耙没剌儿,单怕匣匣没底儿。庄稼人过日月,不容易哩!

七

在一个陌生的村庄外边的土壕里,勤娃丢剥了棉衣,连长袖衫也脱掉了,在阳春三月的阳光下,提着二三十斤重的青石夯,一下重砸,又一下轻问,青石夯捶击潮湿的土坯的有节奏的响声,在黄土崖上发出回响。打土坯,这是乡村里最沉重的劳动项目之一。对于二十出头的康勤娃,那石夯在他手中,简直是一件轻巧自如的玩具。他打起土坯来,动作轻巧,节奏明快;打出的土坯,四棱饱满,平整而又结实。在他打土坯的土壕塄坎上,常常围蹲着一些春闲无事的农民,说着闲话,欣赏他打土坯的优美的动作。

勤娃整天笑眯眯,对打土坯的主人笑眯眯,对围观的庄稼人笑眯眯;不管主人管待他的饭食是好是糟,他一概笑眯眯。活儿干得出奇地好,生活上不讲究,人又和气好说话,他的活儿特别稠,常常是给这家还没打够数,那一家就来相约了。

他心里舒畅。在喝水歇息的时候,他常常奇怪地想,人有了媳妇,和没媳妇的时光大不一样了。身上格外有劲,心里格外有劲,说话处事,似乎都觉得不该莽撞冒失了,该当和人和和气气。人生的许多道理,要亲身经历之后,才能自然地醒悟;没有亲身经历的时光,别人再说,总觉得蒙着一层纸。

打完土坯,他吃罢晚饭,抹一把嘴,起身告辞。

"明天还要打哩,隔七八里路,你甭跑冤枉路了。"主人诚心相劝,实意挽留,"咱家有住处。你苦累一天,早早歇下。"

"不咧!"他笑着谢绝,"七八里路,脚腿一伸就到了。你放心,明日不误时。"

他走了,心想:我睡在你家的冷炕上,有我屋的暖和被窝舒服吗?

他在河川土路上走着,夜色是迷人的,坡岭上的杏花,在蒙蒙月光里像一片白雪,夜风送来幽微的香味。人活着多么有意思!

"你吃饭。"玉贤招呼说。

"吃过了。"他说。

"今日怎么回来这样迟?"玉贤问。

他笑而不答,从贴身的衬衣口袋里掏出一摞纸币来,交到玉贤手上。

玉贤数一数,惊奇地问:"这么多?"

"我两天打了三摞。"他自豪地笑着,"这下你明白我回来迟的原因了吧!"

"甭这么卖命!甭!"她爱怜地说,一般人一天打一摞(五百块),已经够累了,他却居然两天打了三摞,"当心挣下病!"

"没事。我跟耍一样。"他轻松地说。她愈心疼他,体贴他,他愈觉得劲头足了,"春天一过,没活儿了。再说,我是想早点撑起三间瓦房来。"

春季夜短,两口睡下了。

他忽然听到里屋传来父亲的咳嗽声,磕烟锅的声音。回来晚了,父亲已经躺下,他没有进里屋去。他问:"你给咱爸烧炕了没?"

"天热了,爸不让烧了。"她说,"你怎么天天问?"

"我怕你忘了。"

"怎么能忘呢。"

"老人受了一辈子苦。"他说,"咱家没有屋里大人,你要多操心爸。"

"还用你再叮嘱吗?"玉贤说,"我想用钱给老人扯一件洋布衫子,六月天出门走亲戚,不能老穿着黑粗布……"

"该。你扯布去。"他心里十分感动。

静静的春夜,温暖的农家小院,和美的新婚夫妻。

"给你说件事。"玉贤说,"金嫂叫我上冬学哩。我不想去,女人家认那些字做啥!村长统计男人哩,叫你也上冬学,说是赶收麦大忙以前,要扫除青年文盲哩!"

"我能顾得坐在那儿认字吗?哈呀!好消闲呀!"他嘲笑地说,"要是一家非去一个人不可,你去吧。认俩字也好,认不下也没啥,权当应付差事哩!"

八

吴玉贤锁上围墙上的木栅栏门,走在康家村的街道里了。结婚进了勤娃家的小院,她很少到村子中间的稠人广众中走动过。地里的活儿,父子俩不够收拾,用不上她插手。缸里的水不等完,勤娃又担满了。她恪守着母亲临将她出嫁前的嘱咐:甭串门,少说是非话,女人家到一个村子,名声倒了,一辈子也挽不回来。在娘家长人哩,在婆家活人哩!

她到康家村两三个月来,渐渐已经获得了乖媳妇的评价。她走在仍然有些陌生的街道里,似乎觉得每一座新的或旧的门楼里,都有窥视自己的眼光。做媳妇难。她缓缓地大大方方地走过去,总不可避免拘谨;总算走到村庄中心的祠堂门前了,这是冬学的校址。门口三人一堆,五个一伙,围着姑娘和媳妇们,全是女人的世界。

她走进祠堂的黑漆剥落的大门了,听勤娃给她介绍康家村的人事状况的时候说,这是财东康老九家的祠堂,历来是财东迎接联保官人的地方。康家村的穷庄稼人路过门口,连正眼瞧一眼的勇气也没有。一旦被传喝进这里,就该倒霉了。这是一个神秘而阴森的所在,那些她至今记不住名字的康家村的老庄稼人,好多缴不起税款和丁捐,整夜整夜被反吊在院中那棵大槐树上……现在,男人和女人在这儿上冬学了,男人集中在晚上,女人集中在后响。

祠堂里摆着几张方桌和条桌,这是临时从这家那家借来的。玉贤在最后边一张条桌前坐下了,听着妇女们叽叽喳喳说笑,她笑笑,并不插嘴。

金嫂和村长领着一位先生进来了。她从坐在前边的两位女人的肩头看过去,看见一位年轻小伙儿白净的脸膛,略略一惊,印象里乡村私塾里的先生,都是穿长袍戴礼帽的老头子,这却是个二十左右的年轻娃娃,新社会的先生是这样年轻!只听村长介绍说先生姓杨,并且叫妇女们以后一律称呼杨老师。

村长说他有事,告辞了。金嫂也在一张方桌边坐下来,杨老师讲课了。

玉贤坐在后面,她有一种难以克服的羞怯心理,不敢像左右那些女人们扬着头,白眨白眨着眼睛仔细观看新来的老师的穿着举动,窃窃议论他的长相。她一眼就看见,这是一张很惹人喜欢的小白脸,五官端正,眼睛喜气,头上留着文明头发,有一绺老是扑到眼睛上头来,他一说话,就往后甩一甩,惹得少见多怪的乡村女人们吃吃地笑。玉贤只记得爷爷后脑勺上有一排齐刷刷的头发,父亲这一辈男人,一律是剃光头。文明人蓄留一头黑发,比剃得光光亮亮的头是好看多了。

老师讲话了,和和气气,嘴角和眼梢总带着微笑,讲着新社会妇女翻身平等的道理,没有文化是万万不行的。讲着就点起名字来了。

他在点名册上低头看一眼,扬头叫出一个名字,那被叫着的女人往往痴愣愣地坐着不应,经别人在她腰里捅一拳,她才不好意思地忸怩着站起——她们压根没听人叫过自己的名字,倒是听惯了"牛儿妈"、"六婶"、"八嫂"的称呼,自己也记不得自己的名字了——引起一阵哄笑。

在等待中,听到了一个陌生的而又柔声细气的男子的呼叫"吴玉贤"的声音,她的心忽地一跳,低着头站起来,旋即又坐下。

点过名之后,杨老师在黑板上写下"妇女解放,男女平等"八个字,转过身来领读的时候,那一双和气的眼睛越过祠堂里前排的女人的头顶,端直瞅到玉贤的脸上,对视的一瞬,她忽地一下心跳,迅即避开了。她承受不了那双眼光里令人说不出的感觉……教的什么字啊,她连一个也记不住!

……

不过十天,杨老师和康家村冬学妇女班上的女人们,已经熟悉得像一个村子的人一样了。除了教字认字,常常在课前课后坐在一起拉家常,说笑话,几个年龄稍大点的婶子,居然问起人家有媳妇没有,想给他拉亲做媒了。

杨老师笑笑,说他没有爱人,但拒绝任何人为他提媒。他大声给妇女们教歌,"妇女翻身"啦,"志愿军战歌"啦。课前讲一些远离康家村甚至外国的故事,苏联妇女怎样和男人一样上大学,在政府里当官,集体农庄搭伙儿做庄稼,简直跟天上的神话一样。

玉贤仍然远远地坐在后排的那张条桌旁,她不挤到杨老师当面去,顶多站在外围,默默地听着老师回答女人问长问短的话,笑也尽量不笑出声音来。她知道,除了自己年纪轻,又是个新媳妇这些原因以外,还有什么迷迷离离的一种感觉,都限制着她不能和其他女人一样畅快地和杨老师说话。

杨老师教认字完毕,就让妇女们自己在本本上练习写字,他在摆着课桌间的走道里转,给忘了某个字的读音的人个别教读,给把汉字笔画写错了的人纠正错处。玉贤怎么也不能把"翻身"的"翻"字写到一起,想问问杨老师,却没有开口的勇气。一次又一次,杨老师从她身边走过去了。

"这个字写错了。"

杨老师的声音在她旁边响起,随之俯下身来,抓住她捏着笔的手,把"翻"字重写了一遍。她的手被一双白皙而柔软的手紧紧攥着,机械地被动地移动着,那下腭擦着她耳朵旁边的鬓发,可以嗅着陌生男人的鼻息。

"看见了吗?这一笔不能连在一起!"

杨老师走开了,随之就在一个长得最丑的婆娘跟前弯下身,用同样的口气说:"你把这字的一边写丢了,是卖给谁了吗?"

婆娘女子们哄笑起来,玉贤在这种笑声中,仿佛自己也从紧张的窘境里解脱了。

……

年轻的杨老师的可爱形象,闯进十八岁的新媳妇吴玉贤的心里来了……

她坐在小院里的槐树下,怀里抱着夹板纳鞋底,两只唧唧鸟儿在树枝间追逐,嬉戏。杨老师似乎就站在她的面前,嘤嘤地多情地笑着。他在黑板上写字的潇洒的姿势,说话那样入耳中听,中国和外国的事情知道得那么多,歌儿唱得好听极了,穿戴干净,态度和蔼,乡村里哪能见到这样高雅的年轻人呢!

相比之下,她的男人勤娃……哎,简直就显得暗淡无光了。结婚的时候,她虽然没有反感,也绝没有令人惊心动魄。他勤劳,诚实,俭省;可他也显得笨拙,粗鲁,生硬;女人爱听的几句体贴的话,他也不会说……哎,真如俗话说的,人比人,难活人哪!

新社会提倡婚姻自由,坚决反对买卖包办,这是杨老师在冬学祠堂里讲的话。她长了十八岁,现在才听到这样新鲜的话,先是吃惊,随之就有一种懊悔心情。嫁人出门,那自古都是父母给女儿办的。临到她知道婚姻自主的好政策的时候,已经是康勤娃的媳妇了。要是由自己去选择女婿的话,该多好哇……那她肯定要选择一个比勤娃更灵醒的人。可惜!可惜她已经结婚了,没有这样自由选择的可能了……

杨老师为啥要用那样的眼神看她呢?握着她的手帮她写"翻"字的印象是难忘的,似乎手背上至今仍然有余温。唔!昨日后晌,杨老师教完课,要回桑树镇中心小学去,路过她家门口,探头朝里一望,她正在院子的柴火堆前扯麦秸,准备给公公做晚饭。杨老师一笑,在门口站住。她想礼让杨老师到屋里坐,却没有说出口。公公和勤娃不在家,把这样年轻的一个生人叫到屋里,会让左邻右舍的人说什么呢?她看见杨老师站住,断定是有事,就走到门口,招呼一声说:"杨老师,你回去呀?""回呀。"杨老师畅快地应诺一声,在他的手提紧口布兜里翻着,一把拉出一个硬皮本子来,随之瞧瞧左右,就塞到她的怀里,说:"给你用吧!"她一惊,刚想推辞,杨老师已经转身走了。那行动举止,就像他替别人给她捎来一件什么东西,即令旁人看见,也无可置疑。她不敢追上去退还,那样的话,结果可能更糟。她当即转过身,抱起柴火进屋去了。应该把本本还给人家,这样不明不白的东西,她怎么能拿到上冬学的祠堂里去写字呢?

他对她有意思,玉贤判断。康家村那么多女人去上冬学,他为啥独独送给她一个本本呢?他看她的眼神跟看别的妇女的眼神不一样。他帮她写字之后,立即又抓住那个长得最丑的媳妇的手写字,不过是做做样子,打个掩护罢了。

已经有了几个月婚后生活的十八岁的新媳妇吴玉贤,尽管刚刚开始会认会写自己的名字,可是分析杨老师的行为和心理,却是细致而又严密的。她又反问自己,人家杨老师那样高雅的人,怎么会对她一个粗笨的乡村女人有意思呢?况且,自己已经结过婚了……蠢想!纯粹是胡猜乱想。

肯定和否定都是困难的。她隐隐感到这种紊乱思想下所潜伏的危险性,就警告自己:不要胡乱猜想,自己已经是康家小院里的人了,怎么能想另一个男人呢?婚姻自由,杨老师嘴巴上讲得有劲,可在乡村里实行起来,不容易……

事情的发展,很快把农家小媳妇吴玉贤推向一个可怕而又欣喜的地步——

轮着玉贤家给杨老师管饭了。她的丈夫勤娃给二十里远的关家村应承下二十摞土坯,说他不能天天往回赶,路太远了。公公在临近的村庄里打土坯,晚上才能回来。他早晨出门时,叮嘱说:"把饭做好。人家公家同志,几年才能在咱屋吃一回饭,甭吝啬!"她尽家里有的,烙了发面锅饼,擀下了细长的面条。辣子用熟油浇了,葱花也用铁勺炒了,和盐面、酱醋一起摆在院中的小桌上。

杨老师走进来,笑笑,坐在院中的小桌旁边,环顾一眼简陋而又整洁的小院,问她屋里都有什么人,怎么一个也不见。她如实回答了公公和丈夫的去处,发觉杨老师顿时变得坦然了,眼里闪射出活泼的光彩,盯着她笑说:"那你就是掌柜的了。"她似乎接受不了那样明显地挑逗的眼光,低头走进灶房里,捞起勺子舀饭。这时候,她的心在夹袄下怦怦怦跳,无法平静下来。

她端着饭碗走到小院里,双手递到杨老师面前。杨老师急忙站起,双手接碗的时候,连同她的手指一起捏住了。她的脸一阵发热,抽回手来,惊觉地盯一眼虚掩着的木栅门,好在门口没有什么人走动。杨老师不在意地笑笑,似乎是无意间的过失;坐在小凳上,用筷子挑起细长的面条,大声夸奖她擀面的手艺真是太高了,他平生第一次吃到这样又薄又韧的细面。

"杨老师,你自个吃。俺到外屋,没人陪你。"玉贤说着,就转过身走去了。

"你把饭也端来,咱们一块吃。"杨老师说,"男女平等嘛!怕啥?"

"不……"玉贤停住脚,他居然说"咱们"……

"哈呀!咱们成天讲妇女要解放,还是把你从灶房里解放不出来。"杨老师感慨地说,"落后势力太严重了……"

她已经走进自己的小厦屋,从箱子的包袱里取出那天傍晚杨老师塞给她的硬皮本本,现在是归还它的最好时机了。她接受这样一件物品意味着什么呢?她走到杨老师跟前,把那光滑的硬皮本放到杨老师面前的小桌上,说:"俺用不上……"

"唔……"杨老师一愣,扬起头看她,眼里现出一缕尴尬的神色,脸也红了,愧了,解释说,"我看你的作业本用完了……就买了这;你不……喜欢的话……"

"俺用不上。"玉贤看见杨老师尴尬的样子,意识到自己的行为太唐突了。她不想回答自己究竟喜欢不喜欢这只硬皮本本,只是把交还它的动机说成是用不上,"你们文化人……才当用。"

"哈呀!好咧好咧!"杨老师听罢,已经完全体察到一个自尊的农家女人的心理,脸上和眼里恢复了活泼的神态,"没有关系……"

玉贤走进小灶房,坐在木墩上,等待着杨老师吃完饭,她再去舀。在娘家的时候,屋里来了客人,总是由父亲和哥哥陪着吃饭,她和母亲待在灶房里,这是习惯,家家都是这样。

她坐着,心里忐忑不安,浑身感到压抑和紧张,当她愈来愈明晰地觉察出杨老师一系列的举动的真实含意时,她倒有些怕了,警告自己:拿稳!可是心里却慌得很,总是稳不住……

这当儿,小灶房里一暗。玉贤一抬头,杨老师走进小灶房窄小的门道,手里端着吃光喝净了面条的空碗,自己舀饭来了。

"咦呀!让客人自己舀饭,失礼了。"玉贤慌忙从灶锅下的木墩上站起,伸手接碗,"你去坐下,我给你送来。"

"新社会,不兴剥削人嘛!"杨老师抓着碗不放,笑着,盯着她的眼睛笑着,"自己动手,吃饱喝足。"

"使不得……让我舀……"

"行啦行啦……自己舀……"

两只手在争夺一只碗,拉来扯去。

玉贤的腰部被一只胳膊搂住了,"不……"声音太柔弱了,没有任何震慑力量,忽地一下涌到脸上来的热血,憋得她眼花了,想喊,却没有力气,也没有勇气,嘴唇很快也被紧紧地挤压得张不开了……她的一双戴着石镯的手,不由自主地钩到陌生男子的肩膀上……

九

又是一钩弯镰似的月牙。田野迷迷蒙蒙,灰白的土路,隐没在齐膝高的麦田里。远处秦岭的群峰现出黑幢幢的雄巍的轮廓。早来的布谷鸟的动情的叫声,在静寂的田地和村庄的上空倏然消失了。岭坡的沟畔上,偶尔传来两声难听的狐狸的叫声。

勤娃甩着手,在春夜温馨空气的包围中跨着步子。他谢绝了打土坯的主人诚心实意的挽留,吃罢夜饭,撂下饭碗,往家赶路了。他有说不出口的一句话,因为路远,三四天没有回家,他想见玉贤了。二十里平路,在小伙子脚下,算得什么艰难呢!屋里有新媳妇的热炕,主人家给他临时搭排的窝铺,那显得太冷清了。他走着,充满信心地划算着,自开春以来,已经打过近百摞土坯了,父亲交给玉贤掌管的那只小梳妆匣儿里,有一厚扎人民币了。这样干下去,只要一家三口人不生疮害病,三年时光,勤娃保准撑起三间大瓦屋来。那时光,父亲就绝对应该放下石夯,只管管家里和田里的轻活儿了,或者,替他们管管孩子……新社会不纳捐,不缴壮丁款,挣下钱,打下粮食全归自己,只要不怕吃苦,庄稼人的日月红火得快哩!

勤娃走进康家村熟悉的村巷,月牙儿沉落到山岭的背后去了,村庄笼罩在黑夜的幕帐之中了。惊动了谁家的狗,干吠了几声。

他站在自家小木栅栏门外,一把黑铁锁上凝结着湿溜溜的露水,钥匙在父亲的口袋里。他老人家大约刚刚睡下,要是起来开门,受了夜气感冒,糟咧。不必惊动老人……勤娃一纵身,从矮矮的土围墙上,跳进自己的小院里了。

他轻轻地拍击着小厦屋门板上的铁栓儿。深更半夜叫门,不能重叩猛砸,当心吓惊了女人,勤娃心细着哩!

"来咧……"女人玉贤在窸窸窣窣穿衣服,好久,才开了门。

"怎么不点灯?"勤娃走进屋,随口说。

"省点……煤油……"玉贤颤颤地说。

"嗨呀!"勤娃笑了,"黑咕隆咚,省啥油嘛!"随之"啪"地一声划着了火柴。

屋里亮了。勤娃坐在炕边,吁出一口气,他觉得累了。

"你还吃饭不?"玉贤坐在炕上,问。

"吃过了。"勤娃说,盯着玉贤的煞白的脸,惊得睁大眼睛,"你……病咧?"

"没……"玉贤低下头,"有些不舒服……"

他伸手摸摸她的额头,说:"不见得烧……"

"不怎……"

他略为放心。脱鞋上炕的当儿,他一低头,脚地上有一双皮鞋。他一把抓起,问:"这是谁的?"

玉贤躲避着他的眼睛,还未来得及回答,装衣服的红漆板柜的盖儿"哗"地一声自动掀起,冒出一个蓄留着文明头发的脑袋。

"啊……"

勤娃倒抽一口气,迅即明白了这间厦屋里发生过什么事情了。

他一步冲到板柜跟前,揪住浓密的头发,把冬学教员从柜子里拉出来。啪——一记耳光,啪——又一记耳光,鼻血顿时把那张小白脸涂抹成猪肝了;咚——当胸一拳,咚——当胸再一拳,冬学教员软软地躺倒在脚地,连呻吟的声息都没有;勤娃又抬起脚来。

冬学教员挣扎着爬起来,"扑通"一声,双膝跪倒在勤娃脚下了。

勤娃已经失去控制,抬起脚,把刚刚跪倒的杨先生踢翻了。他转身从门后捞起一把劈柴的斧头,牙缝里迸出几个字来:"老子今黑放你的血!"

猛然,勤娃的后腰连同双臂,死死地被人从后边抱住了,他一回头,是父亲。

老土坯客听到厦房里不寻常的响动,惊惊吓吓地跑来了,不用问,老汉就看出发生了什么事了。他抱住儿子手提斧头的胳膊,一句话也不说,狠劲掰开勤娃的手指,把斧头抽出来,"咣当"一声扔到院子的角落里去了。他累得喘着气,把癫狂状态的儿子连拽带拖,拉出了厦房,推进自己住的小灶屋。

"你狗日杀了人,要犯法!"

"我豁上了!"

"你嚷嚷得隔壁两岸知道了,你有脸活在世上,我没脸活了!"老汉抓着儿子胸前敞开的衣襟,"你只图当时出气,日后咋收场哩?"

这是一声很结实也很厉害的警告。勤娃从本能的疯狂报复的情绪中恢复理智,愣愣地站住,不再往门外扑跳了。

"把狗日收拾一顿,放走!"老土坯匠说,"再甭高喉咙大嗓子吼叫!"

"我跟那婊子不得毕!"勤娃记起另一个来。

"那是后话!"

父子二人走到厦屋的时候,冬学教员已经不见踪影,玉贤也不见了。临街的木栅门敞开着,两人私奔了吗?勤娃窝火地"嗯"了一声,怨愤地瞅着父亲。他没有出足气,一下子跌坐在炕边上。

老汉转身走到前院,一眼瞅见,槐树上吊着一个人。他惊呼一声,一把把那软软的身子托起,揪断草绳,抱回厦屋,放到炕上。忽闪忽闪的煤油灯光下,照出玉贤一张被草绳勒聚得紫黑的脸,嘴角涌出一串串白色的泡沫,不省人事了。

勤娃看见,立时煞白了脸,"哎——"地一声怨叹,跌倒在厦屋脚地,也昏死过去了。

"我的天哪……"康田生看着炕上和脚地的媳妇和儿子,不知该当咋办了,绝望地扑到儿子身上,泪水纵横了。

十

勤娃躺在炕上,瞪着眼珠,一声连一声出着粗气。父亲已经给打土坯的主人捎过话去,说儿子病了,让人家另寻人打土坯。

他没有病,只是烦躁,心胸里源源不断积聚起恶气,一声呼叹,放出来,又很快地积聚起来。

真正的病人现在强打起身子,倒不敢沾一沾炕边。玉贤头疼,恶心,走一步心就跳得嘡嘡嘡。她用一条黑布帕子围着脖子,遮盖着被草绳勒出一圈血印的脖颈,默默地扫院,悄悄地在前院柴火堆前撕扯麦秸,默默地坐在灶锅前烧火拉风箱。

红润润的脸膛变得灰白,低眉搭眼地走到公公跟前,递上饭碗,声音从喉咙里挤不出来。她又端起一碗饭,送到勤娃跟前:"吃饭……"

勤娃翻过身,一拳把碗打翻了,破碎的碗片,细长的面条,汤汤水水在脚地上泼溅。

他恨她恨得咬牙,打她的耳光,撕扯她的头发。晚上,脱了衣服,他在她的身上乱打。打得好狠,那双自幼打土坯练得很有功力的胳膊,在她的身上留下一坨坨黑疤和红伤。他不心疼,觉得一阵疯狂的发泄之后,心里稍稍畅缓一些了。她不躲避,忍受着应该忍受的一切报复,这是应该的。她只是捂着脸,不要让那双铁锨一样硬邦的手给她脸上留下伤痕,身上任何地方,有衣服遮着,让他打好了。

康田生坐在自己的小屋里,听着前边厦屋里儿子抽打媳妇的响声,坐不住了,那每一声,就像敲在他的心口。他走出门,蹲在门前的小碌碡上,躲避那不堪卒听的响声。可是,一袋烟没有抽完,他又跳下碌碡,走进小院了,他不敢离远,万一闹出意外的事来就更怕人了。

春光是明媚的,阳光是灿烂的,房屋上空的榆树和椿树的叶子绿得发青,岭坡上的桃花又接着败落的杏花开得灿红了。而这个岭坡下的庄稼小院里,空气清冷,阳光惨淡,春风不止。

整整三天过去了。

儿子和媳妇都失了脸形,康田生本人也因焦虑和减食而虚火上升,眼睛又黏又红,像胶锅一样睁巴不开了。他愈加想到这个破裂的家庭里,自己所负的支撑者的责任了。怎么劝儿子,又怎么劝媳妇呢?他一看见儿子痛不欲生的脸相,自己已经难受得撑挂不住,哪里还有话说得出来呢?他知道儿子遇到的不幸在人生中有多重的分量。对于儿媳,那张他曾经十分喜欢的红润的脸膛,如今连正眼瞧一瞧的心情也没有,看了叫人恶心!老汉抽着烟,睁巴着黏乎乎的眼睛,寻思怎么办。对儿媳再恨再厌,他不能像儿子那样不顾后果地做下去。他想和什么人讨讨对策,然而不能,即使村长也不能商量,这样的丑事,能说给人听吗?他终于想到了表兄和表嫂,那是自己的顶亲的亲戚,勤娃的养身父母,最可信赖的人了。

他仍然觉得不敢离开这个时刻都可能出事的家,让顺路上岭去的人把话捎给表兄,无论如何,要下岭来一趟,勤娃病了,病中想念舅舅……

十一

"就这。"康田生把家中发生的不幸从头至尾叙说一遍,盯着表兄的长眉毛下的明智的眼睛,问,"你说现时咋办呀?"

"好办。"表兄一扬头,"把勤娃叫来。"

勤娃走进来了,眼睛跌到坑里了,一见舅舅,扑到当面,"呜"地一声哭了。田生老汉把头拧到一边,不忍心看儿子丧魂落魄的颓废架势。

"头扬起来!甭哭!"舅父严厉地说,"二十岁的大人了,哭哭溜溜,啥样式嘛!"

"我……我不活了……"勤娃一见舅舅,心里的酸水就涌流不止,用拳头砸着自己的脑袋,"我……哎……"

舅父伸开手,啪啪,两记耳光,抽到勤娃鼻涕眼泪交流着的扭曲的脸上,厉声骂:"指望我来给你说好话吗?等着!"

勤娃哭不出来了,呆呆地低着头站着。

康田生吃惊了,瞅着表兄下巴上一撅一撅的花白胡须,没见过表兄这样厉害呀!他忙把勤娃拉开,按坐在小木墩上。

"你妈死得早,你爸咋样把你拉扯这大?亲戚友人为你操了多少心?你长得成人了,人高马大了,不说成家立业,倒想死!"舅父训斥起来,"死还不容易吗?眼一闭,跳到河里就完了。值得吗?"

父子二人默声静息,不敢插言。

"那——算个屁事!"舅父把那件丑事根本不当一回事,"大将军也娶娼门之妻!我在河北财东家杂货铺当相公,掌柜的婆娘就和人私通,掌柜的招也不招,只忙着生意赚钱!咱一个乡村庄稼汉,比人家杂货铺掌柜还要脸吗?"

勤娃似乎一下子才醒悟,这样的丑事绝不是他康勤娃一个人遇到了,比他更体面的人也遇到了。他讷讷地说:"我心里恶心……像吃了老鼠……"

"事情……当然不是好事。"舅父把话转回来,"这号丑事,张扬出去,于你有啥光彩?庄稼人,娶个媳妇容易吗?那不是一头牛,不听使唤,拉去街上卖了,换一头好使唤的回来。现时政府里提倡婚姻自由,允许离婚,你离了她,咋办?再娶吗?你一个后婚男人,哪儿有合适的寡妇等着你娶?即使有,你的钱在人家土壕里,一时三刻能挣来吗?啊?遇到事了,也该前后左右想想,二十岁的人啦,哭着腔儿要寻死,你算啥男子汉……"

"对对对！实实在在的话。"康田生老汉叹服表兄一席切身实际的道理，自愧自己这几天来也是糊涂混乱了，劝儿子说，"听着，你舅的话，对对的。"

"吃了饭，出去转一转，心眼就开畅了。"舅父说，"明天把石夯扛上，出去打土坯！舅不死，就是想看见你把瓦房撑起来。"

勤娃苦笑一下，这是他近日来露出的头一张笑脸，尽管勉强又苦楚，仍然使老父亲心里一亮啊！

"记住——"舅舅瞅瞅勤娃，又瞅一眼康田生，压低声音叮嘱，"再甭跟任何人提起这事。你祖祖辈辈子子孙孙都在康家村，门面敢倒吗？"

康田生连连点头。

"勤娃。"舅舅叫他的名字，悄声郑重地说，"在外人面前概不提起，在屋里可不敢松手！女人得下这号瞎毛病，头一回就要挖根！此病不除，后祸无穷！"

听着舅舅前后不大统一的话，勤娃这阵儿才真正感服了，睁着苦涩的眼睛，盯着舅父花白胡须包围中的薄嘴唇，等待说出什么拯救他拔出苦海的好法子来。

"你——再甭打她了。你打得失手，她寻了短见，咋办？再说，打得狠了，她记恨在心，往后怎样过日子？"舅父说，"你去找她娘家人，让她爹娘老子收拾她，治她的瞎毛病。省得……"

"唔唔唔，好好好！"康田生老汉对于表兄的所有谈话都钦服，一生只会摔汗水出笨力的老土坯客，对于精明一世的表兄一直尊为开明的生活的指导者，"我当初想过这一招儿，又怕伤了亲戚间的和气……"

"他女子做下伤风败俗的事，他还敢嘴硬！"舅父说着，特别叮嘱勤娃，"这件事，不能松饶了她；可跟人家爹娘说话，话甭伤人……"

勤娃点点头，感激地盯着舅父，这个养育他长大，至今还为他的不幸费心劳神的长辈人，似乎比粗笨的亲生父亲更可亲近了。

舅父站起来，在门口朝前院喊："玉贤——"

玉贤轻手轻脚走到舅父面前,低头站住,声音柔弱得像蚊子:"舅——你老儿……来咧!"

"快去给舅做饭。"他像什么事也不知道,也或者是什么都知道了而毫不介意,倚老卖老地说,"吃罢饭,你爸和勤娃还要劳动哩!"

十二

半缺的月亮挂在河湾柳林的上空,河滩稻田秧圃里,蛙声此起彼伏,更显出川道里夜晚的幽静。勤娃迈开大步,跳过一道道灌溉水渠,沿着河堤走着。他避开土路,专门选择了行人罕至的河滩,要是碰见熟人,问他夜晚出村做啥,可能要引起猜疑的。

他憋着一口闷气,想着见了丈人和丈母娘,该如何开口说出他们的女儿所做下的不体面的丑事?舅父教给他的处理此事的具体措施,似乎是一种束缚,按他的性儿,该是当着她家老人的面,狠狠骂一顿他们的女儿辱没了家风。他走进熟悉的吴庄村了。

这样的夜晚赶到亲戚家里去,本身就是一种不祥的征兆。丈人吴三、丈母娘和丈人家哥,一齐围住他,六双眼睛在他脸上转,搜寻和猜测着什么,几乎一齐开口问:屋里出了什么事?这么晚赶来,脸色也不好……

勤娃看着老人担惊受怕的样子,心里忽地难受了。因为给吴三打土坯而订下了他的女儿,婚前婚后,两位老人对他这个女婿是很疼爱的。常常在他面前说,玉贤要是有不到处,你要管她,打她骂她都成。他们是正直的庄稼人,喜欢勤娃父子的勤劳和本顺,很满意地把自己的小女儿嫁给他了。往常里,丈母娘时不时地用竹条笼提来自己做下的好吃食……现在,事情却弄到这样的地步,他们听了该会怎样伤心!

勤娃看着两位老人惊恐的眼色,说不出口了,路上在心里聚起的闷气,跑光了。他猛地双手抱住头,长长地唉叹一声,几乎哭了。

"有啥难处,说呀!"丈母娘急切地催促。

"唉——"勤娃又叹出一声,实在太难出口了。

丈人吴三坐在一边,不再催问。他从勤娃的神色和举动上,判断出了什么,就吩咐站在一边的儿子说:"你去,把你妹叫回来!"

丈人家哥走出门,他觉得话好说了,这才哽哽巴巴,把玉贤和冬学教员的事说了。丈母娘羞惭得骂起来,老丈人吴三却气得浑身颤抖,跌坐在椅子上,说不出话了。

"我回呀!"勤娃告辞,"女儿出门,怪不了老人。我不怪你二老,你们对我好……"

"甭走!"丈人拉住他,"等那不要脸的回来再说!"

勤娃坐下了。

"你狗日做下好事了!"吴三一看见走进门来的女儿,火暴性子就发作了,"你说……"

玉贤站在当面,勾着头,不吭声。

这种不吭声的行为本身,就证明了勤娃说出的那件丑事的可靠性。吴三火起,两个巴掌就把女儿打倒了。

"甭打!爸……"勤娃拉住丈人爸的胳膊。

"不争气的东西!"丈母娘在一旁狠着心骂,"在娘家时,我给你说的话,权当刮风……"

"狗日至死再甭进俺家的门!"丈人哥骂。

玉贤没有同情者。在这样的家庭里,她不指望任何人会替她解脱。她的父母,都是要脸面的正经庄稼人。她做下辱没他们门庭的丑事,挨打受骂是当然的。她躺在地上,又挣扎站起。

"跪下!"吴三吼着。

玉贤太屈辱了,当着勤娃和父母哥哥的面,怎么跪得下去呢?这当儿,父亲吴三一脚把她踢倒,她的腿腕疼得站不起来了。

吴三从墙上取下一条皮绳,塞到勤娃手里:"勤娃,你打——"

勤娃接住皮绳,毫不迟疑地重新挂到墙上的钉子上,劝慰吴三:"算哩……"

丈母娘向勤娃暗暗投来受了感动的眼光。

吴三又取下皮绳,一扬手,抽得只穿件夹衣的玉贤在地上滚翻起来,惨痛而压抑的叫声颤抖着。

勤娃自己在打玉贤的时候,似乎只是被一股无法平息的恶火鼓动着。当他看着丈人挥舞皮绳的景象,他的心发抖了。看着别人打人,似乎比自己动手更觉得残忍。他抱住吴三的手。

"甭拉!让我把这丢人丧德的东西打死!"吴三愈加上火,扑跳得更凶,"你不要脸,我还要!"

勤娃猛然想到,他刚才不该留在这儿。丈人留他,就是要当着他的面,教训女儿,以便在女婿面前,用最结实的行为,洗刷父母的羞耻。他要是不在当面,吴三也许不至于这样手狠。他劝劝吴三,就硬性告别了。

十三

玉贤吹了昏黄的煤油灯,脱完衣服,就钻进被窝里了,她怕母亲看见她身上的不体面的伤痕。母亲似乎察觉了她的行为的用心,从炕的那一头爬起来,"嚓"地一声划着了火柴,煤油灯冒着一柱黑烟的黄焰,把屋子里照亮了。

母亲揭开她盖的被子,"哎哟"一声,就抱住她的浑身四处都疼痛的身子,哭了。她的身上,腿上,有勤娃的拳头留下的乌蓝青紫的淤血凝固的伤迹,又擦上了父亲用皮绳刚刚抽打过的印痕,渗着血。她是母亲身上掉下来的肉,母亲心疼自己的骨肉,哭得很伤心。

玉贤没有想流眼泪的心情,疼是难以忍受的疼啊!凡是被拳头或皮绳抽击过的皮肉,一挨着褥子,就疼得想翻身,翻过去,那边仍然疼得不能支撑身体的重压。可她没有哭。那天晚上勤娃的突然敲门,她吓懵了,此后所发生的一切,似乎是在梦中,直到她的阿公粗手笨脚地把一根生锈的大号钢针从鼻根下直插进牙缝,她才从另一个世界回到她觉得已经不那么令人留恋的庄稼小院。现在,母亲的胸部紧紧贴着她的肥实的臂膀,眼泪在她的脖根上流着。她不想再听母亲给她什么安慰。她想静静地躺着,静静地想想,她该怎么办。在和勤娃住了近半年的新房里,她不能冷静地想,时时提心那铁块一样硬的拳头砸过来,甚至在夜晚睡熟之际,他心里怄气,会突然跳起,揭开被子,把她从梦中打醒。现在,她的父亲吴三当着勤娃的面,打了,也骂了,给自己挽回脸面了。她应该承受的惩罚已经过去,她想静静地想一想,往后怎么办?

"唉……嗨嗨嗨嗨嗨……"母亲低声饮泣,胸脯颤动着。她生下这个女儿,用奶水把她养得长出了牙齿,就和大人一样啃嚼又硬又涩的玉米面馍馍了。她和吴三虽则都疼爱女儿,却没有惯养。自幼,她教女儿不要和男娃娃在一起耍;长大了,她教女儿做针线,讲女人所应遵从的一切乡俗和家风。一当她和吴三决定以三石麦子的礼价(当时顶小的价格),约定把女儿嫁给土坯客的儿子的时候,她开始教给女儿应该怎样服侍公婆,特别是没有婆婆的家里,应该怎样和阿公说话,端饭,倒尿盆,应该怎样服侍丈夫,应该怎样和隔壁邻居的长辈相处,甚至,平辈兄弟们少不了的玩笑和戏闹,该当怎样对付……家内家外,内务外事,她都叮嘱到了,而且不止一次。"教女不到娘有错。"她教到了,玉贤也做到了。在玉贤婚后几次回娘家来,她都盘问过,很满意。从康家村的熟人那里打听来的消息,也充分证明土坯客家的新媳妇是一个贤惠的好媳妇。可是,怎么搞的,突然间冒出来了这样最糟不过的丑事……母亲流完了眼泪,就数落起来:"你明明白白的灵醒娃嘛,怎的就自己往泥坑屎坑里跳?"

已经跳下去了,后悔顶啥用呢?玉贤躺在母亲身边,心里说,我死都死过一回了,现在还要用什么后悔药治病吗?

"你上冬学的事,为啥不给我说?"母亲追根盘底,"你个女人家,上学做啥?认得俩字,能顶饭吃,能当衣穿?人自古说,戏房学堂,教娃学瞎的地方……你上冬学上出好名堂来咧!"

她仍然不吭声。她需要自己想想,别人谁也不了解她的心情和处境。

"给你定亲的时光,我托你姨家大姑在康家村打听了,说勤娃父子都是好人。老汉老好,过不了十年八载,过世了,全是你和勤娃的家当。勤娃老实勤谨,家事还不是由你?这新社会,不怕孬人恶鬼,政府爱护老实庄稼人。你哪一样不满意?胡成精?"母亲开始从心疼女儿的口气转换为训诫了,"人嘛!图得模样好看,能当饭吃?我跟你爸过伙的时候,总看他崩豆性子不顺心,一会躁了,一会笑了。咋样跟这号人过日月?时间长了,我揣摸出来,你爸人心好,又不胡乱耍赌纳宝,为穷日子卖命。我觉得这人好哩!娃家,你甭眼花,听妈说,妈经的世事……"

她不分辩,也不应诺,静静地躺着。

"在咱屋养上十天半月,高高兴兴回家去,给你阿公赔不是,给勤娃说说好话。"母亲说,"往后,安安生生过日子,一年过去,没事了。人心都是肉长的嘛!"

母亲不再说话,唉叹着,久久,才响起鼾息声。

玉贤轻轻爬起,移睡到炕的那一头。

屋里很黑,很静,风儿吹得后院里的树叶嚓嚓地响。

当她被蒙着眼脸抬到一个陌生的地方,被陌生的女人搀进一个陌生的新的住屋,揭去盖脸红布,她第一眼看见了将要和她过一辈子日月的陌生的男人。她心跳了,却没有激动。这是一个长得普普通通的男人。不好看也不难看。不过高也不过矮。几个月来的夫妻生活,她看出,他不灵也不傻。她对他不是十分满意,却也不伤心命苦。对给她找下这样的女婿的父母,不感激也不憎恶。他跟麦子地里一根普通的麦子一样,不是零星地高出所有麦子的少数几棵,也不是夹在稠密的麦稞中间那少数的几枝矮穗儿。他像康家村和吴庄众多的乡村青年一样普普通通。她也将和那许多普普通通的青年的媳妇一样,和勤娃过生活。自古都是这样,长辈和平辈人都是这样定亲,这样撮合一起,这样在一个炕上睡觉,生孩子……

她第一眼看见杨老师的时候,心里就惊奇了。世上有穿戴得这样合体而又干净的男人!牙齿怎么那样白啊!知道的事情好多好多啊！完全不像乡村青年小伙们在一起，除了说庄稼经，就是说粗俗的男人和女人之间的酸话。杨老师留着文明头发的扁圆脑袋里，装着多少玉贤从来也没听说过的新鲜事啊！苏联用铁牛犁地，用机器割麦，蒸馍擀面都是机器，那是说笑话吗？烂嘴七婶当面笑问：生娃也用机器吗？杨老师就把那些能犁地能割麦的照片摊给大家看，并不计较七婶烂嘴说出的冒犯的话。他总是笑眯眯的，笑脸儿，笑眼儿，讲话时老带着笑，唱歌时也像在笑。

她对他没有邪心。她根本不敢想像这样高雅的文明人，怎么会对她一个乡村女人有"意思"呢？她第一次感受到他的不寻常的目光时，他捉着她的手写翻身的"翻"字时，她都没有敢往那件事上去想。直至他接饭碗时连她的手指一起捏住，她也只想到他是无意的。直到他一把搂住她的腰，她瞬息间就把这些事统一到一起了。她没有拒绝，因为突然到来的连想也不敢想的欢愉，使她几乎昏厥了。

"我爱你，妹妹……"

他说了这句话，就把嘴唇压到她的嘴唇上。那声音是那样动人的心，她颤抖着，本能地把自己戴着石镯的手钩到他的肩头上。

她从来没有听一个男人这样亲昵地把她叫妹妹，也没人说过"爱"这个字。勤娃只说过"我跟你好"这样的话，没有叫过她"妹妹"。勤娃抚摸她身体的手指那么生硬。杨老师啊……

她挨勤娃的拳头，咬牙忍受了。她是他的女人，他打她是应该的。父亲打她，也咬牙忍受了，她给他和母亲丢了脸，打她也是应该的。可是，她虽然浑身青痕红斑，却不能把自己再和勤娃连到一起。她为可亲的杨老师挨打，她没有眼泪可流。

她如果能和勤娃离婚，和杨老师结婚的话，她才不考虑丢脸不丢脸。婚姻法喊得乡村里到处都响了，宣传婚姻法的大体黑字写在庄稼院房屋的临街墙壁上，好些村子里都有被包办婚姻的男女离婚的事在传说。她和杨老师一旦正式结合，那么还怕谁笑话什么呢？如果不能和杨老师结婚，继续和勤娃当夫妻，那就一辈子要背着不能见人的黑锅了。

她得想办法和杨老师再见一面,把话说准,之后她就到乡政府去提出离婚。现在无法再上冬学了,和杨老师见一面太难了,但总得见一面。不然,她心里没准儿,怎么办呢?

在康家村要找到和杨老师见面的机会,是不可能的。在娘家,比在阿公和勤娃的监视下要自由得多。杨老师是行政村的中心小学教员,在桑树镇上,想个借口到镇上去,越早越好……

十四

爷儿俩半年来又第一次自造伙食了。老土坯客看着儿子蹲在灶锅前点火烧锅,沤出满屋满院的青烟,重手重脚拌磕得碗瓢水桶乒乓响,心里好难受。昨晚,他坐在炕头上,等见勤娃从丈人家告状回来,叙说了经过。他对吴三的仗义的行为很敬佩,心里又暗暗难过。相亲相敬的亲家,以后见了面,怎么说话呢?他痛恨这个外表看来腼腆,内里不实在的媳妇,给两个安生本顺的庄稼院平生出一场祸事。他更恨那个总是见人笑着的杨先生,你狗日为人师表,嘴里讲什么男女平等、婚姻自由,难道就是让你自由地去霸占老实庄稼人的女人吗?他恨得咬牙!三五天来家庭剧烈的变化,给饱经过孤苦的老土坯客的刺激太沉重了。他一生中命运不济,性情却硬得近乎麻木,对于一切不幸和打击,不哭也不唉叹。可是,当生活已经充满希望的时候,完全不应出现的祸事却出现了的时候,老汉简直气得饭量大减,几天之间,白发增多了。他恨那个给他们家庭带来灾难的白脸书生!后悔那天晚上拦阻勤娃太早了;虽然不敢打死,至少应该砸断狗日一条腿!

他活到五十多了,不图什么,只图得有吃有穿,儿辈可靠。可是,如今却成了这样不酸不甜的苦涩局面了。

勤娃烧好开水,把两个蒸馏得热透的馍馍送到老汉面前,老汉忽然想到自己在刚刚死了女人以后,不习惯地烧锅做饭的情景,难道儿子勤娃又要钻厨房拉一辈子"二尺五"了吗?啊啊!老汉看见儿子愁苦的面容,几乎流下泪来。

勤娃拿了一个馍馍,夹了辣椒,远远地蹲在门外的台阶上,有味没味地慢腾腾地嚼着。

他担心勤娃,比自己要紧。他迅即抑制住自己的感情波动,用五十多岁老人的理智和儿子说话:

"勤娃——"

"嗯!"勤娃应着。

"明天出门打土坯去。"老汉说,"她爸她妈指教过她了,算咧!只要日后好好过日月,算咧。"

"……"

"人么,错了要能改错,甭老记恨在心。"他劝慰,"咱的家当还要过。你舅的话是明理。"

勤娃没有吭声。老汉从屋里走出来,想告诉儿子,他已经给他在南围墙村应承下打土坯的活路了。这时村长走进门来,后面跟着一位穿制服的女干部,胸膛上两排大纽扣。

"老哥,这是县文教局程同志,想跟你拉一拉家常。"村长说,"你们谈,我走了。"

"我叫程素梅。"程同志笑着介绍自己,很大方地坐到老汉炕边上,态度和蔼,和蔼得教见惯了旧社会官人们凶相的老土坯客反倒不知如何是好了。她说:"我想来和你儿子坐坐。"

老汉心里开始在猜摸,程同志究竟找他来做啥?一般乡上县上的干部来了,总是和村长接手,和他一个只会打土坯的老汉有啥家常好拉的呢?

她问他家里都有什么人,分了几亩地,和谁家互助,老汉都答了。最后,程同志把弯儿绕到老汉最担心的那件事上来了,果然。

"没有啥!"老汉的嘴很有劲地回答,"杨先生教妇女识字有没有啥问题,咱不知道咯!咱一天掮上石夯打土坯,谁给管饭就给谁家卖力,咱没见过杨先生的面,光脸麻子都不知……"

"勤娃同志,你没听人说什么吗?"程干部转脸问,"甭怕。"

勤娃摇摇头。

"康大叔,你老儿心放开。"程同志说,"新社会,咱们把恶霸地主打倒了,穷人翻了身,可不能允许坏人再欺侮庄稼人,糟蹋党的名誉。咱们的干部,有纪律,不准胡作非为……"

这些话说得和老汉的心思刚刚吻合,他觉得这个清素淡雅的女干部完全是可以信赖的,可以倾诉自己一生的不幸和意料不到的祸事。可是,他的话出口的时候,完全是另外的意思:

"杨先生胡作非为不胡作非为,咱不知道嘛!他在哪里胡作来,在哪里非为来,你到那里去查问。咱不知情喀!"

老汉忽然瞧见,勤娃的脸憋得紫红,咬着嘴唇,担心儿子受不住程同志诚恳的劝导,一下子说出那件丑事,就糟了。新社会共产党的纪律虽然容不得杨先生的胡作非为,可自己一家的名声也就彻底臭了!他急中居然不顾礼仪,把儿子支使开:

"南围墙侯老七等你去打土坯。快去,再迟就要误工了。"

勤娃猛地站起,恨恨地瞅了父亲一眼,走出门去,撞得旧木板门咣啷一声响。

"这娃性子倔……"老汉不自然地掩饰说,盼她快点走。横在老汉心头的这一块伤疤,无论是恶意地撞击,抑或是好心地抚慰,都令人反感,任何触及都是难以忍受的痛苦。

"没关系。回头我再来。"程同志很耐心地说。

"甭来了。"老汉很不客气地拒绝,心里说,你一个穿戴和庄稼院女人明显不同的公家干部,三天五天往我屋跑,那还不等于告诉康家村人,康田生屋里出了啥事啊?老汉今天一见到她,心里的负担又添了一层,意识到这件丑事,尽管尽力掩盖,还是闹出去了,要不,县上的这位女干部怎么会来到他的小院呢?即使外面有风传,他们一家也要坚决捂住。"咱庄稼人忙。实在是……我跟勤娃,啥也不知道喀!"

程同志脸上明显现出失望的神色,失望归失望,却不见反感或厌恶。她是作党的干部纪律的监督工作的。严肃的职业使她年纪轻轻儿就已经养成严肃而又和蔼的禀性。此类问题在她的工作中,不是第一次,不说庄稼人吧,即是觉悟和文化都要高一级的工人和干部,在这样的丑事临头的心理矛盾中,往往也是同样首先顾及自己和儿女的名声,这样,就把造成他们家庭不幸的人掩蔽起来了。

十五

紧张的体力劳动,给心里痛苦痉挛着的庄稼汉勤娃以精神上极大的解脱。他走进侯七家打土坯的土壕,胳膊无力,腿脚懒散,浑身的劲儿叫不起来。侯七在一旁给木模装土,不断投来怀疑的不太满意的眼光。勤娃像受了侮辱——勤劳人的自尊。他暗暗骂自己一声,提起石夯,砸了下去,一切烦恼暂时都被连珠炮似的石夯撞击声冲散了。

劳动完了,烦恼的烟云又从四面八方朝他的心里围聚。吃罢晚饭,他快快地告诉侯七,自个有病了,另找别人来打土坯吧!侯七盯着面色郁闷的勤娃,没有强留。他扛着木模和石夯走出村来。

勤娃懒散地移着步子,第一次不那么急迫地往家赶了;赶回家去干什么呢?甭说玉贤不在家,即使在,那间小厦屋也没有温暖的诱惑力了。

浪去!勤娃鼓励自己,一年四季,除了种庄稼,农闲时出门打土坯,早晨匆匆去,晚上急忙回,挣那么几块钱,从来舍不得买一个糖疙瘩,一五一十全都交到她手里,让她积攒着,想撑三间瓦房……太可笑了!你为人家一分一文挣钱,人家却搂着野汉睡觉……去他妈的吧!

勤娃已经岔开通康家村的小路,走上官路了。

这样恼人的丑事,骂不能骂,说不敢说;和玉贤关系好不能好,断又断不了,这往后的日月怎么过?既然程同志赶到家里来查问,证明他的父亲和舅舅要他包住丑事的办法已经失败,索性一兜子倒出来,让公家治一治那个瞎熊教员,也能出口气,可是,他爸却一下把他支使开了。

勤娃开始厌恶父亲那一副总是窝窝囊囊的脸色和眼神。窝囊了一辈子,而今解放了,还是那么窝囊。他啥事都首先是害怕。不敢高声说话,不敢跟明显欺侮自己的人干仗,自幼就教勤娃学会忍耐,虽然不识字,还要说忍字是"心上能插刀刃"!他现在有些忍不住了!

沿着官路,踽踽走来,到了桑树镇了。

夜晚的乡村小镇,街道两边的铺店的门板全插得严严的,窗户上亮着灯光,街上行人稀少。勤娃终于找到了可以站一站的地方,那是客栈了。

门里的大梁上吊着一盏大马灯。屋里摆着脚客们的货包。大炕上,坐着或躺着一堆操着山里口音的肩挑脚客。

"啊呀!这是勤娃呀?"客栈掌柜丁串串吃惊地睁大着灵活的小眼睛,"来一碗牛肉泡,还是荤油臊子面?"

"二两酒。"勤娃说,"晚饭吃过了。再来一碟花生豆儿。"

"啊呀,勤娃兄弟!"丁串串愈加吃惊了,"好啊!我知道,这两年庄稼人翻身了,村村盖房的人多了,你打土坯挣钱的路数宽了!好啊!庄稼人不该老没出息,攒钱呀,聚宝呀,临死时一个麻钱、一页瓦片也带不到阴间!吃到肚里,香在嘴里,实实在在……掌柜的,给康家勤娃兄弟看酒……"

丁串串长得矮小、精瘦,声音却干脆响亮,说话像爆豆儿,没得旁人插言的缝隙。他唤出来的,是他的婆娘,一个胖墩墩的中年女人,同样笑容满面地把酒壶和花生摆到勤娃的面前了:"还要啥?兄弟。"

"吃罢再说。"勤娃坐下来。

花生米是油炸的,金红,酥脆,吃到嘴里,比自家屋里的粗粮淡饭味儿好多了。酒也真是好东西,喝到口里,辣刺刺的,进入肚里以后,心里热乎乎的。接连灌了三大盅,勤娃觉得心里轻松多了。怪道有钱人喜时喝酒,闷时也喝酒!他觉得那股热劲从心里蹿起,进入脑袋了,什么野汉家汉,丑事不丑事,全都模糊了,也不显得那么重要了。

"再来二两!"勤娃的声音高扬起来,学着了串串的声调,呼唤女掌柜,"掌柜的,买酒!"

女掌柜扭动着肥大的臀部,送上酒来,紧绷绷的胖脸上总是笑着。勤娃从腰里掏出一卷票子,抽出两张来,摔到桌上,好大的气派!女掌柜伸手接住钱,眼睛却直勾勾地盯着他把那一卷票子塞到腰里去。

"还有床位么?"勤娃干脆捉住白瓷细脖酒壶,直接倒进喉咙,咂咂嘴,问着还站在旁边的女掌柜。

"有啊!"女掌柜满脸开花,"要通铺大炕?还是单间?兄弟倒是该住单间舒服。"

"好啊!我住单间。"勤娃满口大话,一壶酒又所剩不多了,支使女掌柜,"给我开门去!"

他妈的,我康勤娃也会享福嘛!酒也会喝,花生豆儿也会吃。往常里倒是太傻了哩!

"勤娃兄弟,床铺好了——"女掌柜在很深的宅院里头喊。

"来了——"勤娃手里攥着酒壶,朝院里走去。脚下有些飘,总是踩踏不稳,又撞到什么挡路的东西上头了,胳膊也不觉得疼。那些坐着或躺在通铺大炕上的山里脚客,在挤眉弄眼说什么,勤娃不屑一顾地撇撇嘴角。这些山地客,可怜巴巴地肩挑山货到山外来卖钱,只舍得花三毛票儿躺大炕,节省下钱来交给山里的婆娘。可他们的婆娘,说不定这阵也和谁家男人睡觉哩……

"在哪儿?"勤娃走进昏黑的狭窄的院道,看着一方一方相同的黑门板。

"在这儿。"女掌柜走到门口,"我给你铺好被子了。"

勤娃走到跟前,女掌柜站在窄小的门口,勤娃晃荡着膀臂进门的时候,胳膊碰到一堆软囊囊的东西,那大概是女掌柜的胸脯。

女掌柜并不介意,跟脚走进来:"新被新床单,你看……"

勤娃一看,女掌柜穿着一件对门开襟的月白色衫子,交近农历四月的夜晚,已经很热,她半裸开胸脯上的纽扣,毫不在乎地站在当面。勤娃一笑:"好大的奶子!"

"想吃不?"女掌柜嘻嘻一笑,一把扯开胸脯,露出两只猪尿泡一样肥大的奶头,"管你一顿吃得饱!"一下子搂住了勤娃。

勤娃本能地把脸贴到那张嬉笑着的脸上。

"瞎熊!"女掌柜又嘻嘻一笑,嗔声骂着,转过身,走出门去。

丁串串正好走到当面,站住脚。

"勤娃喝多了,在老嫂子跟前耍骚哩!"女掌柜说。丁串串哈哈一笑,忙他的事情去了。

勤娃往腰里一摸,啊,那一卷票子呢? 啊呀! 脑子里轰地一下,一瞬间的惊恐之后,他就完全麻木了,糊涂了。

"哈哈哈……啊哈哈哈哈!"勤娃从门里蹦出,站在院子里,"一把票子,几十块! 只摸了一把奶! 太划不来了……哈哈哈哈……"

他豁脚扬手,笑着喊着,从后院蹦到前房,又冲到门外。

"这瓜熊醉咧!"女掌柜也哈哈笑着说。

"大概屋里闹仗,生闷气。"男掌柜丁串串给那些山地脚客说,"这是方圆十多里有名的土坯客,一个麻钱舍不得花的人。今日一进门就不对窍嘛! 大半是家事不和,看起来闹得很凶……"

丁串串说着,吩咐女掌柜:"你去倒一碗醋来,给灌下去……"

十六

月亮半圆了,村外的田地里明亮亮的,似乎天总是没有黑严。玉贤匆匆沿着宽敞的官路走着,希望有一块云彩把月亮遮住,免得偶尔从官路上过往的熟人认出自己来。

经过一夜一天的独自闷想,她终于拿定主意:要找杨老师。在娘家屋比在勤娃家里稍微畅快些。一直到喝毕汤,帮母亲收拾了夜饭的锅灶,她才下定决心,今晚就去。

父亲一看见她就皱眉瞪眼,扔下碗就出门去了,母亲说到隔壁去借鞋样儿,她趁机出了门,至于回去以后怎样搪塞,她顾不得了。

桑树镇的西头,是行政村的中心小学,杨老师在那儿教书。月光下,一圈高高的土打围墙,没有大门,门里是一块宽大的操场,孤零零立起一副篮球架。操场边上长着软茸茸的青草,夜露已经潮起,她的脸面上有凉凉的感觉。

一排教室,又一排教室。这儿那儿有一间一间亮着的窗户,杨老师住在哪里呢?问一问人,会不会引起怀疑呢?黑夜里一个年轻女人来找男教员,会不会引起人们议论呢?

左近的一间房门开了,走出一位女教员,臂下夹着本本,绕下台阶过来了。她顾不得更多的考虑,走前两步,问:"杨老师住哪里?"女教员指指右旁边一个亮着的窗户,就匆匆走了。

走过小院,踏上台阶,站在紧闭着的木门板外边,玉贤的心腾腾跳起来。她知道她的不大光明的行动潜藏着怎样不堪设想的危险结局,没有办法,她不走这一步是不行的。

她压一压自己的胸膛,稳稳神儿,轻轻敲响了门板。

"谁?"杨老师漫不经心的声音,"进。"

玉贤轻轻推开门,走进去,站在门口。杨老师坐在玻璃罩灯前,一下跳起来,三步两步走过来,把门闭上,压低声音问:"你怎么这时候来了?"

他怎么吓成这样了呢?脸色都变了。

"见谁来没有?"杨老师惊疑不定地问。

"见一个女先生来。"玉贤说,"我问你的住处。"

"她没问你是谁吗?"

"问了。"

"你怎样说的?"

"我说……是我哥哥……"

"啊呀!瞎咧!人家都知道,我就没有妹妹嘛!"杨老师的眼睛里满是惊恐不安,"唔!那么,要是再有人撞见问时,说是表妹,姨家妹妹……"

玉贤看见杨老师这样胆小,心里不舒服,反倒镇静了,问:"杨老师,我明白,这会儿来你这儿不合时,我没办法了。我是来跟你商量,咱俩的事情咋办呀?"

"你说……咋办呢?"杨老师坐下来了。

"你要是能给我一句靠得住的话……"玉贤靠在一架手风琴上,盯着杨老师,认真地说,"我就和勤娃离婚!"

"那怎么行呢!"杨老师胡乱拨拉一把头上的文明头发,恐惧地说,"县上教育局,这几天正查我的问题哩!"

"我知道。"玉贤说,"今日后晌一位女干部找到我娘家,问我……"

"你咋样回答的?"杨老师打断她的话。

"我又不是碎娃,掂不来轻重……"

"噢!"杨老师稍微放心地吁叹一声,刚坐下,又急忙问,"不知到勤娃那里调查过没有?"

"问了。"玉贤说,"听她跟我说话的口气,他也没给她供出来……"

"好好好!"杨老师宽解地又舒一口气,眼里恢复了那种好看的光彩,走到她面前来,"真该感谢你了……好妹妹……"

"要是目下查得紧,咱先不要举动。"玉贤说,"过半年,这事情过去了,我再跟他离!"

"你今黑来,就是跟我商量这事吗?"

"我跟他离了,咱们经过政府领了结婚证,正式结婚了,那就不怕人说闲话了,政府也不会查问了。"玉贤说,"我想来想去,只有这条路。"

"使不得,使不得!"杨老师又变得惊慌地摇摇手,"那成什么话呢!"

"只要咱们一心一意过生活,你把工作搞好,谁说啥呢?"玉贤给他宽心,"笑,不过三日;骂,不过三天!"

"你……你这人死心眼!"杨老师烦躁地盯她一眼,转过头去说,"我不过……和你玩玩……"

"你说啥?"玉贤腾地红了脸,几乎不相信自己的耳朵,"这是你说的话？"

"玩一下，你却当真了。"杨老师仍然重复一句，没有转过头来，甚至以可笑的口吻说，"怎么能谈到结婚呢！"

玉贤的脑子里轰然一响，麻木了，她自己觉得已经站立不住，一句话也说不出来，嘴唇和牙齿紧紧咬在一起，舌头僵硬了。

"甭胡思乱想！回去和勤娃好好过日月！他打土坯你花钱，好日月嘛！"杨老师用十分明显的哄骗的口气说着，悄悄地告诉她，"我今年国庆就要结婚了，我爱人也是教员……"

他和她"不过是玩玩"！她成了什么人了？她至今身上背着丈夫勤娃和父亲吴三抽击过的青伤紫迹，难道就是仅仅想和他玩一玩吗？她硬着头皮，含着羞耻的心，顶过了县文教局女干部的查问，就是要把他包庇下来，再玩一玩吗？玉贤可能什么也没有想，却是清清楚楚看见那张曾经使她动心的小白脸，此刻变得十分丑陋和恶心了。

"我不会忘记你的好处，特别是你没有给调查人说出来……"杨老师这几句话是真诚的，"我……给你一点钱……你去买件衣衫……"

玉贤再也忍受不住这样的侮辱，一口带着咬破嘴唇的血水，喷吐到那张小白脸上，转身出了门……

十七

月亮正南，银光满地，田野悄悄静静。

玉贤坐在一棵大柳树下，缀满柳叶的柔软的枝条垂吊下来，在她头上和肩上摆拂。面前是一口装着木斗框架的水井，应该结束自己的生命了！一低头，一纵身，什么都不要想了！

也许明天早晨，菜园的主人套上牲畜车水的时候，立即就会发现她……十里八村的男人女人，就该有闲话好说了。啊啊！她将作为一个坏女人永远留在村民们的印象里……

她忽然想到了阿公，那个在她过门不到两月时光就把"金库"交给儿媳掌管的老人,小河一川能数出几个这样老好的老人呢!多少家庭里娶下媳妇,父子,兄弟,妯娌闹仗分家,不都是为着家产和金钱吗?她太对不住阿公了,如果能见一面,她会当面跪下,请求老人打她。那样,她死了,会轻松一些。

她想到勤娃了。他笨手笨脚,可搂起她的双臂是那样结实。他讷口拙舌,可说出的话没有一句是空的。他从外村打土坯回来,嘿嘿笑着,从粗布衫子的大口袋里掏出钱来,很放心地交到她手上,看着她再装到阿公交给她的那只梳妆盒子里……

她对不起阿公和勤娃。她没脸面再去盯一眼这样诚心实意待她的人。她应该立即跳进井里去!

她对不住阿公和勤娃。应该在离开阳世的时候,对自己已经觉悟到的错事悔过,补一补心,再死也不迟啊!

她站起来,冷漠地盯一眼透着月光的井水,离开了。她从田间的小路重新走上官路,从桑树镇上穿过去,直接回家,免得回到娘家,父亲没完没了的责问,死了也该是康家的鬼!

玉贤走到桑树镇上了,街上已经空无人迹。经过客栈门前的时候,门口围着一堆人,嘻嘻哈哈,哄哄闹闹。她不想转过头去,这个客栈,早听人说过,是个乌七八糟的地方,丁串串开栈挣钱,婆娘卖身子挣钱。

"哎呀!喝了醋就醒酒了!"

"灌!"

"把鼻子捏住!"

又是什么人喝醉了,玉贤走过去了。

"我——不——喝!"

玉贤听到被灌着醋的喝醉了的人的吼声,猛然刹住脚,怎么像是勤娃的声音呢?

"毒——药——"

这回听真切了,是勤娃。天哪!他怎么跑到这个鬼栈里来了呢?她的心紧紧地收缩下沉,意识到她害得勤娃变成什么人了!

玉贤折回身,跑到人堆前,拨开围观的人堆;从门里射出的马灯的亮光里,看见勤娃被一个人紧紧挟住,丁串串正给他嘴里灌醋。勤娃咬着牙,闭着眼,醋水撒了一脸一胸膛,满身泥土。玉贤一下扑上去,抱住勤娃,哭喊出来:"我的你呀……"

丁串串和众人停住手,议论纷纷。

玉贤扯起衣襟,擦了勤娃的脸,抓住一只胳膊,架在她的脖子上,另一只手紧紧搂住勤娃的腰,几乎把那沉重的身躯背在身上,拽着拖着,离开丁家栈子,走上了官路……

一九八二年九月十八日至十一月三日写改于灞桥

梆子老太

引　子

梆子井村的梆子老太死了。

头天祭灵,二天入殓盖棺,三天下土埋葬,这是目下乡村里贫富皆宜的丧葬仪程。这样照例一来,梆子老太刚一倒头,活人们趁着尸骨未冷,臂腿未僵,紧张地给死者洗脸洗手剃额剪指甲,穿戴起早已置备停当的老衣。在儿女们一阵高过一阵的悲恸的哭声中,安置起灵堂。用半生的小米做成的"倒头饭"献上了,意在死者吃饱之后,有劲走向阴世漫长的道路;彩纸扎成的童男童女已经侍立在灵堂两侧,准备给刚刚踏入冥国地界的梆子老太引路;招之即至的阴阳先生掐毕时辰,写过"亡期"纸牌(相当于讣告),又把一副白纸对联贴到街门门框上……屋院里外,紫香缭绕,蜡烛明灭,焚燃阴纸的黑色纸灰在院里飘落,弥漫起悲怆的丧葬气氛来了。

梆子老太的男人景荣老五,压抑着死别的痛楚,保持着一家之主的理智,和近门亲族的几个老年女人忙着安置这一切。现在不是他大放悲声的时候,关键的关键是把丧事安排稳妥,不出意外。好在这一切都进行得顺利,没有大的纰漏。

第二天午时入殓盖棺,板钉钉死,骨肉之情就永不复见了。在儿女、亲属男女混合的近于癫狂状态的哭声中,景荣老五使劲睁开泪水模糊的老眼,最后一次瞅一眼和他过活了一生的梆子老太僵硬灰黄的脸孔,就被人从棺材旁边拖走了,随之听见"哐当"一声压上棺盖,斧头铆击板钉的声音……悲痛是人之常情,而作为一件必办的丧事,这一切也进行得顺利,没有出现偏差,景荣老五倒也心安。

问题出在第三天出殡埋葬的时候。

梆子井是个小村庄,历来死人的坟地都选择在村庄背后的塬坡上。坡陡路窄,抬一副灵柩上坡,就需要全村精壮男子一齐出动,前拽后拥,左右帮扶,半路上易人换肩,才能保证棺柩在一路不挨地面的严格的忌讳下送到坟地。这样的地理条件就约成了这个村子的一条习俗,凡遇丧葬,不用邀集,所有男人都自觉前往,宁可劳力过剩而空闲,毋使人手紧张而把灵柩搁置在半路上,谁家也难保不遇丧葬之事而用着旁人的时候。还有一层意思,即是给与自己同在一个街巷里生活了半生的死者的坟地培一锨土,表示庄稼人的一点哀思,一种古朴的乡亲情谊啊!

乡村人至今遵循着午时入葬的迷信习律。眼看午时已到,景荣老五看见自家街门外的土场上,只有三五个尚未成年的娃娃掮着铁锨在晃悠,他有点沉不住气了,急得在屋里院里出出进进,慌急不安。眼睁睁等到午时已过,仍然不见人来,灵柩冷漠地停放在屋子中间的灵堂上,不能启动。队长龙生在村巷里吼喊人的声音,使景荣老五愈加惭愧和惶惑了。拒葬——最可怕的事情发生了!景荣老五心里不能不承受这个既成定局的事实。

这是令死者的亲属最难承受的耻辱。只有生前在世时劣迹深重的人,死后才有可能招致如此的冷遇。小小的梆子井村,人们只记得清末民初年间发生过一桩死者无人抬灵的事情。那是梆子井村的一个土匪被外村人打死了,村民们耻于为这个败坏了村风民俗的恶人尽此劳举,致使土匪陈尸三天而不能"入土为安"。土匪的三个儿子齐刷刷跪倒在街心十字,替代土匪老子向乡党村民赎罪赎过,直到尚未成年的小儿子因羞愧冷冻而倒地昏迷,才感动得村里几位长老出面吆集起人手,把土匪被打得遍体伤痕的尸首草草塞进坟墓……

景荣老五蹲在房檐下的台阶上,年近七十的老人的皱脸,皱得更紧了,脸色蜡黄,眼睛痴呆,胡须颤抖,已经忘却悲伤,转化为怨恨死者的强烈情绪了。她眼睛一闭,直挺挺躺在棺材里,等待活人把她埋进地下,不曾考虑把难以承受的耻辱留给她的男人和儿女了!

"甭急,老爷。"生产队长龙生从街门外走进来,用明显的强装的镇静口气宽慰景荣老五说,"人马上就来咧!嗨!现时实行责任制,人都贪着自家的庄稼活儿……"

景荣老五没有搭腔,仍然直勾勾盯着冷冷落落的街门。龙生的安慰丝毫也不能减轻他心里的压力,反倒想,要不是当着队长这个官差,怕是你龙生也不来哩!老汉心里明白发生了怎样丢脸的事,现在无论如何也挽救不及了。

龙生看着景荣老五痛苦羞愧的脸色,难受极了。他急得在屋里站不住,屁股一转又走出街门,回过头来,恨声恨气地说:"老爷,我再去叫人,非把他们……"

"甭去咧!"景荣老五大喊一声,猛然从台阶上站起,奔出街门,拦住龙生,终于说,"我到……街心十字去……"

"啊呀!那算一回啥事嘛!"龙生惊慌地说,死死拉住景荣老五的胳膊,"万万使不得!"

农历三月温暖的阳光静静地照射在空寂的街巷里的土堆、粪堆和柴火垛子上,行人匆匆,村巷静寂,现出一种压抑着的难堪的气氛。那些紧闭着或虚掩着的大门里,男人们和女人们在怎样嘲笑那位不能出门的灵柩里的死者呢?

……

在时代已经进入到公元二十世纪八十年代的时候,梆子井村的庄稼人,何以要用这种近于恶作剧的办法来为难一个业已死去的乡村女人呢?

一　梿子井村的梿子老太

小河川道里,黄土塬坡下,有个小小的村庄叫梿子井。这个村庄古远的祖宗为啥选用这样一个奇怪的名字作为他们的村名,连村里现在已过八旬的白须老汉也说不清来龙去脉了。

梿子井村现在居住着六七十户农家,多数姓胡,杂姓不多;一幢幢新房和旧屋组成的庄稼院,紧紧凑凑地会集在东沟和西沟之间的平场上。每到春夏,村里的榆槐椿楸树木,郁郁苍苍,河川里杨柳列岸,葱葱蓬蓬;数九交至,白雪覆盖了村后的塬坡和村前的河川,房檐上吊下尺多长的冰凌柱儿……一个景致幽雅的北方村落。

梿子老太本姓黄,是小河北岸黄家圪垯人,自幼以三石麦子两捆棉花的彩礼许订给梿子井村的胡景荣。过门这天,梿子井村的年轻后生用花轿把她从北岭上的黄家圪垯抬下来,涉过河水,抬进梿子井村来,停放到胡景荣家门口。男女老幼把屋里院外围塞得水泄不通,兴致十足地等待进入洞房揭去盖脸的红绸巾的那一刻,新媳妇是怎样的眉眼呢?

窗户纸被扯掉了。新挂的绣花门帘也被踩在脚下。没有机会挤进窄小的洞房的人,焦急地询问已经先睹过一眼的人,模样怎样?看过的人因为拥挤而喘着气,作难似的笑笑:"说不上来……"又颇费思谋地眨眨眼,滑稽地一笑,悄悄说,"脸……长得像个……梿子……"

对于新来乍到梿子井村的任何一位新娘,谁也难得逃脱第一次亮相之后被众人品评和议论的难堪处境。男人们自不必说,已经被众人议论和品评过而且无一例外地曾得过一个形象的雅号的老媳妇们,也更有兴味地反复咀嚼着一个新鲜的绰号:梿子!哈呀!真像……

这是生活贫困而又单调的庄稼人的一种乐趣,一般只限于新婚之后的十天半月里,尽兴取笑逗乐,甚至当着景荣的面说他的新媳妇的脸能当梆子敲,也不怕他犯心病。时日稍微一长,庄稼人各忙各的日月生计,谁还有心思去管人家景荣的媳妇的脸长脸短的事干什么呢!

不管旁人怎样苛刻地取笑和逗趣,景荣对他刚刚娶进屋里的媳妇是满意的。尽管在揭去盖脸绸巾时第一眼看见这位陌生女人的眉眼时,他也觉得那脸儿未免狭长了些,可他不在心。我的天!老父成年累月串游在渭河北岸产棉区给人家弹棉花,攒下一串串麻钱和铜元,花三石麦子加两捆棉花的礼价,给他订下了这个媳妇。可怜老父未能等到看见儿媳妇过门,自己已经累下痨病去世了,三周年也过了。他能在该当婚娶的年龄娶回一个媳妇,不用担心打一辈子光棍儿,已经很令许多穷弟兄们羡慕的了,怎敢弹嫌媳妇的脸儿是长是短呢?管什么梆子不梆子,哪怕旁人把她的脸比作扁担长哩!他是个庄稼人,穷庄稼人啊!要一个女人来给他管家,做饭,缝衣,生养孩子,而不是要一张年画儿上的人人儿贴到墙上天天去欣赏!

景荣是胡姓景字辈里最后一个男人,人称老辈子,反倒比村里好多年岁高过他一倍乃至两倍的老汉们辈分高过一格,这样,新过门的媳妇的辈分自然也随着他而高了。景荣排行老五,晚一辈的人称他的新媳妇为五婶,晚两辈的叫五太,晚过三辈的就一律不分差别地叫五老太了。"差过三辈没大小,婆婆孙子不讲究。"小辈子的年轻后生和媳妇们,却一律叫起梆子老太来,久而久之,连景荣老五也被他们叫成梆子老爷了。

新婚三五天后,勤快的景荣老五不敢贪恋新媳妇暖和的被窝,背起亡父遗传给他的那张紫红溜光的枣木弹花弓,告别了母亲和亲爱的梆子脸媳妇,赶到渭北棉花产区去弹花挣钱了,结婚拉下的粮款欠债,需当尽早还清。亡父留给他的生活遗训是:"紧还账,慢结债。莫看一文少而不挣,莫视一文少而浪花。"庄稼人背上账债过日月,吃饭睡觉都不踏实啊!

一月之后,景荣老五再转回到梆子井村的时候,他的短头发上落着棉花绒毛;棉袄的袖肘上和棉裤的膝盖上,黑色的粗布面子已经四处开裂,露出一串串棉花套子;满脸扑着黄色的灰土,手指裂着一道道结着黑痂的裂口;从外表上看,俨然是个沿门乞讨的叫花子了。母亲和新媳妇惊愕地睁大眼睛,看着他直挺挺走进院子,不知遇到什么凶事,该当如何是好了。

他端直走进上屋偏门,解开破烂棉袄上的布制纽扣,又从腰里解下蓝布带子,"哐啷"一声扔到炕上,黄灿灿的麻钱和红亮亮的铜元抖撒在炕席上。他这时才一弯腰,吁出一口气坐在炕边的木凳子上。为了防备土匪拦路打劫,他故意撕破棉袄和棉裤,把自己装扮成一个背着褡裢讨饭吃的叫花子了。百余里徒步跋涉,铜元和麻钱硬邦邦别在腰里,腰脊简直都要断裂了。谢天谢地,终于逃过了土匪的眼睛,把一弓一弓弹花挣下的血汗钱带回屋里来了!

老母亲和新媳妇顿然转换出一副惊喜的神色,不约而同地吁出一口气。新媳妇忙着烧水做饭去了。老母亲把散乱的铜元和麻钱整理成串,压到箱子里去了。

按照家规,景荣老五先向母亲问安。一月来家庭的内务和外事没有什么大的跌腾,他放心了。出门在外乡弹花挣钱,睡在这家那家的陌生的炕铺上,他想念刚刚过门的新媳妇,更惦记寡居的老娘。在兵荒马乱的乡村,把两个不能当事的女人撇在家里,他总是牵肠挂肚般地操心会不会遇到凶事呢。

母亲悄悄告诉他,经过对刚过门的新媳妇一月来的实际观察,勤快,孝顺,不抛撒米面,是庄稼院里过日月的可靠人手。更叫老人惊异的是,新媳妇居然能捉着铁锨,把猪粪挖起,从猪圈的矮墙上抛到外头去。她站在猪圈里挥锨挖粪的姿势,强悍而又潇洒,完全不亚于强健的庄稼汉小伙子。景荣老五惊喜地听着母亲乐悠悠的叙说,愈加觉得梆子媳妇可爱了。

美中不足的是,新媳妇有一个令人意料不到的缺点。老人咂着舌头告诉儿子,新媳妇的针线活计太差迟了。这是一般乡村女人的本能呀,她却不会!

"唔……"景荣老五从嘴里拔出旱烟袋,笑眯眯的眼睛里顿时散了光,不会缝衣联袂的女人,对于一个农家来说是太叫人遗憾了,"那……会不会纺线织布呢?"

"不会。"母亲嘬着嘴唇,现出鄙夷的神气,"锅上灶上也不行,连好一点的饭食也做不出来。"

"唉唉!"景荣在母亲面前毫不掩饰地嘘叹起来,"我怎么就遇上了……这号笨熊呢?"

"甭愁,荣娃。"看见儿子灰心丧气的样子,母亲立即反转来宽慰儿子。儿媳妇虽然有令人遗憾的缺陷,她却压根没有弹嫌厌弃的意思,穷人家娶个媳妇容易?"妈十年八年死不了,就不能叫你屁股露在外头,缝联补袂,纺线织布,有妈哩!"

"唉……"景荣又叹一口气,摇摇头,担忧地说:"我能靠你一辈子?"

"赶妈闭眼的时光,就把她教会了。"母亲宽厚地说,"听说她爸死得早,她跟她爷整年在地里做庄稼,倒把女儿家的针线手艺荒废了。可怜人呀……"

"噢……"她的缺陷是可以原谅的,可怜人呀!景荣老五想到早逝的父亲,自己十五六岁就承担起一个庄稼汉子应该付出的全部艰辛,心动了,再不唉叹自己遇到一个笨熊了,问母亲,"她现时还能学会吗?"

"能。怎么不能呢?"母亲和悦地说,信心十足,"我权当是给自家女儿教针线……"

春夜短暂。景荣老五和梆子媳妇亲亲热热睡过一夜之后,第二天一大早爬起来,就赶往渭北弹棉花去了。梆子媳妇不会纺线织布的缺点,他连提说一句也没有。

半月后,下过一场透雨,他赶回家来,该当收摘糟耙留作棉田的空闲地了。河川里杨柳泛绿,麦苗返青,路旁和田埂上,野草萌生了。

从河川的土路上望过去,沟坡下的三角洼地上,一个穿红袄的女人,叉开双腿,踩在耱上,一手牵着套绳,一手抓着黄牛尾巴,正在景荣老五家那块待播棉籽的空地上耱耙哩!那姿势,洒脱得完全像个熟练的庄稼把式。景荣老五惊呆了,远远地瞧着他的不擅长针线活计的梆子媳妇,心里一热,快步奔过去了。

"你……"奔到地头,景荣老五心里涌起一股男子汉的豪壮感情,"你歇下!让我耱——"

梆子媳妇嗔笑着,故意显示似的响亮地呵斥一声黄牛。黄牛加快了蹄脚移动的速度,在景荣面前停下来。她装出嗔怪的神气:"你刚走半月,又跑回来做啥?"

"我要是知道你会耱地……"他笑着,憨厚地笑着,"我怕晒得墒缺了。"

"单是为收墒棉田吗?"

"唔……"

"棉田误不了。你现在放心走……"

"你……"

媳妇瞧瞧四野,静寂无人,猛然搂住他的脖子,亲了一口,畅快地笑着,又跳到耱耙上,扯动套绳,吆着黄牛走了。她自如地站立在耱耙上,任黄牛拽着她前进,她扭腰移脚,保持着身体的平衡,忽然转过头来,甜甜地笑着:"你就坐那歇着,你走了远路……"

他完全可以心地踏实地蹓游到更远的乡村里去弹棉花、挣钱了,不必操心家里那三五亩薄地的庄稼作务了!她倒是有这一手长处!

转眼三年过去了,新媳妇变成了旧媳妇。虽然免不了梆子老太的称谓,但谁也再无兴趣去看她的脸长脸圆了,似乎倒成了一个亲切的称谓;即使她不会女儿针线也早已成为过时的新闻,会像男人一样作务庄稼亦被众人司空见惯,不足为奇了。她像一片普通的树叶夹生在绿叶之中,完全融合在梆子井村的女人窝里,生活着。

这时候,不知谁家女人终于把奇异的眼光从她的脸上转移到腰里——没有鼓起来的迹象。任何一位新娘子被抬到梆子井村的任何一座庄稼院门楼下,少则一二年,多则三四年,那新媳妇就会在奶下吊着个娃娃,在村巷里出出进进。梆子老太过门五个年头了,腹部平平。一个可怕的流言悄悄地又是迅速地传播——

景荣老五家的梆子媳妇不开怀!

母亲早已担着这份心。她心里焦急,担忧,又不便于直问,直到这个传言灌进她的耳朵,才决计不让儿子景荣常年在外乡揽工弹棉花了。宁可日月过得更清苦些,但愿小院里早日听到新生命的第一声啼哭。

景荣老五顺从地回到梆子井,把弹花弓挂到墙上去了,只是在临近村庄里做点零活儿,晚上赶回家来,和他的梆子女人厮守在一起。整整一年过去了,没有任何令人欣喜的征象出现,一切已不再是秘密。

他终于忍不住:"你身子有啥毛病吗?"

她难为情地低下头:"我感觉好好的嘛!"

一家人开始张罗给她治病,母亲顶操心了。景荣请来十里堡镇上的老中医先生,又粜出一石麦子,把钱全部买成大包小包的中药,由老母亲亲手熬成汤水,灌进她的喉咙,却仍不见有丝毫的变化。庄稼人是宽厚的,热心的,一当证实景荣婆娘确凿不抓养娃娃的不幸时,全都变得异常热心关照了,不断地有这家和那家的女人踏进小院来,神秘地向景荣一家举荐灵方妙药,单方验方。红公鸡肉啦,公猪肉的药引啦,外加三五样怪癖的中药啦。老母亲已经开始内心惶恐,日夜操心弹花匠家的后继人大事了。凡有推荐,尽皆一试,不怕花费铜元和麻钱,催促已经有点不大耐心的儿子,到处搜寻购买药物。而她呢?无论把什么灵丹妙药吃进去,仍是依然故我,毫无变化。老母亲急得束手无策,对一切药物神医渐渐失去信心,最后引着媳妇,到近处远处的神庙古寺,求拜起娘娘神灵施子赐福……

她的腰似乎更细,臀部也尖削起来,眼皮和嘴唇更薄了,燕翅骨愈加突出，更趋像一只梆子了。

十余年过去了，景荣老五不能不接受这个既成的事实，遵照母亲辞别这个家院时的临终嘱咐，抱养了别人一个女孩子，继之又抱养了一个男娃娃……总不能绝后哇！

两个不是亲生的儿女和他们组合成一个新的家庭。这时候，胡景荣和他的梆子女人，从他们满意又不满意的生活里扬起头来，聆听一个陌生的名词：解放了……

二　"盼人穷"

由于土地的重新分配，由于彻底干净地废除吸吮庄稼人骨髓的苛捐杂税，由于人民政府颁布发展生产的政令，由于提倡男女平等，尊重女权，由于风调雨顺……梆子井解放后三四年间发生了——首先是经济上随之是精神上——惊人的变化。一幢幢新瓦房在荒园空院中撑起来了，一匹匹高脚牲畜从十里堡集镇上牵回村庄里来了，一个个光棍后生喜盈盈娶回新媳妇来了。梆子井村前的河川里，时时可以听见庄稼汉子粗声豪气的"乱弹"调儿。

景荣老五更是雄心勃发。他对老婆不能生儿育女早已死心，抱养的一双儿女填补了精神上和感情上的缺憾，重要的是新的生活时时刻刻在激发他大干一场的雄心。做梦也想不到的好世道呀！不怕财东欺侮，不怕土匪打家劫舍，不怕拉兵卖壮丁，不怕军马草料捐税……景荣老五心里说，庄稼人现时还操什么闲心呢？啥啥儿闲心也不用操念了！只有一样：劳动生产，过好日月！在这样好的世道里，谁要是过不好日月，还弄得缺衣少吃，就不会引人同情反而要遭到唾骂了。

他分得一亩坡地，半亩水田，连同自家的土地算一起，有五亩地了。他把这五亩旱地和水田的庄稼，完全放心地交给梆子老太去务弄，自己重操旧弓，几乎一年四季都蹓游在熟悉的渭河北岸的棉花产区的乡村里。"嘣嘣嘎——嘣嘣嘎——"光滑的枣木弹花弓,在他怀里弹出流水般的音乐。直到他的腰包胀满,才在夏秋两季收获和播种的时月赶回梆子井村来。他心里有自己的算盘:先攒钱,后置买土地,人民政府的纸制钞票,再不用担心贬值啰!一般庄稼人手里有钱了,总是急于买地。他不急,想想吧,他买下的土地稍一多,梆子老婆就务弄不过了,就要把他的手脚拴到土地上去了,很难出门弹棉花挣钱了。他要攒钱,先盖一座三合院瓦房,住得宽敞舒服,再不必担心阴雨天漏雨滴水了。等到养子长得能扶犁耕地的时候,置田买地,那时他将是一户殷实的庄稼院的主人了。

"各家有各家的打算,咱有咱的计划。"景荣老五把他与众不同的打算,给梆子老太亮了底儿,自信地说,"你只管给咱把家管好,我在外乡弹棉花就放心了。甭看人家做啥!"

第二天,留下一厚沓人民币,交给梆子老太去保存,他背起弹花弓,雄赳赳地走出家门,又走出梆子井了。

收割麦子以前的漫长的春季里,小河川道两岸的乡村里,呈现着农闲时月的和谐景象。锄罢麦子以后,田间就没有什么大的活路了,棉花种得很少,整地花不了多少工夫。男人们各自寻找挣钱的门路,进城做工或者蹿游到外乡卖手艺去了。女人们从纺车下忙到织布机上,准备一家人夏季的衣服和拆洗已经脱下的棉衣棉裤。整个梆子井村,纺车嗡嗡叫,织机哗啦响,和谐而又优雅的农家三月。

梆子老太终于没有学会纺线和织布的技能。阿婆在世时,忙着领她到远处近处的山神古寺里去求神乞子,没有心思教她坐在纺线车前或织布机上学习纺线织布的兴趣了。阿婆去世以后,她只好学会了简单的缝补手艺,勉强可以给景荣老五和抱养的儿女缝制针脚粗放(式样更谈不上了)的衣裤。她家的棉花,只好花工钱请旁的女人纺成线,再织成布。好在景荣老五一身好力气,弹花挣得不少钱,弥补了这个亏缺。

新社会所展示出的新的生活秩序,给梆子井村所有的庄稼人几乎无一例外地带来了好处。经济上开始翻身,人权上再不受保长和财东的欺侮了,梆子井村那几个活得顶窝囊的庄稼人,也敢于走到村当中的大槐树下,笑吟吟地说闲话了。而仅仅在两年以前,这个大槐树下的这块显眼的位置,是保长和财东的领地,穷人们望一眼也要腿脚发抖的。好了,雨后初晴不能下地干活的时候,庄稼人聚集到大槐树下来,说笑逗趣呷闲话,下棋"纠方""狼吃娃",尽兴地玩了。

所有别人能得到的好处,梆子老太和她的男人景荣老五也都得到了。可是……梆子老太不能生儿育女的缺憾却是无法解除的。虽然养子和养女已经高过膝头,毫不生分地唤爹叫娘,总不能融化她心里的那一块冰土地带。虽然阿婆已经过世,她依然忘记不了阿婆领她求神乞子路上的那种怨恨的眼光,令人寒心啊!虽然景荣老五现在雄心勃勃地挣钱发家,她却忘不了他在那几年间对她的冷漠和鄙视。她和人不一样呀!从她对自己也失去生育的信心以后,就自觉低人一头了!她在屋里和丈夫、阿婆说话,有一种无法克服的理屈气短的心情;在村里和老婆婆或小媳妇们说话,也是有一种无法排除的不如人的感觉啊!

这一年春天,发生了一件不寻常的事。

河湾乡许乡长到梆子井村来,在村长胡长海的陪同下,亲自召开了梆子井村的村民大会,选举劳动模范。男人们围坐在大槐树的东侧,女人们围坐在大槐树的西边。妇女们扭扭捏捏,梆子老太则自觉地站在更远一点的地方。不料,快嘴二婶第一个发言,就提出了梆子老太,女人们纷纷表示同意了。新中国成立后政府提倡男女平等,要把妇女从锅头、炕边解放出来,有好些女人听了只是笑笑,仍然心甘情愿地在锅头和炕头周围打转转,解放不了自己。可梆子老太早在新中国成立前就和景荣老五平等了,一样推粪,一样挑水,一样叉开双腿站在糖耙上,抓住牛尾巴耱地……梆子老太当选妇女们的劳模,是当之无愧的。

"黄桂英同志,不简单哩!"乡长问清楚梆子老太的真名实姓,当着全村女人们的面,大声感慨地说,"旧社会妇女受三从四德的层层压迫,出门不敢扬头,进门不敢大声说话,整天围着锅头转。黄桂英同志能打破束缚,参加田间生产劳动,真个不简单哩……"

女人们纷纷把眼光朝梽子老太投射过来,惊奇的,羡慕的,盯得梽子老太不好意思了。她低下头,脸热了,心在咚咚地跳。许乡长的话像一把火塞进她的胸膛,全身都热烘烘的了。阿婆在世时,没有当面说过她什么好话,寡言少语的景荣老五也很少夸奖过她。许乡长——河湾乡十里八村的一乡之长啊,这样的大人物在众人面前夸奖她,她简直承受不了这样的意料不到的光荣呀!

"大家要向黄桂英学习!"许乡长向梽子井的所有到会的妇女号召说,"男子汉能办到的事,妇女也能办到——黄桂英同志已经做出榜样了。"

梽子老太扬起头,许乡长的粗壮的声音在大槐树下飞扬,男人和女人们扬着头,听许乡长要他们向她学习的话。晚霞是明丽的,照在树梢、房脊上,天空多么蓝啊!

"你要发扬成绩,起带头作用。"许乡长侧转过身来,瞧着她,"带动全体妇女,积极生产!"

梽子老太发觉整个会场里那么多男人和女人的眼光,都随着许乡长的眼光集中到她的脸上来了,像突然面对无数只强烈的灯光,不由地低下头……

许乡长临走给村长胡长海安排了几项工作,其中有一项照顾烈军属和孤寡老人的事,村长把它吩咐给梽子老太了,让她发动几个年轻姑娘和媳妇,给这些需要关照的人扫屋、担水,拆洗被褥。她受到村长的重用,满心喜欢地吆集起一帮年轻姑娘和媳妇,热热火火干起来了。那时既不要工钱,也不知道记工分,完全是义务劳动,乡亲情谊。解放了,人和人之间更加亲热了。

刚刚干了一晌,后晌没有人来了。梽子老太挨家沿门去传呼,一个个姑娘媳妇们不是躲开就是支吾搪塞过去。梽子老太有点伤心,这个"带头作用"不好发挥哩……她终于从旁人口里得知,那些姑娘和媳妇,全是被亲娘老子或阿婆禁斥在屋里,不能出门了。原因呢?少跟那个不生养的假婆娘在一起,那是灾星!似乎梆子老太不生育的缺陷也会传染给女儿和媳妇,可怕!

这真是太可怕了!梆子老太身上的热劲儿一落千丈,气得浑身颤抖。怎么办?给人家军属和孤寡户拆洗的被褥,现在还晾晒在绳子上,后响缝不起来,晚上让人家装老虎吗?"带头作用"得不到称赞,反要招人骂了。她去找村长,说明了原委,委屈得简直要淌眼泪了。胡长海一拍桌子,也生气了。这个梆子井村的第一个加入共产党的唯物主义者,强烈地感到了封建迷信思想的浓厚包围,鼓励黄桂英说:"甭灰心丧气!有共产党撑腰。咱能打倒地主、保长,封建脑瓜还怕破不开吗?我跟你一起去动员……"

给军属和孤寡老人的被褥总算在天黑睡觉之前缝好了。梆子老太回到自家屋里,抱着女儿痛哭起来了,眼泪像冒泉一样倾泻出来,浸湿了女儿的衣襟。阿婆死了,梆子井村这么多的女人,还是用阿婆的那种眼光盯她哩!许乡长大声豪气表扬她的话,并没有改变她在她们心目中的位置,还说什么向她学习哩!

她哭得伤心极了。泪水终于流完了,沉重的脑袋里重复着一句话:让别人去"带头作用"吧!黄桂英带不起头呀!她的心里却是平静了。

太阳照旧从东塬上升起,在西塬那边降落。月亮圆了又缺了。春风一天暖似一天,把庄稼人的粗布衣服一层层剥落,有人光着脊梁在河滩里整修稻地,准备插秧了。春天变成夏天了。

梆子老太的眼光不由自主地投注到每一个新来的梆子井村的媳妇身上。她们的针线手艺如何?线纺得细吗?布织得匀吗?当她获悉一个一个新媳妇不仅能缝单衣棉衣,而且会纺线也会织布的时候,常常有一种失望的心情。随之,她更加耐心地等待和观察新媳妇腹部的异常变化,等到确凿看出那位媳妇怀孕的征兆,她就懊丧地转过脸,再也不愿瞧她一眼了,似乎功夫白花了,空等了,枉操了一番心思。

"牛犊的媳妇'有了'!"梆子老太忍不住,给二婶说出自己的发现。

"'有了'就'有了'!"二婶不以为奇。

"真快!结婚才半年……"梆子老太说。

"新社会,男二十,女十八,果子一样熟透了。"二婶快嘴利舌,"只要茬儿遇得巧,睡一夜就'有了'。"

梆子老太立时闭了口,低下头,二婶无意的一句话,又撞着她心里的疤疤了。只要茬儿遇得巧……她和景荣老五睡了几十年,一次都没遇到茬儿上吗?她转过身,回家去了。

"根生媳妇过门八个月……"梆子老太又在街巷里碰见二婶,忍不住说出自己的发现,"八个月……娃娃夜格黑里落草了。"

"我早说过,新社会,男大女也大,果子一样熟透了。"二婶也很得意,"只要茬儿遇得巧……娃娃像在裤带上拴着,解下一个就是……"

"屁!"梆子老太这回不大信服二婶的话,神秘地说,"新社会,婚姻自由倒是好。还没过门,你来我去,怕是带着'肚儿'来的……"

"哎呀!五老太,快不要说这号是非话。"二婶惊吓地瞧瞧左右,"当心根生家里人听见……"说着,张开已经放大的封建脚,仓皇躲走了。

梆子老太暗暗地盼望着,梆子井村娶回一个不会纺线织布,也不能生男育女的媳妇。那样一来,在梆子井这个偌大的世界的一角里,她就会有一个伴儿了,不会显得孤单了。她会在任何人面前抬起头来说,不会纺线织布也不生儿育女的,不单单是我一个……可是,她耐着性子暗暗观察了娶回梆子井村的每一个媳妇,人家都会缝衣纺织,而且比赛似的一个比一个生得快。一次又一次失望,简直叫梆子老太妒恨起来了。

终于,梆子老太观察到了一个有希望的目标。

梆子井村的胡学文,在十里堡镇上的小学校教书,很受人敬重的,这是小小的梆子井村的庄稼院里脱出的第一位先生,有文化的人呀。他恋爱了一个媳妇,结婚三年了,那女人仍然不见"有"的征兆。梆子老太于是推测到,教员胡学文之所以能不花彩礼拣便宜自由来一个媳妇,正是她有这个可怕的毛病,才甘愿让他"自由"。

　　梆子老太抑制不住这个重要发现的兴趣,凑到二婶跟前,还没开口,二婶已经借口躲开了。这个嘴快却又胆小的老婆子!

　　"你看出没?学文媳妇不开怀……"梆子老太又凑到年轻的根生媳妇跟前说。

　　"你怎么知道呢?"根生媳妇问。

　　"三年了,没见肚子有啥动静。"梆子老太说,"要是能生,早该生了,新社会结婚年龄大……"

　　"你把宝纳到空里去了!"根生媳妇笑着说,"人家两口子商量好的,自己不生。"

　　"那能由得人么?"梆子老太不屑地撇着嘴,"能生的不想生不由人,不能生的想生也不由人。"

　　"人家文化人,能得出奇!"根生媳妇神秘地说,"那小两口……避哩……"

　　"能避得过么?"梆子老太咄咄逼人地问。

　　"听说……学文戴着……橡皮套儿……嘻……"

　　"哈呀!天上的事!"

　　梆子老太头摇得像个拨浪鼓,嘲笑年轻的根生媳妇竟会相信这样荒唐可笑的什么橡皮套儿的事。不能生养的学文媳妇,为了遮丑,为了护短,居然放出男人在那东西上戴橡皮套子的烟幕来,她才不信哩!她头二三年里没有怀娃娃的时候,阿婆为了遮丑也给人家说,那是景荣长年在外乡弹棉花,遇不上茬儿……

　　农业社社长胡长海在给锄麦子的女人们宣布歇息的口令以后,梆子老太刚刚坐到大渠沿的白杨树下,教员胡学文的妈妈手里提着小锄走过来,开口就问:"老五家的,我问你,你凭啥说俺媳妇不开怀?哎?"一开口就能冲倒人,全是一派闹事的架势。

"我……"梿子老太猝不及防,口语短涩,无言应对,支吾说,"我也是……操心学文媳妇……"

"谁家媳妇要娃不要娃的事,要你操心?"学文妈妈寸步不让,直逼不退,"你操心你自个去!"

"我……"梿子老太退躲不及,又被揭着了短处,无力辩白说,"我真是……好心……"

"好心留给自家用!"学文妈妈毫不领情,一味进攻,"我看你是'盼人穷'!盼得人家跟你一样,不会织布,不会要娃娃。"

梿子老太彻底败阵,羞辱得难以还口。好在社长把学文妈妈拉扯走了,渐渐平息下来。锄麦的妇女们不作劝解,反倒仨人一堆,五人一伙,窃窃议论:

"嘴长话多!你管人家要娃不要娃的事做啥?"

"她不会要娃,也盼人家不能要!"

"嘻,'盼人穷'……"

……

昏黄的煤油灯光里,景荣老五坐在木凳上,把工分本本交给女儿,让她代替爸爸到队办公室里去记工分。他早已挂起那把弹花弓,在农业社里挣工分了。支使开已经懂事的养女,他开始询问梿子老太和学文妈妈犯口角的原因。她说自己平白无故受人家欺侮,竟然流下委屈的眼泪。他静静地听完,不动声色,没有丝毫暴发起来去和学文妈妈雪耻的火气,反而平静地劝诫说:"农业社里大帮人马干活儿,人多嘴杂,一句闲话出口,立马传得满村都知道了。咱只顾做活,甭说长道短。"

没有得到男人的支持,也没有遭到训骂,梿子老太倒也心安。景荣老五把弹花弓搁到木楼上去了,灰土已落下厚厚的一层;他的弹花技术不得施展,手里也短缺了活便零钱,常常郁闷不乐;对梿子老太招惹的是非,不管有理没理,他都烦腻。梆子老太根本没指望这样的男人为她撑腰壮胆,寻到学文家门下去干仗。

景荣老五继续说:"社长派咱做啥活儿,咱就干啥活儿;只做活儿,甭多嘴……"

梆子老太把简单的饭食摆到男人面前,不应诺也不反对他的处世方式,心里却觉得闷气,眼前似乎浮现着学文妈妈恶气逼人的眼睛,耳朵里响着那些偏向学文妈妈的议论……盼人穷……

盼人穷,是梆子井村庄稼人对那些嫉妒心特别强烈的人的贬称。自己无能,盼别人也无能;自己受穷,盼旁人比自己更穷;自己倒霉,盼别人更加倒霉……这是一个令人鄙夷的雅号,居然随便安派到梆子老太头上来了!

像是故意给梆子老太示威似的,教员胡学文的媳妇,没过一年,果真生下一个娃娃来,足见根生媳妇说的"避着"的话是实事了。梆子老太想在梆子井村盼得一个伴儿的希望彻底破灭,看来继有的希望也很渺茫,也就没有耐心再去关注谁家媳妇迟"有"早"有"的事了。她的兴趣,随着生活的突然变化而迅速转移了……

三 艰难时月

越来越困难的生活,使梆子老太的眼睛从梆子井村女人的腰部转移到别人手中端着的碗里。

说不清从什么年代形成这样的习惯,梆子井村的农民,一年四季都在街巷里吃饭。冬天,围蹲在向阳的墙根前;夏天,坐在浓厚的树阴下,吃着饭,听着闲话,舒适而又闲逸。这种习俗,即使在以瓜菜代替主粮的艰难时月里,仍然不改。一人一碗稀溜溜的包谷糁糁,拌就着萝卜叶儿、雪蒿或是红苕叶子窝成的酸菜,香喷喷地喝着,嘻嘻哈哈地说着笑话。

"哈!妈的脚!稀糁子越喝肚皮越大……"

"你要是连着吃一月肥肉,保险越吃越少!"

"肉?哈呀……听说全都给黑豆小豆(赫鲁晓夫)坑去了……"

"唔……他们那儿净出产豆子……"

这些背负着国家沉重困难压力的庄稼人,满脸菜色,有的因为营养不足而浮肿了,可是依然在说笑。

梆子老太端一碗糁子,站在一边,有滋有味地喝着,似乎在听闲话,眼睛一转溜,就瞅遍了在场的男人女人手里的大碗或小碗,谁家锅里的稀稠,尽都一目了然了。

"差不多,一样稀。"她心里说,可见家家的日月一样艰难,原本就是从一杆秤下分得同样标准的口粮嘛。偶尔也能发现某人端了一碗面条,她无法抑制羡慕的心情,嘴里的舌头就像梆子一样敲响了:"啧啧啧!你家还有白面吃?我屋仨月没动擀杖了……"

梆子老太家的日月似乎更艰难,一家四口,都是大饭量,两个孩子正是吃饭长身体的年龄,粮食越紧张,娃儿的饭量似乎增加得越快。她虽然腰细,饭量却不小。一顿饭做熟,总是先尽两个孩子吃饱。只有景荣老五似乎伸缩性很大,看着锅里多了,他就再盛上半碗;看着锅里所剩不多,就把烟锅点着了。他是四口之家里首先浮肿起来的。梆子老太看着男人黄肿透青的脸孔,心里难受,又拿不出什么吃食给他偏补一下。听说一般浮肿不会要命,她也就放心了,因为梆子井村有少一半的男人和女人都发生了这种奇怪的病症,多了则不奇嘛!

这天晌午,梆子老太及时出现在自家街门外边的"老碗会"上,左邻右舍的大人娃娃都围聚在这里,借着门外那一排高大的梧桐树的阴凉吃饭。大热天了,仍然是清一色的包谷糁糁,没有发现新的饭色花样。梆子老太本来心里很平静,有心或无心之间,却发现饭场上缺少了胡三恒一家的成员,大人不在,小孩也没见一个,而三恒和他婆娘是梧桐树下的老碗会上最可靠的会员,几乎天天顿顿必到,又是能说会呩的受欢迎的角色。怎么回事呢?三恒一家干什么去了呢?梆子老太动了好奇心,大约是吃什么好饭,怕人知道,躲在屋里不敢出门吧?她端上饭,三跷两跷,已经走进三恒家院子串门子去了。

院里悄静无声,梆子老太愈觉神秘,一直朝上房里屋走去,朝侧旁的小灶房里一探头,冰锅冷灶,未见烟火。她好生奇怪,直到跨进里屋门槛,这才看见三恒老婆怀里搂着孙子,眼泪拍洒,三恒老汉蹲在屋角的矮凳上抽着闷烟,对门是儿媳妇的住屋,隐隐传出压抑着的啜泣声。这一家老少闹仗了吗?梆子老太想,乡村里公婆和儿媳闹仗以后,通常就是这种冰锅冷灶的别扭局面。

"咋咧?"梆子老太疑惑地问。

"嗨!明娃前日就去买粮,该是昨日回来。"三恒老婆诉说,"到现时还不见回来……"

梆子老太一听就明白了,买粮的明娃至今未回,三恒家等米下锅,现在断了顿儿了。

"那咋能成?"梆子老太不满意地说,"大人抗住一顿两顿不吃,也罢咧!娃儿不行呀……你该是先借下,吃了这顿饭,明儿买回粮来再还也成嘛!"

"而今都艰难哩!"三恒老婆说,"不好向人家开口……"

三恒老汉是个硬性子,老婆也是个好强的人,不愿意向人低头告借哩?梆子老太听着明娃媳妇在小屋里的叹息,看着三恒老婆怀里哭闹的小孙孙,她的鼻子酸了,不忍心再问什么了,立时转过身,跷过门槛,走出去了。

三恒老汉一锅旱烟还没吃完,梆子老太又跷进里屋门槛来了,手里端着一大碗包谷糁子。她的脸上是一派仗义的气势,大方地说:"先去熬了,一家人喝上一顿,明娃回来就好办了。人不吃饭咋能成嘛!"

"哎呀!五老太……"三恒老婆放下孙子,慌忙接住盛满包谷糁子的大粗瓷碗,动情地说,"你真是好心人哩……"

"咱们亲邻近门的,谁不用着谁一点……"

"明娃买回包谷来,立马还……"

"说那么生分的话做啥?"

……

没过半月,又是午饭时间,梧桐树下又聚集起吃饭的男女。梽子老太忽然发现,木匠王师一家没有一个成员出席老碗会,也是揭不开锅了吗?因为电通到小河川道,机械弹花代替了手工弹花弓,景荣老五祖传的那把被爷爷和父亲的手磨得紫红溜光的枣木弓,永远挂在木楼上的南墙上,不能出世了。可是,木匠王师却挺红火,政府颁布了"六十条",王木匠可以背上刨子锯子蹿游四方,挣得比梽子井的劳动日价值高过十倍的收入,生活比一般死守农业社的笨汉们好多了。他们家里没有人浮肿,脸色红润,怎么会断顿儿呢?

她向来轻脚快步,一脚踏进王木匠家洁净的院子,一缕奇异的香味弥漫在空气中,钻进鼻孔。这种香味,对于长年累月不断装进瓜瓜菜菜的胃,具有不可抗拒的诱惑力。梽子老太想到猪肉的那种无可比拟的味道,大约整整两年没有沾过了。

梽子老太一脚踏进里屋,自己先愣呆了。王木匠一家老少围着四方木桌,筷头上挑着白生生的麦面饺子。天爷爷!旁人连稀糁子都喝不饱肚子,木匠王师居然吃大肉饺子……

木匠一家也有点惊异,一齐转过头来。木匠婆娘眼里转过一丝勉强的笑意,礼让说:"五老太,吃碗饭——"

"不啦!我来借……"梽子老太早已感受到一家大小讨厌的眼光,随口编诌出要借什么家具的话,装出无意间打扰了他们吃好饭的样子,一边往后退着,"算咧!不借了……"

"啊呀!狗娃妈,人家王木匠今晌午吃大肉饺子……"梽子老太半是惊奇,半是嫉妒,逢人便说出自己的发现。在严重的荒年饥月里,一顿大肉饺子,不仅使梽子老太惊倒,确实使一切处于饥馑状态中的庄稼人惊倒了。不过天黑,小小的梽子井村,人都知道木匠王师家吃了一顿令人口馋的饺子了。

没过一月,正值夏收前夕,庄稼人最困难的关口上,人民政府给梆子井村批调来为数不多的救济粮,社员们早就翘首以待了。

支书胡长海和大队长胡振武从公社开会回来,召集起社员会,说明上级对这些粮食的分配办法,是重点解决困难户,不能搞平均分配,因为数字确实太少了。在国家处于严重经济困难时期,干部们表现出严守党纪国法的高风亮节,为国家抵抗困局,他们很民主地把这批粮食的数字交给社员,让大伙民主评议,好把粮食分配给急需救济的人家。胡长海和胡振武则声明,他俩一斤也不要,好多人感动了。

尽管这样,评议的结果,仍然不能避免撒胡椒面的偏向,没有办法,需要救济的户数实在太多了。好多人申述困难的时候,鼻涕眼泪当着众人抹。梆子老太也被评为救济户。她哭得也很伤心,一把鼻涕一把泪,而且要众人去瞧景荣老五浮肿的脸色,证明她不是有毛偏装秃子。

因为干部和党员们表示出高姿态,本来容易出现纠纷的粮食分配工作进行得很顺利,一次会议就定了案。有点意见的人,碍于干部们的无私行动,也说不出口,就那样随合了众人。

木匠王师的老婆也提出了申求,没有获得众人的赞同,救济户里挂不上名了。其中很重要的一条原因,是在这样严重的饥荒年月,竟然敢于吃饺子,太浪费了!木匠的婆娘再三解释,说是她的娘家哥哥从甘肃来了,至少十年没见过面了,才破费给重要的亲戚浪费了一回粮食,而且说明饺子里包的全是萝卜叶儿……无济于事,总是饺子嘛!

连夜开仓分粮。梆子老太背着小半袋麦子,从仓库里走出来,心里踏实极了。有这半袋子,可以凑合到新麦上场了,应该给景荣老五改善一下伙食,他才能恢复一下体力,夏收活儿重呀!

走过街心十字,再走到木匠王师家门前,明亮的月光下,木匠的婆娘从门外的茅厕里站起身来,双手结着裤带,跳出茅厕,转脸开口就骂,像是早就等待着她:"你狗日现时分粮哩!你害得俺一家……"

梼子老太一听,明知骂自己,心里却发憷,木匠老婆没有拿到救济粮,恨自己不是没有原因的……她低了头,加快脚步,避一避也就过去了。

"你狗日是特务!你监视东西邻家……"木匠婆娘已经结好裤带,对着梼子老太的脊背骂,"你狗日盼人穷,盼人死……"

梼子老太避不过了,放下麦袋子,转身站住,回骂道:"你是狗日的!你没拿到救济粮,猴急了吗?"

"给我我也不要!"木匠婆娘气壮地说,"俺屋天天吃肉圪垯,你狗特务来打听……"

"你拿不上救济粮,是社员会决定的。"梼子老太也不示弱,跨上两步,"你狗日骂我,瞎了眼了……"

胡长海听到吵骂声,赶过来,问清缘由,批评了木匠老婆几句,推着梼子老太走了。

梼子老太虽然在道理上没有输,但并没有因此提高她的威望。木匠王师家因为吃了一顿饺子而丢失了得到救济粮的机会,使梼子井村的家庭主妇全都提高了警惕性儿:当心梼子老太来串门!严谨的内当家们开始限制男人和孩子到街巷里去吃饭,永久在自家屋里就餐,梼子老太总不至于一天三顿来检查吧?这样,梼子井村的习俗开始转变,热闹的梧桐树下的老碗会,逐渐变得冷清而又寂寥了。

"五老太,你瞅,我喝的包谷糁子,够稀的咧!"胡二老汉把碗伸到她面前,戏谑地笑着,"咱不怕谁看咱碗里装的啥饭!"

"报告五老太——"狗娃也跟着把碗伸过来,"我也喝的是糁子,原料是包谷。请检查——"

梼子老太顿时臊红了脸,说不上话来。她成了什么人呢?给木匠王师不分救济粮,是社员会上民主评议的,干部拍案决定的,大伙为啥这样对待她呢?梼子老太一肚子冤情。

景荣老五看着别人这样不尊重自己的婆娘,脸上像挨了鞋底,气得端起碗回到屋里,再不到梧桐树下乘凉吃饭了,也狠狠地禁斥梼子老太,不许到老碗会上去,更不要在人家吃饭的时候去串门子。

梛子老太在屋里寂寞地吃饭,三五天后也就习惯了。听见钟声,她捞起锄头或铁锨就去上工,工分是不能不挣的。走到村口,碰见莲花,她按照乡村人见面时的礼仪随便问:"吃饭了没?"

"吃了。吃的大肉白米饭。"莲花高喉咙大嗓门,连珠炮似的数说起来,"昨日吃的肉菜米饭,今日吃的米饭肉菜,明日还是……"

"莲花,你这叫作啥?"梛子老太受不住这样的奚落,脸孔煞白,"随便招呼你一句话嘛!"

"我知道你爱打听,就自动给你汇报。"莲花嘻嘻哈哈笑着,全不把比她长两辈的梛子老太放在眼里,肆意挖苦,"让你眼红,让你嘴里流涎水,让你盼人穷……"

梛子老太真想破口大骂,无奈莲花却嘻嘻哈哈笑着,自己又不好翻脸,想想闹腾起来,别人明知莲花无理,却不会同情自己,也就忍受了这辱践的话……哎嘘!

四 真成了一种毛病

困难的局面没有延续多久。三年没过,梛子井村像一个被突发的霍乱击倒的壮汉,亏损的机体逐渐恢复,又显出生命的活力。没有人再为三五十斤救济粮而在众人面前抹鼻涕眼泪了;王木匠家的一顿饺子,再不会引起任何人的妒羡,以至闹出纠纷了,属于一种很普通的面食花样了……作为梛子井从严重困难之中完全恢复丰衣足食的标志,社员胡振汉首先在梛子井村撑起三间新瓦房来。

梛子井村东头,胡振汉扒掉了居住多年的窄小而又破烂的两间厦屋,盖起三间新房,青砖红瓦,新式开扇的宽大门窗,竖立在左右那些旧式厦屋的建筑群中,宛如一个风韵韶华的姑娘亭亭玉立于一堆佝偻驼背的老太太之中,更衬托得出众显眼。几天来,男女乡亲赶到了村东头,仰起头,参观赞叹一番,向胡振汉夫妇表示热心热肠的祝贺。

庄稼人啊！过了多年集体化生活，再不讲置买土地啰！三大心愿就只剩下盖新房和娶媳妇这两件大事了。他们拼命挣钱，攥紧拳头攒钱攒粮食，盼望在自己的有生之年里，撑起一幢宽敞的大瓦房来。他们对于旁人勤俭操持日月所积攒下的令人眼热的成果，由衷地表示羡慕和钦佩。

梆子老太也到村子东头来参观了。她来的那天，涌涌而来的势头已经过去。她原不想来参观，怕胡振汉两口子又犯疑，在家忍耐了两天，还是不能排除那新房的诱惑。别人都能去看，自己为啥不能呢？胡振汉家和她住得相距甚远，没有利害纠葛，那两口子人又厚道老好，看看怕什么呢？她心里提示自己：只用眼看，不动嘴说话。她随两三个女人一起走进新房跟前，眼前豁啦一亮，红色的机制大瓦在阳光下闪亮放光，红砖顶柱，白灰勾缝，这无疑是梆子井村顶漂亮的一座房屋了。

同来的那几位女人，在新房前和振汉婆娘说笑，讲恭维话，说他们夫妻能吃得苦，能节俭过日月，盖起这样好的房子，太不容易了。不听这样的恭维话则罢，越听越使梆子老太心里不服气，她努力使自己保持脸面上的平静，心里却嘲笑那些说着廉价的恭维话的女人们，太不晓得世事了。梆子老太心里再清楚不过——

前年春天，政府发布了"六十条"，准许社员开荒种粮食的政策一宣传，振汉两口子就扎进小河中间的荒草滩里，弯着腰，撅着屁股开荒，接着就栽下了红苕秧儿。这是河水分流改道以后，在两股流水之间逐年淤积起来的一片孤岛。

"河滩地不成业产。"有人劝振汉。

"再好的庄稼，招不住一场洪水。"有人断言。

"我是碰运气哩！"胡振汉笑笑，态度平和，"碰不上大水，收一料算一料；碰上大水冲了，拉倒。我不过摊了几个秧子钱，汗水不算成本！"

那终年荒芜的沙滩上,涨水里携带的腐枝烂叶,层层淤积,倒很肥沃。红苕的叶儿黑油油地发亮,稠密的藤蔓覆盖了沙滩,三亩大的一片,该收获多大一堆红苕呀!好多人站在村口的场塄上,眺望河石粼粼的沙滩上的那一片绿洲。要是躲过了洪水,振汉就该发财了。

胡振汉也鬼得很,不等秋收,早早地割去青绿的叶蔓,挖收红苕了。秋收开始前的整个半个多月时间里,两口子天不明起来,在薄雾笼罩的河心里开始挥动镢头,直到天黑,拉回一车又一车红溜溜的红苕来。三亩地的红苕刚刚收获完毕,一场预料中的洪水从那块绿岛上齐刷刷漫流过去。梆子井村的庄稼人大声惊叹胡振汉神机妙算,运气真是太好了!甚至有人传说振汉天天夜晚星齐以后给河神烧香叩拜,才得到河神的保佑云云……不管旁人怎样说,胡振汉可是冒了一身冷汗,整整睡了三天三夜。

那两口子也真诡!他们挖下红苕,顺手用蔓叶盖住,害怕过往小河的人看出红苕堆子的大小。等到天黑,借着星光,用架子车拉回村里来,一般社员已经扯起了鼾声,谁也估摸不清究竟收获了多少红苕。可是,胡振汉两口子却无论如何也没有料到,就在他们喘着粗气,把装满红苕的架子车从塄坎下的漫坡道里拽上村子的时候,村边榆树阴影里,站着梆子老太,义务替他们计数,累计下一个确切的数字:四十一车……

梆子老太从胡振汉家观赏新房回来,走过梆子井村的街巷,心里十分鄙视那些向振汉婆娘尽说恭维话的女人。她们糊里糊涂地恭维她勤俭持家过日月,盖起这样排场的三间瓦房太不容易了。屁!梆子老太心里清楚不过,那四十一车红苕,现在变成砖、瓦和木料,撑起在梆子井村东头了!这些糊涂的女人们难道忘记了?刚刚过去的三年困难时月里,市场上红苕的销价是一元人民币买三斤……不过,直到梆子老太走进自己的院子,也没有跟任何人说出自己的发现。可以藐视那些糊涂的女人,她却不便说出自己的发现。政策鼓励社员开荒种粮,胡振汉没有什么错处,自己说出来,不是正好应了"盼人穷"的绰号么？

……

梆子井村风景幽雅，却显得偏僻，也许那幽雅的自然景致正得助于地理位置的偏僻。偏僻造成村庄的闭塞和文化的落后。所有居民以务弄庄稼为祖传之事，仅有的一户地主也是属于土财东。地主分子胡大头也不过完小毕业，只会记账和春节时给大门上写一副歪歪扭扭的对联。庄稼人中，多有一些木匠，泥瓦匠，弹花匠和打土坯的手艺人，而有文化的人向来稀罕，几乎绝无仅有。

前头已经提到的那位小学教员胡学文，是新中国成立后梆子井村出现的第一位教书的先生。在整个公社已经相当庞大的中小学教员队伍当中，他是一位很不起眼的小学教师，只读过师范，毕业后自动要求到自己偏僻的家乡来执教，可是在梆子井众多的不识字的庄稼人眼里，他简直是一位和孔子不相上下的大圣人哩！

这位圣人也真是出奇，在梆子井村占取了太多的"第一"。第一位文化人。第一个自由恋爱而引回媳妇的人。第一个使用避孕工具，不仅使闻所未闻的庄稼人兴味十足地嘻嘻议论，而且使梆子老太闹了一场结局很不愉快的笑话。更稀奇的是，近日他在什么报纸上发表了一篇文章，报社把一张十九元钱的汇款单寄到梆子井村来。这件新闻，霎时轰动了全村。十九元的汇款单，数字虽则不大，却压住了胡振汉新建成的三间大瓦房的新闻。胡振汉夫妻凭出笨力盖瓦房，梆子井的任何一位庄稼汉，只要运气顺，都可以办得到。而胡学文笔杆一摇，就有汇单飞来，梆子井村哪一位能办到呢？真是稀奇的圣人！

梆子老太一时弄不明白，写什么文章挣钱？她活了四十多岁，听都没听说过。没听过的事，自然就稀奇，就惊异，就得赶到人窝里去听，去问，搞得明明白白。一当她听得多了，问得明了，反倒更稀奇，更惊讶了。天老爷！世界上竟然有这样美气的好事！二两重的笔杆捉到手里，坐在凉房子里头，不晒日头不淋雨，写划一篇文章就挣钱，太祐了哇！听说不过是鞋样儿那么大一块文章，居然就值得十九块。十九块该买多少红苕呢？又听人说，学文给人说他只写了三个晚上；三个晚上挣十九块，那么一月呢？一年呢？世上有这样轻松易便挣大钱的事……

"没看出，这娃子真是块料！平日看起闷腾腾的样儿，倒是哑巴吃洋蜡——内里明！"有人说，兴趣也很高。

"有内才的人都是这个样儿，外表上并不张狂。"有人说，"这倒好，咱梆子井真是出圣人了！写文章，自古都是圣人才能做的事……"

"写文章挣钱，公家月月还给发工资吗？"梆子老太插上嘴，不介意地问。

"那当然发哩！"有人瞅一眼她，疑惑地说了一句，就闭了口。

"那……真好！一马备双鞍。"梆子老太装出替学文高兴的神情，不过太做作了，"可甭只顾写文章挣钱，把娃儿们的念书给误了……"

"放心！"有人随口说，"学文教出的学生，考中学年年考中的人最多。"

"听说他写文章，用公家的纸，公家的笔，连墨水也是公家的。"梆子老太终于控制不住，把心里的不平一下子全说出来，"挣钱连本儿都不摊！"

正在说着闲话的人，一齐哑了声，互相挤眼努嘴，忽然明白了什么似的，意识到可能会因此而牵扯到是非里，纷纷走散了，只留下梆子老太站在那儿。

初冬的夜晚，寒气袭人，天又黑得早。梆子老太一人站着无聊，也就回到家中。十里堡小学校长来家访，和景荣老五坐在方桌两边，交谈他的儿子在学校念书的情况哩。梆子老太和校长打过招呼，就收拾起晚饭，摆上桌子。校长说他已经在学校灶上开过晚饭，只喝水而不动筷子。梆子老太热诚地礼让再三之后，也就不再勉强，坐在一边，插嘴问："校长，你看咱那娃子，念书灵不灵？"

"灵是灵着哩！是个聪明孩子。"校长笑笑，诚恳地说，"只是有点荒。"

"文章写得咋样?"梆子老太问。

"还可以,作文还不错。"校长回答,"比起来,这孩子算术学得更好些。"

"你教咱娃好好写文章……"

"小学阶段打基础,要全面练习……"

"我想叫娃长大写文章,又轻松,又干净。"梆子老太说,"俺村的学文……"

"噢呀!"校长一听就笑了,不过绝没有嘲笑的意思。他自新中国成立以后就在乡村小学任教,熟知庄稼人盼子成龙的普遍心理,并不奇怪,笑着说,"那首先得看孩子爱不爱哩!"

"叫他爱他就会爱。"梆子老太不以为然,"这样的好事,他怎会不爱呢?"

"咱娃恁小,咋能写文章嘛!"景荣老五早听得不耐烦,就打断梆子老太的话,斜溜了她一眼,意思是:甭说没神儿的话了!

"哈呀……"校长眼里浮出一缕说不清不必再解释的超然神色,打着哈哈。景荣老五也不好意思地陪着校长干笑着。

"好! 正好校长也在这儿——"门外有人气冲冲地说。人尚未进屋,声气却冲进来了。梆子老太一回头,教员胡学文的母亲刚好跨进门来。

"五老太,你给俺学文满村扬风,说俺娃是一马备双鞍,吃官粮放私骆驼……"学文妈妈连一句客套话也不说,直来直说,"校长,你是学校领导,你凭实际说,俺学文教书教得……"

校长眨着眼,摸不清头绪,搞不明白原委,却准确地预示到要被牵扯进一桩是非里去了。他只管笑着,不作正面回答。

"我啥时候说过?"梆子老太一口回绝,"你听谁给你挑唆?"

"你在村子西头说了,又在村子东头说。"学文妈妈强硬地说,"你说俺学文写文章挣钱,连本儿也不摊!"强悍精明的中年妇女,经济宽绰,向来不受任何人一句闲言,岂把梆子老太放在眼里。说着,她从腰里拉出两张纸,连扇带摔地铺展到桌子上,"校长你看,这号格子纸,是不是你们学校的?"

"甭急,也甭躁嘛!"校长瞧一眼桌子上的稿纸,不做裁判,只顾息火,"没关系!没……"

"前几年,你说俺学文媳妇不开怀……"

"算哩!我给你赔不是。"景荣老五早已忍受不住,要不是有校长坐在当面,他会狠狠地骂一顿招惹是非的老婆。他按捺着性子,给学文妈妈赔笑脸,"算咧!你是明白人,甭跟那个黏糯子一般见识……"

在景荣老五的笑脸陪送下,学文妈妈总算走出门去了。校长也再无兴趣坐下去,起身告辞了。

"你不说长道短,由不得你么?你不播弄是非,也由不得你么?"送走校长,转回屋来,景荣老五的火气爆发了,"我给你说过多少回了?咱们过自家的日月,甭管人家七长八短的事,你记不住么?你一天招惹是非,让我也跟上受人辱践……你丢人不知深浅!"

梆子老太低下头,洗涮锅碗,一句不吭。和景荣老五过日月二十多年,她已习惯了当面遵从。尽管景荣老五不是那种架子大、家法严的男人,可是她怯他:虽然景荣老五从来没动过她一指头,她仍是怯这个不常动火的男人。在屋里,凡事总要先征询他的主意;偶尔发生的矛盾磕牙中,她总是自觉地作出让步。这种局面形成的原因,只有她心里明白:自从确切知晓自己不能生养儿女的可怕缺陷——可怕就在于无法弥补——以后,她就觉得失去了和男人争高论低的气力。

她低头洗碗涮锅,一任景荣老五发一通火,完了也就没事了。她的多言招引来学文妈妈闹事,又恰逢十里堡小学校长这样有身份的体面人物在当面,理该让男人发泄一番。她开始问自己:错在哪儿咧?果真得下了一种难于改易的毛病了吗?她下狠心往后再不说长道短……这回刺激太深刻了!

可是,晚了,于她的声誉已经毫无补益。她的人格和乡誉降低到十分糟糕的地步。男人们不屑一顾这个多嘴多舌的女人；女人们和她碰个照面，斜眼咧嘴地走过去，不予搭理；娃娃们唱歌似的喊着"盼人穷"的绰号……梆子老太简直觉得在梆子井村活成了独人！

但谁也料想不到，连梆子老太自己做梦也不曾想到，一场连一场席卷梆子井村的旋风，居然把她从众人蔑视的龌龊角落里哄抬起来，搁置到梆子井村特殊显要的位置上，造成了她一生中的鼎盛时期……

五　梆子声声里

历时半年之久的"四清"运动即将结束的时候，梆子老太当上了梆子井大队新成立的贫农下中农协会主任。

驻梆子井大队"四清"工作队队长把这一决定解释得合情人理："盼人穷"属于什么性质的矛盾呢？如果拿黄桂英同志在运动中揭露的两件大案（暴发户胡振汉和写反动文章的胡学文）来看，那正好是她阶级觉悟高的铁一般的例证。这样的"盼人穷"，好得很！

梆子老太不是蓄意谋政谋权的阴谋家，只是在工作队队长"扎根串连"来到她家访贫问苦的时候，征询她对梆子井村现任的两位主要领导人胡长海和胡振武的意见的时候，她说她在梆子井村受欺压，受孤立，无意间说出了胡振汉在河滩种红苕而后盖新瓦房的事，又说出胡学文妈妈寻上门来骂她的事。工作队队长严肃地听着，在本本上记着……胡振汉在国家困难时期高价销售红苕，是新生的暴发户，新盖的瓦房予以没收，改作青年俱乐部了。胡学文的文章经过剖析，是攻击性质的毒草，建议县教育局处理，因为胡学文的行政关系属于教育系统。平心而论，梆子老太当初躲在榆树下，记下了胡振汉夫妻从河滩收获回来的四十一车红苕的数字，并非为后来进行的"四清"运动准备材料，她当初仅仅出于某种过分的好奇心，想得知胡振汉夫妻的家底机密。想不到，"四清"工作队队长正需要这样的人证和物证……

梆子井村的贫农下中农接受了这样的决定,选举会上一律给梆子老太举起了拳头。人人心里明白,工作队队员们口口声声说:"要依靠贫下中农",实际呢?事事处处贫下中农得顺着工作队说话;要不,小心挨揍!

作为这件本来难于接受的事实的基础,前任梆子井大队队长胡振武戴上地主分子帽子了,天天早晨在街巷里扫街道哩!这样意料不到的事变成实实在在的事实,那么梆子老太荣任贫协主任,就几乎是顺理成章的事了。一切无须追究它的合法性和合理性。意想不到的事太多了,整个中国正进入一个几乎天天都在发生使人意料不及的奇怪事情的时期。

与梆子老太荣任贫协主任这件事相映成趣的是,"四清"工作队队长自己顷刻之间垮台了!

宣布梆子井大队各级各部门新的领导人名单的社员大会正在进行,工作队队长刚宣布了贫协主任黄桂英的名字,一辆大卡车从村西大路上开进村子,一直驶进街心十字的会场。车上跳下十几个男女,一律的黄军装,一律的红袖筒,不由分说,把工作队队长扭胳膊拽腿地架抬起来,扔到汽车车厢里去了。梆子井村正在开会的男女社员吓呆了,这位三句话不离"革命"的老同志,怎么一下子……梆子老太也吓得脸黄如蜡,双腿颤抖。

"这是我们单位的'走资派'!'三反分子'!"一个中年人站在汽车上,向惊惊吓吓的梆子井社员宣布说,"欢迎贫下中农和我们一起造反……"

汽车卷起滚滚尘烟,开出村去了。

现在,谁也说不清工作队队长宣布的干部人选还算不算数儿?梆子老太一次也没有行使贫协主任的职责,梆子井村也已被派性斗争搅得混沌一片了。

在激烈的口号和怕人的枪声中,梆子井村老成胆小的庄稼人缩在炕头上,度过了解放十八年来第一个兵荒马乱的春节。农历大年除夕的夜里,梆子井村背后的南塬上枪声彻夜不息。两大派交战,枪声代替了鞭炮,家家关着门,提心吊胆地捏着饺子……老干部被"四清"工作队斗垮了,新班子在武斗中自动解散了,麦子没有施肥,也没有冬灌,夏收收什么呢?日子怎么过呢?谷雨节气已经过了……

两名年轻的解放军战士来到梆子井,采取强硬的又是应急的措施,不管两派组织怎样表白自己如何敢于革命和造反,都得接受梆子老太的领导。在农村,贫下中农是领导一切的。两派各出两名代表,组成五人临时领导小组,贫协主任黄桂英任组长。

一枚刻着梆子井革命领导小组字样的印章,由解放军战士郑重地交托到梆子老太手里。已经交近五十大关的梆子老太的心里,一阵喜,一阵愁,忧喜交织,手也颤抖了。这是权力的象征。代表梆子井势不两立的两派头头,挖空心思想把这枚用红绸包裹着的印章攥到自己手里。解放军战士没有上当,双手交给她了。她怕因握有这个印章而招致祸端,心里怯得慌慌。解放军战士鼓励她说,他们支左的军队驻在公社机关,整整一排人马哩!

她接过印章来了。家里没有带锁的办公桌,搁在大队办公室更不保险,于是就装在一只吃完了点心的硬纸盒子里,搁在炕头上方的墙壁上挖出的窨窝里。这儿最保险了。

梆子老太每次攥着这只印章的圆把儿按下去的时候,虽然免不了常常把字弄反,心情却是神圣的。反了正了,只要有这几个红字在!

许是慑于解放军的强大威力,两派头头们不管心里怎么捣鬼,表面上却不能不接受梆子老太的领导。景荣老五不管心里怎样害怕,也不能不接受解放军战士三番五次的谈心说服。多数还想依赖梆子井的土地养活儿女的庄稼人,已经想得很少了,无论什么人,只要在春耕生产的关键时刻,能站出来领着社员去出工就行了!梆子老太应运而生,人们倒是感激解放军,给梆子井村扶植起一位能牵动铃绳儿的人来。

"赶紧整备棉田!"有人积极地向梆子老太建议。她就指派社员去耕犁棉田了。

"该下稻秧了!"想依赖梆子井村吃饭的人继续建议。梆子老太立即指派几位有技术的老农去下稻秧。她虽然不大精通各项庄稼的活路,却比一般妇女强多了,也乐于听取众人的建议。

几项当务之急的农事活路纷纷铺开,取得进展,老成的庄稼人悄悄在私下议论,这个梆子脸老婆倒是不错的一位干部哩!胡景荣看看自己的婆娘受人赞扬,心头也舒悦了许多,常常在夜里睡下以后,提醒她遗忘了的漏洞:该清除自流灌渠里的淤泥了!在渠沿上点下黄豆,不是小事哩!梆子老太第二天就会派人去挖渠点豆儿。

梆子老太领导下的梆子井大队,生产上逐渐铺开,庄稼人心里开始踏实,自己也增强了信心。她的一生中没有生育过的身板,愈显得刚强,走起路来,腿脚利落,似乎梆子井村的街巷一下子变短了,气呼呼呼走过去,又噔噔噔走过来了。说话的声音也不同于已往,高了,也脆了,理直而又气壮,毫不拖泥带水,倒是活像呱嗒呱嗒响着的梆子声音了。年轻人学着她的腔调说话逗笑,老人们禁斥年轻人说,管人家像不像梆子呱嗒做啥?只要她能领得大伙混饱肚子,哪怕她说话像敲锣呢!

也难怪梆子老太在村巷里匆匆来去地走动,说话,她太忙了。梆子井村的内务和外事,革命和生产,上级下级,大事小事,都集中到她的身上来了。

刚刚送走公社派来的两位检查大批判工作的干部,又两位骑自行车的陌生人走进梆子老太家的院子。

"黄主任,这是我们的介绍信。"来访者其中一位年长的人,把一张铅印的介绍信递到梆子老太面前,"我们向你了解一个人。"

梆子老太接过介绍信,看见那上面盖有红色印记,虽然不识字,也就放心地撂到桌上,随口说:"你要了解谁的啥问题呢?"

"我们单位的胡玉民,老家在你们村里。我们想了解他的社会关系。"

"唔……有这人。"梆子老太稍一筹思,就说,"这人全家住在西安城里,老不回来,家里没谁了。"

"我们'清队'中查出他有'现反'言论,想了解了解他的家史……"

"这人……他爸死得早,他妈改嫁了,他要饭混进城里,给一家褙子场抹浆子糊褙子;解放后听说干阔了……"

"他倒是工人出身。"来访者说,"可是'文革'以来,尽说反动话……"

"他家没人了。"梆子老太说,"他在你们那儿的表现,俺就不知道了。"

"唔……"来访者显然失望了,几十华里路,从西安找到这个偏僻的山村,一无所获,实在有点不甘心地说,"他爷爷干什么呢?"

"他爷也是庄稼汉。"梆子老太回答之后,倒是想起一条重要的记忆,"他的老爷……要不要说呢?"

"他老爷……也是重要亲属嘛!"来访者眼里闪现出希望的光芒,"虽然出了三代,可以作为参考。"

"他老爷当过土匪……大概在啥时候呢?反正男人都留辫子那会儿。"梆子老太追忆说,"我听人说,他老爷让郑家村人打死了,尸首抬回梆子井,乡党没人去抬埋……"

"请你说得详细点儿。"

"就是这些了。"

"他老爷叫啥名字呢?"

"记不得……"

"请你盖章。"来访者把记录下的文字复述一遍,然后把写得密密麻麻的红格纸页送到梆子老太手里。

梆子老太看也不看(她不识字),从点心盒子里取出圆形印章,在印泥盒里蘸一蘸,又放在嘴前哈一哈气,庄重地压下去,揭起一看,很好,字迹清晰。似乎只有盖上了这记圆坨儿,那份材料才活像一份材料了。

"麻烦黄主任。"来访者满意地向她告别,推动自行车,告辞了。梆子老太笑着,送客人上路。当她再回到屋里的时候,却看见景荣老五慌慌乱乱在院子里转圈圈,火烧火燎的样子。

"啥事把你急成这样?"梆子老太忙问。

"回屋里说。"景荣老五气急败坏地说。

两人相继走进里屋,坐下了。

"我说你……"景荣老五气恼地抱怨说,口语不畅。

"我咋咧?"梆子老太也莫名其妙,气咻咻问。

"你……唉!"景荣老五一拍炕边,"你说人家……老爷的事做啥?"

"我说谁的老爷的啥事啦?"

"你说玉民他老爷当土匪的事做啥?"景荣老五终于说出口来。他在后院里破柴,通过后窗,窃听了老婆和来访者的全部谈话内容,眼都要急红了。

"噢!是这事——"梆子老太倒释然笑了,"人家问我嘛!"

"人家只问到他爷这一辈儿。你把他老爷的事说出来了。"

"对组织负责嘛!"梆子老太忽然变了腔调,"他老爷当土匪是事实嘛!"

"你见来?"景荣老五一急,抬起杠来。

"我听人说过。"梆子老太也不示弱。

"你听谁说?"

"我……"

变成老两口之间难分难解的争执了。

"这是组织对组织的事。"梆子老太提高嗓门,郑重地告诫不问政治的落后老汉说,"人家跟我来谈的是公事,党里的事,革命的事,你往后就……甭管。"

景荣老五一听老婆以官压人的话,不由得火起,烟锅"哐当"一弹,也提高了嗓门:"共产党讲的是以实为实,哪兴你给人胡说乱道?"

"我说的哪句话不是实的?"梆子老太声调更高了,像吵架一样,"他老爷当过土匪的事,谁不知道?"

景荣老五软下来了。吵闹起来,把他们老两口的谈话内容张扬出去,结果肯定更糟糕。既然自己在气势上压不住老婆,他就忍气压火,恳切地说:"好我的你哩!你没看世事乱到啥地步了,好人尽遭罪哩!从那俩来人的话里,咱听出来,咱村的胡玉民现时也遭了罪了!人家专门来搜事整人哩,你还说那些几辈子以前的事,不是火上泼油吗?"

"你这思想,该当批判!公社里开会,革委会主任说,要批判'老好人'思想!"梆子老太更加得意,嘲笑自家落后脑袋的老汉,"你只管劳动挣工分去……"

景荣老五彻底败阵,瞧着老婆子洋洋得意的脸色,厌恶地哼了一声,就掇着烟袋走出门去了。她虽然是梆子井村的头头脑脑,毕竟又是他的婆娘,和他白天在一个锅里搅稀稠,晚上一个炕上脚打蹬,他不能不从一个男人的角度关照她的言行的合理性和安全性。这不仅是她一个人的事,切实关系着他和他们抱养下的已经长得墙高的儿女的声誉……想到这些,他把怨气归结到前后几位把她扶到台上的人身上去。他们走了,却把不尽的忧愁和烦恼留给这个家庭了。

他独自一人,远远坐到场塄边的榆树下。想到而今混乱的时世,斗人打人的奇事怪事流传不断,塞满了他的耳朵,在这样的时世里,怎敢抛头露面,胡说乱道呢?他的心头愈觉沉重,总有一种祸事迟早要降临的惶恐感觉。这个不明世事的混账婆娘……

梆子老太继续接待来访者。

前来访问的人络绎不绝。大多数是男人,偶尔也有女人。他们操着叫梆子老太难得听懂的南方或北方的陌生口语,笑着打开公文包,递上盖着红色印记的介绍信,叙说他们所要了解和调查的对象。梆子老太热情待客,倒水,让烟,然后尽其所知,一一回答,再盖上梆子井大队临时权力机构的印记,送客人上路。

运动在继续,看不出有完结的可能。作为整个"文化大革命"的组成部分,清队,整党,一打三反……梆子老太刚刚把一个新的名词说得顺口,一个陌生的新名词又响亮地提出来了。她渐渐摸出一个规律,大凡一个运动兴起,前来梆子井村找她调查了解情况的人就多起来。她掐指一算,六七十户人家的梆子井,在西安以及本省南北各地,以至在新疆、北京或南方什么地方工作的人,他们所在的大工厂或小机关,都派员光顾过这个隐藏的黄土塬下、小河岸边的偏僻角落了。

两位穿着军装的军官走进梆子井来了。

"黄主任很忙,我们打扰您了。"两位军人异口同声地说,态度和蔼,客气,照例先递上介绍信。

"没啥没啥!革命工作嘛!"梆子老太已经习惯于这种礼节性的客套,应对也已自如老练了,"有什么问题,直说吧!"

谈话正式开始了。

"你们村有个叫胡选生的?"

"有。是普选那年生的。"

"这个青年在我们部队服役。"

"噢。"

"这青年参军两年了,表现不错。"军人热情地赞扬梆子井村长大的人民战士,"连里想把他当个苗子培养,我们来考察一下他的社会关系。"

从众多的来访者口中,梆子老太听多了也听惯了梆子井村在外工作的男女们的不测之事,听多了那些人的不幸,反而习惯于听那些不幸的事,倒不习惯于听这稀有的有幸的事了。既然作为苗子培养,不言而喻的是,入党和提干。梆子老太不知该对这样的人怎么说话了。

"胡选生家庭是贫农成分。"她说。

"对。"军人点头说,"父母亲在队里表现怎样?"

"一般。"梆子老太说,"不积极也不反动。"

军人很不放心地问:"没有什么问题吧?"

"大的问题倒没有。"梆子老太叹口气,表示惋惜地说,"他爸他妈的历史……复杂……"

"唔——"两位军人相对一看,脸色专注而严肃起来,显然是没有料到的。

"有人在大字报上揭发,说他爸是个兵痞,卖壮丁,搂一把钱,去了又跑了,回来再卖……听说到过广东,云南……"

"干过什么坏事没?"军人吃惊地问。

"说不清白。"梆子老太反而平静地说,"他妈的事,更说不清了。有人说,他爸卖壮丁跑到河南,躲到一家地主家扛活,没过十天半月,把财东家的小姐拐带跑了……"

"你们调查清楚这个问题了吗?"

"查不清。"梆子老太说,"我们派人到河南,她老家那个地方,修了水库,村庄搬迁了,找不到下落……"

"这……怎么办呢?"一位军官摇摇头,犯愁地说,"到哪儿去澄清呢?"

"我们也没办法。"梆子老太说,"弄不清,先挂起来……"

两位军人轻轻叹息着,走出梆子老太家的院子。梆子老太照例用干脆响亮的声音送客人上路:"慢走……"

六 报复事件

那个曾祖父当过土匪的胡玉民,由他所在的西安那家工厂的两位干部押解着,遭返回原籍梆子井村劳动改造来了。他的老婆,他的两个孩子,由梆子老太安置在村口储藏麦草的场房里。之后又有两个人被遣送回来,一个是正在兰州念书的大学生,一个是陕南什么县城的什么公司的经理。尽管他们戴着不同名号的"帽子",梆子老太在接收安置他们的时候,总是一律地用这样的话安慰说:

"你们都是梆子井村人,在外边工作,不给咱们村的贫下中农争气,尽搞反党活动!现在倒好,都回到梆子井来!回来了……好好劳动改造……"

每天早晨,在大队办公室门外的请示台前,站在这里来请罪的队伍扩大了,再不是新地主分子胡振武和老地主分子胡大头两个孤零零的身影了,已经有了一排溜儿。构成这一列队形的成分也多样化了。梆子井村的庄稼人看见,再不是纯一色的黑色裤褂的农村型号的五类分子了,掺杂了蓝色和灰色,衣服虽然破烂,却是制服式样。那一律弯腰低垂下去的脑袋,也不全是过去那两个新老地主分子的光葫芦脑袋了,有了蓄留着头发的工作人的脑袋了。

按照上级要求,梆子老太起初天天早晨监督他们请罪,后来就交给民兵连长去执行,只是在有新的成分增加到这支队列里来的时候,她才来亲自监督一次,看看此人老实不老实,规矩不规矩。

她站在他们面前,听他们一个一个依次开口,说那些天天重复着老一套的话。往昔里,他们都是梆子井村的头面人物。不屑说老地主胡大头了,新地主胡振武从村长当到大队长,一直是站在梆子井最显眼的地方说话的人,现在由梆子老太监视着悔罪哩!那些穿破烂制服的人,往昔里在天南海北干大事,挣工资,他们留在梆子井村的老人和家属,过着比一般庄稼人明显优越的生活;他们在年时节假里回到梆子井,穿戴一新,令村里的男女老少都羡慕。他们和她见面时,打一句招呼就过去了,不大把她收进眼角里。现在,这些梆子井村的头面人物,全都匍匐到她——一个乡村女人的半解放式的小脚前头了。她的一句话出口,就可能使他们流下许多毫无报酬的汗水。

"五类分子修河堤!"她给民兵连长一句话,这些人就被吆喝到河滩里,在晒死青蛙的沙滩上,扛石头,推沙车,从早干到晚。

有时,看着这些人累得扭腰拉腿,疲倦不堪的样子,她心里又觉得他们可怜。是呀!一个没有抓摸过土圪垯的手指头,长得那细,怎能有劲呢?细指头捉水笔和揭文件纸,倒是轻巧利索,捉锨挖沙扛石头,就显得太弱嫩了。她想派他们干些稍微省力的轻活儿,又怕那几位造反头儿说她同情反革命分子,也就作罢。转念一想,让他们流些汗,出些大力,吃点苦,也使他们亲身经受一下,该当知道庄稼人平日里受的什么苦了。再甭像以往回到村里,摆一副挣大工资的工作人的优越面孔了!

胡选生从部队复员回来了。

梆子老太站在街心十字,看见他穿着摘掉了帽徽和领章的草绿色军衣,背着军队上的那种黄绿色被子,走到街心十字来了。他和几位庄稼汉男女打着招呼,并不停步,从梆子老太旁边走过去,装作没看见,或者像是从来不认识她似的,端直走过去了,走进梆子井村中间胡大脚家的土门楼去了。

梆子老太心里明白,他恨她。三天过去了,这个胡选生不见前来报到,意向十分清楚。梆子井村的任何一个复员军人回归本土,不出三天,就得向村里的最高领导者报到,由她再吩咐队长给他们安排活路。工分也不是随便可以去挣的。胡选生不仅不见来报到,也没见他像其他复员军人那样提上糖果糕点去走亲访友。胡选生回乡的第二天,就扛着镢头下地干活挣工分去了。他这样爱工分?他爸胡大脚也这样爱工分而不通人情世故吗?

他憋气,梆子老太猜想。她想指令生产队长:甭给他记工分!既然没有向梆子井的现任领导人报到;一句招呼也不打,谁认识你是什么人呢?你的户粮关系尚未在梆子井落下,能随便挣工分吗?她觉得理由十分充足,却终于没有给生产队长下达这样的指令。她心里有点虚,有点怕惹麻烦,终于忍住了这口气。

在一条没有岔道可循的田间土路上,梆子老太和胡选生迎头碰面了。她等待他先开口,和她打招呼。她是领导小组组长,又是长辈人,不能先开口问候他一个晚辈娃子,那样有失身份和尊严……可是,要是他还是不理她的话,怎么办呢?她总有点心虚,想到应该和他打一句招呼,缓和一下,这儿在河滩野地,谁先朝谁开口,没人看见……胡选生头一扬,脸一迈,丝毫没有放慢脚步,从她身边走过去了,满脸的傲气,这个狂妄的家伙!

现在清楚不过地证实了梆子老太隐藏在心底的那一层顾虑:他恨她。气她向部队的那两位军官说出了他的父母亲复杂的历史状况,使他失去了被连队当作苗子培养的可能,既没有提干,也没有入党,又回到梆子井村来务庄稼了……他不恨她才怪哩!有人恨她恨在心里,比如那个胡玉民,表面上一句不吭;那个什么县的什么公司的胖经理,不管心里怎么想,却总是踅到她跟前来汇报改造收获,满脸赔笑。这个胡选生硬得很!仇恨就摆在鼻子眼上,专给她瞅似的。她再三思量,得忍着点,胡选生和那一帮人不一样,他头上没有"帽子",不好抓摸哩……

大约过了半个月,相安无事,梆子老太也约略放心,他敢把她怎么样呢?这一天,胡选生终于亲自登门来了。

"这是部队给大队的介绍信。这是户粮关系。这是团关系……"胡选生站在院子里,不笑也不恼,像对一位陌生的人交代手续一样。

"屋里坐。"梆子老太礼让说。

"没有什么事情了吧?"胡选生打算立即走开的神气。

"甭急。"梆子老太把那份团组织介绍信,又塞回对方手里。那是参军时从梆子井村团支部转入部队的,现在换了一张表,又从部队转回梆子井村团支部来了。她说:"你到团支书那里去办团关系。"

选生把那张表格塞进裤兜,抬脚要走了。

"选娃。"梆子老太转念一想,不管怎样,表面上也该缓和一下这种紧张的气氛。她装出什么也不介意的样子,关心地说:"你回来了,要多帮助咱村干工作,老太我没文化……"

胡选生停住脚,转过身,从门口重新走回院子当中,咧开的嘴角上,荡漾着不屑的嘲笑。

"你在部队受过教育,表现不错。"梆子老太廉价地安慰失败者。她虽然不大习惯给胜利者祝贺,却能大方地安慰失败者,不惜言词:"咱们队里革命生产忙啊!正需要你们年轻人!"

"需要我?"胡选生眼里滑过一缕疑问的光,"你说的是真心话?"

"啊呀!老太啥时候哄过你?"

"黄主任,既然你把话说到这儿了,我就忍不住,想问你个问题——"胡选生冷声静气地说,"关于我爸和我妈的历史问题,做结论了吗?"

梆子老太愣住了。在这个年轻的复员军人的冷静的语气里,感觉到了蓄久而又压抑着的愤怒;那一双被蓬乱的头发掩遮下的眼睛里,透出一股憎恶的冷光;因为外表上努力做出平静,反倒使他那种愤恨和憎恶的怒气更显得深沉和不可压抑,像暴雨降落之前的静寂中掠过的一股风,带着冷气,直透进梆子老太的骨缝。

"你爸是贫农,你妈也是贫农,这不含糊。"梆子老太干脆地说,丝毫也不拖泥带水,"没有做不做结论的事嘛!"

"说我妈是逃亡的地主小姐的事,从何说起呢?"显然是经过千百回的思忖和度衡,胡选生不慌不忙,把自己心里要说的话,一句咬到要害处,"我想问个明白。"

"那是有人在大字报上揭发。"梆子老太作出不在意的样子,仍然和气地解释,"群众意见嘛!要正确对待,相信群众相信党嘛!"

"群众意见我不计较。"胡选生说,"如果有人以党和群众的名义,把这些专门害人的谣言当作事实,给我装进档案,我就会成为兵痞和逃亡地主的狗崽子……背一辈子黑锅!"

"咱们……没有……这样看待你。"梆子老太心里发慌了,一切已不再是秘密,看来是不好对付的,"你甭……背思想包袱……"

"我怎么能不背包袱呢?"他眼皮一翻,紧紧盯住梆子老太的眼睛。他想说,你给部队外调干部的一席谈话,把我一生的前途葬送了,还叫我不要背思想包袱!他忍一忍,继续谈他早就要谈清楚的问题,"我只有一个要求,把我爸我妈的历史调查清楚,做出结论。要是证据确凿,我当逃亡地主的狗崽子,算我活该!"

"我们派人到河南,查不到……"

"那应该再想办法去查!"

"不好办哩……"

"光说'不好办'不解决问题。我背着黑锅哩!"

"群众意见嘛!正确对待……"

"什么'群众'的什么'意见'嘛!"胡选生终于忍不住大声说,"我爸背了河北宋家财东一身烂账,万般无奈,卖壮丁给人家还钱,你说他是兵痞!谁家里有一丝活路,愿意拿性命冒险换钱?俺妈家在河南,穷得要饿死了,才卖给财东家当丫环。俺爸从刮民党队伍里偷跑了,躲到财东家扛活儿,看见财东把个穷丫环打得半死,锁在柴火房里,他可怜穷汉人,救了她,两人逃回陕西……咱村人谁个不知,哪个不晓?你不想想,凭俺爸一个穷汉人,能勾引来地主家小姐不能?你……"

"我早就说过,是群众大字报上写的嘛!"梆子老太无法应付了,只是勉强地重复她领略到的这句政策性十分广泛的话,"群众在恁大的运动中……难免有不太实际的话写到大字报上……"

"哼!我说——"胡选生无可奈何地冷笑着,"如果有人贴大字报说,你不生娃,是当姑娘的时候,让野汉子给搞坏了……你能正确对待吗?"

梆子老太一哆嗦,眼睛里起雾了,黑了。这样刻毒的辱骂,从一个晚辈后生的嘴里吐出来,像迎头浇来一盆屎尿,她被呛得张不开口了,嘴唇颤抖,眼前发黑,脑子里嗡嗡响,几乎昏厥了。

"反正……我背一辈子黑锅了……活着有啥意思!"胡选生怏怏地转过身,眼里泛出恶毒的报复以后的得意神气,似乎什么都在所不惜了,他出够了气,准备走了。

"你放你妈的臭屁!"梆子老太一下子从沉重的打击中醒悟过来,蹦前几步,把一口唾沫喷吐到选生脸上,骂起来,"你狗日翻了天了!"

胡选生抹着鼻脸上的唾沫,阴冷地笑着:"看看你……这下也不能'正确对待群众意见'了吧?"

梆子老太更加气急,一甩手,就抽到选生的脸上,再扬起手的时候,就被选生铁钳一样有劲的大手攥住了肘腕。她伸出另一只手,掐住了选生的领口,纽扣一个个挣断脱落了。

胡选生没有想到会打架,原来只想骂几句出出气罢了,他突然有些后悔,和一个老太婆打架,太没意思了。他甩开她乱抓乱撩的手,准备摆脱,不料梆子老太突然趴在地上,双手抱住他的左腿,大哭大喊:"救命——"

胡选生没有料到会有这样的麻缠,打不敢打,一个老太婆怎能招架得住他的拳脚呢?摆脱又摆脱不了……突然,小腿上一阵钻心的疼痛——她咬了他一口。小伙子疼得难以忍受,又听着她虚张声势的哭叫,愤恨的火气喷涌而出,抬起另一只脚,照梆子老太的屁股踢去——

这一脚,可能结果梆子老太的性命,从而酿成人命案件,至轻也会踢得梆子老太皮烂骨折。幸亏门外扑进一个人来,连滚带爬地扑倒在两人跟前,恰到紧要关头,抱住了选生刚刚抬起的腿腕。选生自己始料不及,身体失掉平衡,摔倒在院子里。

来人是胡选生的父亲胡大脚。他早已从儿子的言行神色中窥察出来某些异常的神态,暗暗地监视着儿子的一举一动,生怕闹出乱子来。他的心计没有白费,恰到好处地制止了一场可能酿成的祸事……

这件事处理得十分及时,三天没过,胡选生被县公安军管会拘捕了,性质定为阶级报复。

拘捕胡选生的吉普车刚一开出梆子井,村民们一股水似的涌进胡大脚家窄小的院子。女人们安慰号啕大哭得嘶哑了嗓子的河南籍女人,男人们劝解双手抱头唉声叹气的胡大脚,悄声怨骂那个瞎心眼的梆子嘴……太过分了!

"啊呀!这个梆子嘴,不知给外边来的人,都胡说乱道了些啥……"

"甭想从她嘴里听到一句吉利话!"

"上头来人尽听她瞎汇报……吹胀捏塌,好事说瞎,全由她叨咕!"

梆子井村的庄稼人都养儿育女,悉心盼望自己的儿女将来比自己活得更有出息,顶好能到外部世界里去干一番事业。那不仅是单纯的经济收益上的实际利益,重要的是标志着作为父母教养儿女的光荣啊!尽管他们自己在梆子井村里不打算加入共产党,甚至开会时总朝拐角挤,甚至甘当落后;但他们几乎一律诚心地希望儿女们在学校,在部队,在工厂或记不清名号的单位里,积极工作,思想进步,最好能加入共产党,能提拔干部……新中国成立以来形成的新的社会观念是:党员和干部是一切角角落落里的优秀分子,是好人的同义语,处处受人敬重和爱戴啊!

现在,梆子井村的父亲和母亲们不能不切身考虑:如果自己的儿女将来参了军(或服现役),上了学(或已在校),在西安或外省工作的话,要入党,要进步,仍然与梆子井村的现任领导有割不断的关系哩!即使你走到天涯海角,仍然得由梆子老太向你所在的单位证明一家老少乃至骨头早已化成泥水的上几辈祖宗,究竟是好人或者是坏人!谁家几代人中没有一点纰漏和过失呢?梆子老太实实在在叫他们不放心呀!岂止仅仅是同情胡选生的厄运?一个盼人穷、瞎心眼的婆娘,能指望给你的儿子和女儿说什么好话吗?甭想!

于是,在胡大脚家的院子里,七嘴八舌,乱口纷纷,把梆子井村几年间所有人的倒霉和劫难,都有根有筋地与梆子老太联系起来了。梆子老太的存在,显然已经对全体村民都构成一种潜在的威胁:只要她健在,只要她手里还攥着那个"红圆木"(印章),他们就怕怕……谁能保证那不祥的梆子似的声音不会敲响在自己的头顶呢?

七　光荣的孤立

梆子井村贫协主任黄桂英被阶级敌人殴打的严重事件,震惊了公社和县上贫协的领导同志。他们或骑自行车,或坐吉普车,先后赶到南塬坡根下的偏僻的小村庄来,带着沉重的心情,表示关切和慰问。

梆子老太深受感动,当着领导人的面,流出擦不干的泪水。她艰难地用胳膊撑起身子,想坐起来,躺着和县上的领导说话,太没礼节了。领导人亲切地按住她的肩膀,坚决地劝慰她继续躺着,安静地养伤,不能乱动,不必讲究礼仪,养伤要紧呀!她就躺着,仔细认真地聆听上级领导热心热肠的鼓励的话。她感到无上荣光,甚至受宠若惊。好呀!让梆子井村的男女老少都瞅一瞅,县上的坐小车的大领导亲自看望黄桂英来了!梆子井任何一位庄稼人生疮害病,甚至老死病逝,除了他们的亲戚来看望,公社和县上的领导看望过哪一位普通庄稼汉呢?她的心情十分好,胡选生的辱骂带给她的是难得的荣耀,而他自己现在则蹲到县公安局的拘留所里了。她向领导表示,自己决不怕打击报复,在梆子井这个阶级斗争越来越尖锐复杂的村庄里,为贫下中农掌好印把子……

所有来访的人,无不为这个五十岁的乡村老太婆所表现出来的斗争精神所感动。县贫协主任当着梆子老太的面,指示随身前来的小秘书说,把黄桂英同志的事迹整理出来,印发到各级贫协组织,学习她的斗争精神;而且诚恳地做着自我批评,因为官僚主义,竟然没有发现这样一位富于斗争精神的好同志……

梆子老太抱养的女儿已经长大成人,白天守候在身边炕前,默默地递水递饭,晚上就由景荣老五来代替侍候了。

"你觉得怎样？"整整躺着五天了，仍不见梆子老太康复，景荣老五有些焦虑，"腰还疼不？"

"轻是轻些了，腰还是疼得翻不过。"梆子老太皱着眉，很痛苦的样子。

景荣老五一声叹息，就低下头去默默地抽烟。不管怎样，她和他过了大半辈子，老夫老妻了。她被一个晚辈的年轻后生打伤，他心里难过。他不能解除她的痛楚，也体味不到她疼痛的程度，只是这么一直躺下去，他很担心，万一瘫痪了咋办？他是那种胆子小而不愿招惹是非的手艺人，就说："要是还不减轻，我拉你到城里大医院去检查，看看伤没伤着骨头？"

"过两天再说……"梆子老太有气无力地说。

这时候，会计送来一张通知。

"啥通知？"梆子老太躺着问。

"公社召开'活学活用讲用会'，通知你参加。"会计回答说，"明天上午八点。会期三天。"

会计走了以后，景荣老五劝说："你有病，另派旁人去吧！"

"旁的会不开没啥，这个会非开不可！"

景荣老五正想认真地劝解，未及开口，却吃惊地看见，刚才哼哼唧唧痛苦呻唤着的老婆，忽地一声坐起来，一把掀掉被子，旋即溜下炕来，双手紧着裤带，像要出征的将军。他一下子愣住了，忙问："你——病没好哩……"

"好了！"梆子老太赌气似的说，"我一没伤，二没病，让那娃子乖乖蹲劳改窑去！"

景荣老五听罢，难为情地低下头来，默默地装烟打火，张不开口了。担心老婆瘫痪的顾虑虽然解除了，可是她装病唤疼用以扩大事态而致使胡大脚的儿子套上法绳的行为，无论如何使善良的弹花匠老汉感到了良心的谴责。

他从父辈手里继承过来一张枣木弹花弓，也继承了父亲靠手艺吃饭、正直为人的家训。他给人家弹花挣钱吃饭,不想蓄意设陷伤害任何人。他参加农业社集体生产以后挂起了弹花弓,虽然留恋背一张弹花弓走四方的自由自在的生活,却仍然遵循着与人和善相处的父训,听从干部分配,不避不拣轻活重活,实实在在地在梆子井村生活着。因为老婆子登上村里的最高权力机构,他更加注意善言善行,与人和睦友善,意在弥补招惹是非的老婆子所造成的乡党友情方面的损失。看到梆子老太确实是装病装疼,他顿时产生一股厌恶的情绪,用吸烟来调节这种不快的心情了。

梆子老太倒水洗脸,梳理散乱的头发。

公社和县上的那些领导,要是知道了他们不顾路程僻远前来看望的并不是一位受伤的人,而是一个完全的好人,心里会怎么想呢?县公安局要是知道了胡选生并没有打伤黄桂英的真相,又该怎么办呢?唔呀!那样一来,从里到外,从下到上,他的老婆就臭名远扬了!近几天来,看看乡邻们一溜一串出出进进胡大脚家的门楼,庄稼人不来看望挨打受害的人,反倒同打人肇事的胡选生的父母,已经使景荣老五心里承受着压力。现在,他觉得这种无形的压力愈加沉重了,出门怎么和乡党见面说话……

"你要去开会,我也不敢拦挡你。"景荣老五思谋再三,使自己的情绪缓解下来,委婉地劝说,"开会时跟领导说话,注意尺码!经过这场事,咱也该学得灵活些,说话办事,多想想前后左右……"

"阶级敌人斗到我的大门里头来咧,你倒叫我装乖学龟!"梆子老太气呼呼地说,"你倒说说,'前后左右想'什么?"

"我是说,该说的说,不该说的就甭说。"景荣老五依然耐心地说,"咱已是五十岁的人了!"

"我说过啥不该说的话咧?"

"人家选生他妈的情况……你不该给军队上来的人乱说嘛!"

"你倒跟他一口腔!"梆子老太真的动气了,"我说得不对,为啥法办他娃子?"

"甩看法办了选生,乡党骂咱哩!"景荣老五难受地说。他认为有必要提醒已经丧失正常理智的老婆,甩看公社和县上有领导来看望你,梆子井村的男女却拥到胡大脚家去了。他终于把社会舆论摆到她的当面,想促使她冷静下来,"人家叫你'盼人穷',瞎心眼,连我也恨着哩!"

"被敌人反对是好事。"梆子老太不屑一顾地回顶道,反而更加气壮声粗,"县贫协主任那天批评你落后脑袋,你咋只笑不说话?"

"乡党不是敌人嘛!"景荣老五争辩说,"县贫协主任批评我落后脑瓜,我没说话,是看他远远地来了,礼让他了。我心里也没接受!"

"你怕人骂,你躲远。"梆子老太不愿意和落后男人再啰嗦,"我的事情由我办,你往后甩在我跟前嘟嘟囔囔!"

厌恶地瞅一眼这个不明世情的婆娘,景荣老五站起身,掂着烟袋走出院子,蹲在门外平场里的青石碌碡上了。月色溶溶。梆子井村早已沉寂。从一家一户的大的或小的透着光的窗户上,他想到人家的夫妻们在灯下窗前和声细语,在商量如何安排家庭生活吧?在商量给儿子订媳妇或给女子寻婆家的事情吧?不管贫富,人家生活过得安宁和平静。他已接近花甲之年,希望晚年的日月过得安宁,特别是在已经纷乱得令人烦腻的当今社会里,他希望有一个安宁和谐的家庭。现在,在这样大的世界上,没有一块能叫他劳动、吃饭和睡觉的安宁角落了……唉!他断定自家这个门楼里日后更不会少事,和胡选生的纠葛不过是一种先兆罢了。那些骑自行车或坐吉普车来光顾他家门楼的县社干部,只顾鼓励他的老婆去斗争,却不知把景荣老五一家的乡邻关系完全破坏了!他们的话,像火一样烧燎着他的不知深浅的老婆,屁股烫得坐不安稳呀!他毫无办法……

梆子老太按时出席了公社召开的"讲用会"。她的发言,引起了强烈的反响。

"真是人老心不老的'老来红'……"

"黄桂英同志真是睁着眼睛睡觉——警惕性最高了!"

"学活了,用活了,有阶级感情呀……"

梆子老太简直应接不暇了,迎着她的是一张张笑嘻嘻的脸孔,钻到她耳朵来的是一句句热情赞扬话,始料不及的巨大成功,使她感到生活的欢乐了。第一天会议结束,她心里装着盛不下的欢悦之情,格外有劲地走完公社离梆子井之间的十多里路程,凯旋似的归来了。自从一顶花轿把她抬进陌生的梆子井村,她从来没有今天这样得意过,几十年来别人赞扬她的话加在一起,也没有今天一天里听到的多!

梆子老太兴冲冲走进街门,看见儿子坐在院子里的青石磴上喝水,乘凉,瞅见她进门,白眨白眨看她一眼,既没打招呼,也没问饥问渴,狠狠地翻给她一副白眼,扭身走出街门去了。

"你在公社胡乱讲些啥呀?"女儿腰里结着围裙,从小灶房里走出来,一瞅见母亲,劈头就问,像是早就等待着她似的。女儿嘲笑说:"你这下光荣了!光荣得全公社都闻名扬声了!"

"你——不想活咧?"梆子老太从热烘烘的公社会场,一下子跌进自家小院的冰窖里。她一时搞不清儿女们顶撞她的原因,无法忍受下辈人的放肆和无礼,骂道:"反了!"

"你是硬逼别人去跳井!"女儿根本不把母亲的斥责当一回事,看来已经是忍无可忍,火气更盛地反唇相讥,"你要积极。你逞能。你把俺爸也贴赔进去,糟践再糟践!你简直——"

在公社大礼堂的讲台上,梆子老太绘声绘色地讲述自己在梆子井村与阶级敌人作斗争的事迹时,公社自办的有线入户喇叭,准确无误地把她的每一句话,高兴时的笑声,难受时的哭声,一声咳嗽,都传遍整个公社的每一户农家了。其时,景荣老五和他的儿子和女儿,坐在院子里,一个个脸红耳赤地听着。当梆子老太讲到她与顽固的老汉作思想斗争的时候,儿子一跃身,从门楣旁边的土墙上,把那只纸质舌簧喇叭扯下来,摔到地上,踹得粉碎了。

梆子老太从女儿的言语间,大体明白了缘由。她现时置身于自家的小院,面对丈夫和儿女,回想起在公社的"讲用"发言,似乎觉察到有些话说得过分了,不仅伤老汉的面皮,也伤了儿女们的面皮,儿女已经长大成人了呀!那些过分的话,大约是在频频而起的掌声中,她的嘴巴变得收拢不住了。她有点懊悔,又不甘在儿女面前示弱。于是就把气使到景荣老五头上。一任儿女横加诘责母亲,他不拦挡,也不劝解,掂着烟袋倒像看热闹。她说:"说了就说了!谁要他一天尽说落后话!"

"你也该想想,五十多岁了,你积极得想当中央文革小组成员吗?"女儿气咻咻地挖苦,"你在公社胡说乱道,村里人听着广播骂,唾沫星儿把人都要淹死咧!你爱光荣,我嫌丢脸……"

这样的话,太叫做母亲的难以承受了,梆子老太气得脸色蜡黄,气呼呼地骂:"你嫌我丢脸,你滚!"

"你把丢人当喝凉水!"儿子此时走进门,粗声粗气地接上说,比姐姐的话更难听,"人家把你当猴耍,你还当你能行哩!公社干部吃公粮,挣工资,耍嘴皮子。你跟上人家瞎哄哄,难道不怕众人指脊背吗?"

梆子老太孤立无援,四面围攻,气得浑身发抖,脸色由黄变青,双手捂脸,"呜"地一声哭起来。

景荣老五憎恶地翻一眼老婆,又低头抽他的旱烟。他也早已准备了一肚子难听话,准备和老婆闹一闹,甚至做了退一步的打算:分家另过,和这样的女人生活在一起,他无法安宁。现在,儿女们已经说得够多够难听了,他想说的话全忍下了,老好的老汉啊!儿女们近乎辱骂的话语是不该有的。可是对于头脑发热的老婆,好言规劝变得无济于事了,有几句冷言冷语,使她发热的头脑凉一凉,也许正好。他觉得事态不能再扩大,就开口斥责还不肯罢休的儿女。

"你要当积极分子,你去!"听了父亲的斥责,儿子赌气地说,"把我分开。我单独过。我受不了旁人的白眼……"儿子几乎哭了。

"把我也分开!我跟俺弟俺爸过。"女儿也施加压力,"你积极,你革命,你一个人过活。俺一家老落后不沾你的光,也不受你的气!"

梆子老太不曾注意,她和景荣老五抱养人家的女儿和儿子,已经长大成人了,开始在梆子井村里和周围的邻近村庄里,结交同龄的相好和伙伴了。在她超出一般乡村庄稼人接受能力的言语和行动中,不仅把自己孤立了,而且把儿女们在年轻的伙伴当中也孤立起来了。旁人撂下的杂话碎语,儿女们听到了,脸烧哇!

"你们都嫌我……我给你们离眼……呜呜呜……"梆子老太哭得好伤心,"我受苦受难……把你俩养活大了……呜呜呜……"

儿子一甩手走出门去了。女儿在灶房里也不再出声,磕碰得碗儿碟儿乒乓乱响。

"你要会听话。娃们原为你好。"景荣老五这时才开口,劝解哭哭啼啼的老婆,"人家公社那些人抬哄你,是哄得憨狗去咬石狮子!你当是人家赏识你哩!"

"你吆喝起一家大小骂我……你看我不顺眼……唉嗨嗨……"

"该当修德养性了,甭叫人斜着眼瞅咱。咱们都是上了岁数的人咧!"景荣老五诚心实意地说,"娃儿长大了,要在人前站哩!咱们挨骂,儿女在人前也难说话呀……"

这些陈腐的为人处世的俗理,与公社领导讲的话,恰好相背,相去太远了。她在公社受尊崇,受赞扬,回到屋里遭围攻,太叫她难以接受了。她听不进去,景荣老五不知给她重复过多少回的这些处世俗理,没有任何力量。她又无法辩解,儿女们几乎一边倒地站在顽固脑袋的老头子一边,对她的威胁太大了。要知道,儿子和女儿毕竟不是亲生骨肉,终究有一层后天无法弥补的隔卡呀!要是真的闹出分家的局面,她怎么办呢?哭着想着,梆子老太强迫自己吞咽了儿子和女儿的恶言秽语,就不再开口,算是平息了骤然爆发的这一场内乱……

无论是景荣老五诚心实意的劝解,抑或是儿子和女儿恶言恶语的刺激,都无法挽回梆子老太的"讲用"在外部世界所产生的影响,更无法使梆子老太安静地屈居于他们的农家小院了。

公社为期三天的"讲用会"结束以后,梆子老太被推选为出席县"活学活用"的积极分子了。下半年里,参加过县上的"讲用会",她的发言引起更大范围的反响,县广播站播放了全部录音,铅印的单行材料发至县属的各个单位。黄桂英的名字,已经从偏僻的梆子井村飞出来,叫响在全县的角角落落里。

第二年春天,梆子老太光荣地出席地区"活学活用积代会",会后又被选为出席省的代表了。梆子老太占有别的代表们无法竞争的优势:五十多岁的农村老太太,一个大字不识,尚且能学好用好,势必对众多的识字的人是一种刺激!她到处都受到重视和欢迎。省上的会议需得等到下半年召开,梆子老太暂且回到梆子井村里来。

景荣老五和他的儿女们大感莫测,真不敢再往下想,说不定省上的"积代会"之后,他的老婆要上北京,怕是也难说哩!这对他们过去对她的那种态度,无疑是一个绝妙的讽刺。他在老婆归来之前,提早告诫过自己的儿女:

"看清了没?你娘现在落不下马了!凭咱爷儿们劝不回来了!她愿意做啥由她去,咱爷儿们过咱的日月……"

八 梆子声声响

在一年多的时间里,梆子老太参加各级"活学活用讲用会",从公社走到县,又从县城走到地委所在的城市,后来又被地委选入巡回"讲用团"成员,到处去现身说法。她究竟走过哪些县城,已经记不清楚了,至于去过哪些工厂、学校、商店和公社,就更难于说得清了。笼统的印象是,所到之处,锣鼓,鞭炮,红旗和大幅标语,一处比一处欢迎的场面更热烈,更隆重,像暗中比赛着似的。所到之处,热烈的掌声,满台的笑脸,许多记不清名字的领导人的欢迎词,真诚而又谦恭。所到之处,七碟八碗,肥的瘦的,烧的炒的,辣的甜的,洋的土的一齐涌上餐桌,也像暗中比赛着似的。

梾子老太一生只去过十里堡,县城一次也没去过,这回可是大开眼界,见到了平生没见过的大世面,受到许多有头有脸的领导人的欢迎和尊敬,尝腻了从来没尝过的美味佳肴……她的心胸也变得开阔了,没有必要和顽固脑袋的老汉计较了,他经见过什么呢?

乍一回到梾子井,梾子老太顿然觉得南塬和北岭之间的这条小河川道太狭隘了,梾子井村的街巷太污脏了。她心里很不满意,街巷搞得这样脏,五类分子干什么去了呢?给他们规定的每天早晨清扫街道的制度,因为她不在家,显然是松懈了。她去找干部,民兵连长到渭河北岸的什么地方买粮去了,生产队长给队里买化肥去了。

要不要到支部书记家去呢?在她外出的时间里,公社派人整顿选举产生了梾子井党的支委会,胡长海任支部书记了。她不想到他家里去,起码是不必刚一回来就去找他,给人造成她去朝拜他的印象。什么样的大领导,梾子老太都见过了,和地委书记握过手,照过相,吃过饭,地委书记还给她碟儿里夹过菜哩!县委书记扶她上车哩!胡长海算几级干部呢?本该在她一回到村里,他来找她汇报工作才对。虽然他是支书,可是她是省"积代会"代表。

梾子老太觉得不去朝拜胡长海是对的,于是就从村里转过来,整个村巷里的树木,房舍,粪堆和柴火垛子,既熟识而又显得陌生。社员们看见她,有的远远走过去了,有的平淡地打一句招呼,也就没精打采地走过去了。梾子老太不大在意,这些只知挣工分的庄稼人,又经见过什么大世面呢?她也许知道也许不知道,梾子井村的社员,一年四季的吃食,主要靠渭河北岸的农户供应了,用一句调皮话说,户口在梾子井,而粮食关系早已转到渭北去了。

梾子老太走过地主分子胡振武家门前的时候,看见那家院子里,拥着一堆一伙妇女和娃娃,有人走出来,又有人走进去,熙熙攘攘的样子。她不由一惊,这么多社员围在阶级敌人家里干什么?地主分子太猖狂了,竟然敢把这么多贫下中农拉拢到屋里,搞什么鬼名堂呢?她径直走过去。

"哈呀!黄主任也来看新媳妇了!"

梆子老太刚走到门口,一个眼尖嘴快的妇女高声喊,她才明白了是怎么一回事。她停住匆忙的脚步,进去不进去呢?人家给儿子订媳妇,自己进去干什么呢?转而一想,在上级开会时,领导人反复强调,阶级斗争处处有,婚丧大事中更不会风平浪静,何况胡振武本身就是地主分子!这样想着,她决定:应该进去看看究竟。

"主任,回来了。"大队会计花儿正从门里走出来,急急忙忙的样子,和她招呼说。

"你急急忙忙做啥?"梆子老太问。

"我去开个介绍信。"花儿事务式地说。

"给谁开啥介绍信?"

"给解放哥开介绍信。他跟媳妇明天到公社领结婚证,急着要大队的介绍信哩!"

梆子老太闭了口,瞧瞧左右,就跟着花儿走到远离胡振武家门的街巷里,悄声问:"你审查过了吗?"

"两人都超过晚婚年龄了,再没啥审查的!"

"女方是哪里人呢?"

"陕北人。贫农。"花儿有点不耐烦地说,"女方合格不合格,由公社审查。咱们大队,只负责审查男方。"

"一个贫农女子,怎能嫁给一个地主儿子呢?"梆子老太紧盯着花儿问,"你想过没有?"

"人家两相情愿嘛!"花儿烦了,"我管不着。"

"你管不着?"梆子老太重复着花儿的话,加重了语气,"你知道不知道,你手里攥的啥?"

"章子。"花儿说,"公章。"

"贫下中农的印把子!"梆子老太纠正说,"怎么能丧失警惕性儿?"

"地主家的娃娃也得娶媳妇嘛!总不能去当和尚!"花儿不服气地说,"再甭疑神疑鬼了!"

"我没说不准他结婚!"梆子老太毫不放松,"要严格审查!"

"好!黄主任,你不放心我,你亲自去审查吧!"花儿烦腻地说,"你啥时候审查完毕,合格了,我再来开介绍信。"

"我就是要审查!"梆子老太一脚踏到底,毫不动摇,"你叫解放和那个女的到办公室来。"

……

"你叫啥名字?"

"兰铃铃。"

"哪里人?"

"陕北。兰家峁。"

"到这儿来干什么?"

"跟他……结婚。"

"为啥不在你们陕北找对象?"

"当地没粮吃。我想落脚到一个产粮的地方。"

"陕北革命形势大好!你咋说没粮吃?"

"俺家净吃糠。你不信,跟我去看看。"

"你家啥成分?"

"贫农。"

"你知道他家的成分吗?"

"知道——地主。他到俺家,头一回见面,就给俺说清白了。"

这个贫农的女子呀……梆子老太深深地惋惜,脸蛋儿圆圆的,眼睛很聪灵,可是太没出息了!眼看着这样好看的一个贫农姑娘要被地主的儿子引进屋里去,她心里难受,就耐心地开导说:"你仔细想过没?终身大事呀!"

"想过了,俺一家人都商量过了。"兰铃铃话语里不留一丝缝隙,表现出死心塌地的样子,"俺看出他人老实,对我好。他爸戴'帽子',那是他爸……"

梆子老太丧气了,甚至觉得这个甘愿投身地主家庭的贫农女子,未免太没骨气。她对呆呆地站在一边的解放说:"你俩先回去。介绍信现在不能开,等干部会上研究以后再说。"

"我给支书说过了。"解放急了,生怕到手的媳妇再发生变故,急忙解释说,"他同意呀!他说这号事一律由会计经办,用不着找旁的干部。"

"我也没说不同意,得研究研究,不能一个人说了算。"梆子老太一听解放找过胡长海,心里就更不美气,冷冷地说着,又转过脸,叮嘱陕北姑娘说,"你再好好想想……"

……

解放领着铃铃走回家去。两人把梆子老太审查他们的经过如实叙述一遍,人家怎么问,她和他怎样答……感动得解放的妈妈热泪扑流了。不等两娃叙说完毕,她已经忍耐不住,一把拉过铃铃,把这个操着生硬的陕北口音的姑娘搂进怀抱,五十多岁的乡村老婆皱纹密布的脸颊,紧紧贴到未婚儿媳乌黑发亮的头发上,竟然呜咽起来了。

自打会计花儿来通知解放和铃铃到办公室,接受梆子老太的审查,解放妈妈的那颗母亲的心就冻结了。吉凶难测!简直完全可能是凶多吉少!她在屋里坐不住,站不稳,出出进进,慌慌乱乱,像是要发疯。铃铃的回答真是恰到好处,这是多好的一个姑娘呀!她觉得那颗冻结在胸膛里的心,顿然舒坦了,紧紧地搂着陕北姑娘、可爱的未来的儿媳妇!

"四清"运动中,她的男人胡振武,一夜之间,由共产党员大队长变成了地主分子。她跟着受了多少折磨,且莫说起,她已经五十多岁了。使她日夜揪心的是,儿子解放长到二十八岁了,订不下媳妇,人家哪个贫农女子愿意进她的家门呢?好容易托人在陕北山区介绍下这个姑娘……如果梆子老太一棍子把她给吓跑了,她的儿子解放就可能拉光棍了!那样一来,她真的可能发疯。现在,这样的祸事可以避免了,尽管介绍信还没弄到手,尽管梆子老太说还要"研究研究",她觉得心地踏实,那颗承受过太多的折磨和惊吓的心,一时盛不下这个可爱的陕北姑娘带给她的太多的喜悦了。

胡振武磕掉烟灰,长长地吁出一口气,这个姑娘给人心里安慰,足以排除梆子老太给人的反感。他动情地瞅一眼老伴搂着未来的儿媳的动人情景,背抄起双手,放心地走出门去了。他已经养成不说话的生活习惯了。

他是地主分子。一九六六年初开展的"四清"运动中,他从梆子井的共产党员大队长,一下子变成人民的敌人了。他不服气,也不理解,却是硬得出奇。他可以天天无偿地扫街道,干最脏最重而工分最低的活儿,却是硬着嘴巴不请罪,只说自己有过错误,而拒不承认自己是剥削压迫群众的地主,即使没有蓄留头发的光头被打得圪垯连着圪垯,他的嘴里却咬得紧紧的。

他默默地出工,默默地收工回家,坐在院子的树阴下抽烟,决不无事迈出大门一步。梆子老太和民兵连长监督着他的一举一动,屁放得响了,她也怀疑他要嚣张起来。他从早到晚可以不说一句话。无论是天大的喜事,抑或是地深的灾祸,他都保持沉默不语,遇事不惊。谁能了知这个外表硬得像一块钢铁的汉子,心里整天在淌血!刚刚从三年困难生活中恢复起来的梆子井大队,现在在梆子老太一帮人手里,又穷得和三年困难时期不相上下了!他给家庭和儿女们带来的深重灾祸,日夜咬噬着父亲的心……面对这件本来就很伤情的喜事,他有什么好高兴的呢?看着老婆抱着陕北姑娘泪流满面的样子,他实实不忍心再看了!

人说胡长海当支部书记是睁一只眼闭一只眼,胡长海自己说,他的两只眼都闭着。

问题恰恰在于:眼不见,心也烦!一个在梆子井村起早摸黑为党和群众利益工作了二十年的共产党员,强令自己容忍许多实在无法容忍的事情在眼前发生,是一种自我折磨,只好闭上双眼不看。多少回,他忍不住想站起来,只需三五句话(多了用不着),把梆子老太的瞎折腾的话驳斥回去,想想又作罢了,长叹一声:唉!何必!

眼前发生的这件事,他忍不住了。梆子老太卡住解放的结婚介绍信,已经一月了,那个陕北姑娘真是好,就死守在胡振武家里。他想看看,梆子老太将会把这件民怨鼎沸的事弄到什么地步,也就忍着,等待着。令他不能容忍的是,梆子老太竟然追到他家里,诘问起地主儿子哄骗贫农女儿做媳妇的事来了。

"地主儿子到处乱窜,两次跑到陕北,给你请假来没?"梆子老太一开口就咄咄逼人,"我可是一点不知——我在地区开会哩!"

"请假是给队长请。"胡长海淡淡地说,"我管不着社员请假的事嘛!"

"他从陕北拐骗回来个媳妇,请示过你没?"

"人家订婚娶媳妇的事,请示我做啥嘛!"胡长海一听就想发火,管得太宽了!他强迫自己依然保持住沉稳的口气,说,"人家是订媳妇哩!不能随便说是'拐骗'。"

"一个贫农女子,咋会心甘情愿嫁给地主?"梆子老太眉头紧皱着,"我看有麻达!"

"解放是社员,不是地主分子。'帽子'扣在他爸头上,没有扣着解放。"胡长海声音不高,口气却不软,不断纠正梆子老太言语中出现的概念上的混乱,"贫农女儿不能嫁给他;地主家庭出身的姑娘嫁给他,又咋说呢?怕是又要说成臭气相通了……地主家的娃子……只有断子绝孙!"

"反正……眼看着一个阶级姐妹被敌人腐蚀拉拢过去,我们不能不管。"梆子老太心里明白,胡长海偏向解放,就强硬地说,"党支部不能不抓阶级斗争!"

"婚姻法上没规定说,地主子女不准和贫农娃结婚!"胡长海也强硬起来了,"这件事总不算阶级斗争,我还没吃准哩!有什么责任的话,我担承着。"

"我看是阶级斗争的新动向!"梸子老太也不想再磨叨下去。她是个急性人,见不得拖拖拉拉,磨磨蹭蹭。听见胡长海要承担责任的话,她真想一下子戳破他包庇阶级敌人的问题;话到口边时,她又绕了一下,改为批评教育了:"这次,我在地委开会,领导们再三强调,阶级斗争……"

胡长海点起烟袋,一任梸子老太给他传达她听到的那位领导人的讲话。他觉得好笑,让他们到梸子井村来吧,住上三年两月,看看社员吃什么,就懂得饥饿比地主分子胡振武要凶恶十倍!黑市包谷卖三毛八分钱一斤,看看庄稼人的日月怎么安排?哪里有劲去搞斗争……现在的紧迫问题是,怎么把这个有恃无恐的女人支使开,甭让她给解放把媳妇冲散了,那就不会给胡振武一家带来灾祸了。他忍着性儿,好言解释说:"解放已经二十七八岁咧!甭说他妈他爸着急,乡党们都替娃操心这门亲事哩!咱们要是把这婚事给弄瞎了,不说解放了,不说解放本人吧,乡党们都要骂咱们当干部的哩……"

"你怕挨骂,我不怕!"梸子老太不假思索地说,"地委领导说,要和民主派思想斗争……"

"说我是啥'派'我都应承了。"胡长海笑笑,"只是……这婚事……咱们最好再甭过问了。"

"我要管到底!"梸子老太说,毫不含糊,"你不管的话,我以贫协的名义,给她老家陕北打电话,让县上领回他们的'盲流'人口!"

"我不同意!"胡长海一听,再也忍耐不住,霍地站起,把手中的烟袋"啪"地一声摔到桌子上,声音都颤抖了,"你没资格代表梸子井!也没有资格给陕北打电话!我还是支书!"

梸子老太真的吓了一跳,足足呆愣了半分钟。平素,无论开什么会,都是她说了算,他只是蹲在墙角吸旱烟,临走时地上留一堆黑色的烟灰。所有她对梸子井的工作意见,他都不表示异议,更难见到他发怒动火的。梸子老太完全在心底证实了,他和地主分子胡振武穿着连裆裤的看法,更加得意地说:"好!支书,把你今天说的话,全盘端到公社去,让公社党委评评哩!"说罢,梆子老太转过身,气冲冲地走出门去。

"到北京告状去!"胡长海一听梆子老太有恃无恐的话,更加火冒三丈。这个平素闭着双眼的支部书记,现在怒目圆睁,呼呼喷火了。他跳出里屋门槛,站到院庭里,对着即将走出街门的梆子老太的背影,大声嘲骂说,"那个害人的婆娘给捉起来了!你找不上了……"

胡长海的老婆正在门外看守淘净晾晒的粮食,听见喊声,慌忙奔进院子:"你疯了?"

"欺人太甚!"胡长海余怒未息,把老伴平素叮嘱他的话完全忘记了,"这个混世婆娘……"

九　春天的梆子井

梆子老太远远望见,大队办公室的玻璃窗户上亮着电灯光。春天的夜晚,温柔的夜风。从敞开的窗户里,传出忽高忽低的说话声,一阵争论,又一阵笑声,总能听出杂乱的声音里胡长海那种苍劲的声音,那声音里透出一种刚强和沉稳的气色。梆子老太听惯了胡长海吭吭吧吧的那种说话声,现在倒像是蜕换成另一个人了,说话畅快了,声音高昂了。她此刻听到这种变化明显的声音,心里怪不是味儿。

胡长海在办公室召开什么会议呢?咋能连她也不通知参加?梆子老太生气地想,没有她参加的会议,算是什么会议呢?自从梆子老太登上梆子井村的政治舞台,大队办公室是她一贯坐镇的地方。她在这儿主持召开各种会议,接待来人来访,给五类分子训话……胡长海像是有意躲避她似的,从来是绕着大队办公室的门口走。现在,他召开什么会议,竟然不通知梆子老太参加?她所负责的临时领导小组虽然名存实亡,而贫协主任却是毫不含糊的。

梆子老太愈想,气儿愈加不顺,把出席过地区一级"活学活用"的先进人物摔开,胡长海眼里还有谁呢?她照直朝大队办公室的大门走来,你不通知我,我自个找上门来,看你咋说?贫协主任有权监督一切!

她气突突地走进门,往屋子中间一站,一只手不自觉地叉在腰上了。果然,在她往常坐用的那把红漆靠背木椅上,坐着胡长海——不,这家伙不是坐着,而是蹲在椅子上,身子前倾,正在和谁大声争论,会开得好像很热闹。

"你们……正开会?"梆子老太想直问,你们开什么黑会呢?可是看看会场那四五个人的脸色,这样的话不好出口了。她的舌头临时打了弯儿,把话改变了。

"噢!"胡长海转过头,这才注意到她,眼一眨,完全明白了梆子老太的来意,毫不含糊地解释说,"党支部召开支委会,研究工作哩!"

梆子老太肚里气得鼓鼓,却开不得口,她不是支部委员,毫无办法!多年以来,在她执政的年月里,从来没有分门别类地召开过什么名堂的会议,全是"一揽子会"。在好多场合下,需要谁参加,全是由她点了名,再让会计花儿去通知。胡长海从来也没主动召开过支委会,倒是她有时通知他来参加一些会议,表示有党的领导人来哩。胡长海在她主持召集的大小规模的会议上,总是蹲靠在办公室里那根明柱下,头低在两膝之间,自头至尾不发表任何意见。梆子老太不由地瞅瞅往常开会时胡长海常蹲常靠的那根明柱,现在空下了,胡长海蹲到桌子旁边的椅子上去了!坐在他周围的那四个支部委员,没有谁打算搭理她,脸上全是明显的或隐蔽着的厌烦之色。梆子老太有点尴尬,贫协主任能监督一切,却不能参加党支部会议。她勉强装出无意间走进办公室的神气,说:"那好,你们开会……我走。"

"没关系,会开完咧。"胡长海大声说,"你坐下,甭急着走,我正想寻你哩!"

那位女支委懒洋洋地挪一挪屁股,给梆子老太在长凳上腾出一席之地,绷着脸儿招呼她坐下。

"关于平反冤假错案的工作……"胡长海看着梆子老太坐下来,就说,"我晌午到公社参加了党委扩大会,后晌回来先给支委们传达。按照公社党委的安排意见,先成立一个领导小组,有计划有组织搞好这件工作……"

"唔……"梆子老太恍然大悟,早就风传着要给五类分子平反,现在可见是实事了!怪道你胡长海说话声音这么粗壮,调门这样响亮呀!这些五类分子要是都平反了,那么她这多年专他们的政,要他们老实劳动,老实改造的事,全都错了!她的心在往下沉,慌乱了,说话也有点结巴了,"那……怎么弄呢?"

"我来挂帅!"胡长海说。

梆子老太心里轰然一响,鬓角哏哏直跳。胡长海口大气粗,简直浑身都是劲儿了。这是上级党委安排的工作,她有什么办法呢?世事怎么一下子翻了过来,怎么料想得到……看着胡长海得意的样子,她张了张口,没有说出话。

胡长海确实完全变成另外一个人了。他的多年闭着的眼睛,现在闪闪放光了!这个受梆子井村庄稼人拥戴的领袖人物,重新抖擞起精神来了!

"四清"运动中,他被斗得死去活来,没有弄出一分钱一斤粮的问题。临近"四清"运动结束时,工作队长说运动"考验"出他是"比较好的干部",要他继续革命。他说他再经不起拳头和唾沫的"考验"了,当不了支书。直至工作队长用开除党籍来威胁,他才松了口。胡长海留任支书后,还没来得及开一次支委会,"文革"开火了,造反派们要夺权。他拍手大笑,拱拳作揖:"不用抢不要夺,这权我还没掌稳哩!谁要谁拿去……"

前年整党时,公社里要他当支书……仍然是在以处分相加的压力下,他又当上了。他当是当上了支书,实际跟没当一样。他整天在地里出工,偶尔被梆子老太叫去开会,他低头蹲到散会,总是不哼一声。他冷漠地看着梆子老太在村巷里奔走呼号……

"支书,公社里布置批林批孔……"

"你领着人去批吧!我记性不好……"

"公社明天要汇报,开了几回批判会,写下多少批判稿……"

"你去汇报吧!我感冒咧……"

他把梆子老太从眼前支使开,自己就又扛起家伙下地去了。

他心灰意冷……待他从"四清"运动骤然而起的冰雹中苏醒过来,第一眼看到的是被这场雹灾彻底击倒的前大队长胡振武。他和振武从土改干到一九六六年春天,人称梆子井的"左右手"。他比他更惨,一巴掌给抽到敌对阵营里去了……每当他看见振武脊背上背着打×的白布块,在村巷里扫街道,在田地里担稀粪,在河滩里扛石头,和那个老地主胡大头一起做惩罚性劳动,心里就不寒而栗!太令人伤情了啊!他的老婆一天三次给他敲警钟:"你大公无私!你一心为社员!你……振武的下场等着你哩!"

他冷眼看着梆子老太东奔西颠,唾沫飞溅,而不予理睬。或者说,他根本就没有把这个多嘴多舌的女人放到眼里。那纯粹是一个既没有本事,也没有德行的人;怎能指望一个既无本事而且心术不正的人办出有益于社会和群众的事来?

他和景荣老五年龄相仿,他和年轻的伙伴们从黄家圪塄把她用花轿给景荣老五抬回来,在一个村庄里生活了几十年了,他不知她的什么秉性呢!作为一般妇女,她有令人同情的生理缺陷,谁也不能因此下看她,这是普通常识。作为一般社员,她心眼窄些,有点"盼人穷"的毛病,也坏不了梆子井任何人的任何事,须知旁人是无法"盼"得"穷"的嘛!可是,梆子老太一登上梆子井的权力宝座,这个女人一下子变得非同小可,搅得四处不安了!

他决计不跟她共事。她喊她叫,他只是不在乎地笑笑。他不屑于跟她去辩争——揭露和排除这样一个女人能费多大劲嘛!问题在于:时势不对。时势正在把这个昏头昏脑的女人轰抬起来,竟然登上县和地区的讲台了……他能跟她争执什么呢?

"我来当组长。"胡长海重复一遍,毫不拖泥带水,过去的那种干练的办事作风又显现出来,"领导小组三个人,还有你和大队长。"

梆子老太本想一口回绝:不当!不当你的什么平反领导小组成员!要她给那些人去平反,那不是让自己打自己的耳光吗?想想,即使她不当,平反工作还是要进行的,反倒失去了监督胡长海他们的机会。她终于没有应声,算是默认了。

"下设专案组,拟定七个人。"胡长海继续说,"工作量大!咱们小小的梆子井,粗略算一算,两场运动('四清'加上'文革')中需要复查的人,不下二十个!当然,有些人的案子简单些……"

"专案组的七个人都是谁呢?"梆子老太问。领导小组的三个成员,是由支部、大队管委会和贫协三家的头头组成,各代表一方。专案组物色的什么人呢?胡长海肯定会把他的人手安插进去。她准备在这个问题上不作退让。

"专案组的成员,一要公道,二要有点文化。"胡长海说,"明天召开社员会,让大家推举。"

"那样……"梆子老太一愣,这样的选举办法,对于她所信用的那几个人,一个也选不上去。她急中生智,"我看应该先在贫下中农中间酝酿,提出人选,再放到社员会上通过。"

"算咧!咱村除过一户老地主,五户中农,剩下全是贫下中农,甭多费一番手续了!"胡长海断然说,"时间短,任务重,麦收前要搞出个段落,免得干扰三夏。"

"可是,党在农村的阶级路线……"

"那些受冤受屈的人,早压得一天也憋不下去了!"胡长海从椅子上下来,站在梆子老太当面,沉重地说,"咱们少绕些弯路,该当早一天给他们把套枷打开!"

"怎么能是'绕弯路'呢?"梆子老太认真地争执说,"依靠贫下中农,是党的路线……"

"你有意见,咱们个别谈。"胡长海并不介意她的话,可也并不打算改变已经定下的办法。他对支委们说,"大家回去吃晚饭吧!"

四个支委一转身全走掉了,好像谁也不愿意再听她啰嗦。梆子老太心里冒气,全都把她当什么累赘一样讨厌了。是谁刚走出门,就在院子里呼喊起胡长海,也叫他赶快回家吃饭⋯⋯

梆子老太似乎感到脚下铺地的砖块在下陷,在崩塌,不祥的阴云愈加浓厚地聚积到胸间。

无法改变了!无可挽回了!她也不再开口,示威似的猛转身,走出门去了。给胡长海点难看!

夜幕笼罩着树阴苍郁的梆子井。西边河天相接的地方,有轻烟似的一缕亮光。河川里的麦苗的气息,随着夜风弥漫到村巷里来了。有人在畅快地谈论,日前那一场透雨下得太好了,太神了!于麦子拔节好,于棉花播种也好,于一切庄稼的生长都好极了!

"经公社党委批准,将胡振武同志在'四清'和'文革'中受到的一切诬蔑不实之词,全部推倒,予以平反。现决定:一、撤销胡振武家庭地主成分的决定,恢复下中农成分;二、撤销对胡振武作出的地主分子的决定,恢复一切公民权利;三、恢复胡振武同志中国共产党党员⋯⋯"

公社党委常书记亲自宣布党委的决定,还没落音,掌声就把一切声音都淹没了。

这是一九七九年的早春时节,历史将记载这个重要的年代,梆子井的庄稼人,也难以忘记这个年代发生的生动的一幕。

胡振武浑身颤抖,头脸上涌下黄豆大的汗珠。这个强硬的庄稼汉子,在他扣着地主分子帽子的整整十三年里,梆子井村的男女老少,谁也没见过他流一滴眼泪。现在,汗水和泪水从鼻翼两边涌流下来了,竟然站立不稳,一个趔趄,几乎摔倒。站在麦克风前主持大会的胡长海双手扶住他,两人抱扶着,"哇"地一声哭了,同时在讲台上蹲下身去⋯⋯

梆子老太作为平反领导小组成员,也坐在主席台一角,无论怎样努力使劲,总是抬不起头来。平心而论,在给胡振武定地主成分的问题上,她没有提供什么虚假的证据。只是在她把他当敌人专政的时候,也许过分了一些……人无法掩饰自己干过的亏心事被揭穿以后的尴尬情绪,更无法鼓出与几百双鄙视的眼睛相对峙相抗衡的力量……

"欢迎胡振武上马!"

一声粗浑的呼声刚落,立时激起宏大的响声,在会场背后的黄土崖上发出回响……

"社员胡振汉在河滩开荒种红苕,是党的政策允许的事。现在决定:将没收胡振汉同志的三间瓦房,退赔本人。"

胡振汉从讲台下爬上台子,愣呆呆地盯着常书记。梆子井村的庄稼人忽然发现,当年开荒种地的壮年汉子,现在老了!他腰弯背驼,一只眼睛里蒙着一层白盖儿,苍老成这个样子了啊!他哆嗦着手,狠着声问:"你这回说话算话?"常书记没有回答,瞧着老汉,嘴唇也抖动着,用涌满眼眶的热泪回答了乡村父老。

教员胡学文十几年前在报纸上发表的那一篇小故事,"四清"时定为毒草,因为发端于梆子井,也一起平反了。常书记握着中年教师胡学文的手,鼓励他重新提笔……

胡振武,胡振汉,胡学文……一摆溜站在主席台上,接受公社党委常书记宣布的平反决定,接受台下几百个社员同情的目光。三月末的太阳照射着南塬坡根下的绿叶葱茏的梆子井,有人在会场剥掉棉衣了,太阳的热力好强呀!

梆子老太坐在主席台一角,心情与在场的庄稼人相去太远了。如果说胡振武被错划为地主分子与她的直接关系不大,那么胡振汉被定为国家困难时期的暴发户而被没收了三间新瓦房,却是她向工作队提供的"四十一车红苕"的确凿证据,工作队队长曾经赞扬她是"睡觉也睁着一只眼……"胡振汉老汉跌跌撞撞爬上台子,愣呆呆地问常书记"这回说话算不算话"的时候,梆子老太立时闭了眼,会场里投射过来的那么多眼光,简直要把她挤扁了。

梆子老太真想离开会场,立即回到屋里去,把门关紧,什么人也不要见,什么声音也不要听。她坐过多少次主席台,从来没有觉得坐在众人头前是如此别扭!可是,怎么好意思走掉呢?

需要平反的人太多了,啊啊!轮到胡选生了!梆子老太更加惶惑了,头上直冒虚汗。

"胡选生同志,你的问题平反了。"常书记宣布过平反决定以后,征询被平反者的意见,"你和家属还有什么意见,要求,尽管说。"

胡选生头也没抬,只是摇摇乱蓬蓬的脑袋。

"常书记!你不知……"胡选生的父亲胡大脚,挤到台前来,溅着唾沫星,急头急脑地说,"把娃的好前程毁了哇!人家军队上原先要……"

胡选生一把把老汉扯得坐在地上了。

会场里响起轻微的笑声。大伙笑胡大脚可爱的愚笨的举动。能给选生平反,再不按前科犯对待;彻底否定选生娘是地主小姐的说法,再不按逃亡地主去对待;彻底否定对你胡大脚兵痞的看法……还不足够你胡大脚和那位河南籍老伴畅快一番吗?居然提出选生毁不毁前程的事……

在那阵轻微的善意的笑声中,梆子老太愈加觉得如坐针毡了。

十 跌落

在社会上颠跑惯了也更多经见过大世面的人,一旦不得不把自己封闭在冷清的小院里,那种寂寞和慌乱简直是不可忍受的。梆子老太关紧后门;又闭了街门,决心不复到村巷里去走动,工分也不想挣了。

景荣老五出工去了。女儿早在四五年前婚嫁了,成了别人家里的一位成员了。儿子也在三年前娶下媳妇,因为婆媳关系不和睦,分家另过了,搬到村子东头的新庄基上去了。屋里现在剩下她一个人,没有一丝声息,老鼠公然在大白天也敢于在屋里穿游。

透过窗户,可以看见蓝天上纹丝不动的白云,伸到屋脊上空的绿色的树梢,南坡上泛绿的梯田。春天给自然界带来了繁荣,给梆子老太带来的却是凄风苦雨啊!

可是,梆子老太毕竟生活在梆子井的村巷里,无法把自己与世隔绝。轻柔的带着草木的清香气息的春风,从窗孔和门缝里吹进来了,街巷里的说话声,女人们的尖笑声,男人们打诨骂俏的声音,还是越过土打的围墙,传进小院里来了。她听了心烦,烦一切人的一切声音。那架在树杈上的大喇叭,把许多使她烦恼的消息倾泻下来,梆子老太仍然不能求得一个心里安静的去处。

平反大会以后的整整三天里,白天晚上,梆子井村的男女老少,掂着烟袋,抱着娃娃,赶到胡振武家里去看望。临近村庄里的熟人,也有不少男人们走进梆子井村来,端直朝胡振武家的门楼走去。胡振武家远远近近的亲戚,提着鸡蛋和烧酒,也纷纷赶来庆贺了……

胡振汉两口子,在搬进退赔的那三间瓦房的时候,居然在门口放了一长串鞭炮……

胡学文家来了两位戴眼镜的记者,说是他曾经发表过文章的那家报社专门派人来访问,记者鼓励他重新开始写稿,文艺政策也放宽了……

平反会后的第三天,就有人给胡选生介绍下对象,把女方引来和胡选生见面了……

梆子井村的生活乱了脚步,变得沸沸扬扬的一番景象了,被柴火垛子、粪堆和树木充塞着的街巷,由葱绿的小麦、棉苗和稻禾覆盖着的田野里,到处都议论纷纷,传说着稀罕事。

梆子老太却出不得街门了。

梆子老太百思不得其解,怪她的什么呢?她错在哪里呢?难道不是"四清"工作队队长亲自跑到她家里,千方百计鼓励她揭发出胡振汉的"四十一车红苕"的事吗?她当初记下这个数字的时候,不过是出于好奇,而绝没有想到后来去揭发。她当贫协主任,难道不是众人举拳头选举的吗?她当临时领导小组组长,难道不是那两位解放军的命令吗?让她抓对阶级敌人的斗争,难道不是各级领导每一次会议布置的要求吗?她从公社到地区逐步去"讲用",难道是她自己能决定的事吗?现在,梆子井村的庄稼人,不管这些事情是谁布置她做的,而只知鄙夷地朝她翻白眼了!

大队会计花儿,尖着嗓子几乎天天晚上在大喇叭上宣布通知,有县上的,也有公社的,还有梆子井大队自己开会的通知。有的通知支书胡长海参加,有的通知刚刚被众人拥上台的胡振武参加,独独没有通知梆子老太参加的会议。贫协主任被闲置下来了,梆子老太被各级政府遗忘了,冷落了。十余年来,她在县、社两级参加了多少次各种名称的会议,会议多得她都开烦了。现在,十天半月里没有她出去开会的一次机会,似乎于生活里严重地缺少了什么。听着别人去这里那里开会,她心里很别扭,觉得自己被冷落到这样的地步,简直活不下去了。

她有一肚子想不通的问题,决计到公社去找党委常书记问一问,现行的政策到底是啥政策?适逢花儿在当晚的广播中,通知贫协主任到公社去开会,正好。

梆子老太早早来到公社,端直坐到公社小礼堂的前排靠背连椅上。这是公社党委常书记亲自主持的会议,足见其重要了。梆子老太不会写字,就集中精力,努力去听。

万万没有料到,常书记宣读的文件,竟然是在农村各级政权中取消贫下中农协会这个机构的内容。文件说,以后再不提贫下中农这个说法,只说社员……梆子老太耳朵里呜呜呜响,怀疑自己的耳朵是否出了毛病?

就是在这个小礼堂里,常书记多少次强调过,要依靠贫农下中农,抓紧阶级斗争这根弦呀!他现在却念着一份要取消贫协的文件,难道把他过去说过的话都忘记了吗?

不管梆子老太想得通或想不通,常书记宣读的文件,却是省委郑重其事发下来的。常书记一边念着文件,一边作着解释。梆子老太心里乱糟糟的,耳朵里乱嗡嗡的,一句也听不进去。临近坐着的几个贫协干部,叽叽咕咕在小声议论,也是料想不到又不大想得通的话,夹杂着牢骚。她似乎受到鼓舞,在常书记要大家讨论的时候,第一个开口发言了。

"毛主席说,没有贫农,就没有革命。"梆子老太像受了委屈,委屈得几乎要流泪了,口气却是怒冲冲地质问,"老人家去世了,说过的话也不算数了?"

"黄桂英同志很直爽,把自己想不通的话直言提出来,这很好嘛!"常书记不恼也不怒,笑嘻嘻地说(梆子老太简直不能容忍这种不经心的轻松的笑),似乎早有思想准备,不慌不忙地瞧瞧众人,又笑着问,"黄桂英同志,你知道不知道,主席讲这句话,是在哪一年?"

"'四清'运动那年讲的嘛!"梆子老太胸有成竹,不假思索,脱口而出道,"主席刚讲下十来年,就不管用了呀?"

有几位年轻的贫协干部吃吃笑起来,他们大约知道梆子老太说错了,而且错得太远了。

"你大概是'四清'当中才听到主席的这句话。"常书记不笑了,表情庄重。他在农村工作好多年,此类笑话早已不足为奇。对于没有文化的农民,这种情况是正常的,像见多识广的城里人分不清谷子和糜子一样正常。他耐心地解释说:"这句话,主席是在一九二七年讲的,离今天五十多年了。'四清'运动当中重新喊响起来的。"

"不管哪一年,总是他老人家讲的话。"梆子老太不仅不窘,反觉得理直气壮,"现在不管用了吗?"

"五十多年前,地主阶级统治中国乡村,贫农受压迫,贫农是党领导的革命的中坚力量。五十年后的今天,乡村里是共产党领导了,搞农业现代化建设,要团结全体农民群众,治穷致富。情况和形势早已发生了根本性变化,同志们应该想得通……"

"我想不通!"梆子老太积聚在胸间的闷气,终于压不住了,把她在自家小院里关门自守时想到的问题,捅出来了,"现在是:五类分子张狂咧,贫下中农不香咧……"

"黄桂英同志的这个话,我在其他村里也听到过。"常书记仍然不动气,倒显得老练而宽容,但是却认真地说,"我们也应该问问自己:脑子里有没有'左'的东西?过去的工作中有没有过火的地方?"

梆子老太张不开口了。过去有没有过火的事呢?这是常书记巧妙地对她的批评了。她又多么委屈、多么服不下这口气呀!多少回,坐在这个小礼堂的连椅上,常书记安排任何工作,头一条总是抓阶级斗争,最后一条总是搞生产。他安排让她去抓胡振武等人的破坏活动,现在反问她有没有"左"的东西。她忽然想到儿子骂过她的一句话:"公社干部吃公粮,挣工资,人家把你当猴耍……"她的脑子里一震,真应了儿子的话吗?顿然觉得往常里很敬重的领导者也不值得那么可亲可敬了!

"我在公社这几年的工作中,有不少错误,主要是'左'的思想造成的错误。"常书记诚恳地盯着梆子老太,又扫过整个会场,沉重地说,"我正在筹备党委扩大会,中心是解放思想,打破'左'的教条。欢迎大家将来给党委、特别是对我本人提意见。"

梆子老太安静下来了,心里的气往下泄,既然常书记承认自己"左"了,她还能"端正"吗?

"我需要清理一下脑袋了!"常书记沉痛地说,"'文革'中我赔了两根肋骨,重新工作以后,却搞了好多'左'的名堂……"完全是痛心疾首的神色,对大家说,"我给你们也贯穿过不少错误的东西,咱们应该一起清理……"

梆子老太有点难受,她忽然想哭,不是为常书记难受,而是为自己……会议结束后,她端直走出公社院子,又走出了大门。到这里来开会,大约是最后一次了,既然贫协取消了,她就什么干部也不是了!心里激起一股酸渍渍的东西,腿脚都软了,简直跟做梦一样啊!现在,她又是什么头衔也不披挂的那个弹花匠胡景荣家里的老婆了……

梆子老太在田野里的大路上走着。收割过麦子的土地上,秋庄稼又罩上一层淡淡的嫩绿。天空高远,热气蒸腾,人们躲在屋里歇晌,还不到后晌出工的时间,田野里静静悄悄。

——"黄桂英同志,睡觉也睁着一只眼!"

——"人家是哄得憨狗咬石狮子……"

那些胖的或瘦的各级领导的脸孔,和景荣老五憨厚的黑脸同时在眼前叠印;那些领导们热情赞扬她的话,和景荣老五的冷言冷语同时在耳朵边响起,不光彩的记忆啊!

包谷苗儿蓬蓬勃勃长起来了,棉花已经开花坐桃了,一片连一片的包谷,一块接一块的棉花,田野这样静谧。梆子老太走着,真想坐在地塄上,放声痛哭一场,胸间的酸水积得盛不下了,哭一场,也许会轻松一下。既没有丧事,又没有闹家庭纠纷,平白无故地在这儿哭嚎,遇见路过的熟人,会怎么说她呢?

梆子老太终于忍住没有哭,走回梆子井村了。从来也没有像今天感到如此疲倦。走到村口,梆子井村通往南坡和河川的几条土路上,男男女女扛着工具去出工。从塄坎上朝河川里一瞅,在白杨参天的机耕大路和灌溉大渠交叉的拱桥上,站着两个人,梆子井大队支部书记胡长海和新任大队长胡振武,两人穿着汗夹,站在一堆,对着广阔的河川指指点点,大声说着什么。她心中不知是一种什么滋味,转头走回村里去了。

走过代销店门口的时候,她听见几个婆娘说话的声音:

"多日不见梆子老太,怪想的……嘿嘿嘿!"

"你想听她敲梆子了?耳朵刚清闲下来……"

"梆子长,梆子短,梆子从早敲到晚。不怕风刮日头晒,单怕梆子黄老太……哈哈哈……"

"嘻嘻嘻……"

梆子老太吐一口唾沫,走过去了,真是墙倒众人推!

她一走进院子,看见景荣老五扛着长柄锄头,准备去出工。梆子老太再也忍不住,扑到景荣老五怀里,失声痛哭了。

"这……咋咧?"景荣老五扔下锄头,扶住老伴,"看人家盯见……笑话……"

"唉嗨嗨嗨嗨……"梆子老太浑身都软了。

"这……"景荣老五也难受了。他能理知老婆的心情。虽然她过去不听他的话,而今落到这样难受的地步,他不给她宽心,还有谁呢?她毕竟跟他过了一辈子穷苦日子,给他缝衣绱鞋,虽然针脚粗放,总是能在下雪以前穿上棉衣,春天来到时换上单衫啊!再说,她是被人家哄弄得昏头昏脑了,没主见的傻女人……

"我现时才明白……"梆子老太被老汉搀扶进屋里,拍打着景荣老五的胸膛,哭着说,"只你是……我的……实在的亲人……"

景荣老五也难受了,鼻腔酸酸的,抽一下鼻子,想再安慰老伴几句,却没词儿了。许久,他只能用自己的老话安慰说:"过去的事……错的对的,都甭想了!咱过咱的……日月……"

不管梆子老太心里怎样想,急骤变化着的生活,还是把她从关紧前门和后门的小院里挟裹进梆子井村男女社员中间来了。

胡长海和胡振武召开社员大会,要在队里划分作业组了。她不参加别的会议问题不大,这个会不参加是逃脱不了的。人家划成作业组劳动,她跟谁在一起挣工分呢?日后分粮呢?

她坐在会场偏远的边角上,再不想到人前走动了。胡振武宣布了作业组的组合办法,胡长海叮嘱了几件应该注意的事项,就把男社员划定到会场东边,女社员划到西边,让他们去商量,去自由结合,去选择自己的组长,原则是:人合脾气马合套,不要勉强。

妇女们叽叽嘎嘎的笑声、喊声、吵闹声覆盖了整个会场,显得聚积在会场东边的那些男子汉们太老实了。她们公开地互相串联,互相靠拢。很快地,那些老婆、媳妇和姑娘们,划归成三堆儿了,而且推举出三个组长来。

梆子老太远远地坐在一棵伐倒的榆树干上。没有人来拉扯她入组。年轻女人没人拉她,老婆婆们也没人来拉她入组,全都远远地躲避到一边去了。梆子老太坐在那儿,难堪地听着那些婆娘女子们叽叽喳喳地笑闹,冷眼瞅着会场。她不想向任何人低头下气,申求她们收留自己入组。她知道她们讨厌她,她也在这样的场合里抹不下脸呢!看你胡长海怎么办吧!总不能把我排除出梆子井吧?

胡振武接过三个妇女组长送交给他的名单,一一审查着,问她们:"再看看,把哪个女社员漏掉了没?"

"没有。"三个组长说。

"没有参加会的人呢?还有今日不在家的……"

"唔!小牛妈到她娘家去了,划到俺组吧!"

"还有谁?齐摆摆数一遍!"胡振武大声说。

胡振武说着,抬头看到人堆后边坐在榆木树干上的梆子老太,又低头查看分组名单,没有发现黄桂英的名字,似乎明白了什么,问:"黄老太划在谁的组里了?"

梆子老太立即偏转开脸,心想:明知没有人收留我,你大声咋呼,故意丢我的面子!

三个妇女都不说话。很明显,谁也不愿意要梆子老太入组。

"搁到你那一组。"胡振武命令似的对他的儿媳妇说,"再甭推诿了,再推下去不好了。"

怀里已经抱着一个会笑的娃子的陕北媳妇兰铃铃,没有说话,完全体察到了作为大队长的阿公的难处,抱着孩子走到她的那一堆组员跟前,操着陕北调儿说:"就这样吧!算我主观一回。要不,我也不当组长了。"

组员们勉强同意了。解放从陕北山区娶来的这个媳妇,到梆子井村几年来,以她的率直、朴实和勤劳,赢得了男女老幼的夸赞,甚至那一口生硬的陕北话儿,听来也别有风味。梆子井的庄稼人崇尚正直和勤劳,并不狭隘地一律排斥外地人。她们一致推举她当作业组长。

"黄老太,参加我们这一组吧!"兰铃铃抱着孩子,走到梆子老太面前,毫不介意这位曾经刁难过她和解放结婚的前梆子井大队的掌权人。像什么事也不曾发生过,或者是因为过去发生过那件令人反感的往事,今天更需要毫不介意地和这位长辈相处。总之,兰铃铃态度自然,说话得体,一切都恰到好处,"走吧,黄老太,咱们组里还得定几条劳动纪律哩!"

好多人在悄声叨咕,看着混混乱乱的会场一角里的这段小插曲,更加佩服这个陕北来的媳妇,心肠好,肚量大,不记恨人……

梆子老太反倒不知如何是好了。她的脸热燥燥地难受,似乎血液一下子全都涌到面部来了。这个因为要"找一个产粮的地方"而愿意走进当时是敌人的胡振武家门楼的陕北姑娘,笑吟吟地站在她的面前,拉扯她去入组,梆子老太从心底里惭愧了。

太令人尴尬了!梆子老太不好意思立马应诺,又没有力量拒绝,难在人家面前开口呀!

"好咧!"兰铃铃像是摸透了她的心思,也就转过身走了,唱歌似的畅快地说,"我把你的名字写上了!黄老太……"

尾　　声

胡长海和胡振武参加县委农村工作会议回来了。

新的农业经济政策又从中央传达下来了,县委已经作出执行决定;各种形式的责任制,由社员讨论选择,干部不要主观干涉,包括"大包干"的责任制形式,即把土地和牲畜承包到一家一户去……

生活发展的步子太快了,连性急的人也觉得赶不上趟了。这样宽限的农业政策,连多年来受批挨整的胡长海和胡振武,起初听到时也目瞪口呆了。他们俩在梆子井村的土地改革结束以后,组织互助组,又建立起农业社,地畔上的界石是他俩带领着社员,一个一个拔除掉的;牲畜是他俩一家一户说服动员集中到大槽上来的。现在,得由他俩再把一条条地畔划分开来,把一头一匹牲畜送交社员牵回家里去饲养……

不管感情上是否完全通畅,他们已经向县委明确表示:保证尊重社员意见,由社员选择责任承包的形式。他们也伤脑筋:包干到组的办法实行不到一年,麻烦更多,难以为继了……

两人春风满面,走进梆子井街巷,突然看见队长龙生和景荣老五在门口拉拉扯扯,龙生急得满脸汗水,景荣老五急头晕脑,要从龙生的拉扯中挣脱出来,不知发生了什么事。经旁边一个看热闹的小伙子悄悄说明缘由,两人都愣住了:怎么弄出这号没名堂的事呢?

胡长海和胡振武快步走到跟前。

"好五爷,你咋胡来哩嘛!"胡长海说。

"你真个老糊涂了吗?"振武也说。

两人说着,把景荣老五拖着架着拉进屋里去了。

胡振武紧紧勒在腰里的布带,捞起皮绳,动手在棺材上捆绑抬杠。他说:"长海哥,你去叫人吧!"

胡长海走出门去了。

胡振武捆绑好抬杠,和景荣老五挨肩坐在条凳上,接过老五递来的一支纸烟,点着了,诚恳地说:"你一个人怎么办呢?想法子和娃娃合到一起过吧!要是你愿意,我给那小两口子说话……"

景荣老五感慨地摆摆头:"缓后再说……"

"心放开,五爷!"振武说,"庄稼人的好事来了啊!"

陆陆续续有人走进院里来了。景荣老五拿着纸烟,给大家敬着。

胡振武蹲下身,把一条抬杠压到自己肩上,七八个汉子先后蹲下身,肩膀顶着抬杠了。

胡长海大喝一声"起!"装着梆子老太尸体的棺木平平稳稳离开地面,起动了。

孝子和亲戚在灵柩起动的一刹那,哭声骤然爆发了。

吹鼓手们吹打起悠扬哀婉的祭灵曲。

那些随后跟来的人,扛着镢头和铁锨,尾随在灵柩后,朝坟地赶去。

一切进行得顺顺当当,梆子老太的灵柩安然入土了,梯田根隆起一个黄土墓堆。所有参加埋葬的人,在坟地上轮流对着瓶口,喝了景荣老五敬奉给掩埋人的答谢烧酒,再接过一支香烟,就沿着山坡上的小路往下走。

往昔里,他们埋葬了梆子井村的任何一位死者,喝了酒,咂上纸烟,回去的路上,总是以惋惜的声调,谈论死者生前一切可以记忆的光荣,如何耿直,如何勤俭,如何孝顺父母,如何敬重乡党……绝不提死者生前一切不大光彩的作为,似乎也成了一条习俗,算是生者对死者的一种庄稼人式的伟大宽容吧!

现在,人们缓缓走在坡间小路上,既不谈梆子老太的好处,也绝口不提她的过失,什么都不说。只是感叹今年麦子长得好,好得简直令人难以相信这是梆子井村的田地里长出的庄稼!你看吧!坡地和滩地,旱田和水田,全是一样成色,不分彼此,似乎种到石头窝里,也会长出好麦子来!人说"麦吃三场雨",从播种到入夏,场场雨都下得及时而又足透,肥料又供应得充足,麦子怎能不长呢?真是政通人和,风调雨顺哪……

一九八四年二月于西安东郊

蓝袍先生

我的启蒙老师徐慎行先生,年过花甲,早已告退,回归故里,住在乡下。他前年秋末来找我,多年不见,想不到他的身体还这样硬朗。

他住在塬上的杨徐村,距我居住的小河川道的村子,少说也有二十里远,既不通汽车,也不能骑自行车。他步行二十余里坡路,远远地跑来,我的第一反应是要我帮他什么事情。他接过我递给他的茶水和卷烟,坐稳之后,首先说明他没有什么事,只是找我闲聊。他确实只是闲聊。整整一个下午过去,天色将暮时,他顶着一只细草帽又告辞了。他说他在三个多月前埋葬了老伴,过了百日,算是守完了节,心里实在孤寂得受不了,才突然想到来找我聊聊的。我信了他的话。老伴初逝,女儿出嫁,男娃顶班在县城小学教体育,屋里就剩下他一个人,怎能不感到孤独和寂寞!我心里也有一缕悲怜的气氛了。

腊月里,入冬以来的头一场好雪,覆盖了塬坡和河川,解了冬旱,大雪封锁了道路,跑小生意的农民挂起秤杆,蒙住被子睡觉了。大雪初霁的中午,奇冷奇冷,徐慎行先生又走进我的院子,令我惊叹不已。他的身上和胳膊肘上,膝头和屁股上,粘着融雪的水痕和泥巴,两只棉鞋灌满了雪粒,湿溜溜的了,可以肯定,他在坡路上跌翻过不知多少回。又是孤独和寂寞得受不了了吗?

"我有一件事,要跟你商量。"

徐慎行先生呷了一口茶,就直截了当地开了口。他的脸上泛出红光,许是跋涉艰难累得冒汗的原因,而眼里却泛出一缕羞怯的神色,与六十岁人的气色很不协调。他终于告诉我,说是别人给他介绍下一个五十多岁的老婆,他已见过一面,颇以为合宜,可是两个女儿和儿子均是一口腔反对,没法说服他们。他自己当然不好直接与女儿商议,只好托亲友给儿女做解释。他的大女儿嫁到小河川道的周村,与我的住处相距不远,人也认识,于是就想让我去给他做大女儿的解释工作。

我不假思索,一口应承下来。

第二年春天,草木发芽了,一直没有见他的面,不知他的婚事进展如何,我倒有点惦念不下。我和他的大女儿以及女婿都是熟人,话可以敞开说,我说了许多条该办的好处,譬如徐老先生的吃饭穿衣问题,生病服药问题,家务料理问题,统都解决了,对于儿女们,倒是少了许多负担。又解释了儿女们最为担心的一个问题:老汉退职薪金的使用,会不会被那个老婆子揽光卡死了?终于使他们夫妇点了头,表示不再出面干涉,我也算是给启蒙老师尽了一点心。我随之就担心他的二女儿和儿子的思想通了没有?据说主要阻力在二女子身上,她不出面,却纵容唆使弟弟出面闹事……

徐慎行先生来了,时在河川和坡塬上的桃花开得正艳的阳春三月。他一来,我从他的眼里流露出来的羞怯神色就猜出了结果。

"我想忙前把这事办了。"他说,"到时候,你能抽空来坐坐。"

我很乐意地接受了老师的邀请。

他坐下喝茶,抽烟,说那个老婆的脾气和身世。从他的语气里可以听出来,他是很满意的,说到她的人样,她的长相,他说能看出她年轻时很俊……

我实在想不到,夏收之后,他第四次来到我家的时候,又是一脸颓唐的神色,先唉叹了三声,说那件事最后告吹了!

我很惊诧,忙问他,到底哪儿出了差错?谁又从中坏事了?

"谁也没有坏事,也没有啥差错——"他淡淡地说,"是我不办了!"

"为——啥?"我不得其解。

"唉——"他摇摇头,叹息着,不抬头,"我事到临头,又……"

既然他觉得不好开口,我也就不再强人之难,于是就聊起闲话。他轻轻摇着扇子,眯着眼,扯起他三十多年教书生涯中的往事,一阵阵唉叹,一阵阵动情……

我送他走之后,心里很不好受,感到压抑,一种被铁箍死死地封锁着的压抑,使人几乎透不过气来,而他却在那道无形的铁箍下生活了几十年,至今不能解脱……

读耕传家

南塬上的村庄,不论是千二八百户的大村,抑或是三二十家的小庄,村巷整齐,街道规矩,家家户户的沿街巷开设,坐北一律坐北,朝南一律朝南,这一家的东山墙紧紧贴着那一家的西山墙,而自家的西山墙又紧挨着另一家的东山墙,拥拥挤挤,不留间隙。俗话说,亲戚要好结远乡,邻居要好高打墙。家家户户在自家的庄院里筑起黄土围墙,以防鸡刨狗窜引起纠纷和口角。院墙临街的中间开门,门上很讲究修一座漂亮的门楼。

那儿的农民十分注重修饰门楼。日子富裕的人家修建砖木门楼,多数人家则是土木门楼。无力修建门楼的人家,就只好在土围墙上凿开一个圆洞,安一个荆条编织的篱笆门,防贼亦挡狗。生人进入任何一个村庄,沿着街巷走过去,一眼溜过两边高高矮矮的各式的门楼,大致就可以划出各家的家庭成分了。不过,这是解放初期的旧话。现在,门楼的规模和姿势,已经与土改时定的那个成分关系不大了;如果按着旧的习惯去猜度,准会闹出牛头不对马嘴的笑话来。

门楼正中,一般都要挂门匾,门匾上镌刻四个大字。这四个大字的选择,实际是这个门楼里的庄稼主人的立家宣言。新中国成立后,庄稼人心劲高涨,对门楼上的门匾的选择,免不了受时风的影响,土地改革时,好多人喜欢用"发展生产"、"发家致富";合作化时又时兴

"共同富裕"、"康庄大道";三年困难时期又流行起"自力更生"、"勤俭持家";及至"四清"和"文革"运动接连不断的十余年中,诸如"红日高照"、"万寿无疆"、"斗争为纲"、"真学大寨"等政治口号,确实风靡一时。

新中国成立前门楼题匾的内容,可就单调得多了。凡是能修建得起砖木门楼或稍微像样的土木门楼的殷实人家,题匾上的立家宣言,十之八九都选用"耕读传家"四字,其用意是显而易见的。我们杨徐村,在南塬上的稠如星海的乡村里,只算个中小型村庄,二百多户农家中,门楼修葺得最阔气的是大财东杨龟年家的。水磨青砖,雕梁画栋,飞檐翘角,俨然一座富丽堂皇的四角亭子。门楼下蹲着两只青石雄狮,墙上刻着飞禽走兽。门楼正中,在象征着吉祥永久的鹤鹿图像中,刻下四个篆体"耕读传家"的题字,与团团祥云相谐调。杨龟年的大儿子在咸宁县政府做官员,家里有百余亩河川水浇地,整整两槽高骡大马,真是有耕有读,宣言与实际相一致。其余那些虽然也能修得起土木门楼的殷实户,也东施效颦地题下"耕读传家"的门匾,却大都是有耕无读,名实不符,甚至一家老少尽是些目不识丁的粗笨庄稼汉子。但作为立家宣言,自然主要是照亮后世,无读书人的缺憾,必当由后辈人来弥补。

杨徐村另一户能修得起砖木门楼而且名副其实的"耕读传家"的人家,当推我家了。

我爷爷徐敬儒,对"耕读"精神的尊崇,甚至比杨龟年家还要纯粹。杨龟年的大儿子在县府供职,主要是为官而不从读了;二儿子从军耍枪杆子而鲜动笔杆子了;家里的庄稼全靠长工和短工播种和收割而无需杨龟年动手抬脚。我爷爷徐敬儒,那才是"耕读"精神的忠诚信徒和真正的实践者。

我爷爷徐敬儒,人称徐老先生,是清帝的最末一茬秀才,因为科举制度的废止而不能中举高升,就在杨徐村坐馆执教,直到鬓发霜染,仍然健坐学馆。也不知出于什么的思想影响,我爷爷把门楼上那幅"耕读传家"的题匾挖掉了,换上一幅"读耕传家"的题匾,把"耕"和"读"的位置做了调换。字是我爷爷亲笔写的,方方正正,骨架楞蹭,一笔不苟,真柳字体,再由我父亲一笔一划凿刻下来。我父亲初看时,还以为我爷爷笔下失误,问时,爷爷一拂袖子,瞪了爸爸一眼,没有回答。我父亲不敢再问,却明白了是有意调换而不属笔误,该当慢慢地去体味,低下头小心翼翼地凿刻起来。

更有一件蹊跷的事。我爷爷垂老之时,对我父亲兄弟三人做了严格分工,一人继承他坐学馆,体现"读";二人做务庄稼,体现躬耕;世世代代,以法累推。这样的分工,兄弟三人还勉强接受得了,临到爷爷咽气时,又留下严格的家训,可以归纳为"三要三不要"的遗嘱。其训示曰:教书的只做学问,不要求官为宦;务农的要亲身躬耕,不要雇工代劳;只要保住现有家产不失,不要置地盖房买骡马。

兄弟三个瞪大眼睛,你瞅瞅我,我瞪瞪你,不知所措了。他们三个正当成年,早就想着齐心合力一展宏图,在杨徐村与杨龟年家争一争高低。近几年间,杨家兵强马壮,置田盖房,百业兴旺,已成为方圆十里八村新兴的富户。眼看着杨家小河涨水似的暴发起来,兄弟三人对父亲拘拘谨谨的治家方针早已多所不满,又不敢说,想不到老先生活着时限制他们的手脚,临走前还要把他们死死地捆绑在这点小家业上。老先生似乎早已揣摸算计到三个儿子的心数儿,怕自己走后儿孙们有恃无恐,干脆一句话说死:不遵从父训者,孽种也!不许给他上坟烧纸。兄弟三人只好委屈隐忍,不理解的也要执行,遵循老先生的遗训,耕田的亲身躬耕垄亩,坐馆的潜心静气研读圣贤诗书。村里人把我爷爷这种古怪的治家训诫编成顺口溜:"房要小,地要少,养个黄牛慢慢搞。"当作笑话流传。

嗨呀!到得杨徐村一解放,杨龟年家耍枪杆子的老二死在解放军的枪口之下;当县官的老大囚在人民的监牢当中;家里的深宅大院,高骡子大马以及水地旱田全部分给杨徐村的贫雇农了。我至今也忘不了那个晚上的情景,我爸兄弟三个,捧着我爷的神匣,磕头作揖,又哭又笑,简直跟疯癫了一样。夜静以后,兄弟三个又跑到村后的祖坟里,爬在我爷的坟堆上,唷啊! 扒啊! 恨不得掘开坟墓,把留下"三要三不要"遗训的先知先觉的老祖宗的尸骨抱在怀里亲一百次! 该怎样感激老祖宗——比诸葛孔明还要神明的老祖宗啊! 亏得他早已看破红尘,留下严格的治家遗训,使得儿孙后辈免遭杨家的洪祸! 我们家定为上中农成分,虽然不是工作组依靠的对象,却也不在被打击被孤立的剥削阶级的圈子里,这已经是万幸了!

我爷爷瞑目前五年,已经选定我父亲做他的接班人,去杨徐村的私塾坐馆执教。据说,老先生在长期的观察中,觉得我伯父工于心计,善于谋划,带一股商人的气数。二伯父脾气拗倔,合当是一介武夫。我父亲自幼聪灵智慧,既不像伯父那么诡,也不像二伯父那样倔,深得老先生钟爱器重,加之对我父亲的面相也满意(用我爷的话说,天庭饱满,眉高眼大,肤色滋润),于是就在他年过花甲之后,由我父亲坐上了私塾里那把黑色的令人敬慕的太师椅子。

我依稀记得,爷爷死后,父亲脱下了蓝色长袍,换上了一件藏青色布袍,一来表示给爷爷的亡灵守志守节服孝,二来标志着他已过而立之年,该当脱下青年时期的蓝色长袍了。我的印象十分深刻,爷爷死后,父亲似乎一下子变成了另一个人,那眉骨愈加隆起,像横亘在眼睛上方的一道高崖,眼神也散净了灵光宝气,纯粹变成一副冷峻威严的神气。在学堂里,他不苟言笑,在那张四方抽屉桌前,正襟危坐,腰部挺直,从早到晚,也不见疲倦,咳嗽一声,足以使那些调皮捣蛋的学生吓一大跳。来去学堂的路上,走过半截村巷,抬头挺胸,目不斜视,从不主动与任何人打招呼。别人和他搭话问候时,他只点一下头,脚不停步,就走过去了。回到家中,除了和两位伯父说话以外,与俩伯母和七八个侄儿侄女,从不搭话。除了两位伯父,没有不怯他的。父亲从学堂放学回来,一进街门,咳嗽一声,屋里院里,顿然变得鸦雀无声,侄儿侄女们停止了嬉闹,伯母和母亲烧锅拉风箱的声音也变得低匀了。我和堂兄堂弟们要是打仗吵架,一不小心,父亲站在当面时,无需动手动脚,他只用眼一瞅,我们就都不敢出声了。他倒是从来不动手打孩子,可也从来不对任何人表示哪怕是少许的亲昵,我似乎比堂哥堂弟们更怯着父亲。

我现在唯一能解释父亲这种性格变化的原因,是爷爷死后父亲在这个十五六口人的大家庭里的地位的变化。爷爷死时,意外地打破了长子主事的传统法则,把全部家事委于父亲来统领。据说爷爷怕伯父太诡而远伤乡邻近挫兄弟,怕二伯父脾气暴烈而招惹家祸,于是就由排行最末的父亲统领这个家庭。他要领导两个哥哥和两个嫂嫂,要处理三兄弟三妯娌以及九个侄儿侄女和亲生儿子的种种矛盾,要处理这个家庭与远远近近几十家新老亲戚的关系,要处理与杨徐村二百多户同姓和异姓的乡邻的关系,真是太复杂了!我当时尚不能体味父亲的种种难场,只觉得他的脸上,笑颜永远消失了。

尽管父亲在这个家庭里严于律己——母亲、姐姐、弟弟以及我,宽以待人——伯父、伯母以及堂兄堂妹,家庭里的摩擦总不会间断,只是没有公开闹到分家的程度。大伯本来对父亲统领家事就觉得有失面子,再加上三条遗嘱死死捆住了他的手足,终日憋气。他的大儿子已经长大,意欲送到西安去学生意,因为父亲坚持遗训而不能成行,有气无处发泄,就哄唆直杠子二伯发难。父亲一切都看得明白,只是隐忍,不予理睬二伯的恶火,大伯也就无法了。

这样下去,终非久远之计,父亲不能眼看着这个以礼仪之风在全村享有最高乡誉的家庭,在自己手中闹出分崩离析的结局,令杨徐村人耻笑。他断然决定,从学堂里告退回家,统领家事。他自己在学堂执教,一心难为二用,顾了学堂顾不了家,顾了家庭又怕贻误人家子弟的学业。更重要的是,在他一天三晌坐在学堂里的时候,家里和地里,给大伯留下了毫无顾忌地唆弄是非的太大的时空环境。这样,在我刚刚交上十八岁的时候,父亲就把我推到他坐过的那把黑色的太师椅上了。

蓝袍先生

父亲选定我做他的替身去坐馆执教,其实不是临时的举措,在他统领家事以前,爷爷还活着的时候,就有意培养我作为这个"读耕"人家的"读"的继承人了。只是因为家庭内部变化的缘故,才过早地把我推到学馆里去。

我有一个姐姐,已经出嫁了。一个弟弟,脾气颇像二伯,小小年纪就显出倔拗的天性,做教书先生的人选,显然不大合适,"人情不够练达嘛!"父亲再无选择的余地,尽管我也是差强人意,也没有办法了。如果说父亲也暗藏着一份私心,此即一例:大伯父的二儿子灵聪过人,然而父亲还是选了我。

读书练字,自不必说了,对我是双倍地严格。尤其是父亲有了告退的想法之后,对我就愈加严厉了。那柳木削成的木板,开始抽打我的手心,原因不过是我把一个字的某一划写得离失了柳体,或是背书时仅仅停磕了几秒钟。最重要的是,对我进行心理和行为的训练,目标是一个未来的先生的楷模。"为人师表!"这是他每一次训导我时的第一句话。

"为人师表——"父亲说,"坐要端正,威严自生。"

我就挺起胸,撑直腰杆,两膝并拢。这样做确实不难,难的是坚持不住。两个大字没有写完,我的腰部就酸酸的了,两膝也就分开了。猛不防,那柳木板子就拍到我的腰上和腿上,我立即坐直。几次打得我几乎从椅子上翻跌下去,回头一看,父亲毫不心疼地瞅着我。

"为人师表——"父亲说,"走有个走势。走路要稳,不急不慢。头扬得高了显得骄横,低垂则萎靡不振。两目平视,左顾右盼显得轻佻……"

我开始注意自己走路的姿势。

"为人师表——"父亲说,"说话要恰如其分,言之成理。说话要顾及上下左右,不能只图嘴头畅快。出得自己口,要入得旁人耳……"

所有这些训导,对于我这样一个刚刚十七八岁的人来说,虽然很艰难,毕竟可以经过日渐长久的磨炼,逐步长进,最使我不能接受的,是父亲对我婚姻选择的武断和粗暴。

对于异性的严格禁忌,从我穿上浑裆裤时就开始了。岂止是"男女授受不亲",父亲压根儿不许我和村里任何女孩子在一块玩耍,不许我听那些大人们在一起闲谝时说的男女间的酸故事。可是,在我刚刚十八岁的时候,父亲突然决定给我完婚了。他认为必须在儿子走进学堂之前做完此事,然后才能放心地让我去坐馆。一个没有妻室的人进入神圣的学堂,在他看来就潜伏着某种危险。

父亲给我娶回来多丑的一个媳妇呀!

婚后半个月,我不仅没有动过她一指头,连一句话也懒得跟她说,除了晚上必须进厢房睡觉以外,白天我连进屋的兴趣都没有。我却不敢有任何不满的表示,父母之命啊!

父亲还是看出了我的心意,有一天,把我单独叫进他住的上屋,神色庄严。

"你近日好像心里不爽?"

"没有。爸。"

"我能看出来。有啥心事,你说。"

"爸,没有。"

"那我就说了——你对内人不满意,嫌其丑相,是不是?"

"……不。"

我一直未敢抬头,眼泪已经忍不住了。

"这是我专意儿给你择下的内人。"父亲说。我没有想到。他说,"男儿立志,必先过得美人关。女色比洪水猛兽凶恶。且不说商纣王因褒姒亡国,也不说唐王因贵妃乱朝,一个要成学业的人,耽于女色,溺于淫乐,终究难成大器……"

我惊讶地抬起头,看了父亲一眼,那严峻的眉棱下面,却是满眼的赤诚,坦率的诚意,使我竟然觉是自己太不懂事了。大丈夫立国安家成学业,怎能贪恋女色!我长到十八岁,从来没有听过怎样对待婚娶的道理,父亲今天第一次坦诚地对我训导,我悟出人生的道理了。

父亲当即转过头,示意母亲,母亲从柜子里取出一件蓝袍,交给我,叫我换上了。我穿上那件由母亲亲手缝的蓝洋布长袍,顿然觉得心里咯噔一声,沉重起来,似乎一下子长大成人了!服装对于人,不仅是御寒的外在之物。穿起蓝袍以后,抬足举步都有一种异样的庄重的感觉了。

父亲领着我走出上房的里间,站在外间里。靠墙的方桌上,敬着徐家祖宗的牌位,爷爷徐敬儒生前留下一张半身照,嵌镶在一只楠木镜框里,摆在桌子的正中间。父亲亲手点燃大红漆蜡,插上紫香,鞠躬作揖之后,跪伏三拜,然后站在神桌一侧,朗声道:"进香——"

我走前两步,站在神桌前头,从香筒里抽出五根紫香,轻轻地捋一捋整齐,在燃烧着的蜡烛上点燃,小心翼翼地插进香炉,抖索的手还是把两支弄断了。重插之后,我垂首恭候。

"拜——"父亲拖长声喊。

我抱起双拳,作揖。

"叩首——"

我跪在祖宗神牌前,磕了三个响头,就抬起头,等待父亲发令。

父亲从腰里掏出一片折叠着的白纸,展开,就领着我向祖宗起誓:

"不孝孙慎行,跪伏先祖灵前。矢志修业,不遗余力。不慕虚名,不求浮财,不耽淫乐。只敬圣贤,惟求通达,修身养性,光耀祖宗,乞先祖护佑……"

父亲念一句,我复诵一句,及至完毕。我呆呆地站在灵桌前,诚惶诚恐,不知现在该站还是该走开?父亲紧紧盯着我,说:

"明天,你去坐馆执教!"

由我代替父亲坐馆的仪式是在文庙里举行的。时值冬至节气。一间独屋的庙台上,端坐着中国文化的先祖孔老先生的泥塑彩像。屋梁上的蛛网和地上的老鼠屎被打扫干净了。文庙内外,被私塾的学生和热心的庄稼人围塞得水泄不通。杨徐村最重要的最体面的人物杨龟年,穿着棉袍,拄着拐杖,由学堂的执事杨步明搀扶着走进文庙来了,众人抖抖地让开一条路。

我站在父亲旁边,身上很不自在,心里却潜入一股暗暗的优越来。这儿——文庙,孔老先生的圣像前,排站着杨徐村所有的头面人物,我也站在这里了,门外的雪地上,挤着那些粗笨的却又是热心的庄稼人,他们在打扫了房屋以后,临到正式开场祭祀的时候,全都自觉地退到门外去了。

杨步明主持祭祀,首先发蜡,然后焚香,接着在杨步明拿腔捏调的诵唱中,屋里屋外的所有参与祭奠的村民,无论长幼尊卑,一律跪倒了。油炸的面点,干果,在杨步明的诵唱中摆到孔老先生面前。整个文庙里,烛光闪闪,紫香弥漫,乐鼓奏鸣,腾起一种神圣、庄严、肃穆的气氛。

执事杨步明把一条红绸递给杨龟年,由杨徐村最高统治者给我的父亲披红,奖掖他光荣引退。杨龟年双手捏着红绸,搭上父亲的右肩,斜穿过胸部和背部在左边腋下系住。我一看,父亲连忙跪伏下去,深深地磕拜再三,站起身来的时光,竟然激动得热泪盈眶。这个冷峻的人,竟然流泪了。他硬是咬着腮巴骨,不让眼泪溢出眼眶。我是第一次看见父亲流泪。往昔里,我既看不到父亲一丝笑颜,也看不到一滴泪花。那泪眼里呈现出从未见过的动人之处,令人敬服,又令人同情。这个严厉的父亲,从来也不会使人产生对他的同情和怜悯;他的脸色和眼神中永远呈现着强硬和威严,只能使人敬畏,而不容任何人产生怜悯。现在,他的脸上像彤云密布的天空扯开一道缝儿,露出了一绺蓝天,泻下来一道弱柔动人的阳光。

父亲简短地说了几句真诚的答谢之辞，执事杨步明代表所有就读的孩子的家长向父亲致谢，并对我的上任多所鼓励。杨龟年没有讲话，只是点点头，算是最高的赏赐了。

奠祭活动一结束，我随着父亲走出文庙，刚一出门，那些老庄稼人就把父亲围住了，拉他的袖子，拍他的后背，摸抚那条耀眼的红绸，说着听不清的感恩戴德的话。我站在旁边，同样接受着老庄稼汉们诚心实意的鼓励的话，心里很激动，由爷爷和父亲在杨徐村坐馆所树立起来的精神和道义上的高峰，比杨家的权势和财产要雄伟得多！我从今日开始，将接替父亲走进那个学馆，成为一个为老少所瞩目的先生了！

那把黑色的座椅，那张黑色的四方抽屉桌子，能否坐得稳？一直到将来再交给我的尚未成形的某一个后代，大约至少要二十多年吧？二十多年里不出差错，不给徐家抹黑，不给杨家留下话柄，不落到被众人撵出学堂，何其容易！要得到一个善终的结局，就必得像父亲那样……

乡村的私塾学堂也放寒假，每年农历的冬至节气就是下学日，祭过老祖宗孔老先生之后，就放假了。

过罢正月十五，私塾又开学了。我穿上蓝布长袍，第一次去坐馆，心里怎么也稳实不下来。走出我家那幢雕刻着"读耕传家"字样的门楼，似乎这村巷一夜之间变得十分陌生了，街巷里那些大大小小的树木，一搂抱粗的古槐，端直的白杨，夏天结出像蒜薹一样的长荚的楸树，现在好像都在瞅着我，看我这个十八岁的先生会不会像先生那样走路！那些拥拥挤挤的一家一户的门楼里，有人在窥视我的可笑的走路的姿势吧？唔呀！从我家的街门口到学堂去，要走到街心十字，再拐进南巷，距离不近哩！不管怎样，我已经走出街门了，没有再退回去的余地了，只有朝前走。这时候，像面对一个十分面熟而又确实读不出字音的生字时顺手掀开字典，我想到了父亲走路的姿势。我多少次看见父亲来去学堂时走在村巷里的身姿，而他训导我的如何走路的条文倒模糊了。

我抬起头,像父亲那样,既不仰高,也不低垂,两目平视,梗直脖根,决不左顾右盼,努力做到不紧不慢,朝前走过去。

"行娃……唔……徐先生……"杨五叔笑容可掬地和我打招呼,发觉自己不该在今天还叫我的小名,立即改口,脸上现出失误的歉疚的神色,"你坐馆去呀?"

"噢!对。"我立即站住,对他热诚的问话表示诚意的回答,站下以后,却又不知再该说什么了。我立即意识到,不该停下脚步,应该像父亲那样,对任何人的纯粹出于礼节性的见面问候之辞,只需点一下头,照直走过去,才是最得体的办法……我立即转身走了。

走进学堂的黑漆大门了,三间敞通的瓦房里,学生们已经把教室打扫得干干净净,摆满了学生自己从家里搬来的方桌和条凳,排列整齐,桌子四周围坐着年龄差别很大的学生,在哇喇哇喇背书。今日以前的七八年里,我一直坐在这个学堂的左前排的第一张桌子上,离安在窗户跟前的父亲的那张教桌只隔一个甬道。这个位置是父亲给我选定的,从第一天进入这学堂接受父亲的启蒙,直到我今天将坐在窗前教桌的位置上,一直没有变动过,我打第一天就明白,父亲要把我置于他的视力首先所能扫瞄到的无遮蔽地带……现在,那个位置坐上新进入学堂的启蒙生了。

除了新添的几个启蒙生,教室里坐着的全是那些春节以前和我同窗的本村的熟人、同伴、同学,有的个子比我长得还高还壮实,我今天看见他们,心里却怯了。我完全知道他们和我父亲捣蛋的故伎,尤其是杨马娃和徐拴拴两人,念书笨得跟猪差不多,却尽有鬼点子捣蛋。我一进门就瞅见他俩的诡秘的脸相,倒有点怯场了,那些不怀好意的脸相!

我立即走向那张四方教桌,偏不注意那几个扮着怪相的脸。我在父亲坐过的那把直背黑漆木椅上坐下来,腰似乎自然地挺直了,父亲就是这样挺着身坐。我回忆父亲的工作程序,坐下,先把桌上的四宝摆整齐,抹干净桌子,再掀开书本,或者在砚台里磨墨。一当听到教室里有异常的响动,就转过头来,逡巡一遍,待整个学堂里恢复正常的气氛,再低头看书或者练习写字。

父亲一般是先读书的,后晌上学时才写字。我也应该这样做,只是今天例外,读书是难得专注的,写字肯定对稳定情绪更好些。我在父亲用过的石砚台上滴上水,三只指头捏着墨锭,缓缓地研磨。磨墨也该像个先生磨墨的姿势,不能像下边那些学生乱磨,最好的姿势当然只有父亲磨墨的姿势了。

墨磨好了。桌子角上压着一沓打好了格子的空影格纸,那是学生们递上来的,等待我在那些空格里写上正楷字,他们再领回去,铺在仿纸下照描。我取下一张空格纸,从钢笔帽里拔出毛笔,蘸了墨,刚写下一个字,忽然听到耳边一声叫:

"行娃哥——"

我的心一扑腾,立即侧转过头去,看见本族里七伯的小儿子正站在当面,耍猴似的朝我笑着:"给我题个影格儿。"

教室里腾起一片笑声。唔!应该说学堂。

笑声里,我的脸有点发热,有点窘迫,也有点紧张。学童入学堂以后,应该一律称先生,怎能按照乡村里的辈分儿叫哥呢!可他是才入学的启蒙生,也许不懂,也许是忘记了入学前父母应有的教导吧!我就只好说:"你放下,去吧!"他回到位置上去了,笑声消失了。

我又转过头写字,刚写下两字,又一个声音在我耳边响起:

"蓝袍先生——"

我的脑子里轰然一声爆响,耳朵里传来学堂里恣意放肆的哄笑的声浪。我转过头,看见一张傻乎乎愣笑着的脸,这是村子里一个半傻的大孩子。他的嘴角吊着涎水,一只手在背后抓挠着屁股,得意地傻笑着,和我几乎一般高的个子,溜肩吊臂,像是一个不合卯窍的屋架,松松垮垮。这个老学生,念了七八年了字认不下二百,算盘打不到"三归",只是家底厚,又是他爸唯一的顶门立户的根,就这么在学堂里泡着。这个傻瓜蛋儿,打破他的脑袋,也不会给我起下这样一个雅号的,我立即追问:"谁叫你这么称呼我?"

教室里的笑声戛然而止,静默中潜伏着许多期待。

"他……他不叫我说他的名字。"傻子说。

"你说——他是谁?"我冷眼追问。

"我不敢说——他打我!"傻瓜怕了。

"我先打你!看你说不说!"我说。

我从桌上摸过板子,那块被父亲的手攥得把柄溜光的柳木板子,攥到我的手里了,心里微微忐忑了一下,我就毫不退让地说:"伸出手来!"

傻子脸色立时大变,眼里掠过惊恐的阴影,把双手藏到背后去了。

我从他的背后拉过一只左手,抽了一板子,傻子当下就弯下腰去,用右手护住左手号啕起来:"马娃子,×你妈!你教我把人家叫'蓝袍先生',让我挨打……呜呜呜呜呜……"

我立即站起,一下子瞅住杨马娃,这个暗中专门出鬼点子捣乱的"坏头头"。不压住这个杨马娃,我日后就难得在这张椅子上坐安稳。我命令:"杨马娃,到前头来!"

杨马娃虎不失威,晃一下脑袋,走到前头来了。他个子虽不高,年岁不小了,也是个老学生。他应付差事似的朝我草草鞠了一躬,就站住了。

"是你给他教唆的吗?"我斥问。

"没有。"他平静地回答,早有准备。

"就是你!"傻子瞪着眼,"你说……"

"谁能作证呢?"杨马娃不慌不急。

"……"傻子急迫地瞪着眼。

"不要作证的人!"我早已不能忍耐这种恶作剧还在继续往下演,"伸出手——"

杨马娃伸出手来。他的眼里滑过一缕冤枉的莫可奈何的神色，既不看我，也不看任何人，漫不经心地瞅着对面的墙壁。

我抽一下板子，那只手往下闪了一下，又自动闪上来，没有躲避，也听不到挨打者的呻唤。我又抽下一板子，那只手依然照直伸着，我有点气，本想经过教训他解气，想不到越打越气了。那只伸到我跟前的手，似乎是一只橡皮手，听不到挨打者的呻吟，更听不到求饶声了，我突然觉得那只手在向我示威，甚至蔑视我。教室里很静，听不到一丝声响。我感到了两方的对峙在继续，我不能有丝毫的动摇，不然就会被压倒，难得起来。我也不吭气，谁也不看，只看着那只要击中的手。我记得父亲打板子的时候就是这样，从来不看被打者的脸，更不听他们的呻唤和求饶，只是打够要打的数字。我抽下五板子了……

傻子突然跪倒在地，抱住我的板子，哭喊说："先……先先先生！马娃叫我叫你'蓝袍先生'，我说你要打手的，他说不会，你和俺俩都是在一块念下书的，不会打手的。他就叫我跟你耍玩，叫'蓝袍先生'……我往后再不……"

我似乎觉得胳膊有点沉，抬不起来了，再一想，如果马娃一直不开口，我能一直打下去吗？倒是借傻瓜求情的机会，正好下台，不失威风也不失体面。

傻瓜先爬起来，深深地鞠了一躬，跑下去了。杨马娃则不慌不忙，文质彬彬地鞠了躬，慢慢走回到座位上去了。

我重新坐好，提起毛笔，题写那张未写完的影格儿，手却在抖。我第一次执板打人，心里却没有享受打人的畅快，反倒添加了一缕说不清的滋味……

萌动的邪念

无论如何，对杨马娃的一顿板子，彻底划开了我和同伴、同学之间的界线，那些心存侥幸企图开我的玩笑的人，那些想试试新上任的先生的脾气软硬的人，全都得出了自己应该得到的结论，学堂里的秩序按照父亲过去的模式继续下来了。

杨马娃退学了。挨打的当天后晌，他就没有再来上学，扛着镢头跟他爸上坡挖地去了。迅速地从村子各个角落反馈到我耳朵里的反应，却是绝对的一边倒。没有任何人同情杨马娃，听说连他爸也骂他不知深浅。执事杨步明当天下午跑到学校，给我撑腰："打得好！念了几年书，连个礼性儿也不懂，没有一点规矩！不打的话，明日该翻天了！"他故意用大声说话，让那些坐在学堂里的娃娃都听见。不光执事杨步明，几乎所有送子入学的庄稼人，在我来去的街巷里，一律支持我动板子的举动。不过，我心里明白，不尊师长的越轨行动是不会有人同情的，所以并不觉得意外。

对杨马娃的退学，我也不觉得遗憾。按照我爷爷在这个学堂里开创的独特的教程（后来又经过了我父亲的补充），启蒙生从一二三四五开始识字，然后学《百家姓》，中年级学《七言杂志》，大约三年时间。附加的课程是珠算，先学加减，后学《九归》。三年时间里，那些穷庄稼汉的后代，学会了日常生活惯用的杂字，会打一手算盘，就走出学堂跟他们的父兄做庄稼去了，或者到西安某个铺店、作坊当相公（学徒）去了。留下为数不多的一些富裕户的子弟，接着就开《论语》，步步深造。这一套教程，从爷爷创立，颇受庄稼人欢迎，可以说贫富皆宜，有普及也有提高，照顾了"面"又保证了"点"。杨马娃早该退学去做庄稼或当相公去了，只是生得矮小，父母疼其体力不支，就叫他在学堂多混几年……迟早是要走的。

两月过去了，没有发生什么意外，秩序正常，执事杨步明对我父亲几次夸赞："栽培有方！"父亲自然很欣慰。我的自我感觉也甚好。我从村中走过去时，可以踏出缓急有致的脚步了，再不紧张了。我在教桌前端直坐一晌，看书或授课，不再觉得腰酸腿困了。人说，我活脱就是二十年前我爸的原样儿！连脾气也跟我爸一模一样了。

我也意识到我的脾性儿变了。我小时爱笑，妈说我长了一副笑面菩萨的脸儿,而且一笑脸颊上就有两个酒窝。我爸为我的爱笑没少训过我,说我长了一副没棱角的脸,尤其讨厌我脸上的那两个倒霉的酒窝……现在,我改掉爱笑的毛病了,酒窝自然也就极少出现了。我面对一伙性格各异的学生,没有威慑的力量是不行的,父亲说绝不能跟学生嘻嘻哈哈,笑了就失掉威势了。另一个不便说出口的原因,我自打媳妇一娶进门,就笑不出来了。

她是坐着轿子来的,在伴娘的搀扶下走进厢房,我一把揭开她的盖脸的红布,狂跳着的心一下子沉下去了,再也跳不起来了。我实在无法预料,父亲会给我娶回来这样一个媳妇。当然,父亲那种奇特的理论,我不敢顶撞,想想我现在在杨徐村的地位,想到徐家三代人在杨徐村所树立的威望,我觉得心里十分沉重,我不能给祖先丢脸,更不能耽于女色而使徐家的门楼上的"读耕"精神毁断于我手,这个女人的位置和比重一下子给划开了。

我从学堂放学回家,她就怯怯地招呼我:"先生,用饭。"她从来也不敢正眉正眼地看我的眼睛。当我发觉她在注视我的时候,我一回头,她立即把眼光避开了。她不会撒娇,只会烧火、洗锅、刷碗、缝衣、做鞋。我不说话,她也不说话,大约是怕说得不合适。我见了她就没有话说了,所以小厢房里总是静悄悄的。

配偶的不甚称心和夫妻感情的不甚融洽,为新承担的教书工作的热情和兴味所冲淡,我觉得十分喜欢教学。这一方面的如愿与另一方面的不如愿掺和着,我就这么过,也没有感觉到活不下去,生活虽显得古板,却也平静。

我的平静的心境突然被打破了!

这天放学时,天下着雨,大雨点子在院子的积水上打出一片白花花的水泡。大学生们不顾雨大路滑,缩着脖子跑出学堂去了,院子里响起一阵杂乱的扑哧扑哧的脚步声,只有几个小娃娃躲在门口的房檐下,不敢出去。我站起来,舒展一下腰身,走到房檐下,劝那几个小娃娃再等一会,雨住了再走。这时候,一个穿着旗袍的女人走进学堂院子来了,撑起的红纸雨伞遮住了她的头脸。我却早已认出,这是杨龟年的二儿媳妇。我返身走回学堂,在椅子上坐下。

这个女人走到学堂门口,她的儿子已经扑到她的膝前,抱住了她的腰。她一面摸着孩子的头,笑容可掬地说:"把这把伞给你先生送去,你跟娘打一把伞行了。"

我立即从椅子上站起,推辞,要她和孩子一人打一把伞,我到雨住了再走。她的儿子把伞放到桌子上,跳出门,她牵着他的手,转身走了,在院子的泥水里,小心地挑选可以下脚的地方,走出院子去了。剩下的三五个小娃娃,大约估计到他们的父母不会送洋伞或草帽来,就冒雨跑了。

学堂里静下来,剩我一人,看着桌子上那把红色油漆纸伞。我拿起伞掂掂,却嗅到一股淡淡的香味,那是脂粉一类东西的诱人的气息。我坐在椅子上,眼前浮现着两只水汪汪的眼睛,如果不是这样近距离地看见她的眼睛,我真不知道世界上有这样好看的眼睛。她穿一件紫红旗袍,披着鬟发,细皮嫩肉,不过二十四五岁,旗袍紧紧包裹着丰腴的胸脯和臀部。我突然奇怪地想,如果我有这样好看的一个女人,难道真的就会荒废学业了?

雨小了,蒙蒙的雨雾从浓密的树梢笼罩下来,院子里昏暗了。我最后看了那把红伞一眼,终于没有用它,锁上门,走回家去。

大约过了十天,或者半月,她牵着孩子的手走进学堂来了。站在我的教桌前,斥说儿子想逃学,她把他亲手牵来了。我让她的儿子归坐。她却不走,从腰间摸出一块纸,摊开在我眼前的桌子上,问:"徐先生,这个字怎样念?"

我一抬头,发觉她并没有瞅字,而是瞅着我的眼睛,那眼里有一种令人动心的神色。我忙回答了那个字的读音,就把脸避开了。她笑笑,说声"劳驾"就走出门去了。

从这以后,每当我从杨龟年家门楼前走过的时候,就忍不住扭头瞥一眼那深宅大院了。往昔里,我和父亲一样,是不屑于瞅一眼这角亭式的阔绰的门楼的。瞥一眼,其实什么也没有看到。这一天,终于在门口撞见她了。我向她点一下头,就走过去了,她却又叫了一声:"徐先生——"我停住脚,转过身。

"孩子肚子疼,后响不能上学了。"

"那好。让娃儿在家养息。"

"缺下课……"

"娃儿病好了,我给补。"

"真麻烦你了!"

"不客气。"

我回到家中,那两只水汪汪的眼睛在我眼前忽闪飘浮;我在学堂,那两只眼睛又在字里行间闪眨……

这天晚上,我回到家,看见父亲脸色不悦,从地里犁地回来,把犁杖重重地磕摔在台阶上。他回到家中,已经和大伯二伯一样亲身躬耕了。是累得心生烦躁了吗?

直到夜深人静,大伯二伯和堂兄弟们都睡定了,父亲终于把我叫进上房里屋,关了门,压住声儿,严厉得怕人:"你和那个臭婊子有啥好说的?嗯?"

我像当头挨了一砖,眼前都黑了,说:"她给孩子请假……"

"我不要你回话!"父亲站起来,可怕的鹰一般的眼睛,"我只想给你说一句,那个婊子再找你搭话,你甭理识!那是妖精,鬼魅!你自己该自重些!"

我低下头,简直无地自容,好像我已经和那个女人真有过什么苟且之事,其实不过就是说了二三次话,都是说的关于她的孩子念书的事,每一次也都是那么简单的几句。我想分辩,解释,不光是父亲盛怒之下,难于容纳,而是我自己感到有口难张,羞于启齿了。

"走吧!"父亲负气地一摆手。

我不知是怎样从父亲住的上房里屋回到自己的厢房的。躺下之后,怎么也睡不着,心里焦躁憋闷,脑袋嗡嗡响。

这个女人，是杨龟年的二儿子在河南娶下的小老婆，因为战事吃紧，送回老家来了。杨龟年压根儿不知道儿子在外已经娶下小婆娘，气得吹胡子瞪眼，无奈那女人引着一个可爱的小孙孙，毕竟是杨家的后代，才收容下来，心里却见不得这个操着异乡口音的女人。那个经明媒正娶的大婆娘对于这个妹妹，更是恨入牙根了。这个女人在杨家，没有援助也没有同情，活得没滋没味儿，村里人说她夜夜都偷着哭哩！村里人不明底细，纷纷传说，杨龟年的二儿子从河南送回来的洋婆娘，是抢霸的一位良家女子；有的却说得截然相反，说她原本是开封府里一家妓院的窑姐儿……云云。

无论父亲的态度怎样生硬，叫人难以忍受，但冷静之后，我就不能不暗暗慑服父亲那洞察细微的眼睛，我虽然没有和那个洋婆娘有任何拉拉扯扯的事，可从心里反省，那双水汪汪的眼睛确实弄得我有点神不守舍。如果不是父亲警告，长此下去，即使不会发展到做出什么有损门风的丑事，也极其危险，任何一点半句风言浪语都可能毁了我，毁了父亲，毁了徐家几代人守节持仪所建树起来的家风……父亲直接砸向我脑门的这一砖头是狠的，也是及时的。

我的心在收缩，被那个洋女人搅起的一缕纷乱的云霓，消散了。我再也不理睬那个被父亲骂作妖精鬼魅的女人，甚至连村中一切年龄尚轻的女人也都一概不予搭理。我不能让桃色亵渎徐家贞节的门楼……

杨徐村解放了。人民政府给杨徐村派来三位先生，真是令我大开眼界。他们穿四个兜的短褂，戴着八角制帽，废止了我的教程，给学生发下西北军政委员会编的课本，设语文和算术课，另开音乐、体育和图画，其中一位年轻的女先生，教孩子唱歌，张着嘴唱呀唱，令我目瞪口呆。

我自动辞职了。没有办法，我不会算术，连那些阿拉伯字也没见过；语文科的新课本，虽然是浅显通俗的白话文，我却教不了。我离开了那个祖孙三代执教的学堂，让位给那三位新派来的新先生了，跟父亲去种地。我的蓝袍脱下来了,做务庄稼穿它太不方便啰!

半年后,一天后晌,我和父亲在村西的官道边的田地里翻耕茬地,乡政府的通讯员送来一张通知,要我到城南的师范学校去进修。去不去?敢去不敢去?该去不该去?我拿不定主意,不知该怎么办。父亲也拿不定主意。自从那三位新先生进入杨徐村,父亲不只一次地讥诮说:"蹦蹦跳跳,行走唱唱喝喝,男女不分,见谁都想搭话,啥好先生的样子!"现在他明白,师范学校培养出来的先生肯定都是那个样子,我将来也可能就是那个样子,他拿不定主意了。为此事,他专门走访了一回县教育科,回来后就拍了板:去!

临行的前一晚,我坐在父母住的上房里屋里,悉心听取父亲的临行教诲,怎样和先生说话,该当如何与同窗相处,远离家乡,一切都需自己检点。母亲又接着叮嘱生活上的琐屑事,忌食生冷食物,加减衣服要注意。我的那位媳妇呆呆地站在一旁,惶惶不安的样子,一直没有插嘴,这时问了一句:"我该给先生准备哪件衣服出门?"

我一愣。这是一个暂时被父母连同我自己都忽略了的事,该穿短褂呢?还是长袍?我想了想,没有主意。看看母亲,母亲又瞅瞅父亲,看来也是不知该穿哪样才合适。父亲正在桌上磨墨,沉思一下,抬起头来,对我说:"穿蓝袍。"

我有点疑惑:"爸,我看咱村来的那三个新先生,都没穿长袍。解放了,不兴穿长袍了。"

"解放了,没听说不准穿袍子!"父亲讥诮地说,"你看那三位洋先生,穿个短褂儿,又那么短!前裆后臀无遮无盖,有失大雅。为人师表,成何体统!"

结论定局了,穿蓝色长袍,我的媳妇就退出去,准备我明日的行装去了。

父亲已经磨好墨,拔开毛笔帽儿,在砚台盖儿上再三的顺着毛笔尖,然后猛然悬起手腕,在一张硬纸上写下两字:慎独。等得墨迹干涸,交到我手上,严厉而又含蕴不露地瞅着我。我双手接住那父亲题示的嘱咐,夹在那只折叠小皮夹里,装在贴身的内衣口袋里,表示一定要在远离父亲的陌生的环境里,一切都谨慎行事,尤其是独自一人,不在父亲的视觉之内的地方……

第二天晨曦中,我背着行装,上路了。走出村子好远的时候,我一回头,隐约看见村口的大路边,兀然站着父亲的高大的身影,因为背向从东山泛出的晨光,他像一截黑幢幢的古塔岿然不动……

我转过身走了,心里忐忑不安,脚步也有点慌匆,等待我的那个世界会是什么样子呢?我无法具体想像……无论如何,这次出门,成了我一生中的第一次重大的转折……

我不会说话,也不会走路了

当我站在教室的前头,班主任把我介绍给全班同学的时候,我简直都要窘死了。

班主任王先生领我走进插着"速成二班"的木牌的教室的时候,整个教室里腾起一阵笑声,笑的声浪几乎把我掀倒了。我立即低下头,这个见面礼太令人难堪了。班主任挥挥手,缓声和悦地劝止大家,不要笑,然后简要地向大家介绍我的名字,年龄,希望大家和我互相帮助,搞好学习。我低着头,对班主任也不满了,面对一个生人,这些人这样狂笑乱说,太没礼仪了呀!你做先生的不予严厉训导,只是淡淡地劝止,像什么话?在你介绍的时候,教室四处仍在嘀嘀咕咕议论,这像什么话?什么教学秩序?太松懈了!

班主任介绍完毕,一位男学生站起来,表示欢迎我加入这个集体,他大约是班长。他也是随随便便的样子:"欢迎徐慎行同学到我们班学习,为速成二班争光,为祖国的教育事业贡献力量!归结一句话:我代表全班同学,欢迎……蓝袍先生!"教室里立即腾起一阵喧闹的声浪,鼓掌声和笑声搅和在一起,乱极了!

我听到班主任王先生也在笑。我不能容忍他的笑,他毕竟是先生。他笑毕说:"同学们不要笑,也不要给新同学乱起绰号……"

我现在才明白大家嬉笑的原因了,笑我的蓝布长袍和头顶的礼帽。我一下子意识到我和所有同学的差异,男生女生一律穿制服或便衫,头顶八角制帽,女生留齐脖短发或双辫儿。在杨徐村,那三位新先生的装束成为众人稀奇和议论的话题,成为我父亲讥诮的怪物。在师范学校速成二班的教室里,我的装束却成为老古董怪物了!好在班主任此时指给我一个空位子,我立即从讲台上走下去,逃脱这个被众人嬉笑着的尴尬地方。我走到座位跟前,那个位子上坐着一个女生,她朝我笑笑,表示欢迎与我同桌。我的心里猛地一跳,这女生长得太漂亮了,又是一双水汪汪的眼睛。我不敢多看一眼,脑子里立即反射出杨龟年二儿子从河南遣返回杨徐村的那个洋婆娘来,立即反射出我的父亲的警告:妖精!鬼魅!关于这个同桌女生,这个妖精鬼魅,却成了对我一生影响深重的人,我后头再说和她的纠葛吧!

我不看她,在自己的座位上坐下了。从书袋里取出学习用具,放在桌子抽斗里。这时,我的头皮一凉,礼帽被谁摘掉了。

我临行前刚刚剃过头,光光净净的秃头一定很难看,教室里又响起此起彼落的笑声。欺人不欺帽!我生气了,愤恨地扭过头,寻找恶作剧的人,我甚至不惜要撕破面皮,给他个对不起了,哪有这样开玩笑的?我没有找到帽子,却看见一张张开心的笑脸全都瞅着我的旁边。我一回头,看见礼帽正戴在她——我的同桌的头顶,装模作样地向大家扮着鬼脸。

我不知所从了。那顶黑呢礼帽扣在她的头顶,底下露出一排长长的黑发,似乎不觉滑稽,倒使她显得十分好看了。我聚集在心里的火气发不出来了,也不好意思从她头上动手取过来。正在我犹豫的短暂一刻里,不知后排谁从她的头顶揭去了,戴在自己的头上。之后,我的礼帽就被许多手抢来夺去,轮换戴在男生和女生的头顶。我无法忍受这样的侮辱,生气地端坐在凳子上,负气地不予理睬了。

她大约终于感觉到自己的行为有点过分,离开座位,从教室的一角里抢到帽子,从背后过来,扣到我的头上,说声"对不起",就坐下了。

我一动不动,也没看她,以无言表示我的气怒。太没教养了!一个大姑娘,刚与人见第一面,就把别人的帽子抢过去,戴到头上,像什么话?疯张野教!

还有使人难堪的事,吃饭要赶到饭堂去,端上饭碗,拿着筷子排队,依次到窗口去打饭。我站在队列里,心里很别扭。前头已经打了饭的学生,因为没有餐厅,一堆一伙蹲在院子里,一边吃饭一边说笑,女学生也夹在一堆,张着填满饭菜的嘴巴笑。我很不舒服,这些经过两年速成进修的男生女生,很快都要为人师表了,却是这样不拘礼仪。我在家时,父亲自幼就训诫我关于吃饭的规矩,等上辈人坐下后,自己才能坐;等别人都拿起筷子后,自己才能捉筷;等别人动手在菜盘里夹过头一次菜后,自己才能夹;吃饭时不能伸出舌头,嘴也不能张得太大,嚼时不能有响声;更不能在填着饭菜时张口说话。现在,瞧这些将来的先生们吃饭时的模样吧!张着嘴笑的,脸颊上撑起一个疙瘩的,满院子里是一片吃喝咀嚼的唧唧嚓嚓的声音,完全像乡间庄稼人在村巷里的"老碗会",没有一点先生应有的斯文。

我打了饭,捧着碗,怎么也蹲不下去,就索性端回教室里来。走过一排排教室,我听见背后有压抑的嘻嘻的笑声,猛一回头,看见屁股后头尾随着一串同学,在模仿我走路的姿势,挺着腰,仰着头,迈着可笑的八字步……他们轰然大笑了。我真没办法,我觉得他们粗野无礼,他们却觉得我好笑,处处拿我开心哩!我回到教室,气得食欲也没有了。

我至今忘记不了我在师范学校集体宿舍里度过的第一个夜晚。

这种集体宿舍,我第一次见到。一排房子,两边开窗,钉成两排木板通铺,中间留一条走道,楼上又有一层。每个人把自己的褥子折成窄窄的一绺,挤挤拥拥铺满了床铺。我在我们班的辖区里铺上了铺盖被褥。天气虽是深秋季节,却不见冷,一个个小伙子,脱得只穿一条裤衩,在走道上擦洗,光着身子把脏水倒到室外的渗水井里。

我心里更觉别扭,坐在床铺上,看着一个个男性特征暴露无遗的身体,很替他们难为情。我自懂事以后,就没有在外边过夜。即使夏天,父亲也不许穿短袖和短裤,连布袜布鞋也要穿戴整齐,不许不能暴露的肌肉露出来。现在,看着这么多赤裸裸的男性肌体,我更觉得难于当面脱下衣服,解开裤带了。

我悄然脱衣,迅速钻入被筒,却无法入睡,嬉笑吵闹声像戳乱了麻雀窝,好多人逞能说笑,引逗大伙发笑。

熄灯铃响过,马灯被宿舍舍长一口吹灭,宿舍里静下来。

一个细小沙哑的却是清晰的声音在宿舍里传播,像人们在夜静时听到的国外电台的播音——

"南山里有座古寺院,住着一个老和尚和一个小和尚。老和尚领着小和尚,终日念经诵道,修身养性,一心要修行成仙。小和尚原是老和尚拾来的被人遗弃了的一个孤儿,无家无根,在老和尚膝前长大了。老和尚对他十分钟爱,管教也非常严格,每逢正月十五古寺的香火祭日,就把小和尚推到后殿,锁起来,不许他看见进香的女人,以免诱惑。小和尚长到二十岁,还没见过异性,十分纯真。老和尚非常得意自己培养出一个心灵纯净的真人,绝不会被世俗的情欲所浸染。

"为了试验这个小和尚的纯洁性儿,老和尚领他下山来,走进了繁华热闹的西安东大街。

"老和尚突然发现,小和尚不见了,一回头,小和尚站在十字路边,呆呆地盯着一个漂亮女子出神,口角的涎水吊到胸膛上。老和尚一见,气得脸都扭歪了,急步走上去,又不好当着大街上的人发作,就狠狠地说:'那是魔鬼!'

"小和尚傻乎乎地笑着:'魔鬼多可爱呀! 我要一个魔鬼……'"

宿舍里,楼上楼下腾起一片压抑着的笑声。我的心里一悸,似乎那个说故事的人,是专门影射我的编撰。那个沙哑的声音还在继续——

"老和尚领着小和尚回到寺院,狠狠教训了三天三夜,说那个魔鬼如何可恶,可憎。小和尚不知心里如何,嘴头上表示憎恶那个魔鬼了。老和尚平气之后,就想到自己教育方法上的缺点,只采取隔离的方法不行,应该让小和尚在女人窝儿里锻炼出铁石心肠来。

"老和尚在进香之日,让小和尚和自己一样盘腿坐在祭坛两边,合手闭目。为了试探小和尚看见进香的女人是否春心浮动,他在小和尚的腿上平放了一只鼓。为了避免小和尚的疑心,他给自己的腿上也放了一面鼓。

"进香的女人络绎不绝,老和尚微微启动眼皮,看见小和尚两眼闭得紧紧的,自己就合上眼。不一会儿,老和尚听到对面'咚'地一声鼓响,心里一震,暗自骂道:'这小子春心动了!算我白费了训诫的功夫!'睁眼看时,那小和尚的眼还是闭得严严的,嘴角流出涎水来了。正气恨间,又连续听到两声鼓响……

"进香完毕,游人走尽。老和尚追问:'什么东西敲鼓?'小和尚低头不语,羞惭难当,不好说话。

"小和尚十分佩服师父练成了真功,始终未听到鼓响,就跪下请罪。请罪之后,还不见老和尚起来,他就献殷勤,去搬老和尚腿上的鼓。不料——鼓的那一面,被戳了个大窟窿……"

突然爆发的笑声,终于招来了值勤教师的禁斥。

我的脸上热臊臊的,这些没有教养的人,将来要做为人师表的教员,却在宿舍里讲这样下流的故事,太粗野了!我总疑心故事的说者,是在影射我,不,简直是侮辱我的人格!

我很苦闷,孤单。我走路,有人在背后模仿,讥笑;我说话,有人模仿,取笑;我简直无所适从,连说话也不知该怎样说了,路也不会走了。我最头疼的是音乐课和体育课。我一张口唱歌,大家就笑,说我的声音是"撇"音,连音乐老师都笑。体育课更难受,我穿着长袍接受体育老师的篮球训练时,体育老师先笑得直不起腰来……每逢上这两门课,我就请病假。

漫长的一月过去了,我没有快乐,也没有温暖,一切习性全乱了套,为了躲避众人的讥笑,我整天待在教室里不出门,以避免外班的学生的讥诮的眼光。我失去学习下去的信心了,想想两年时间,真是难得磨到底。我终于下决心退学,回家当农夫务庄稼去。

早晨一进教室,我看到后墙壁的黑板前,围着好多同学在观看。这块黑板是"生活园地",登载本班的好人好事的宣传阵地,大约有什么消息了。我走到跟前一看,在"新同学简介"栏内,写着一段取笑我的话。因为这个速成班的学生,参差不齐,不断地有从各方介绍来的学员插入,所以这儿开了一方"新同学介绍栏"。有人把介绍我的文字作了修改,变成这样:

"徐慎行,字孔五十六。男性,二十三岁。籍贯:山东孔府。人称蓝袍先生,实乃孔家店的遗少……"

整个教室里的同学都咧着大嘴朝我笑。

我不好发作,走出教室,向班主任请了病假,回来收拾了书籍用具,就向班长说一声请过病假的话,回到宿舍。

我捆了行李,在校园里静寂下来的时候,背起行装,从后门走出去。匆匆走过学校所在的山门镇的街巷,就沿着小河的低矮的河堤向东走去。我像抖落了满背的芒刺,终于从那些讨厌的讥诮的眼睛的包围中逃脱了。说真的,他们看不惯我,我还看不惯他们哪!他们容不下我,我心里也容不下他们那些粗野少教的行为!

走着走着,我听到背后有人呼叫我的名字,而且是一个女人的声音。我一回头,就惊奇地站住了,我的同桌田芳正气喘吁吁地奔上来。

"你……为啥要走?"她奔过来,站住,双手叉腰,气喘不迭,水汪汪的眼睛里,气愤,惊讶以及素有的柔情,"嗯?偷跑了?"

"我不想进修了。"我心死而气平。

"那不行,你得回去跟班主任说一声。"她放下一只手,另一只手还叉在腰里,"连纪律性儿都没有!"

"你是什么人?"我不在乎,"管我?"

"我是班干部!"她理直气壮。

我才记起,她是班里的宣传委员。我不屑地笑笑说:"我要回家务庄稼去了!"

"国家刚解放,到处缺乏人民教员。"她说,"政府到处搜集有点文化的青年,集中培训,也满足不了乡村学校的需要。你倒好……当逃兵!"

我想,既然国家这样需要我,你们为什么欺侮我?我依然瞅着远处,执意要走。

"共产党毛主席领导我们闹革命,翻身了,解放了,自由了!大伙在一块学习,多高兴!"她在给我宣传,"咱们班的同学,都是些穷人家的孩子,要不是解放,能这么自由吗?你怎么能回去呢?"

这些大道理,早听惯了,然而由她一泻而出,却不是说教,有真情在。她见我还不回头,就从我的背上扯被子,说:"我从山门镇看病回来,看见你从街东头走出去了,我就撵你。我不撵你,我就失掉班干部的责任心了。你要是一定要走,也该跟我回去,给班主任打个招呼……"

我只好跟她走回学校。

自由多么美好

从师范学校的操场上朝南望去,可以看见挺拔雄伟的秦岭的峰峦;从眼前逐渐漫坡增高到山根的广阔的平原上,星散着大大小小的被树木的绿叶笼罩着的村庄;小河川道里,挑着稻捆的农民从木板搭成的便桥上忽闪忽闪走过去;田间小路上,农民拉着装满包谷棒子的小推车朝邻近的村庄走去。沉到平原西部的太阳,在沉沉下去之前,向平原上的人们投射过来热情的最后的一瞥,把瑰丽的红光洒满村庄、田野、河水和挑担拉车的农民的脸上,秦岭陡峭的崖壁上红光闪耀。

我坐在操场边角的草地上,温习算术。我的语文课似乎不成多大困难,算术就吃劲了。因为是速成班,课程相当重。要命的是那些实际并不复杂的算题,我用心算就可以得出正确的结果,可是一用算术的严格的算式计算,就全乱了套。我自然把学习的重点搁在算术上。

"呀!你找了个好清静的地方!"

是田芳,不用抬头也听得出她的声音,不过,我还是扬起头来,而且很快。我慌忙站起,看着她抿着嘴嗤笑着,倒不知该说什么了,该请她在草地上坐下呢?还是就这么站着?我对于女性有一种无法克服的惶恐感,一见着女人,尤其是单独和一个漂亮的女人在一起,我总是感到心里很紧张。

"跟你商量一件事。"她说。

"好的好的。"我诚惶诚恐。

"坐下谈吧。"她先坐下来,"这么站着多难受。"

我在离她三二步远的草地上坐下,拘束得手脚不知该怎么摆着才好。她似乎很自在,双手拘着膝头,坐得很舒服,看着我,像欣赏一只惊疑不安的小兔子。她说。"想请你给咱们的'班级生活'板报写字,你愿意服务吗?"

她是班委会的负责宣传工作的委员,编排更换教室后墙上那块"生活园地"板报。我忙说:"我……当然愿意服务。只是我的字儿写得欠佳。"

"'欠佳'!只是'欠'一点。"她笑着,没有什么讥诮的意思,抠我的字眼,"我的字写得根本说不上'佳'不'佳'!"

"我写得不好。"我已经注意自己口头用语中那些文绉绉的词句,尽可能和大家一样用生活常用的词儿,一紧张时就又冒出一个半个生涩的词句来,"真的,我的字写得不怎么好。"

"你的字写得多漂亮!"她感叹着,流露出欣然羡慕的神色,"咱们班主任王教师都说,你的字儿比他写得好,在整个师范里,也是首屈一指。你还谦虚什么呢?"

我没有再做谦让的姿态。她真诚地对我的书法的赞扬,尤其是由她传递的班主任王老师的溢美之词,使我很受鼓舞。我的字,从五六岁时起,父亲就有计划地对我进行训练了,先照父亲写下的影格描摹,然后临帖,先柳后欧,先楷后草,常常因为我一捺一竖不像真柳真欧而训斥我。在这个速成班里,我的字是无与伦比的。我说:"我尽力为之。"

这件事已经谈妥,我想她该走了。她却坐着不动,忽然盯住我的眼,问:"你为啥一天到晚不和我说话呢?"

我的心里又一悸,这样直截了当的问话,使我措辞不及,不知怎样回答。班主任王老师指定我和她同坐在一条长凳上,共用一张桌子,至今有两个月了,我没有主动和她说过一句话。到底是什么原因呢?我自己一时也说不清楚。

"我文化水平低。"她说,"你瞧不起我吧?"

我遭到误解了,连忙说:"我……没有没有!"

"那……我是老虎、是魔鬼吗?"她讽讥地说,"怕我吃了你!?"

我的脸轰然发热了,不由地低下头。我想起了在宿舍里听到的那个老和尚和小和尚的故事,老和尚威吓小和尚时把女人说成是魔鬼,我似乎就是那个可怜的小和尚了。我和她坐在一条长凳上,听讲或做作业,我从来也没有敢大胆地扭过头去注视她的脸。她长得太漂亮了,漂亮得使我不敢看她的那双水汪汪的眼睛。我只是在她不在意的时候,装作漫不经心地注视过她的眼睛和脸膛,其实我很想和她说话,和她对视,像她和班里的任何男生一样大大方方交谈或者开玩笑。我不行。越有这样想法,我却越要摆出一副毫不在意毫不动心的神态。我的心里有一道森严的壁垒,坚硬的外壳,对一切异性实行习惯性的排斥与反弹,我只好掩饰说:"我这人……不善辞令!"

"好啊!'不善辞令'!"她笑了,"你何必那么拘拘束束呢?你自个不觉得难受吗？我呀！一天不笑几场，不唱几场，心里就憋得难受。"

"我太……古板。"我说。她的话正说到我的痛处，其实我比她说的还要痛苦。我被她拉回学校，班主任王老师在班里严肃地批评了那位恶作剧的学生，大伙也不再当面把我当作笑料了，可也没有人和我亲近，我的孤寂的心并没有得到拯救。我说："我不会交际……"

她笑着，恳切地说："咱们速成班，在一块不过两年，大家难得遇在一搭，毕业后就各自东西南北地去工作了，再见面也难了。你甭摆出那么一副老学究的样儿好不好？甭老是做出一派正儿八经的样儿好不好？走路就随随便便地走，甭迈那个八字步！说话就爽爽快快地说，甭那么斯斯文文地咬文嚼字！你看……我心里有话都端给你了！"

我难为情地笑笑。我想像不出，我斯斯文文说起话来和迈着八字步，走起路来的样子究竟可笑到怎样的程度，却明白大伙对我摆出正儿八经的老学究的样子是不屑一顾的。我想告诉她，走惯了八字步倒不会随随便便走路了，咬文嚼字的说话习惯也难于一下子改过来，我的父亲苦心孤诣给我训诫下的这一套，像铁甲一样把我箍起来。我说："改是要改，一下子还是改不掉！"

"先把你的蓝布长袍脱下吧！"她说。

"那我穿什么？"我问。

"'列宁服'，而今时兴。"

"我能穿'列宁服'吗？"

"当然能。"她肯定地说，"你正年轻，身段也好，穿一身'列宁服'，保险好看。"

"有卖现成的吗？"我受到鼓舞，尤其她说我身段好，肯定在她看来，我的身材长得并不难看，"山门镇上能买到不？"

"你把长袍改一改。"她说，"山门镇上有个裁缝铺，花一点钱改成'列宁服'还能省一点。"

"那我现在就去!"

"咱们一块去,我给你参谋。"

三天以后,吃罢晚饭,回到教室,她向我挤一挤眼,使我有一种暗中默契的喜悦。她在和我到裁缝铺去改做衣服回来时,给我说,暂时保密,一俟"列宁服"穿到身上,让速成二班的男女同学大吃一惊吧!我知道她挤眼的意思:今天是取衣服的时限日。我早已按捺不住一种稀奇的心情,就和她走出学校的大门。

那个秃顶的老裁缝,取出改好的衣服,又取出剩余的布头,交给我。

"试试。"她说,"看看合身不?"

我有点难为情,当着她的面脱袍子,不大雅观,就说:"我回去试。"

"在这儿试试,有不合尺寸的地方,老师傅看了也好改。"她说。

"试试吧!"老师傅也这样说。

我不好推辞,就背过她,脱下蓝布长袍来,尽管我袍子下有两层衬衣衬裤,心里还是止不住惶惑,似乎这蓝袍一揭去,我的五脏六腑全部暴露无遗了。

她提起那件改制的蓝色"列宁服",帮我穿上,又帮我结上纽扣,我感觉到了那只灵巧的手指的温柔。我一低头,胸前两排纽扣,一排是扣着的,另一排完全是装饰品,两条宽大的领条分别摆在脖下两边。

"到镜子前头去照照。"师傅说。

我站在穿衣镜前,自己看见了陌生的自己,竟然不好意思了。说真的,我在镜子里第一次发现,我的模样是很俊的,眉骨耸高了,脸上的棱角也明显了,再不是像我父亲骂我的那样一种女子气儿的少年了,只是那个酒窝,在我不好意思的羞怯中又隐隐现出来。我看见她站在我背后,一眨不眨地看着镜子里头的我的脸,她发觉之后,有点惊慌地摆开头去了。

"挺好。"她说,"刚合身。"

我听到她的话,有点不满足,甚至怅然若失。她怂恿我改做衣服时,曾经热烈地赞扬过我穿上"列宁服"一定很好,因为我的身段好。我现在穿上了,自己已经觉得确实很好的时候,她却平淡地只说"挺好。刚合身"。我希望听到她热烈的欢呼,却没有了。

无论如何,我感到一种从来没有过的轻松。我像卸下了钢铸铁浇的铠甲,顿然感到浑身舒展了。天呀!走出裁缝铺的门,踏上山门镇石板铺成的街道,我居然不会走路了!脱掉蓝袍,穿上"列宁服",那个八字步迈不开了,抬脚举步十分别扭。她刚出门,看着我的走路的样子,扑哧一声笑了,像是压抑了许久似的,我才理会了,她在裁缝面前保持着与我的谨慎的距离,不敢说出太热情的话来。

"呀!衣服换了,路也不会走了!"我也自嘲地说。

"放开走!随随便便走!想蹦就蹦起来!"她说,像是和谁赌着气,"你敢不敢蹦起来?试试你的胆子,徐老先生?"

她在激我,开我的玩笑,我心里一急,伸手在她肩上打了一下,立即就愣住了。天哪!简直不可思议,在这个栈铺拥挤的街镇上,我居然和一个女生打打闹闹!

"好啊!蓝袍先生敢动手打一个女学生了!真是进步了,解放了!"她讥诮地斜过我一眼,使人感到亲切的讥诮呀!她说,"再勇敢一点,蹦起来!"

我鼓了鼓勇气,连着蹦起来三次,蹦起来,挥一下手臂,落到地上的时候,我脸红耳赤,索性不去看街道上那些市民的脸色。我对她说:"我今天才解放了!"

"对对对!"她连声附和,也很激动,"为啥不蹦呢?为啥不说不笑不唱呢?旧社会,尽让别人尽兴儿蹦了,尽情儿笑了唱了,而今解放了,轮着我们妇女了!"

"我可不是妇女!"我分辩说。

"你比妇女还封建!"她哈哈笑着。

"我究竟是什么且不管,"我也笑着说,"反正我自由了!自由多么好哇!"

"唱歌吧!"她说,"有勇气,跟我唱着走过去!"

"我不会唱……"我不承认我没有勇气。

"跟我顺着溜吧!"她说着就唱起来。我和她并排走着,顺着她唱的音调溜唱:

> 解放区的天是明朗的天
> 解放区的人民好喜欢
> ……

临近校门的时候,她突然站住,回过头来,煞有介事地说:"你把八字步全忘了!"

我心里一惊,真的,唱着歌走过街道的时候,我的脚步从八字步里解放了,自由了!

第二天,我按照她的吩咐,在教室后边的黑板上换写"生活园地"的内容。她把一篇编成的稿子交给我,我要按照这篇稿子的内容和长短安排版面,在阅读这些稿子时,我发现了一个刺眼的题目:

蓝袍先生穿上了列宁服

我问:"谁写的?"

她说:"我。"

我不知我为什么要问谁写的!如果不是她写的,我就不愿意让它公之于全班?我自己一时也说不清楚,反正我捏着粉笔走向板报了。

整个教室里,为这篇文章欢腾起来。

还　俗

田芳一天没有来上课,我的心里很不自在。

她病了,躺在女生宿舍里,一整天也没有进教室的门,也没有到饭堂里去吃饭。我看见班里几个女生在一起,给她打饭、送饭。我问一个女生,田芳怎么了?要紧不要紧?她支支吾吾,只说病了,像是有意回避别人的关心,我也不好意思再问下去。

我感到孤单了。一张长条课桌,过去坐着我和她,两个已经成年的速成班的大学生,感到了拥挤,也感到桌子的面积过于狭窄。现在,我一个人坐在长条凳上,觉得这桌子太宽绰了。

她的书籍和作业本子静静地躺在桌斗里,墨盒儿寂寞地蹲在桌子的右角上,这些被她的手指抚摸、使用过的工具,全都失去了生气,使我看见时就有一种惆怅之感。我挪过那只四方形的黄铜墨盒,打开垫着的丝绵团儿上留下她用毛笔挤压的坑凹,墨汁干了,我把刚刚磨好的一砚台墨汁便倒了进去,干瘪的丝绵团儿被墨汁泡得膨胀起来。我把墨盒合上,重新放到她自己平常搁置墨盒的固定位置上——桌子靠墙边的右角上。我忽然在桌子与墙的夹缝里发现了一根头发,就用手指轻轻儿抽出来。

头发很黑,像墨,又很柔软,这是从她的头上脱落下来的,她自己大概很不注意,更不可惜,她有那么多的黑乌乌的头发,垂在脸颊和后肩上。我忽然真切地感到了用手抚摸她的脖颈上的头发的印象,就把那根头发悄悄地夹在日记本里。

没有了田芳的速成二班教室里,也显出明显的差别来。往常上课之前,教师走进教室门之前的三分钟的等待中,田芳领大家唱歌。她从我的耳畔唱出一支歌的头一句,叫声一、二,于是教室里就腾地响起歌声来。我分明感觉到她口中掀起的轻柔的气浪对我的耳朵和脸颊的冲击,随之就跟着大家唱起来。今天,第一节课前,因为没有人领唱而默然了,第二节课开始前,由班长临时代替田芳领唱,我总觉得有点别扭,燃不起大家唱歌的热情。纵然唱起来了,歌声却死气沉沉,缺乏生气。

我坐在课堂上,眼睛瞅着在讲台上讲得满头大汗的老师,心里却想,田芳病得一定很重,她那样热情奔放的人,怕是不病到十分厉害的境况,是不会躺下的。宽大的集体女宿舍里,现在只躺着她一个人,一定很孤寂,我要是陪坐在她的床边,肯定会使她的心情宽舒一点。我也乐于坐在她的旁边的。

我决定在午休时去看她。好容易上完四节课,草草吃完午饭,我回到教室,放下碗筷,班级篮球队长拉住我,要我写几张篮球比赛的布告。我只好埋头书桌,拔开毛笔。

球赛是一场校际比赛。由我们速成二班对县中的校队。我们班的篮球队是师范的冠军,威震县城。我们的篮球队队长有一个雄心勃勃的计划,要征服县城里的所有单位的篮球队。我已经迷上篮球运动了,虽然我的球技水平根本不够上场的资格,却是这支生龙活虎的球队的一个不可或缺的成员。我每次写海报,我的字是可资赢人的,即使在藏龙卧虎的古县城里,我写的海报前常常围着一堆并不喜欢篮球运动的遗老遗少,品评我的墨迹,使速成二班的篮球队也增加了半分光彩。我的主要职责是替运动员们当衣服架子,他们上场时,匆匆地脱下衣衫或裤子,甩到我的怀里,我一律搭到肩上,不会弄脏,也不会丢失。我从开场一直看到结束,从不中途退走,让运动员放心。篮球赛结束后,我替他们用网袋背球儿,和他们一边议论着刚刚结束的战斗,走到小镇街道外边的小河里,洗一洗。为此,篮球队长破例吸收我为篮球队的球员,虽然根本不是指望我上场。我穿上了一个最大号码——二十六号的背心,胸膛上有两个用红布轧成的大字"速成",既是我们班的班名,又意味着在赛场上速战速决的作风,自然是我的笔迹。

写完海报,我就急忙往女生宿舍走去,下午有球赛,我不能不去,缺了我,队员们的衣服搁哪儿去!走到女生宿舍门口,我有点犹豫起来,那个门里是女性的独立王国,即使再开通的人,甚或是冒失鬼,也会在这门前放轻脚步,思考一下。我从来也没有进过女生宿舍,倒有点丧失勇气了。

"哎呀!慎行,快来!"我们班的王艾艾正好出门来倒水,看见我,快嘴快舌,"田芳刚才还问你哩!"

我的所有顾虑全都在王艾艾的几句话中烟飞云散了,跨上台阶,跟着王艾艾走进门,由她引着我一直走到田芳的床铺边,我却急得说不出一句话。

她倚在被子上,向我笑笑,说其实并不要紧,明天就可以上课了。我已学得稍微聪明了,知道女同学有些不便说出口来的疾病,也就只是关照她按时服药,悉心养息,不问病症。

我坐在她旁边的床边上,看见她的脸色有点黄,眼圈上有一道模糊的晕圈,头发有点散乱地压在被子上,病容的脸颊似乎更加婉丽动人,令人陡生怜惜之情。我忽然想到我早晨拣到的她的那根头发,不由地心悸了一下,竟然觉得鼻腔酸溜溜的,看着左右坐着的本班的几位女同学,我强忍住涌动的眼泪。

"我刚才还问你哩!"她淡淡地笑笑。

"有啥要我做的事吗?"我问。

"离元旦剩下一月时间了,校学生会要各班给元旦晚会准备节目。"她款款地说,忽然眼睛一亮,"咱们班出四个小节目,一个大节目,想排《白毛女》,让你参加演出……"

"啊呀!天爷!我……"我惊慌地摆手。

"其实,你的嗓子挺好的,只是没有训练。"她并不急,似乎早就料到我的反应,依然缓缓地说,"把嗓子练顺了,声音挺好。"

几个女同学也都附和着,说我的嗓门不错。我从来也没想到过登台演戏,很不踏实,仍然推辞。几个女同学七嘴八舌,简直说成了非我莫属的情况。王艾艾问:"派他支哪个角儿呢?"

田芳笑笑说:"黄世仁,怎么样?"

"不行不行!"我腾地红了脸。

"他不用排就会迈八字步!合适合适!"王艾艾冲着我,在走道上转起八字步,"慎行呀!演吧!"

"这次演出要评奖。"田芳说,"咱们要给速成二班争取荣誉。"

我忐忑不安地垂下头。

"我病好了咱们就开始排练。"田芳说,"你甭怕,我给你排戏!"

我支吾一声,自己也没听清说的什么。我想推辞,又怕她不高兴;接受吧,又实在觉得是笨鸭子上架,太难为了;想到在排戏的较多的课余时间里,我可以和她在一起,又觉得十分快乐,于是就算默认了。

我坐在她的床边,明显地感觉到女生宿舍的异常气氛,比男宿舍干净,整洁,飘着一丝淡淡的粉脂的气味。诚恳地劝慰她安心养病,我就告辞了。

晚自习时,我隐隐得知,田芳的家里大约出了什么事。她的父亲昨天到学校来找她,送走父亲时,有人看见她和父亲憋着气,晚上在宿舍偷偷哭过,今天早晨就起不了床了。究竟发生了什么事,她没有给谁说过,属于一种猜测。

我想不出她会有什么大不了的事。

第二天早晨,她来上课了,我的心里竟是一种急切的期待之情。上早自习了,好多同学从教室里走到外头去,在庭院里的柳树下,在学校的围墙根,朗读或者背诵语文课文。我也喜欢在院子里早读,空气清爽,也不干扰别人。今天早晨,我没有出去,就坐在位子上,我在暗暗等待着田芳来上课。

她来了,走进教室时,屋里的几位同学都和她打招呼,问候她的病情。她笑笑,一律表示感激,说自己今天精神好多了,不要紧了。

她向自己的座位走来,我已经早早站起,像是迎接她归来。她走到我跟前,照例笑着,坐到靠墙的位子上。我忘了问她病况,也随之坐下,心里很踏实了。

"头不疼了吧?"

"不疼了。很好。"

她说她好了,我就再也找不出什么问候的话,不说又觉得心里别扭,很想说上一番热心的关照的话:"天气凉了,要注意冷暖变化,甭大意。"

她有那么不长不短的一会儿时间,以一种异样的目光盯着我的眼睛,听我说话,忽而眼睛一闪眨,那种异样的光消失了,又恢复了和一般同学说话时一样普通的神色。那种异样的目光出现的时候,我的心忽闪忽闪跃动了,胸腔里阵阵发热,像一束电石的火光闪烁了一下,我有生以来从未有过的一种奇妙的心灵颤动。

"谢谢。"她说这句话时,虽然是诚恳的,却没有那种撞动我的心灵的目光。

又过了两天,晚饭后,她召开第一次排演会议,所有参与演出的演员和伴奏、服装、道具人员都参加了,四十来名学生的速成二班,几乎人人都派着了用场。伴唱组的女生,伴奏组的拉胡琴的,打大鼓的,敲锣打梆子的,人才应有尽有。那个拉头把胡琴的打大鼓的男同学,原先当过吹鼓手,喇叭和铙钹,全都能来两下,由他负责伴奏组的训练,缺少的人才由他教导。

我被分配演黄世仁,竟然成了真的。田芳饰演喜儿,在剧中我和她处于两个对立的阶级的地位,毫无感情上的共鸣,使我很遗憾。我甚至忌妒起班长刘建国来,他演大春,正面人物,脸上抹红,又有许多和喜儿表示特殊感情的戏剧情节。我还是服从了田芳的分工,使她不致为难,再去调整扮演角色,浪费时间。而要在一月稍多点的时间里排出这一大本戏来,真是够紧张的。

田芳表现出她的对于文娱工作的非凡的组织才能。她要求在五天内全部背过唱词,一周后在一起对词,下来花十天时间排演动作,第四周结合伴奏全面排演。她精神振作,热情极高,同学们都愿意听她的吩咐。

她是够忙的了,既要指挥大家排演,又要自己支角儿,而且是贯穿全剧的主角。我们每个演员,在背会唱词以后,就给她打招呼,向她面背一遍。然后,她一边弹风琴,一句一句给我们教唱词,一句一句纠正音韵不准的唱段。我看不到她自己背诵喜儿的唱词的时候,但我并不担心,似乎整个剧本早就扎在她的脑子里。

黄世仁的唱词儿不多,却有点怪腔怪调儿,唱起来十分咬口。《北风吹》和《红头绳》两段,几乎每个同学都会哼会唱了,而生活中很少有谁喜欢哼一哼黄世仁的腔调的。我对扮演黄世仁这个角儿的兴味提不起来,音调更觉得唱不准了。

"甭急,慢慢来!"

她用脚踩着风琴踏板,双手按着琴键,侧过头来,对我说。大约是看出了我的不耐烦情绪,反倒不厌其烦地和着琴声,唱了一遍又一遍,给我示范,给我纠正。我一边跟着独唱,一边盯着她弹琴的动作,端庄,自然,优美,我的心情很快就稳定下来。

我的热情陡地高涨了,精神异常兴奋,心情特别舒畅,几乎每天晚饭后总是第一个走进学校的小礼堂这个临时借用的排练场,替她做些组织工作,做些零碎的杂事。由她提议增补我为剧团的副团长,大家一致拍手赞同。我和大伙相处得很好,进入我来到师范学校之后的最佳精神状态。

新年临近了,排练也进入最后的关键时刻。一场意料不及的事发生了,田芳——我们剧团的团长,《白毛女》剧中的灵魂,被什么一时搞不清的野蛮的家伙绑架了,在师范学校酿成了一场严重的"田芳事件"……

拳头之歌

上午的后两节课是作文。王老师在黑板上写下《第一场雪》的题目之后,简单地提示了几句,就走出门去了。

我正在起草稿,忽然看见一个老头走进教室门来,肩头背着褡裢,脸上冻得皱巴巴的。在教室里瞅着一个个男生和女生低垂写字的脑袋。我看他那倔倔的神气有点可笑,这是谁的家长来了呢?他瞅了半天,也没有瞅见要找的对象,就叫道:"芳芳!"

田芳猛地扬起头,急忙绞了笔,显出慌慌的样子,离开座位,从走道上走到前头,把老头儿引出教室去了。

那老汉大概是她的父亲,我猜测,从他叫她名字的口气儿可以判断出来,村乡里那些老农民,叫自己的亲生儿女时都是这种神气,而且不分场合,一律像是在自家屋里呼儿唤女。他来找她,并不稀奇,班里的同学从四面八方汇拢到这个小镇上,一律住宿,一年半载不回家,常常有这个那个的家长找到学校来,少数是家里出了事,父亲或母亲病重了,需得回去看看;多数是给儿女送衣送钱,借机看看自己可爱的儿子或女儿。

田芳跟她父亲出门以后,我的心里却不安了。她的父亲找她,我有什么好说好想的呢?自己也奇怪了。她抬头看见她父亲的那一瞬间,眼里泻出一道惊恐的神光,随之转换为一种憎恶的气色了,随之一切都消失了。她的父亲,即使猛来乍到,也不应该令人那样惊恐吧?更不应该有憎恶的样子显现。我猜不出其中原因,心里却有点焦躁,有点担心。

我竟而至于不能继续描绘入冬以来第一次降雪的壮丽景色了,越想,心里越加焦躁了。人对于可能发生的祸事是不是有一种先兆性的心理反应,我说不清,反正我心里已经毛躁得难以在作文本的小格子里写字了。

我拿起茶杯,佯装到水房里去打水,走出教室,甬道上没有田芳和她父亲的影子,一排排教室里,传出这个那个教员的讲课的声音。她大概把父亲引到宿舍里去了,我在水房里打了水,慢步朝回走,忽然看见打铃的校工刘大根跑过来,朝我说:"你们班的田芳给人拉走了!"

"谁?"我大吃一惊。

"一帮人!"刘大根说,"我从街道上过来,碰见一帮人把她往马车上拉!"

"在哪儿?"我的心里涌起一股火来。

"山门镇南头……"

我甩了水杯,拔脚就跑了。我懵了,闹不清究竟是怎么回事,那个叫她的是什么人呢?她为啥要跟他走呢?我只觉得她不能被拉走,怎么会有这种事呢?我奔出校门了。

街道上似乎有人已经在议论什么,我直朝小镇南头跑去,果然看见围着一堆人,议论纷纷。我奔到跟前,大车上站着七八条大汉,扭着田芳,田芳在挣扎,又跌倒在车帮上,几个人趁势压住她。我大喊一声:"不准抢人!"田芳猛地回头,哭喊:"快——慎行……"赶车的人大约感到事不宜迟,"哗"地一声甩起鞭杆,马拉着大车跑起来了。

我追着马车跑。马车跑得并不快,我追到马前头,面对奔马,毫无办法,我自小没有摸过牲畜,更不会驾车,不知怎样才能使奔驰的马车停止下来。那个赶车的汉子,一挥长鞭,我的头顶一声响亮的鞭声,鞭鞘正抽在我的左脸上,火辣辣地疼。在我被抽得晕头转向的一瞬间,马车"哗"地一声跑过去了。

我摸一把脸,继续追,愤怒与急迫中,我从地上摸起一块半截烂砖头,离开马车稍远一点,跑过奔马,回过头来,照准驾辕的红马的脑袋,鼓足全力甩出砖头,一下子击中了马的鼻梁骨。那红马尖叫一声,前蹄腾空跃起,前头挂鞘的两匹马站住不动了。赶车人用鞭杆砸辕马的屁股,红马摇头摆尾,尥起蹄子乱踢,马车停下了。

我立即扑上马车,又被一个汉子推下车来。赶车人也跳下车,朝我愤怒地抡起拳头。我已经忘记了危险和孤身无援,迎着他冲上去。这是一位中年汉子,力气很大,却笨拙,我闪过他那沉重的一拳之后,就在他的脸上砸了一下,大约打中了他的眼睛,他立即丢下鞭杆,双手抱住眼睛,蹲在地上了。这是我平生第一次打人,还真的尝到了一点打击对手的痛快。

"打这个野男人!"

听到一声吼,从车上跳下三四个汉子来,从四面包围了我。我不知该怎样对付,头上一下,腰里一下,我被打得无法防备,忽然朝车上喊:"田芳!快跑!"就被打倒在地上了。

"打这个野男人!"

我被打倒在地上,有人坐压着我的脊背,我爬不起来。他们在骂谁?野男人?是谁?是把我当田芳的野男人打吗?

街巷里一阵呼喊,一阵杂乱的脚步声。坐在我背上的那个汉子蹦走了,我爬起来一看,速成二班的男女同学赶来,正在大车周围的街道上摆开了打架的阵势。力量对比一下子发生了绝对的变化,那几个汉子被学生包围住,打得乱爬乱滚。

我跑到马车跟前,看见几个女同学已经解开田芳被绑捆着的双手,扶着她从车上走下来,我看见她的泪痕斑斑的脸颊,忽然心里难过了,流下泪来,一句话没说出口,就跌倒在地上,昏迷了……

我的手被一只温柔的手攥着,紧紧地攥着,我真舍不得那只手松开,离去。我睁开眼,是田芳握着我的手,周围坐着一伙男女同学,她当着大家的面攥着我的手,似乎没有什么不好意思,我也觉得这本来没什么,就该这么攥着。

我依稀记得,我是在山门镇的医疗所里被救醒的。大夫给我包扎之后,又给我吃了几片药,说是催眠的,我就睡到天色傍晚了。

我感到口渴,张张嘴,没有说话,她就意识到了,用一只磁匙给我嘴里喂水。我看到她从盛水的搪瓷缸里舀起一匙水,用嘴吹吹凉,就准确地喂到我的嘴里。我静静地躺着,闭上眼睛,听着那咝咝的吹气声,等待那挨近到嘴唇上来的勺子。我真想抱住她,把头埋在她的胸前,和她痛哭一场。

"你知道不?县公安局把狗日的逮了三个!"班长刘建国说,"我们速成二班这下打出威风啰,太不像话嘛!已经解放了,竟敢抢人!"

我心里很痛快,抓了他们三个,真是叫人痛快。我坐起来,浑身疼痛,背后垫着被子。

"哈呀!了不起,真是了不起!"篮球队长说,"咱们的蓝袍先生会打架了,真是了不起!想想你刚来时的那般斯文……"

大伙瞧着我笑。我也笑了。田芳抿着嘴儿,也瞅着我笑,说:"他打什么呀!尽挨了打!"

我挨了打,被打得头破血流,鼻青脸肿,可我也打了一拳,砸了一砖头。我那一砖头砸得多准!正好击中了辕马的鼻梁骨,使飞奔的马车停住不转了。我仅仅打出的一拳又何等的威风,何等的准确,一下子砸得马车把式蹲到地上,双手捂住眼睛,抢不成鞭杆了。我平生没有跟别人打过架,没有体验过打人的滋味,现在才发觉,打人也有乐趣,特别是当你出于一种卫护弱者(这弱者又是你顶要好的同学)的义愤的时候,用拳头击中对方的身体,就会产生一种无与伦比的痛快的滋味。我久久地回味着那一拳击中马车把式时的情景,而把自己得到的几倍的报复忘记了。

"他们怎么敢在光天化日之下抢人?"我问,"田芳,到底是怎么回事?"

"那是她婆家来的一帮子蛮汉,要抢田芳回去拜堂——结婚!"一个女同学代替她说,"甭问了,让田芳又难过。"

我又忍不住问:"到教室来找你的那个老汉是谁?你怎么就跟他走了?"

"那是我爸。"田芳说,"我爸在我十岁时就把我许给人家,卖了八石麦子。我而今不愿意这桩事了,他说让我拿出八石麦子还人家。我说我工作以后,逐年还,全部还清。俺爸这一关先打不通,跟人家合在一起,要把我送给人家哩!他不单是粮食问题,还说我丢人丧德,损了他的面子……"

我大致明白了缘由,也不想再细问了,怕引她伤心。这样的婚姻状况,在我们速成二班,不仅是田芳一个人的痛苦,好多男生女生都有类似的遭遇,班里早已有几位学生解除了婚约,还有一些人正在酝酿,两个速成班正在形成一股离婚和解约的风潮。

"打这个野男人!"

那个从马车上跳下来的汉子呼喊着朝我奔来,把我当野男人打,现在想起来,似乎也并不觉得有什么不好意思。当时,田芳被绑在车帮上,不知听到这句恶毒的话了没?

"田芳……"我想安慰她几句,却又不知该说什么好,临到嘴边,却说到其他事情上去,"咱们的戏还排练没有?"

"今天……停了。"田芳说,"你的伤势要是到时不能恢复,就难演出了。现在想调换谁来演,来不及了!"

"你先说你怎么样?"我担心她的精神刺激太重,能不能上台,"能上台吗?"

"我能。"她说,"我才不把他们当回事儿哩!反正甭想我进他们的门!"

"我也能!"我说,"你给大家继续排演吧!我一定能上台!"

元旦晚会通宵达旦,夜半时,食堂里给全体师生准备下一顿丰盛的年饭。《白毛女》是压轴戏,排为最后一个节目,吃过年夜会餐之后再化妆也是来得及的。我就坐在大礼堂里,欣赏着各个班里的文娱节目。田芳另有一个独唱,我期待着。

终于轮到她了。她站在台上。穿一件红袄,沉静而大方。几天前,由她引起的轰动一时的打架事件,使她成为全校瞩目的人物。现在,她站在台上,让全校师生瞩目,不知出于什么心理因素,哄哄乱乱的大礼堂里倏地静寂下来。她唱起来了——

旧社会
好比是黑咕咚咚的枯井万丈深
井底下

> 压着咱们老百姓
> 妇女在最底层
> 看不见太阳看不见天
> 数不清的日月数不清的年
> 做不完的牛马受不尽的苦
> 谁来搭救咱

会场里十分静,静得使人感到压抑,压抑得人想喊,想叫,想蹦起来狂呼狂喊!我的眼泪流下来了。我听见有人抽泣。不知是哪个班的女同学,开始附和着田芳在台下唱起来,很快地蔓延到各个角落,男生们也唱起来,整个大礼堂里,回荡着这曲《翻身歌》——

> 共产党,毛泽东
> 他领导咱全中国走向光明
> 从此砸断了铁锁链
> 妇女就成了自由的人
> ……

我扬起头,张着嘴,忘情地唱着,眼泪从脸颊上流进嘴角里来了,咸涩涩的。我是个先生。我是那个小和尚!我是受压迫的妇女!我是一个被父亲禁锢成了没有七情六欲的木偶!我……今天成了……自由的人……了!

新浪潮拍击下的老农民

积雪覆盖着原野。乡村间的大路上。午间融雪时踩踏得稀烂的泥巴,夜间又冻结成硬块了,路面坑坑洼洼,绊绊磕磕。道路朝南,沿着漫坡而上的原野延伸,在雪地上像一条随意丢下的皮绳,曲曲弯弯。

我们三人——班长刘建国、班主任王老师和我——一行,冒着渭河平原数九隆冬的清晨时分凛冽的寒风,正沿着这条乡村大路朝南走,要赶到一个叫田家寨的村子去,找田芳的父亲田茂荣老汉。我们将交给他四百块钱,由他再交给把田芳许订给的那一方的家长,偿还他接受过的彩礼或者说聘金,从经济上彻底割断捆绑着田芳的绳索。这是怎样一件令人鼓舞的壮举!

四百块钱装在我的书包里,沉甸甸地挂在我的肩上,那无异于几百颗腾腾跳跃着的心,我怎能不感到沉重呢!

新年晚会上,我们的《白毛女》歌剧获得了极大的成功,田芳的名字消匿了,那些认识或不认识她的外班的同学,那些教她或根本没有教过她的老师,见面都亲切地叫她白毛女了,我们班的同学更不用说了。戏剧里的白毛女已经获得了新的生活的权利,获得了幸福自由的爱情,现实生活中的白毛女——田芳,笼罩在心灵上的封建的乌云还没有消散。

虽然发生过轰动小镇的抢劫田芳的事件,她的父亲仍不改口,绝不许她毁弃三媒六证确定过的与大张村的婚约。对她压力最大的不是她的父亲,她说她将永不回家,甚至断绝父女关系,也决不回到"黑咕咚咚的万丈深的枯井"里去了。对她压力最大的是八石麦子,她的父亲把她许订给大张村所接受下的聘礼,早已被全家老少吃掉了,变成粪土,施到田地里去了。八石麦子,一石十斗,一斗三十五市斤,整整两千八百斤,折合人民币三百多块钱哪!

一场募捐活动在师范学校掀起来了!

想起这场募捐活动的前前后后,我至今仍然激动不已。起初,只是我们篮球队几个同学的举动,想不到竟然扩大到整个学校里去了。那天与县武装部的篮球赛结束以后,我和队长何长海回校的路上,闲扯着已经过去的田芳被抢劫的事。我说,我要是有三四百块钱,我就愿意拿出来,解除她心上的债务。何长海说,咱们球队凑一凑,能不能凑够呢？十来个篮球队员在一块凑来凑去，不过几十块钱，远远不够。回到学校后，消息传给班里的男女同学，大家纷纷向我捐款。紧接着，外班的同学也赶到我的宿舍、我的教室里来捐款，甚至有十几位老师也捐了……啊呀！短短的三四天内，我的书包里装进了五百多块钱，超过需要的数目了。我和班主任王老师商量之后，决定把多余的一百多块钱退回那些捐款最高的老师和学生，留下四百元足够了。

"为了砸断封建锁链！我捐三块……"

"再不能容忍我们的姐妹做封建婚姻的牺牲品，我捐一块……"

"为了解放，为了自由！我捐……"

…………

那一张张男生和女生的脸在我眼前叠印，那一声声慷慨激昂的话在我耳畔响着，永生难忘！大伙不仅是同情田芳的遭遇，而是一种共同的时代要求。刚刚获得解放和自由的新中国的第一代青年，强烈的反封建的意识是共同的要求。这些师范学校的学生，尤其是速成班的学生，来自社会底层，不单是仇恨地主资本家，尤其仇恨封建的婚姻，好多人与田芳有类似的遭遇，离婚和解除婚约，在师范学校不仅不会被人耻笑，而会得到普遍的支持和同情。

"你离婚了？"

"离了！"

"完全弄零干了？"

"零干了。你呢？"

"我刚提出来，正离哩！"

"赶紧离了！重新自由去……"

这是公开的交谈，不会令人议论……田芳这样的引人注目的白毛女，得到热烈的募捐就是不奇怪的事了。

我按按书包，四百块人民币正在手心，我的心止不住一阵发热，隆冬原野上清晨凛冽的寒风也不那么厉害了。

我们三人走进田家寨,几经打问,终于找到田芳家的门口。

两间厦屋,连个围墙也没有,一眼就可以看出,这是一家十分贫苦的农民。我们三人站在厦屋门口,一个女人走出来,大约四十出头,一眼就可以断定是田芳的母亲,脸形太相像了。她一看见这三个穿戴不同于庄稼人的陌生人,先愣怔了一会儿,有点惊恐地问:"寻谁?"

王老师说明了我们的身份。田芳母亲脸上的惊恐立时消失了,却更加慌乱,把我们让进屋,却无法使我们坐下来。炕上的一张破烂的被子下,围坐着四个娃子和女子,地上竟然没有一个可供人坐下的凳子。她擦擦手,闪身出了门,再进门的时候,端着一条长凳,大约是从邻家借来的。不管怎样,我们三人挨排儿在长凳上挤着坐下了。

她张罗着倒水,取烟,取来了一只装着烟末的木盒子,却找不到烟袋。王老师点燃自己的纸烟卷,劝她再甭麻烦了。她在灶锅下的木墩上坐下,却不知该说什么好。没有经见过世面,也没有和公家的干部打过交道的农家妇女,常常都是这个样子。王老师尽管很和气,问她家里的状况,她头不抬,烧着火,简短地答上一句,半天又没话了。田芳的父亲拾粪去了,她告诉我们,随之就指使坐在炕上的儿子去找。

老汉回来了,头上裹着一条黑布帕子,鼻子冻得红红的,一进门,大声说:"三位先生来了!抽烟——"把那个短杆旱烟袋依次让给我们三人,随之在门槛上坐下来。

"三位有何贵干?"他仰头问。

王老师和他谈起田芳的婚事,给他解释新社会婚姻自由的道理。老汉低着头,抽着烟,做出一种耐心听着的姿态。一当王老师停住口,他仰起脸,做出深明大义的神气,说:"新社会好,咱农民拥护共产党。儿女的婚嫁之事,应该由家里管,政府和学校管这些事做啥?"

王老师又耐心给他解释学校应该管的原因。

"人而无信,不知其可也。"田芳的父亲说,"你们都是有知识的人,比我懂得多。我跟人家说下一句话,三媒六证,邻里皆知,而今一水冲了,我在田家寨还算不算人?"

我心里暗暗吃惊。这个老农民,一身黑色家织粗布棉袄棉裤,补丁摞着补丁,肘头露出变成黑色的棉花絮子,一脸皱折,鼻尖上吊着清凌凌的水一样的鼻涕滴子,捏着烟袋的手指像树皮一样裂开着口子,嘴里却吐出一串一串半生不熟的词句。我早已从田芳口里得知,她的父亲是个一字不识的粗笨庄稼汉。一个大字不识的粗笨庄稼汉子,谈起话来,却要讲信义,夹杂些半通不通的古文词。如果是我的父亲这样讲话,也不足怪,而田芳的父亲却叫我奇怪了。

王老师索性问起八石麦子的事。

"有这事。"田芳的父亲一口应承,"家家的女子都卖钱,家家的儿子订媳妇都花钱。我吃了人家的麦子,我不昧良心……"

王老师又讲道理,说那根本不是昧良心的事。我也就一手掏出四百元钱来:"这是我们同学和老师的一点心意,目的只有一个,让田芳能安心读书,再甭逼她上轿了……"

老汉瞪大眼睛,瞅着我递到他眼前的一厚扎票子,愣住了。他显然没有料到我们的这个举动。愣了半天,忽然醒悟似的,猛地伸出双手,把我的手推开,并且站了起来:"这不能,这不能呀!"

"我们是为了田芳的前途……"我说。

"为了啥也不能失信!"老汉说。

"你要是不收,我们就——"王老师看看说服不下,就使出我们路上商量好的最后的一着,"交给乡政府,由乡政府交给大张村那家人。当然,这样一来,媒人和你难免就不好看了。你知道,上次抢人,县上扣了大张村三个人,刚刚释放……"

"哎呀!"田芳的父亲颓然坐在门槛上,双手抱住头叹息。

王老师示意我把钱放下。我瞅瞅那张破烂的用麻绳扭着腿儿的小桌子,上面摆着盆盆罐罐,把钱放下了。

"我们走了。"王老师站起来说。

田芳的父亲抬起头,看见桌子上的那一摞钱,没有推辞,脸上露出愧疚不堪的神色,张开双手,挡住门:"说啥也不能走……不吃饭了,再坐坐……"

我们又坐下了。

"唉,三位同事……"他摆摆头,一脸诚恳的又是慌愧的神色,"解放了,以往的礼性全部不合时了吗?"

王老师笑了:"也不是这么说。你,一个贫农,翻身了,扎实种你的地,把日子往好里过,顾那么多臭礼性做啥?"

"解放了好!确实好!不拉兵了,不抽税了,官人不欺百姓了,确实好!可这新社会——"田芳的父亲现在显出一个老庄稼的天真来,说,"全都没大没小了么?男女不分了么?不顾脸面了么?"

王老师哈哈笑着,摇摇头。

"你看——"老汉举出例证来,"俺田家寨,有五个姓氏,田姓是主,其余是后来添进来的。人说,'歪胡家,捣秦家,恶鬼出在刘、李家,仁义礼智大田家'。而今,田家人也不讲礼义了!你看看,那些男男女女,这个离婚呀,那个自由呀!闹得全都乱了套……当然,咱连咱的女子也没管得住!"

"你为啥要管人家哩?"王老师笑着问,"人家年轻人,听啥不听啥,自己有主意了!你拿那些老封建思想管人家,肯定管不住!"

田芳的父亲叹息:"咱们人老几辈儿没跟人胡说白道过,穷是穷,可没做下让人指脊背的事……"

"你把我压迫了一辈子!"田芳的母亲说,"而今孩子压不住了……才好!"

"你——"田芳的父亲红了脸,"我看我活不成了!"

"穷得叮当响,臭礼性倒多!"女人更加壮起胆子,"土改时,工作组分给咱一张桌子,两把椅子,他呢?晚上悄悄给人家送回去,让民兵抓住了,审了半夜,说他跟财主有勾搭,他只说……我不能白受不义之财……你们三位听听,这就是他的礼性!"

……………

告别了田芳的父母,我们三人重新返回来。太阳升起在冬日灰蓝的天际,寒气消散了,道路上开始松冻,泥泞布满乡间大道。我们三人回味着刚才和田芳父亲的有趣的谈话,说着笑着,走到漫坡顶上。

眼前是渭河平原的壮丽的原野,坦坦荡荡,一望无际,一座座古代帝王、谋士、武将的大大小小的墓冢,散布在田地里,蒙着一层雪。他们长眠在地下宫殿里,少说也有千余年了,而他们创造的封建礼教却与他们宫廷里的污物一起排到宫墙外边来,渗进田地,渗进他的臣民的血液,一代一代传留下来,就造成了如我的父亲和田芳的父亲这样的礼义之民吗?

归来已觉不是家

接到父亲一封信,我才记起,离开家庭已经四五个月了。父亲关心我的学业,我的身体,问我是否恪守着"慎独"的嘱咐。父亲的很合规范的文言体书信,功夫独到的小草墨迹,把一个遥远的记忆勾回到我的心里来了。那么熟悉,却又那么陈旧。

班级之间的篮球比赛正在进行,我继续履行我的衣服架子的职责,父亲的信装在口袋里,赛场上激烈的竞争牵动着我的神经。有人在拉我的胳膊,我一回头,是田芳。什么事,等不到球赛结束吗?我实在不能从这紧要关头走开。她却拉着我的袖子,硬把我从人窝里拽出来。

"告诉你一件事。"她说,"县宣传部来人通知学校,让我们的《白毛女》歌剧下乡宣传演出。"

"真的吗?"我忙问。

"真的。"田芳说,"王老师刚才告诉我,让我叫你去,商量一下。"

"什么时候演出呢?"我问。

"寒假里。"田芳说,"马上要放假了。"

我和田芳找到王老师的房子,完全证实了这件事。这无疑是一件光荣的任务,王老师也很高兴,问我有什么困难。我说什么困难也没有,只是应该回一趟家,放假后就没有时间了,王老师批给我两天假,让我考试前赶回学校,下周就要期终考试了。

"你这次回去,你爸可能要认不出你了。"王老师笑着说,"你把老先生能吓一跳!"

田芳瞅着我,抿着嘴笑。我也笑了。

从王老师房子出来,我又朝操场走去,仍然惦记着速成二班的最后的胜输。田芳狠狠拽了我一把:"那么球迷呀!我还有事儿跟你说。"

我只好站住。

"你把募捐时记下的花名单给我。"她说。

"要那做啥?"我问。

"有用。"

"干啥用?"

"你别管。"

"你不说清楚,我不给你。"

她无奈了,只好说:"我要保存下来。待我毕业以后,有了工资收入,我要加倍给每一个募捐的同学偿还!"

"噢!这样——"我说,"这样……不好。"

"为什么不好?"田芳说,"我心里实在过意不去,很不安呀!"

"那样……起码在我,就伤心了!"我说。

"你伤什么心呢?"她问。

"我们募捐,完全是出于一种对封建婚姻的反抗。"我说,"那些外班的同学,有的根本和你连一句话也没说过,你也不认识他们,他们为啥自动捐款呢?你想想……"

"我明白。"她说,"即使这样,我也应该偿还。同学们的心意我明白……"

"当然,怎么处理这件事,由你决定。"我说,"不过,你千万别给我……偿还什么钱!"

"那……好吧!"她沉吟说,"你把那个名单给我,我要保存,比什么东西都珍贵了!"

"这倒好!"我说,"我抄出一份给你,我也保存一份。过多少年,看见这名单的时候,心里会是怎样呢?啊……这是几百颗心呀!"

"你说得多好!"田芳眼里浮出动人的泪光,声音低低的,抖颤着说,"比金子还贵重的心呀!"

从学校吃罢早饭就动身,回到东塬上的我的老家杨徐村的时候,暮云四合了。冬日天短,又是步行,八九十里路走回来,整整用了一天时光。我的心情很好,离家几近半年,家里会是一种什么样子呢?

我站在门口,门楼兀立在寒冷的暮色里,那令整个家族引以为自豪的"读耕传家"的门匾题字,有点孤寂,也有点过时黄历的冷漠。我走进院子里去了。

院子里发生了很多变化。我和我的媳妇住的那间厢房,传出牛粪和牛尿的混合气息,我一探头,就看见一头黄牛正在槽头嚼草舔料。走进上房,父母住的房子从中间隔开了,分成两间住屋了。父亲正在小小的南间屋的火炕上坐着,抽着烟,母亲在炕的另一头坐着。天气寒冷,人都坐在炕上了。

昏黄的煤油灯焰下,父亲伸着脑袋,辨认着我。我叫了他一声。他惊喜地从炕上下来,坐在椅子上,就从头到脚打量着我。母亲也溜下炕来,走出门去,从门外领着我的媳妇进来了。

"先生,你擦擦脸。"她把洗脸水放到我面前。

她还叫我先生,这是结婚以后她对我的称呼,而今我不是先生,是师范学校的学生了,她还那么叫,听来已经恍若隔世了。

"先生,你想用啥饭?"她在身后问。

"随便做点吃的。"我说,听见她又在问母亲,究竟该做什么饭。

我的答复反倒使她为难了。母亲总算点出清汤细面的食谱,她轻轻走出屋子去了。我心里清楚,她的言语和行为举措,全是结婚后到我家里养成的。请人洗脸叫"擦脸",洗手叫"净手",吃饭也说成"用饭",全是我父亲的家规。这些我过去司空见惯的东西,现在听来倒有一种好笑的味道了。

父亲在灯下伸着脖子,瞅着我的衣服。我这才想到,我从家里走出去时,穿的是一件蓝袍,小包袱里装着一件备换的蓝袍,头上戴的是礼帽。父亲现在是第一眼看见我穿着的列宁服和头上的八角帽子,就那么狠看。

"你把蓝袍换了?"父亲问。

"换了。"我心里有点忐忑,父亲会生气吗?"我是用蓝袍……改的这身衣服。"

"改了好!嗯,改了好!"父亲笑着点头说,"而今先生不兴穿袍子了。"

我的心里高兴了,父亲也在随着生活的变化而变化,我坐在炕边上,和父亲聊起家常。

在我离家的半年里,家庭分化瓦解了。父亲很伤心,说人心不古了,民风不朴了,连我的两位伯父也在家庭内部捣他的鬼。土改时,兄弟三人感激涕零地抱着我爷爷的神匣儿哭笑一场之后,看看再无什么风险,政府一股劲鼓励庄稼人发展生产,二位伯父把爷爷死时留下的遗嘱统忘记了,要买牛,要置地,要增盖房屋,再不听父亲的指挥了,把爷爷确立的我父亲的主事位置不当一回事了。争论时有发生,矛盾难以掩盖,终于分化瓦解了。

"鼠目寸光!"父亲简单地给我叙述完这种变故,不屑地说,"你大伯、二伯,全是鼠目寸光!"

我一时弄不清家庭里的谁是谁非,不好掺言,也觉得没有多少意思,既然过不下去,各家过各家的日月,也没有什么大不了的事。

"不管怎样,你该去给大伯、二伯问安。"父亲说,"家里分家归家里,你在外边读书,权当过去在一起过那个样子,该走的路要走到,该行的礼要行全,不要跟这些人一般见识。"

我点点头,就去看大伯。

大伯住在上房东边里屋,正在吃晚饭,放下筷子,忙让我坐。一句关于家庭矛盾的话也不提,只是夸赞我出息了,完全像个新社会的干部的模样了。

"这新社会真是好!"大伯说,"国民党的官人一进村,吓得百姓鸡飞狗跳墙,躲的躲了,跑的跑了,跑得丢了鞋子也不敢拾!而今共产党的干部一进村,老百姓一呼啦就围上了,胡拉乱谝,到饭时争着往屋里拉……我的天,那天正在碾子上说闲话,老杨同志顺手从我嘴里拔下烟袋,塞到嘴里就抽!你看看而今的公家干部多亲……"

我也很感动。解放初期,受惯了国民党官匪欺压的老百姓,对共产党干部的作风最敏感,谈论也最多,我虽已不惊奇,却仍然很感动。

"好好念书,日后好好干工作。"伯父说,"你能在外边干事,咱徐家人都光彩!"

我告别大伯父,又走进二伯父的屋门。

二伯父正在给牲口拌草,扔下搅草棍子,把我引到他住的厢房里:"屋里地方窄,没处坐,你坐炕边上。"

"你走时咱是一家,回来变成三家了。"二伯父笑着。这样毫不掩饰地说出分家的现实,反倒使我觉得实在。他笑着说:"天下水朝东流,弟兄们再好难到头。我看呢,分了也好,免得好多麻烦。谁有啥本事谁就成自家的精去!"

我与二伯的想法很接近,就笑着赞同他。

"二伯一辈子说话不会拐弯。"二伯直着脖子说,"你爸过去管家还管得住。而今管不住了,咋哩?新社会了嘛!他在家里想当家做主哩,人家公家干部大讲大唱男女平等哩!所以,过去你爸在屋里说话,没人不服,而今就不服了!惹得他自己也是一肚子气……我说分了好!"

"分了好！"我附和二伯说，"我爸那些管家的规矩，肯定行不通了，越往后越行不通。"

"对！大侄子，你跟二伯看了一步棋。"二伯说，"比方说，政府派干部到咱村，成天宣传说，要发展生产哩！你爸还是按照你爷爷在世时的主意，'房要小，地要少，养头老牛慢慢搞。'不合党的政策嘛！我也不满意。这不，刚一分家，我就买下一头好母牛，一年生一头牛犊，就是半个家当……"

二伯是个耿直的庄稼汉子，我一向很喜欢他，对他坦诚的说话也特别觉得实在。

"做梦也想不到的太平年月！"二伯父说，"不拉兵，不收税捐，一年交屁大一点公粮，庄稼人做梦也没敢想的好世道呀！大侄子，二伯说句结实话，而今谁再过不好日月，不光得不到邻里同情，反是要被人耻笑！咋哩？肯定是懒家伙！"

我被他的憨气逗笑了，弟弟过来叫我吃饭。

我回到父亲住的上房里屋，坐下吃饭，一碗清汤细面，十分可口。吃罢饭，我向父亲汇报了师范学校的学习情况。父亲也不显出惊奇，他大约对新社会的诸多变化已经习以为常了。他淡淡地说："人家新学堂那样教，你就那样学吧！反正，不管新学堂老学堂，总而言之一句话，还是韩愈说的，'传道授业解惑也！'当学生，求学问，还是要记住'业精于勤荒于嬉，行成于思毁于随'。这话，新学堂不至于反对吧？"

"学校里提倡努力学习，老师抓得很紧。"我说，"我们的学习还是很紧张的。"

"紧张了好。"父亲说，"要成学问，不刻苦不行。"

我问他分家后，忙得过来忙不过来。

"屋里的事都有我撑着，你弟也行了。"父亲说，"你专心念你的书。记住，要处处留心，别胡乱张狂！"

我的心一震。我在学校的生活状况，父亲显然还不了解，还在给我打预防针。

"村子里有些人好张狂!"父亲鄙夷地说,"一个大字不识,满世界跑来跑去开会!有几个年轻女人,黑天半夜跑着开会,张狂得要上天了!前日听说,那个杨发奎入党了!那么一个二杆子货,共产党居然看中那号人……"

我的心里潜入一股冷气。父亲看不惯的人和想不通的事,我却在师范学校也是有过之而无不及。他对于那些满世界跑着去开会的男人和女人的非难,令我反感,我听不顺他对这些人的讥刺。就劝他说:"农民刚刚翻了身,高兴……你可是别给人家泼冷水,别说风凉话儿……"

"我说他干什么?"父亲不屑地说,"我只看着这些人张狂,啥也不说!你——"父亲瞅着我,"在学校里,要慎行慎言!我看到村里这些人的疯张劲儿,才提示你……甭张狂!"

我低头喝水,避开了父亲的逼人的眼光。

"我给你写的那张'慎独'的字,还记着没?"

"记着。"

"你去歇息。"父亲说。

我走向自己的住屋。原来的厢房变成牛圈了,我的住屋迁到和父亲一墙之隔的上房西屋的北间。

"先生,你喝茶。"我的媳妇说。

"我自己倒。"我说。

"先生,你洗脚。"

"我自己一会儿再洗。"

我坐下,还是接住她倒下的茶水。她坐在炕边上,又捞起鞋底儿,并不看我。我坐在椅子上,一时也没说话。我忽然想抽一支烟,尽管我从来没有尝过烟味儿,现在却很想抽一支烟。我对她说:"你以后不要叫我先生了。"

"那……"她抬起头,旋又低下,"叫什么呢?"

"叫我名字。"我说。

"那像啥话?"她慌然说。

"早就不兴叫先生了!"我说。

"我在屋里叫。"她说。

我不再坚持了。她对我的过分尊敬,甚至带着根深蒂固的畏怯,使我很难受。她自愧貌丑,又没有文化,那种卑怯的眼光使我浑身都不自在。我忽然想到田芳,那手按琴键给我一句一句纠正唱音的姿态,那在师范学校礼堂里唱《翻身歌》的动人情景……一个念头在我脑子里像一道电光闪耀了一下,匆忽消失了,我自己也被震住了:如果我提出和她离婚,她会怎么样?我的父亲会怎么样?这个家庭会怎么样呢?

第二天,我就离开了,而且心情是那样急切,渴求立即回到那个温暖的集体之中去。

六十年里的二十天

短短的二十天寒假里,按照县宣传部安排得满满的演出顺序和路线,我们在乡下演出歌剧《白毛女》。我记忆最深的一件事,是第一场演出,我就挨了一砖头。

那个村子叫歇驾村。传说唐朝一位皇帝打猎跑到这里,人困马乏,在此作过一段休息,进了午餐之后,就奔马追猎到终南山下去了。现在,歇驾村变成薛家村了,其实村子里连一家姓薛的人家也没有。

薛家村住着一位县委的副书记,在那儿搞互助合作的试点工作,群众觉悟高,各项工作都是县上的一面红旗,第一场演出搁在薛家村,是理所当然的。在县委副书记的眼皮下,在这样先进的村子演出第一场,我们演出时的心情是不难想像的,认真极了。

薛家村是个大村。又是一个行政村里的中心自然村。村中间有个年久历深的老戏楼,台下坐着或站着黑压压一片人,临近的房顶上,矮墙上,树杈上,全都趴着观众,这样大的场面,我心里真有点怯场。

整个演出还是顺利的,群众秩序也很好,百十名民兵在维持着哩!事情出在《娘娘庙》那场戏里。当我(黄世仁)和狗腿子穆仁智到娘娘庙里避雨,遇见白毛女,被白毛女追打时,台下骚动起来了,像雷一样滚动着"打!打!"的吼声。我已忘记了自己是徐慎行,我像黄世仁一样胆战心惊,假戏真作了。当我逃到台角时,我听到一声怒吼:"打这狗日的!"随之,我的腿上就挨了重重的一击,跌倒了。

事态很快被民兵控制住了。我必须立即爬起来再逃,不然就给白毛女抓住了,抓住了就不好办了,剧情无法往下发展了。我看了一眼脚下的半截砖头,却没有站起来,慌急中,我用手爬着,逃进后台去了。

演出结束后,县委副书记在台上和我们一一握手,他对我说:"你挨了一砖头,说明你演得像。这一砖头,是群众对你的最高奖赏!"他的生硬的陕北口音,使我觉得亲切极了。

短短的接见之后,那些给我们管饭的社员已经拥在台前,争着领我们去吃饭,田芳被几个姑娘拉拉扯扯,争着往她们的屋里拉,发生争执了。我是一个恶霸的扮演者,自然不会是受欢迎的角色。这时间,一个小伙子挤上前,问:"谁个刚才演黄世仁来?"我一应声,他拖住我的胳膊就走。

黑暗里,我跟他走过陌生的村巷,进入一个小小的独间住屋,只有他的母亲在座。我刚一落座,老人要我把腿伸出来,在一只粗碗里倒下白酒,用火点燃,敏捷地在碗里蘸上燃烧着的酒液,在我的伤口上擦洗。她的指头上带着蓝色的火苗,一下子揾到我的挨过砖头的青疤上,灼烫得我龇牙咧嘴。

"我……"小伙子很难受地说,"我实在忍不住了……扔了一砖头!"

哦呀!原来打我的竟是他!

"你打得好!"我拍拍他的背,"这是给我的最高奖赏!"

他不好意思地笑了,就给我端上饭来。

鸡蛋臊子面,我吃得好香,也确实饿了。

母子二人看着我吃饭,说给我一个令人流泪的伤心事。他的姐姐,给村里一家财东的二少爷糟践了,跳了井了!他的父亲一气之下,卧炕不起,年底也去了……他把戏台上的我当成残害得他家破人亡的薛家村的恶霸打哩!

田芳来了。

她看我的伤,用手轻轻按按,问我要不要到临近的镇卫生所去看大夫,我说大娘已经给我治了。她不知道这儿刚刚讲述过一个悲惨的往事,随口问:"大婶,屋里就你娘儿俩?"

"噢!"大娘应着。

"你媳妇呢?到娘家去了?"田芳问。

"还没哩……"小伙子红着脸说。

"你怎么还不给人家娶媳妇?"田芳笑着说,嗔怪的模样,"你真性凉呀!"

"正……自由哩!"大娘瞅一眼儿子,"我说他,你自由也自由快一点!慢格腾腾的,还不如老早时包办来得快……"

他羞怯地低下头,我和田芳都忍不住大笑了。屋子里洋溢着喜悦的气氛,我的心头十分轻松,田芳坐在哪儿,哪儿就特别欢乐。

"让我看看你的对象,行不行?"田芳问。

小伙子嘿嘿笑着说:"俺妈乱说的……"

大娘却捱不住嘴了:"刚才跟我在屋做饭,这面……就是人家闺女擀下的……"

"好哇,慎行,你真有福!"田芳冲我笑着,"你吃了那位新人的面条了,肯定香吧?我来晚了……哈哈哈!"

告别了那母子二人,我和田芳往回走。

街巷里很黑,看不见路面,坑坑洼洼的村巷里的道路,夜间走起来,低一脚高一脚,垫得我挨过砖头的腿一阵阵疼痛,我小心翼翼地迈着脚。她走在我的旁边,很自然地用手搀住了我的胳膊。

我没有拒绝,倒希望这段通到我的住处的路更长点,好让那只温柔的手多搀扶我一会儿。我反倒不想说话了,静静地走着。她也没有说话,扶着我的左臂的手抓得更紧了。

她被什么东西磕绊了一下,往前一跪,险乎跌倒,抓着我的手,把我也拽得踉跄两步,黑暗中踩到一块石头上,垫得我的腿伤钻心似的疼痛,疼得我"哦哟"一声,弯下腰去,半天站不起来。

她轻轻地惊叹一声,双手扶住我的胳膊,把我扶起来,就把我的胳膊架到她的肩膀上,另一只手搂着我的腰,几乎背着我往前走。我的腿伤不痛了,却舍不得让她松开手。我感觉到她的腰部的体温了,温馨的气息扑到我的耳根。我的心在胸膛里狂跳,浑身热烘烘的,脚下乱踩乱踏,也不知道疼痛了。我有一种莫名其妙的想法,如果就这样互相抱扶着走向断头台,我会从容得连一丝痛苦都没有。

我抬起左手,大胆地搂住了她的腰。她似乎轻微地战栗了一下,没有说话。我感到呼吸不畅,心要跳出喉咙来了。我猛然折过身,把她搂住了,在我的嘴唇碰到她的嘴唇的时候,我几乎昏厥过去……

我躺在炕上,无法入睡,身下是房主人烧得热乎乎的火炕,同炕挤着的几位演员已经拉起鼾声,油灯下,可以看见鼻尖上沁出的细密的汗珠,我吹熄灯盏上的昏黄的煤油焰火,躺在被窝里,心还在咚咚咚地狂跳。这就是爱情吗?这样的爱情产生的心火,简直要把我熔化了。

我的父亲按照他的家规和独创的理论,给我娶回来的那位媳妇,即使新婚之夜,我们连一句话也没有说,各人抱着各人的胳膊睡到天明,我连一丝"邪念"也没有产生。

有一个倾心的人儿,怎么可能荒废学业呢?怎么可能都变成沉溺于淫乐而失丢江山的商纣王或唐明皇呢?我现在不仅觉得父亲的理论荒谬无稽,简直令人可笑,令人憎恶了!我翻身坐起来,点着了油灯。

我穿着衬衣衬裤,也不觉得冷了,跳到炕下,打开那只小提箱,翻出那张临行时父亲写给我的嘱咐。

慎独!

看见这两个字,我的心里紧缩了一下,昏暗的灯光里,似乎隐现出父亲的严峻的脸色。我最后看了一眼,就把那张书页大小的又细又薄的宣纸提起来,在灯火上点着了。

"折腾啥呀!还不睡——"同炕的王友民咕哝了一句。

"咒符!"我说,"咒符!"

他翻了个身,又呼呼睡去了。王友民早已离婚了,正在跟饰演大嫂的郑玉莲恋爱,早已谈妥了,只等两年期满,就去领结婚证。他万事如意,睡得好香。

我看看脚下,那张烧过的宣纸变成一团黑色的纸灰,在地上滚动,滚动,碎了。我的心里松解了,束缚我的心的最后一道咒符粉碎了。

我没有心思入睡,就着煤油灯的灯光,我打开日记本,记下了这个终生难忘的日子。一个结过几年婚的人,爱情却刚刚苏醒……

我翻翻日记,查到了我寄出离婚申请的日子,正好十天了。从家里返回学校的路上,我就在八九个钟头的步行中思索着这件事,而终于下了决心了。回到学校的当天晚上,我就写下了离婚申诉,第二天就从山门镇的邮政代办所发出去,寄给县法院了。我已经得知,法院接到的此类民事案子堆积如山,最快也得两个月以后才能传审,那时候该是第二年春天了。

可怜的媳妇!我再也憋不住,心里咳叹着,要恨,你恨我爸去!要骂,你也该骂他!他不仅苦害了你,也苦害了我!他把你和我塞进一间屋子,就完事了!如果不解放,我和你就糊里糊涂过一辈子了!解放了,兴得自由了,我的心箍不住了,我要是不享受自由的权利,就亏负了这个梦想不到的解放了!但愿你……也能找个可心的男人,俩人都好……

第二天,我们到史家坪去演出。演出结束后,我和田芳走到村后的小山坡前来了,这是我和她头一次有意的约会,而且是她约我来的。

我挨着她的肩膀坐下,搂住她的肩头。

她挣脱我的手:"我给你……看样东西。"

她打开手电,从口袋里取出一沓折叠着的格子纸,写满密密麻麻的钢笔字。她只露出末尾一页的名字。我一看,是工工整整的刘建国的三个字,心里一惊,忙问:"这是什么?"

"他给我写的信。"田芳沉静地说,"这是第五次了!"

"你……怎么办?"我急忙问。

"你还用问吗?"她瞅我一眼,从口袋里掏出一匣火柴来,划着了。

刘建国的信在燃烧。

我的心也在燃烧。

我高兴得像狂了一样,抱住田芳。我能听见自己的心跳的声音,也听见了她的心跳的声音,我的手叉进她的松软的头发,比丝绸还要柔软的头发。她静静地伏在我的胸前,闭着眼睛,两只胳膊像铁箍一样搂着我的脖子,我才知道这个爱着我的人的手臂,这样有劲。

在这个县所辖属的广阔的平原上和深深的秦岭大山里,都留下我们速成二班演出队员的脚印。每一个演出点的村子里,平原上的大路边,山区的小溪旁,也都留下了我和田芳的亲吻和偎依。压抑得愈久愈重的心,一旦获得自由,就以加倍强烈的热情迸发出来。有几次,我吻过她的脖子上,留下了淤血的痕,整得她给脖子上围上一条毛巾,遮掩过去,她却并不责怪我吻得太狠,照样把脸颊、脖颈和我偎贴在一起……

二十天寒假的巡回演出,太短暂了。春节也是在陌生乡村的演出中度过的,我也不觉得有什么遗憾。这是我一生中最愉快的时期。当然,你只有了解了我的后来的不幸,才会觉得这二十天时间,事实上是我一生六十年生活中活得真正像个人的二十天!

父与子

阴历四月,中午的太阳已经很有力量,我和同学们围蹲在食堂外的浓荫下吃饭,父亲来了。

他站在院子里的阳光下,四下里瞅着,我看见了,连忙跑上前。我要给他打饭,他坚决不要。我引他到宿舍里去歇息,喝水,他也不去。他要我跟他到山门镇上去。

我跟他走出校门,在山门镇的青石铺成的街道上走着,我发现他苍老了,大约刚交五十,鬓发全白了。从见面到进小镇的一家茶棚,他没有露出一丝笑颜。我的心里乱猜测着,出了什么事呢?

叫了一壶茶,他喝了一口,放下茶盅,也不看我,也不说话,直到一壶茶喝完,站起身又走。我问他要到哪里去,他说走走看吧!

走出街道,在小河边的一棵柳树下,父亲站住了脚,从肩上取下布褡裢,放在地上。我也在他旁边坐下来。

"我今日来,只问你一句话。"父亲说。

我没有话说,期待着。

"你要离婚?"父亲直接问。

"嗯。"我觉得没有必要隐瞒,同时又奇怪,法院还没有传禀我,父亲怎么知道了呢?

"不离行不行?"父亲冷静地问。

"爸,你听我说……"我想给他摊开思想。

"不,其他闲话可以不说。"父亲说,"我只要你说声'行'或'不行'。"

"不行。"我只好也直言相告。

"那好!"父亲伸手从口袋里摸出一把剃头刀,拉开锋利的刀刃,"你先收了我的尸首,办了白事,再去离婚,再去办红事!"说罢,就抬起了握着刀柄的手。

我大惊失色,一把抓住父亲捉刀的手,吓得魂飞魄散,连忙说:"爸!有话好说……"

他依然不动声色,冷声静气地问:"没有多余的话好说!你只说'离'或'不离'!"

"不……离……"我无所选择了。

"不离的话,你跟我到县法院去。"他说。

"做啥?"我问。

"撤回你的状子!"父亲说。

"我不离婚就算了,撤不撤没关系!"我说,"或者改日我写信去,销了案就完了。"

"不!"父亲说,"我要亲眼看着你把状子撤下来,交给我,我好存着。待我死的时候,好做蒙脸纸啊……"

父亲已经"哇"地一声哭了。这是我平生头一次看见父亲的哭。他哭了三声,突然收住,用手帕擦擦脸和眼,从地上背起褡裢,又恢复了素有的冷静,说:"走!"已经扯开步子走了。

如果近旁有一口水井,我可能会一扑跳下去!我的脑子里嘣嘣乱响,是绷紧的神经折裂的声音。我想到了田芳,我的心爱的人儿,我不能跳井,也不能一气之下撞死在身旁的柳树上,下来再说下一步吧!我硬着头皮,费了多大劲儿,才跨开了这屈辱的一步。

"咱们父子今日也许是最后一次见面。"父亲说,"我也不是小娃娃,我知道,今日撤回状子,明日你还会再寄,我今日给你把话说透彻,日后不管何年何月何日,一旦我在家接到法院的传票,就是我的丧期死日。我好坏是个懂点文墨的老朽,说这不是吓唬你!"

我的心沉到冰窖里去了。

他说,昨天晌午,县法院两位办案人员到家里调查时,他都要气疯了。等那俩干部一走,他给褡裢里悄悄装进一把剃头刀,就上路了,走了半天一夜,找到学校,本没打算再回去。他说我的离婚案件,把徐家几辈人积下的阴德全给羞辱了,他再没脸在杨徐村见人了!

我信父亲的话不是吓我,他是注重面子的,讲究礼义的,我提出的离婚事,对他无异于晴天霹雳。我说服不了他,他也觉得无法再说转我,于是就只有拿出剃头刀子来。

我和父亲都搞错了,法院里欢迎自行销案,却不发还诉状,要存档的。父亲看着人家注销了案子,才咂着舌头走出门,他想死时做蒙脸的纸是得不到了。

回到学校,已经放晚学了。

田芳一眼就看出我的神色不好。晚饭后,我和她顺着小河弯曲的河岸溜达。夕阳涂金,河岸边齐膝高的麦苗,绿茸的稻秧,叶儿上闪着晚霞的金光。散落在麦田里的桃树,毛桃儿结得蒜瓣儿似的,招人喜欢,我的心里却泛不起诗意来。

"老人来,出了什么事呀?"她着急了,"你说呀!我也好帮你出个主意。"

我说不出口。

"你觉得不好说的事,就不要说了。"她很贤明地说,"我只是劝你一句,无论什么事,都想得开一点,不要愁眉愁眼的。新社会了,还能有多大的事呢?"

她显然没有料到我的困难的严重性。这种局面,迟早要让她知道,再为难也不能不说清楚。我终于向她叙说了今天父亲来的举动。

"哈呀!这么点事,就压得你抬不起头来了?"她撇撇嘴笑笑,嘴角荡出一缕不在乎的神气说,"老封建家长都是这一套办法!我要跟大张村解除婚约,我爸把铡刀提起来,先往我脖子上砍,我跑了。他又砍自个,我妈一拉,他就扔下了,谁也没砍!全是这一套……"

"我的父亲,跟一般庄稼人不一样。"我向她说明我父亲的心性和脾气,"那可不是吓人的。"

"动真格的也甭怕!"田芳说,"慢慢来。没有斗争,就没有自由。我来上学时,俺爸就是挡道。他料定我一上学,订下的婚事就毕咧。我跑到我姑家,要了一床被子,就上学来了。现在,我上学了,和大张村的包办婚姻也解决了。要是我无论在哪个节口上一退让,我就被大张村圈住了。"

"我爸的思想,特顽固!"我说,"我没见过他那样顽固的人。"

"慢慢来。"田芳说,"再顽固的人,经得多了,见得广了,会慢慢开窍的。"

"我想毕业以后,咱们就结婚。"我说,"我是一天……也离不得你……"

"你给我念过一句古诗,意思说只要俩人心心相印,在不在一块,没啥关系。"她盯着我的眼睛说,"那句诗怎么说?"

"两情若是久长时,何必在朝朝暮暮。"我说了一遍,似乎觉得憋闷的心里透出一点松活的缝隙来,"我……像一只关在笼子里的鸟儿,好容易飞到蓝天上去了,哪怕被雷电击死在空中,也不会自己重新钻进笼子去!"

"那你愁什么呢?"

"我只怕离开你。毕业后……"

"毕业了,分配了,都在本县,见面有多难呢?"

"我想天天见到你,永不分离!"

"你又来了……何必在朝朝暮暮!"

……

父亲接连着写来三封信,要我回家,而且要我至少每个月回一次家。我不能忍受了,我找到舅家,向我舅舅说明了原委,我已经向他作出了让步,如果他对我逼得太紧,我也可能拿起剃头刀子的;他的下一封逼我的信,可能就是我的蒙脸纸;他把我逼死了,那个媳妇也就不会在徐家门楼待下去了;把我逼死了,他可能在杨徐村更不好活人了!

舅舅是个胆小人,怕真的酿出人命来,劝了我,又立即跑到杨徐村去找我爸我妈,把我的话传过去……果然有效,父亲再没有来信催逼我回家。

僵局就这样保持着,谁也不退让,也不进攻。任何一方的进攻或退让都可能打破僵局,但谁也没有这样的表示。我相信我会撑到底的,甚至用年龄的优势来等待对方——父亲。一直到我在师范学校修业期满,甚至在我工作了二年的时间,这种僵局一直维持不动。

毕业离校的前一晚,我和田芳难分难离。我们坐在山门镇旁边的小河边的一棵大柳树下,有多少话要说呀,临了却什么也不想说,啰嗦的嘱咐显得毫无必要,彼此完全已经心知了。一切最动人的语言都显得那么不精确,也缺乏力量,都不足以确切地表述我的依恋之情,一切依恋之情都融化在无声的信任之中了。初恋时的心的探询,如山瀑一样迸发的热烈的倾慕的话,颤抖着的感情的波浪,全都归于一种生死相依的明澈的无言状态里。她偎依着我,我偎依着她,亲吻是深沉而强烈的,却不像初恋时那么疯狂和如痴如呆,心的交流要比语言的交流准确得多。

我们挽着手,在河边的沙滩上漫无目的地走着;在沙滩的草地上坐下来,仰望星空,倾听河水在夜间发出的清脆的响声,感受大地在夜幕笼罩下的均匀迷人的呼吸……直到黎明的晨曦照亮秦岭群峰当中最高的那座峰巅的时候,我把一条精心写就的纸签送给她,那上面写着她喜欢的一句古词:两情若是久长时,何必在朝朝暮暮。她送给我的,也是那一句古词,而且是用绿色的丝线绣扎在一块白布上的。那块白布中间,两颗重叠在一起的心的图饰,用的是红色的丝线扎成的。

有这样一件信物揣在我的怀里,父亲怎么能撑持得过我呢?

我没有料到,生活急骤发展的浪潮,一下子把我冲得丧魂落魄,完全陷入灭顶之灾……父亲竟然胜利了!

惑　　惶

我成了右派。

详细告诉你我怎么当了右派的细枝末梢意思不大。不过,于今想起来我只觉得我当时太傻了!

仅仅只是因为一句话,我说了校长一句"好大喜功"的话,却付出了二十多年的代价——生命的代价呀!

我真是太傻了!那年暑假,县里把小学教师集中在县一中里"鸣放"时,当时报纸上已经对右派进行反击了,我是抱着反击右派的决心去参战的,结果自己被弄成了右派。

我们学校新提拔的校长,就是我在师范进修时的同班同学刘建国,我俩一同分配到县西的牛王砭小学,他在速成二班当班长时,已经是学校里为数不多的几个学生党员之一。毕业后工作了一年就转正为正式党员了,第二年就提拔为牛王砭小学的校长。他鼓励我要大鸣大放,要起带头作用。我很信任他,不仅因为他是我的老同学,重要的是他是我的入党介绍人。我经他介绍,已经获得通过,正在预备期经受考验,他的话我是完全信赖不惑的。我除了猛烈地反击储安平对新社会的污蔑之外,对改进我们学校的工作也鸣放了一些意见,说校长刘建国有些好大喜功的话,就是那些意见中最尖锐的一条,祸就从此惹下了。

我现在也搞不清这是不是刘建国对我设下的圈套?他当时鼓励我"鸣放"是十分真诚的,说我们不仅是老同学,而且是在同一个岗位上战斗,应该把珍贵的礼物——意见,直言不讳地讲出来,帮助他改进牛王砭小学的领导工作,这不仅是老同学的关系,而且是对我的重要考验。我信下了。我和他在速成二班进修时,同学们对他在政治上的坚定、工作上的积极表现,没有不佩服的,只是有点好大喜功,这影响了他在同学中的威信。到牛王砭小学工作以后,尤其是在他当了校长以后的半年中,教师们私下的议论就很明显了,主要还是这一点毛病。我曾经不止一次在和他的闲聊中给他提示过,他也不反感。可是,当我在"鸣放"大会上正式当作一条意见讲出来以后,居然变成了"攻击党的领导"!

刘建国找我谈话,说他冒着风险替我辩解,领导小组才将我定为

"中右",要是搁在其他人身上,有十个我就会定成十个"极右"了。我没有被发落到农场去劳改,而是仍回原单位接受监督改造。

我重新回到牛王砭小学的时候,这所我十分喜欢的小学对我来说变得陌生了。我的预备党员被取消了。我也不能再任高年级毕业班的班主任,而是代一些"地理"、"自然常识"之类的副课。没有多久,任何课也不能带了,让我打铃,烧开水,扫院子,完全变成工友了。

世界上的许多事,都是第一次留给人的印象最深刻,三五次以至数年累月以后,就习以为常了。我第一次牵着麻绳撞击吊在学校院中那棵槐树上的铜铃的时候,看着一个个男女教师走出办公室,端着教案和粉笔盒走向教室的时候,我想应该立即去自杀!当工友还有一件重要职责,每天给校长和教务主任送三次开水,教员们的开水是自己到开水房里去打。我第一次给校长刘建国送开水的时候,提着水壶,站在门外,又想到了自杀!我硬着头皮推开门,他从办公桌上拧过头来,也有点不好意思,慌忙站起,接住我的水壶,说:"我的水……你甭送了!"我的心里感到一种被知的委屈,真想痛哭一场。当我再送去开水的时候,我也自然了,他也自然了,随后就一切都习以为常了,甚至我推开门,放下水壶,直到走出门,他连头都不抬起来。

小学校设备简陋,没有餐厅。我打过吃饭的铃声,教员们就到小灶房里买了饭,围成一个圆圈,蹲在院子里吃饭。这个时候,是学校里教师们之间最活跃的时刻,一边吃一边聊,尽是各班学生中的洋相和趣闻。我没有勇气再和大家蹲到一起去度过这轻松愉快的时刻,我总是等那些熟悉的说笑的声音消失以后,才拉开门,端上碗,到小灶房里去吃最后一份饭,好在炊事员杨师傅总不会忘记我。当我端着已经不那么热乎的饭菜走回自己的住屋的时候,我又想到了应该自杀!

我能得到的唯一安慰,是田芳留给我的那件信物。我晚上打过熄灯铃之后,躺在我的小住房里,趴在枕头上,就摸出那个绣扎着那句动人心魄的古词的白布,眼泪就涌流出来,滴在那两颗重叠着偎依着的心的图案上。

我们最后一次见面,是在县一中的"鸣放"会期间,那是我们毕业以后的又一次难得相聚的机会。后来,当我被宣布为"中右"时,她的惊恐并不在我之下。那天晚上,我被监护着,无法与她相会。我想立即向她诉叙这一切变化的由来,心情十分迫切,却不能单独自由来去了。直到"鸣放"会结束那天,她来到我们小组住宿的地方,帮助我捆被子,却不说话,我看见一滴一滴的泪水滴在捆扎被子的白色线绳上。捆完之后,我没有勇气看她一眼,低着头,懊丧地等待她开口。她没有告别,就走了,当我抬起头来,只看见她闪出门口时的一个背影。

当我回到学校,打开被子,发现有一张小纸条:

我真想打你……你太叫人想不到了!
我永远等你!

我真希望她抽打我,不是用手,而是用皮绳或者木棍,狠狠地抽打我,我在这亲人的抽打中才能得到一点负罪的解脱。

我天不明就爬起来扫地,而且尽量不扫出声响,以免惊醒正在酣睡的教师。我一天不是三次而是不计次数地给主任和校长打水,接着给所有教师都送水到房间。我打扫了院子,又自动去打扫厕所,教员厕所和学生厕所。我拣来好多烂砖头,把小灶房和走道之间的泥路铺接起来,使教师们下雨天来打饭时不踩泥水。我烧完开水,就拣尚未烧尽的煤渣儿,节约开支。我帮炊事员杨师傅洗菜,刷锅。总之,从天不明爬起来到打过熄灯就寝的铃声,我不使自己有一刻钟的闲歇时间。我想向全校一切人,校长,教导主任,男女教员,学生以及炊事员,用我的不懈的努力,证明我改造的诚心。我的老同学刘校长给我谈过,要认真改造,争取重新做人。我要用诚恳的行为,赎回我的原罪。我渴望重新做一个人的心情越强烈,我表现出来的改造的心意就越诚恳。我甚至觉得这个六七百名师生的学校里的杂务太少了,不够我表现。

过了一年,没有人找我谈一谈我改造得怎样了?我有点急,又不敢流露出来。这天,刘建国把我叫到他的房子,对我说:

"你这一年的表现不错,同志们反映好。"

我的心扑扑直跳,做人的出头之日到来了吗?我按捺不住激动的心情,向他做出一个感激涕零的笑,却说不出话来。

"你的行动表现了你的决心。"刘建国说,"可你心里怎么想的呢?你应该向党表示一下。"

我的心又慌乱了,行动和内心难道不一致吗?我忙说:"什么时候表决心呢?"

我知道,这个时候,社会上已掀起一个"向党交红心"的运动,学校里早已刷上大红标语了。教师们每天下午开会,向党交心,我没有资格参加会议,只是埋头杂务。刘建国校长叫我向党交心,我终于有了一个向全体教师剖白自己的机会。我一夜没有睡好觉,把那个发言稿看了一遍又一遍。我一定要把自己的错误思想深刻地自我批判,争取早日拿起象征着人的标志的教案本来。

第二天下午,当我把自己狠狠地批了一通,狠得我痛哭起来的时候,我觉得我的确轻松了一下。紧接着是大家的评议,第一个人的发言之后,我就没有眼泪可流了,随之而起的争先恐后的发言,一个比一个激烈。没有一个人提及我做了许多不属于我做的事。没有一个人说我表现过哪怕是一分的改造的诚意,而是对我说过的那句反党言论——好大喜功的话,重新进行批判,甚至比"鸣放"会上定我"中右"时的气氛还要严厉,火力还要猛烈。有人在分析我的反动言论的根源时,说我本身就是一个不纯洁分子,生活作风有问题……

我彻底垮台了。我回到自己的小房子里,一头就栽倒了。我又犯了一个错误,把自己的罪行看得太轻松了,尤其是把时间的概念完全弄错了。想重新做人,远得看不到头哩!我浑身没有一丝儿劲了。人的绝望,就产生于这种迷茫之中。我坚决自杀!

打过熄灯铃儿,我插了门,第一件事就是给田芳写信。我拔开毛笔帽儿,在红格白纸上写下一个"芳"字的时候,眼泪就糊住了眼睛。我听见敲门声,慌忙收拾了纸笔,拉开门扣儿,门外站着刘建国校长。

这是他第一次走进我的"工友室",坐在一只椅子上,很关切地问:"思想压力很大吧?"

我抬起头,看见他很诚恳的关切人的脸色,不过,我觉得实际上已经没有压力了。当我一心想通过无休止的劳作来争得重新做人的权利的时候,我的心头压力很沉重;当我从"交红心"会上走回小房子,觉得永远也难得出头之日的时候,就绝望了;绝望了,反倒没有压力了。我苦笑一下,垂下头。

"同志们的分析,不是完全合乎实际。"刘建国说,"关键是你应该有一个正确态度,有则改之,无则加勉。"

我没有抬起头,又苦笑一下,我该怎样做到"无则加勉"这样纯正的心理修养的境界呢?我现在希望他走开,不要跟我谈话。我要处理我急切处理的事,给田芳写信。我应酬说:"我明白。"

"明白了就好,你明天继续'向党交红心'。"他说。

"还……"我猛然扬起头,还没完呀?我只说这就完了,明天还要……我说,"我今天讲了我心里话,明天还讲什么呢?我把自己心里的话都交出来了……"

"同志们不满意啊!意见很大咧!"他用一种假借的口吻说,"比如你的婚姻问题,好多人议论纷纷,你……"

"这与我的罪有啥相干呢?"我打断他的话,"我是包办婚姻,婚姻法上规定过的不合理婚姻。我在师范进修时,你完全了解情况,你当时也支持我离婚……"

"情况在不断地发展变化嘛!"刘建国说,"同志们现在认为你不仅政治上反动,生活作风也有问题,看来任何事情都不是孤立的。生活作风的腐化,必然导致政治上的……你应该在明天'交红心'时,深刻地挖一挖思想根子……"

"怎么能说成生活作风腐化呢?"我说,"田芳,我和她的关系好,可俺们没有……越轨的行为。再说,田芳也是贫农的女儿,她怎么会将我腐化了!我搞不清了。"

"你不了解她。"刘建国说,"这个人,有很多优点,也比较轻浮。她向我……我拒绝了!后来,在她入团时,我到她们村里去了解情况,党支部介绍说,她爸旧社会在西安混荡,收拾下一个没来历的女人,有人说是……窑子!"

我的天啊!田芳的母亲有人说是窑子,田芳被刘建国看成了轻浮的女子,于是就将我腐化成反党的右派了!难道就是要我明天在"交红心"会上这样去揭根子吗?我忽然记起,田芳当着我的面,焚烧刘建国的第五封求爱信的情景。谁更可靠呢?

刘建国走了以后,我再次插上门,掀开墨盒,拿起毛笔。坚决割断和田芳的关系,越早越快越好。我无出头之日的指望,田芳不能真的等我一辈子。我知道,任何劝解她的道理都无济于事,只会招来她对我的更深的依恋。必须找到最狠毒的恶言秽语,骂她一个狗血喷头,才能遏止她朝我跳动的心。我找不出这样一个词来,我想给她安一个不好的毛病也找不到。我忽然想到刘建国刚才的话,只有他才能想到的话,此刻帮了我的忙。我咬着牙,大约把嘴唇都咬破了,血滴在信纸上,却没有感觉到疼痛,信纸上留下一行罪恶的墨迹:

"你妈是个窑姐,你把资产阶级思想传给我,将我腐化了……"

第二天,在又一次"交红心"会上,我只是机械地重复着一句话:"我没有红心。我是颗黑心,反党的狼心狗肺,请大家批判……"我成了一节没有知觉的木桩,任凭四方的污言秽语朝我脸上泼来,而于心不惊了。

这天晚上,我用一条捆书的细绳合了几股,使它可以负起我的重量,挂上了房梁,在我把头伸进去的时候,心里竟是安详的。当田芳接到我的信时,也许同时就听到了我的死讯,她会憎恨我;憎恨我,比恋着我好;于她也好。

我没有死。当我恢复知觉时,才知道把我从另一个世界拉回这一个世界的人,竟然又是刘建国。他是一个细心的人,成熟的人,早已看出我"神色反常",悄悄地防着我了。我不想感激这位救命恩人,倒憎恶他了。

死讯惊动了几十里外的父亲,他惊慌失措地赶到牛王砭小学里来了,一来,先抽了我两个耳光……

这下该信我的话了

父亲推开门,在门口站住了。

我正坐在桌前,抬起头,看见父亲苍白的鬓发,惊急气恨的眼色,就慌忙站起来,去找椅子。我的房子,变成学校的小库房了。办公桌上堆满一摞摞教案本和剩下的课本,垒着粉笔盒子,墙角堆着一捆稻黍笤帚和葛藤编成的簸箕,地上放着两只木箱,装着篮球、杠铃、跳绳一类体育用具,那把椅子上,也搁着前几天刚购置回来的羽毛球拍和跳棋盘儿。整个小房子里,只有我栖身的一块窄窄的床和一把坏腿椅子闲着。我想把那稍好点的椅子腾下来,刚去出一步,父亲的巴掌就抽到我的脸上了——

"啪!啪!"连续两下。

父亲第三次举起巴掌的时候,被陪着他走进门来的刘建国校长拉住了。他按着他的肩膀,使盛怒的父亲在那把坏腿儿椅子上坐下。他说了一席安慰父亲也安慰我的话,就走出门去了。

我在凌乱得像个狗窝的床铺边坐着,垂下头,挨过抽打的脸颊烧辣辣的。我没有料到父亲会以耳光和我见面,却也没有惊慌失措。我第一眼看见他从门口走进来,真慌乱得不知如何是好,该怎么向他说明白我的处境,这一切的由来?他的两巴掌打过之后,我的心反倒安静了,不必再向他作任何解释了。我的父亲,在我的记忆中,很少对我表示过亲昵,微笑都稀少得像旱季的雨星儿,更没有通常家庭里父子间的嘻嘻哈哈了。然而他也没有动过拳脚,没有像一般粗庄稼汉和儿女们亲近时没大没小,生气时又动手动脚,骂出一串串秽言污语。他不苟言笑,也不打骂,常是冷着脸教给我怎么说话和待人。今天,他抽我耳光了,两下。

我坐着,低垂着脑袋,我成了右派,成了打杂的工友,我刚刚被旁人从房梁上的绳套里救下来……我开不得口。父亲也没有开口。我能听见他很粗的喘气声。

父亲端坐在椅子上,没有问我为啥上吊,也没有劝解,用压抑着的口气说:"你把我写给你的那两字拿出来。"

慎独!我到师范学校去进修的前一晚,父亲临行时写下的嘱言,我后来当作可笑的废物焚烧了。现在再想到这个嘱言,我的心猛然一震,更加抬不起头来,就支吾说:"毕业时……弄丢了……"

"丢了!哼!丢了!"父亲悻悻地自问自答,"这下你该明白那两字的意思了!"

我早就明白那两字的意思,要谨慎,尤其是单身独处时,一切都要慎重,时时刻刻都要谨慎从事,包括言,也包括行。我的名字是父亲给起的,慎行就是这意思;我弟弟的名字也是父亲给起的,叫慎言,还是这意思。我在进入师范学校进修以后,父亲自动给我心理上设起的防护堤,被新的生活的浪潮一节一节冲垮了。我既不慎言,也不慎行了。老师和同学们都说我从封建桎梏下脱胎成一个活泼泼的新人了。现在,父亲以毫不疑惑的语气说的话,证明了他的正确和我的失败。叫我想,他此刻有更多的话可以说了。譬如说,如果在说话时慎重地考虑一番,什么话该说,什么话不该说,那么今天就不会是这样的局面了。如果在决定给新任的刘校长提意见之前,慎重地考虑一下这种行动的不好的后果,那么,今天也就不会落入这种尴尬的局面。如果……那么……父亲完全可以以胜利者的姿态教训我;如果把我的话在心里稍微当一点子事儿,那么也就不会自寻苦吃了。我想,父亲一定想这样说,也完全可以这样说,可他没有这样说,只是问他写下的"慎独"的嘱言,让我自己去想想。

"病从口入,祸从口出。"父亲沉吟着,"谁都明白这道理,谁也难身体力行。图得一时馋嘴而染病,图得一时畅快而招祸……"

我心里痛苦极了,自从遭祸以来,我耳朵里灌进的全是严厉的批判反驳的正言义辞,没有一个人解析我的提意见的真实动机。现在,父亲用他的处世哲学来替我刨根溯源时,我仍然不能服气,心里有一个可怜的声音在叫着"冤枉"。我对父亲说:"'鸣放'会上,县长,教育局长,都到会上来作报告,动员我们要'大鸣大放','帮助党整风','是每个党员和干部的革命责任心强不强的大问题'。我是人民教员,革命干部,又是预备党员,怎能不听党的话呢?我……"我又说不清了。

"我一辈子只求自己善处独身,不问人过。"父亲说,"我管不了别人,哪怕男盗女娼,我也无力管约。我只求自己做一个正人君子……"

"党章上批评的就是这样的思想。"我不能同意父亲的话,抱屈地说,"党要求每个党员要开展积极的思想斗争,不能只是洁身自好。我是预备党员,我听党的话……"

"这个话你该问自己,怎么回事?"父亲并不觉得我有什么委屈,反而直挖我的心底,"我不是预备党员,不懂党的规矩;你是,你也懂,你说为啥?"

我说不清为啥。我虔诚地拥护"大鸣大放"和"反右派斗争",却没有想到自己会是一个右派。我自己成了右派,也没有丝毫的异议怀疑反右斗争的偏颇。这样,我处于痛苦之中。即使处于痛苦之中,也不能重新接受早已听得心烦耳腻的父亲的处世哲学,经从我心里被荡除出去的陈腐发霉的东西了。但是,不管造成我的这种结局和处境的原因如何解释,而结论却正好证明了父亲的正确。

"我也不想再说这事了,说也迟了,无用了,于事无补了。"父亲此刻平静下来,一种世故的平静,"我想过了,君子不吃后悔药。你也甭太难过。不能做先生,那就当农夫。回乡务农,自食其力。'人到无求品自高'哇!"

我苦笑一下,告诉他,新社会的人民教师,是有组织性儿的,不像旧社会做私塾先生,愿意受聘即去,不愿受聘就不干,一切要听从教育局的调拨安排。

"那么,现在安排你做什么事?"

"打铃,扫地……"

"打铃扫地就打铃扫地,总没判你死刑吧?"父亲倒显得不大在乎,"你愿意打铃扫地就在学校打铃扫地,不愿意打铃扫地了回家去务农。你要再想死,先给我招呼一声,让我跟你娘先死,你把俩老人埋葬了,再死不迟。让我跟你娘给你抬棺下葬,你良心上能过得去?"

我的心里阵阵发酸,终于忍不住,哭出声来。我们父子间平时很少这类骨肉情长的交谈。我看见了他的白发,他的苍老的脸,虽然像过去一样严峻而死板,毕竟因为垂暮的神色令我醒悟出自己对家庭的责任了。我真想放声痛哭一场,无遮无掩,痛痛快快地放开喉咙大哭一场。

"我没有力气来搬你的尸首了。"父亲淌着泪,却说着这样凄惨绝情的话,"我也不会让杨徐村的乡亲来搬尸。你日后怎样活人,自己想想吧!我的话你不听,'子大不由父'。我也管不上了!"

他要走,我也没有实心挽留。我在学校的这种低下的处境,他也没有脸面再待下去。我送他走上那条爬上东塬的官路时,看着他拄着一根粗劣的手杖——实际是一根树枝——缓缓走去的步态,我可怜起他来了,狠狠地捶打自己的胸脯。我落到一种怎样的地步?学校里把我当作不忠诚分子,父亲也把我当作叛逆者,我算一个什么东西呢?

晚饭以后,校园里呈现出一种松懈下来的恬静的气氛,教师们有的提着水壶,懒洋洋地迈着步子到水房里去打水,或泡茶喝,或羼成温水擦身,再不像上课时那匆匆急急的样子了。有的教师在槐树底下下象棋,有的在井台上洗衣服,谁的舒悦的笛声在一排排教室之间缭绕。我关好开水炉,就提上锹和扫帚,去打扫厕所,这是清除师生们排泄物的最佳时空。

"徐慎行,你出来——"

天哪!田芳在喊我!我手中正在便池里掏挖的铁锹掉在地上,眼前一黑,我差点跌到屎尿池子里去了。我跌倒在墙上,那炸雷一样轰击我耳膜的余音还在回荡,心儿慌乱不止,我几乎被震昏了。

"徐慎行,你出来——"

我无处躲,又无处逃,从再次响起的声音判断,她就堵在男厕所的门口。我自发出那封臭骂她的信以后,就没有再想过还会和她相见,偶然的相遇也许不能排除,有意找我的事,大大出乎我的预料,我捂着良心和为人的道德,向她脸上泼去了多么脏的东西!我无脸见她,也不想再做解释。我要她永远恨我,甚至鄙视我,都比依恋我更好……我惶惶然从厕所门里走出来,做好了挨耳光的精神准备。

我一走出厕所门,就看见一双被愤怒的火燃烧得痛苦不堪的眼睛,我立即低下头,再不敢看了。她在看见我的最初一瞬,身子微微颤抖了一下。不容我多想,我就听见一声吓人的呵斥:

"我要批判你!到这边来——"

她的非常举动使我忐忑不安,她要批判我?我当了右派也有一段时间了,她现在才想起来要批判我?我机械地走到那个小花坛前头,随她站住了。这是学校里最显眼的地方,房檐下的墙壁上挂着一只大钟,下面写着四个仿宋红字:按时到校。有几个教师站在远处看着。

"徐慎行,你身为人民教师,预备党员,恶毒反党,攻击社会主义,我坚决要批判你——"

她站在那里,离我有两米远的地方,一本正经地对我进行面对面的批判。我垂下手,低着头,不做任何表示。我听见从两边纷沓而来的脚步声,好多教师围过来看热闹了。

"你想自绝于人民,愚蠢透顶！党和人民花了多大代价培养了你,你不知向人民向党报答恩情,反而反党,自杀,你的良心何在？"

我的心在颤抖,头上冒出汗来,这些司空听惯的批判语言,今天由她对面说出来,我痛苦极了,惭愧极了！周围已经围了许多教师,凡是闻听到消息的人,都来看热闹了。我不知道校长刘建国在不在场？我没有抬头的勇气。

"你不服气吗？说你反党,你不服气,用自杀来威胁别人,谁吃你那一套！你要明白,党不是抽象的存在,在学校,代表党的就是校长,你恶毒攻击校长,就是反党——"

"田芳,你啥时间来的？"我听见刘建国校长的声音,稍抬一下头,就看见他走到田芳跟前,一副老同学间热诚的口气,"你胡来啥哩！走,快到我房子坐……"

"我是专门来批判他的坏思想的。"田芳说,"我和你是老同学,和他也是老同学。他和你分配在牛王砭小学,不协助你好好工作,反而攻击党！我看哪,他这个家伙纯粹是想往上爬！借着整党之机,攻击你,自己再爬得高些……"

我的天哪！我想爬高吗？我想借着整风弄倒别人自己往上爬吗？我明白我有许多毛病,却还没有如此恶劣！

"唔！你的心情可以理解……"刘建国说。

"你多虚伪啊！"田芳指着我说,不听刘建国的劝解,而且气更足了,"我们同学两年,我怎么当时就没有发觉呢？你假装积极,实际是想往上爬,不惜攻击同志和领导,踏着别人爬上去,你多虚伪啊！你……速成二班出了你这个右派伪君子,是全班同学的耻辱……"

"行啦行啦！田芳——"我听见刘建国的声音,似乎有点尴尬,不自然,"走吧走吧！到我房子坐坐——"

"我要赶回学校去,没时间坐了。"田芳说,"我以速成二班同学的名义警告你,老老实实交代,老老实实改造,老老实实做人!历史从来不包庇虚伪的人……"

她走了。我听见她的脚步声朝门口走去,才敢抬起头来,她又回过头,给刘建国说:"我一有空儿,就来批判他!"说罢,昂起头,走出学校大门去了。

我一回头,看见刘建国有点发黄的脸色,眼里罩着一层憎恨的气色,气憋憋地走了。那些围观的教师们,有的莫名其妙,有的在神秘地交头接耳,不光是在嘲笑我吧?

我又走回男厕所,抓过锨把儿,心里猛然豁开,似乎此刻才完全醒悟,她是在旁敲侧击,痛骂的并不是我。骂我批判我,用不上伪君子这个名词。对这个名词更敏感的人,应该是他——刘建国校长。我竟然有一种从未有过的痛快,好像我骂了我想骂的人一样解气,痛快。我的胳膊上陡然涨起力气来,戳得那装着屎尿的便池哐啷哐啷响……

大约过了十天,她又来了,故伎重演。这次她来时,我正在房子里躺着。她在门外叫我的名字,大喊大叫要我"接受批判"。我慌忙跑出来,又站到挂钟下的小花园旁边。她又把我狠狠地批判一番,痛骂一番,挖苦讽刺,比第一次更尖酸了。我低着头,听着她的连挖带损的话,心里舒服极了。

刘建国这回也不客气了:"你不能随便来批判人呀!要批也得通过组织……"

"我一看见这个虚伪的家伙,眼都黑了!连组织手续也忘了……对不起!"

她走了,没有去刘建国的房子办组织手续,也没有进我的房子,竟自走了。

她又来了两次。几乎所有教师都知道她的举动中的真实含义,刘建国也更是恼恨。这样下去,又怎么办呢?她第五次来的时候,我在房子里听见她的叫我的声音,便从后窗跳出去,逃走了。

她再没有来。

自觉进入

我收到田芳一封信。她只字不提她几次赶到牛王砭小学来批判我的事,既不解释这种举动的真实动机,也不询问后来产生的效果,纯粹是对于我的那封恶毒地骂她的信的答复。

她在信中说,如果不是信的末尾附着我的名字,她会百分之百地判断成刘建国写的呢!在她拒绝了刘建国的求爱信以后,刘建国就说过一句类似的话。狐狸吃不着葡萄,就说葡萄是酸的,甚至说葡萄的祖宗更酸。她不计较我,是因为她认为那恶毒的信并非我的真心……

我实在忍受不了这种感情的折磨。我应该立即奔到她的面前,跪下,说明我的真心,让她抽我,打我。我抓着信纸,贴在脸上,像贴着她的手,饮泣不止。我流够了眼泪,冷静一点之后,我就给她写回信了。

我写道,我仍然坚持前信的看法,解释也没用。而且宣布,从今往后,我再也不写回信,不看来信,接到即投之以炬;我再不和她见面,一切都到此为止……

不要骂我心硬吧!我成了什么人?简直不是人了呀!我怎么能牵连着她跟着我受苦?只有用最冷酷的斧头砍断俩人的纽带,除此无法使她和我的心分开。我只能这样做。

她又来过几封信,我咬着牙扔进烧水的炉膛里,连拆也不拆开。她后来又找我两次,我仍是从后窗逃避了……我相信我的举动是为着她好。

她到牛王砭小学来批判我的行动,完全撕开了我和刘建国之间的那一层老同学的关系。即使我当了右派,刘建国表面上仍然是关心我的,他说,要不是他关照,我不会定为"中右",早该定成右派,发落到农场去劳改了。他说,他并不在意我当众说他"好大喜功"的话,只是我的话说得不是时候,在右派猖狂向党进攻的时候,我的话正投合了右派的需要,性质上就变成右派反党大合唱的一个音符了,并不是对他刘建国本人的威信有何伤害……我最初相信这些话,也相信刘建国,即使我当了右派,我也相信他说的主要是在非常的背景下说了不合适的话。现在,自从田芳来过几次以后,刘建国再也不对我说什么了,他冷着面孔在院子里喊:"怎么搞的?院子脏成这样?"那无疑是在大庭广众中谴责我没有尽到扫地的义务。

他对我给他每天送水再也不觉得不好意思,甚至连头也不从报纸上抬起来。

每月一次的改造汇报,他都亲自主持,在全体教师面前,我把自己骂一通,让教师们再批判。尽管我觉得那些污水脏物是自己吐到自个脸上的,教师中有几位总是还嫌我吐得少。刘建国过去还要肯定我一点进步,越到后来,反倒一丁点儿也不肯定了,总是强调我思想深处的东西,尚没有触动。我已经从记不清多少次的改造检查中得出一个结论,真诚的检讨和应付差事的检讨得到的实际效果是一样的。你真诚地批判自己,他说你没有"触动思想根子";你应付差事地乱骂自己一通,他照样说你没有"触动思想深处的肮脏东西"。我索性不再伤脑筋了,居然也能做到面对众人检讨时"脸不改色心不跳"了。

我烧水,打铃,扫地,打扫厕所,替炊事员杨师傅烧火,择菜,洗锅刷碗。我与任何人也不主动说话,而当别人问我一句话时,我竟然感到一种荣幸,似乎我的身价也提高了。久而久之,我完全接受了"右派"的既成事实,自己也没有一丝信心把自己当人看了。过去,有的学生骂我一声"右派",我心里忐忑一下,现在已经于心不惊了,甚至莫名其妙地对喊着"右派"的学生笑一笑,讨好似的笑一笑。

和我接触得最多的是炊事员杨师傅。本来,帮他添煤看火,洗锅涮碗,是我为了表示改造的诚意而主动承担的额外的事,时日一长,他倒把我当成半个炊事员了。活儿稍一紧,他就叫我,甚至骂骂咧咧地在院子里喊:"徐慎行,你狗日的钻到老鼠窟窿去了吗?火灭阎咧!"或者是:"徐右派!没水咧!你不绞水,挠阎去啦吗?"我一听见他的喊声,就去烧火。就去井台上绞水。我也不恼,也不说明我正在忙着其他活儿,好像我真的躲到老鼠洞里偷闲,或者是在做下流的事——挠阎去了。

他也有对我好的时候,那往往是他受了校长的批评的时候,就会对我十分诚恳,把两倍于定量的饭菜塞到我面前,赌气地说:"吃!不吃白不吃!你不吃,指望刘建国那个杂种说你的好话吗?妄想!甭那么不顾死活地干!你指望刘建国给你说好话,摘帽子吗?妄想!那个杂种没有人的心肝!狼心狗肺!你怕他,我不怕他……"

他有时对我又十分恶劣,那往往是他受了刘校长表扬的时候,就会对我瞪起三棱子眼睛:"你狗日的一天磨磨蹭蹭的,不好好改造,你死到阴司也不是个好鬼!人家刘校长跟你是同班同学,瞧人家而今在啥位位上敬着?你而今在啥洞儿里蜷着?共产党是人民的大救星,你敢反党,真没看出,你后脑勺上长了一根反骨……"

然而更多的是他既没受到刘建国的批评也没受到表扬的时间,他就一边揉着面团,一边斜着眼儿,说着损我的话。他一个人做饭,许是太寂寞;教师们一般不屑于和他有过多的交往,没有共同的语言;他于是就把我当作开心的对象:"徐慎行,听说你的本事很大的咧!能写能画,吹拉弹唱,是个全才咧!听说你能倒背《论语》,学问深沉咧!你没事干了,挠挠阎去嘛!怎么就要长嘴长舌地提意见?这下倒好!放着人民教师的位位不能坐,跟我这号下苦人烧锅燎灶,侍候人家。本来该我这号受苦人侍候你哩!"

他有时又显出很下流的样子:"你这家伙艳福不小哩!那个装模作样来批判你的女先生,长得多疼人哪!听说你跟她念书时,'咕咚'在一搭?嗨!你实话说,你跟她×来没有!哈呵!甭脸红哇!只要摸她一把奶,死了也值了!"

我要是不能忍受而抽身走掉,他就会大喊大叫:"这贼驴日的右派又钻到哪达去了？不看看火都灭咧！真是顽固……"

我索性不说话。无论他骂，他损，我都权当是狗放屁。我最怯火的，是他到刘校长面前对我的揭发。刘校长经常通过他了解我的言行。祸从口出，我记下了这个千古名言。时日一长，我甚至能对着他骂我损我的脸孔傻傻地笑笑，讨好地笑笑。

我的妻子的变化更富于戏剧性。

我自那年暑假成了右派，就没有回家去过。我怕见父亲，怕见杨徐村的父老兄弟，尤其怕见我的妻子淑娥。我不知该怎么办，和田芳断绝了，我更愿意孤身独处。在这种情况下，我觉得最难处理的关系是她。离婚吧，我正是政治上遭难的时候；回去与她凑合着过吧，我心里觉得自己太下贱了，连个人味儿也没有了。

寒假里，我没法去了，想在学校待着，刘建国安排了轮流护校的人员，居然没有我，更不容许我整个一个假期都待在学校了。他不放心我，怕我纵火或爆炸吧？我在寒冷的腊月里，回到了有点陌生的家乡杨徐村。

村子里的临着街巷的墙壁上，有用白灰刷写的大幅标语："社会主义好"，"保卫社会主义江山，反击右派进攻。"我几乎再不敢东张西望，低着头蹓进了自己的门楼。

我踏进院子，听见小灶房里有啪哒啪哒的风箱声。我的妻子淑娥大约听见脚步响，从小灶房里探出来，看见我，站直了身子，问："你找谁？"

她装作不认识我了。我也不知该怎么对付这种局面，避开她的恶狠的眼光，径直往里走。

"噢！这是有名有望的徐老先生的好儿子呀！我这笨人笨眼，倒认不得了！"她在灶房门口拍打着手，拍打着膝盖，大嘘小叹，揶揄着说，"听说你干阔了，从左派升成右派了！真气魄呀！给徐家争下光了！"

我的心像是给扎了一锥子，疼得几乎窒息了。我走进自己的住房,瘫痪似的跌坐在椅子上,脑子里麻木了。

她又赶进房里来,手叉在腰里,站在门口,嘲弄地撇着厚厚的嘴唇:"你怎么一个人回来了?你的白毛女呢?那个野婆娘呢?"

"你……"我的血一下子冲到脑顶,忽地站起,拳头捶在桌子上,"你再……胡说一句!?"

"在我面前凶,算啥本事?"她根本不怕,反而挺挺腰,"有本事在学校里发凶去!"

我想到我在学校的屈辱,顿然软了,坐了下来。

"你的右派,也不是我给定的,在我跟前凶啥呀!"她得势了,"你压迫了我成十年,欺侮了我成十年,我低声下气跟你快十年了!够了!你而今落下个大右派,跑回老窝儿来了,要是不当右派,你还是钻在野窝儿不回来……"

"那……"我说,"你也用不着这样。你不愿意了,随你的便!"

"离婚!"她随口说,"我找个农民,他也不弹嫌我人丑没文化。我早受够了,离……"

"好,既然离婚,再甭说了。"我说,"明天去办手续,各走各的。"

"谁不离就不是娘养的!"她跳起来,更加不可抑制,"我现在就去社长那儿开介绍信!"

她走出门去了。

屋子里很静。父母亲不知做啥去了,屋里没人,我一个人坐在屋子里,开始抱怨父亲,如果当初不是他用剃头刀威胁,何至于此!这个张淑娥,过去像个绵软的蛾子,总是怯怯地看我,从来也没有高声说过一句气话,开口总是叫我"先生",像旧戏里的侍女一样低声下气地服侍我。现在,她变成一只凶恶的黑蛾子!扑拉着翅膀,大喊大叫着要和我离婚,从门口沿着街巷喊过去了!我想,这下子,杨徐村人都知道我们的家丑了。

父亲和母亲走进院子,脸色惊恐,问问我和她闹仗的原因,唉叹一声,也不再说谁是谁非,只是母亲连连挥手:"快去快去!把她拉回来。让她在街道里大喊大叫,打粪场上的人跟戏台下一样,真是丢尽人了……"

直到天黑,母亲也没能把她拉回来。她在粪场喊,说她坚决要离婚,随之又赶到社主任家,哭一阵子喊一阵子,说要是社主任不给她开离婚介绍信,她就不回家……

连续三天,她从早骂到晚,到社主任家要离婚介绍信。我的父亲是个好面皮的人,这下气得躺下了,茶饭不进。母亲跟前撑后,给儿媳妇说好话,劝解,急得都哭了,仍然不济事。俩老人惊叹:怎么也想不到腼腼腆腆的淑娥,一眨眼变成羞耻不顾的母老虎了。唉唉!

最后只得由我出面,去给社主任说话。我说了话,他才给她开了介绍信。

第二天一早,她洗脸梳头,催我到县法院去离婚。我心里冷冷地跟她上了路。

走进县城,走过一家饭馆,她说:"给我买饭,我饿了!"

我忽然有点难受,可怜起她来了。她跟我结婚成十年了,这是第一次进饭馆吃饭。我忽然觉得我过去对她太……我买好饭,炒了几个小饭馆里最好的菜,从窗口取出来,放到桌子上。她倒神气,右腿压着左腿,二郎担山坐在桌旁,等着我端来菜又端来米饭,像是报复似的瞅着我:你来服侍一回我吧!

"给我取盐来!"她支使我。

我从另一张桌子上取来盐碟儿,给她。

吃罢饭,她率先走出去,我在后面跟着。走到县百货公司跟前,她走进去了,站在柜台前,对售货员说:"取一双雨鞋。"她试试大小,然后对我说:"开钱!"我连忙给售货员开了钱,心里不由地又酸酸地像潮起醋了,这是我跟她结婚以来第一次亲手给她买东西。

"走,你领路。"她出得门来,精神抖擞,"你认得法院的路。"

我走到法院门口,回头一看,不见她的影子。她大约是第一次进县城,该不是在大十字走错路了吧? 我慌忙去找,跑遍了县城的东关西关,又跑了南关和北关,没见她的踪影。从午间找到午后,我的两腿酸困,只好往回走。走过十里平川,路经一条小河的时候,我在桥头上看见她冻得发紫的脸。

"你……"我站在她跟前,气呼呼地说不出话,"你……怎么在这儿?"

她缓缓地站起来:"我在这儿等你。"

我看见她的脸色不好,说话也柔气儿了,忙问:"你不是要我跟你到法院吗?"

"到法院做啥?"她装傻卖呆。

"离婚呀!"我说。

"离婚?我才不干那号傻事!"她说,"我要叫杨徐人都知道,我也敢离婚!这几年你要跟我离婚,女人们都下眼看我,说男人不要我了。现时,我也不要男人了!其实,我哪能真真儿去离婚哩!"

我一下子瘫坐在河边的枯草地上,她在村子大叫大喊,到社主任家大哭大闹,原来是为了挽回她的可怜的面子啊!

她哭了,用袖子揩揩眼泪,一甩头,就踏上了木板搭成的独木桥。

我从干枯的草地上站起,走过去,踏上小桥。冬日惨淡的夕阳的红光,在蓝色的河水里投下淡淡的血红……

我的那间小房子

牛王砭小学坐落在一道砭坡下,门前是一条小河,砭坡上排列着大大小小几十个村庄。缓坡上是纵横摆列着的极不规则的田地。陡坡上生长着一岁一枯荣的杂草酸枣棵子。那些随处可见的红石子堆砌的卯坎,一年四季都裸露着干燥的红色,令人看了难受。村庄周围那些低洼的土层厚而水分足的地方,一团团桃杏的花云,象征着这贫瘠砭坡地带四季中最轻松活泼的季节。冬天里有大雪降落的日子,这砭坡也会呈现出刚柔互济的气魄。顶入不得眼的是夏末秋初,一场旷日持久的干旱,把坡地上的草木渴死了,干枯了,树木早早落了叶子,玉米苗儿尚未抽出缨花来,就拔掉喂牛了。整个山坡上,像火烧火燎过一样,看去使人难受。

只有学校门前的这条河川,一年四季里都使人能感受到大自然的美的韵味。即使在干旱炙烤得砭坡上到处冒烟起火的焦灼时节,河川里也生机盎然。

一条条自流灌渠,把河水曲曲折折地引进玉米地、棉花田和瓜园里。一架架黄牛或青骡拉着的叮当叮当响着的解放式水车,把清凉的地下水车上来,灌进刚刚显旱的田地。

我常常打开后窗,坐在我的小房子里,看砭坡和河川四季景色的自然转换。

学校坐南向北,三排土木结构的房舍,用木椽裹打起来的黄土围墙上,春天有小草小蒿冒出来,入夏稍遇干旱,便率先枯死。校园里有粗大的洋槐,阴凉极厚,春五月的洋槐花香透校园的每一个角落,晚饭后常有教师在树阴下品茶或下棋。三排房舍,教室与教室之间夹着教师的寝室兼办公室,因为房舍欠少,皆是三人或四人一室,一人一张床,一张办公桌,中间只留一个走道出入。似乎没有谁嫌太挤,条件限制,只能如此。只有校长刘建国一人一室,因为是一校之长,负有某些秘密的工作责任的需要,大家也没有异议,也更不会说成特殊化。

我最初在后排的一间房子,因为是小学高年级的班主任,所以稍为优待,三人一室。初年级的老师和科任老师,一般是四人聚居。自从我当了右派以后,就搬出了那个三人一室的办公室,颇有点依依不舍。三人虽然拥挤点儿,因为脾气相投,处得挺和睦,早晨不怕睡过头,晚上熄灯后可以聊天听闲话,从来不觉得孤寂。

学校的东边,有一排坐东向西的小房子,不作教室,只让人住的小房间。南头两间是灶房,接住两间是水房,第五间就是我后来搬入的房子。第六间是原来的工友韩民民的住房,他因为我的替代而升为事务员了。最后一间是炊事员的住屋。

韩民民是从农村招聘的工友,只在扫盲班里粗识一些常用字,会拨算盘珠儿,人却极灵聪。除了打铃搞卫生,因为上级没有拨调专职事务员,每逢开学结业的大忙日子,常是韩民民帮助买课本以及教案、粉笔、墨水一类杂物。他最喜欢的是替校长刘建国传达开会或什么临时通知,到各个房子去说一遍。小伙子年轻,有点爱面子,常在上衣口袋里插两根钢笔,小分头用水抿得熨熨帖帖,努力要把自己提高到一个教员的规格,而不致使人觉得他不过是勤杂工。我的落难,使他得到了做梦也想不到的天赐良机。我来打铃、烧水、扫地之后,他就成为专职事务员了。他住在隔壁,杂物却依旧堆在我住的房子里,不腾不挪,每逢给教员发教案、粉笔和笤帚,就到我住的房子里来拿。令我感到安慰的是,他尚相信我这个右派不会破坏公物,也不担心我偷盗。

"徐慎行——"他过去一直称我徐老师,说不上尊敬,这是学校里教师之间的习惯称呼。现在他直呼其名了,我也能想得通,"我在供销社把炭买好了,你去拉回来,这是票据。我还要去……"要去办的事自然很多,他很忙。

我就拉起那辆学校里甚为宝贵的架子车,从牛王砭供销社把炭拉回来。

每一次我做改造汇报的时候,第一个站起来说我交代不彻底的总是韩民民。他说某日某次我的铃儿晚打了整整一分钟,又说某日我打扫过的厕所里把脏物遗在了站台上,还有某一回的开水没有足滚。他是看见刘校长把鸡蛋冲成了一碗糊汤得到反证的,因为足滚的开水冲出的鸡蛋是呈絮状的。他的揭发往往使刘建国显出不耐烦,大约是他的讨好太显露,又在众人面前,而且讨好讨不到向上。不管怎样,我也无法记清某日某次的铃儿是否准时,水是不是足开,厕所里是否遗落下脏物,我都一律做出诚恳接受的姿态:我一定改正,欢迎大家监督……

出门干活,闭门思过,谁的房子我也不想去,怕因此而玷污别人,于自己也惹是生非。我关住门,躺在窄窄的床铺上,看吊着蛛网的顶棚,看房子里堆得满满的杂物,废弃的粗壮的麻拧的井绳,破了口的蔫瘪的篮球,散了架的克朗球盘,缺杆少珠儿的毛算盘,都从墙壁上,地角里,桌子下朝我瞪着可笑的眼睛。我初来时的寂寞,而今觉得这堆积有用和无用物品的小库房,是我借以安身立命的最恬静的角落了。

如果韩民民推门进来取什么东西,我立即从床上翻起来,站到地上,等着他取到东西走出门去,我再闭上门。他进这间小房,从来也不打招呼,推门而入,端直而出,如入无人之境,我也不觉得他对我有什么不恭。我有一条理由可以排解这种疑惑:房子本来就是韩民民的库房,他进自己的库房,自然不必敲门或打招呼这一套麻烦手续了。

我躺在床铺上,不由地思索回味我的父亲给我起下的这个名字:慎行,由此又联想到弟弟的名字慎言,以及父亲临别时嘱咐我的座右铭:慎独。言语和行为,在一个人单身独处的时候,应该慎而又慎,就是这个意思。这个意思,我只有现在才体味到它的颠扑不破的正确性。回想在师范学校的生活,我真有点不敢相信自己,我多么轻狂啊!想唱就唱,想说就说,想玩就玩个痛快,简直跟疯了一样啊!如果我当时起码在心里给父亲的嘱言保留下一个小小的角落,在"鸣放"会上有一点警策的作用,我就对自己的言论谨慎了,就不至于说出刘建国"好大喜功"的意见来,就不会有今天的这种蹲不下又站不直的难受处境了。

我如果彻底被打成右派,不是"中右",跟右派们一起劳改,也许猪崽不笑老鸦黑了。唯其因为我是"中右",比右派在性质上有轻重的差别,倒成了糟事,把我继续留在学校使用,改造,生活在许多好人中间,我就愈加顾影自怜了。我的体会是,站不直也蹲不下的这种屈腿弯腰的姿势,比站着或蹲着都更难忍受,大约是人的姿势中最难耐久的一种姿势了。

我再不能不慎言慎行了。

我取出笔和墨盒,墨盒干涸了,毛笔也干涸了,用水泡一泡。我找到一块书页大小的硬纸蘸了墨,写下了对自己的警告:慎独。我把它贴在床头,使我无论坐着或躺着都能看到。我感到了内心的惶恐,绝对需要这样一张护身护心的神符来佑护我,再甭出乱子。

过后两天,刘建国走进我的房子,一来就瞪着两只煞有介事的眼睛,在我桌边的墙上逡巡,而终于停在床头的墙上。他严肃地看一阵子,并不是欣赏我的书法,转过身说:"这个东西给我。"他未经我应诺,已经从墙上撕下来了,一句话也未说,径自走出门去了。

当天晚上,临时召开教师会,提前让我作改造汇报。没有人对我的汇报感兴趣,对"慎独"两字的批判一下子就成为会议的中心主题。我预知,会议之前,教员们早已得到批判的目标了。其余人的分析可以略去,刘建国的分析是校长的水平,自然高了一筹,深了一层——

"'慎'什么'独'?你的错误难道是不'慎'的结果吗?如果不从思想根源,阶级立场上彻底改造,怎么'慎'得住呢?这种封建修养的方法,怎么能救得了你的反动灵魂呢?"

我的头上冒汗了。这些尖锐深刻的批判,使我连喘气的力气都没有。我回到房子,躺在床上,我父亲尊为至明的处世哲学,也不管用了,我想钻在这张护身符下求得安宁,反而招灾惹祸了,怎样才能拯救我的小命?

我清楚记得,这张座右铭贴上床头后,只有韩民民来过我的房子,一定是他报告了。为了这个座右铭,我整整交代了三个晚上……

三四年过去了。

我被通知说,可以任课,按教师对待了。

我竟然感动得热泪盈眶。

不过,半月没过,我就陷入自身的烦恼。为了体现按教师对待的精神,把我从那间小库房调出来,插入一个二人居住的教师宿舍。学校里增添了一些房舍,教员住得稍松了。我在这个宿舍里不仅黑天睡不着,白天也不自在。我总是处于一种高度的紧张状态,惶惶不可终日。莫名其妙地对人家笑,对同宿舍的老师或到这个宿舍来的老师说下的话,一律说:"对对对!"其实许多话我根本就没听清内容,嘴里却不由自主地"对对对"地应诺着,惹得大伙发笑。我愈发窘了,也愈紧张了。

我去上课,突然觉得我不会说话了。我的脑子里的语言仓库全部关闭了,一个词儿也拿不出来,而且十分紧张。尽管我带的是地理课,也不敢讲,急得头上冒汗,只会照课本往下念,学生已经乱得像一窝雀儿了。

一按教师对待,我就要参加许多会议,这是更难受的时刻。往常,我是右派,一月里做一次改造汇报,坐在一个偏旁的角落。现在,和别人坐得近了,我很紧张;坐得远了,又显出我不太合群,会议室没有我坐的座位了。尤其是非做不可的表态性发言,我未说先流汗,总怕说错了什么……

我向校长赵永华提出要求:让我做事务工作,让我再回到我的那间兼作库房的小房子。我再三解释,不是使性儿,也不是有什么不满意见,而是事务工作更适宜于我干,保证干好。

刘建国在一年多以前,调县文教局当人事干部去了。赵永华调来也一年多了,我很少跟他有什么接触,只是偶尔听见韩民民在炊事员杨师傅跟前嘟嘟哝哝新校长的什么话,我就觉得他可能在赵永华跟前不如刘建国手下感到畅快如意。赵永华听了我的要求,很随便地说:"你如果觉得事务工作更合适,你就干,别人还看不上这工作哩!"他告诉我,正好韩民民要调走,到县文教局的物资供应点上去,学校正好缺事务员。

一经赵永华允诺,我当下就把被卷行李搬回了我的那间小库房卧室。一躺下来,我闭上眼睛,浑身都舒适了。我忽然想到了蜗牛,蜗牛钻在它的壳里一定很舒适。要是打碎螺壳,把它牵出来,它可就活不了啦。我刚搬进这小库房时,感到压抑,感到杂乱,感到孤寂,想到和高年级那两位教师同居一室的愉快时光。久而久之,我像蜗牛一样适应了螺壳,蜷缩在螺壳式的小库房里才舒服,到别的房子里反而觉得活不了啦!

我去买煤,买了煤就亲自拉回来,绝不让从生产队里雇来的校工小朱干这些。我常常抢在小朱前一步打了铃,打罢又向小朱道歉,全是我过去打铃打下习惯了。尽管如此,我觉得十分满意,我虽不代课,却是事务员,事务员也是教职工,和教师一般对待。

有一件事伤了我的心。

大伙都去县上听报告,赵永华让我看门。看门其实正适合我的心愿,我怕开会,怕在会上遇见熟人,更怕遇见速成二班的老同学,尤其是怕碰见田芳。可是那天晚上,大伙听完报告回来,我才知道,会上有一个震动全国人民的消息,说我们国家发现了一个"大庆油田"。教师们为猜测这个油田的具体地址而争论不休,谁也说不服谁。我后来才知道,这样重要的报告,上级规定有几种人不能听,以免给"帝修反"泄密。我自然属于那几种不准听的人中的一种。

我暗暗警告自己,老老实实蜷在螺壳里吧! 甭张狂,还是没有资格和一般教师同样对待哩! 还要——慎独!

哦! 故园,故园

徐慎行同学:

定于本月二十日上午在母校举行学友聚会,请您拨冗参加。

专此

致礼

速成二班

一九八〇年八月十二日

我的手颤抖着,泪水模糊了眼睛,擦一擦,又涌流出来了。速成二班……速成二班……我的那个速成二班啊!像一道急骤的电闪的亮光,把我尘封的脑壳炸乱了,把我的心抖底搅翻了。

多么遥远而又亲切的记忆——速成二班!速成二班——多么温暖而又自由的天地!我的心里一闪出这个名称,几乎承受不下它带进我霉腐的心室里的清新温润的春风,要昏厥了。

田芳,一想到速成二班,第一个蹦到我面前的就是田芳。那个白毛女,那个从我身上揭掉了蓝袍礼帽的田芳,她肯定要参加这个老同学的聚会的。缺了她,该会多么令人扫兴。不会缺她的,我安慰自己,甚至猜度这个别出心裁的聚会就是她出的点子呢。

八月二十日,一年中极其普通的一天,不是新年佳节,也不是纪念性节日,我渴盼这一天的到来,比小时候盼望过年的心情还要焦急。

微明中,牛王砭小镇掠过凉飕飕的晨风。我乘头班公共汽车进了县城,又换乘去山门镇的公共汽车,终于站在师范学校的门口了。

校史悠久的师范学校已经改为师范专科学校,属于大专建制了。砖拱木顶门楼变成了四方水泥立柱的钢条大门,从大门通到教学区和宿舍楼的窄窄的砖铺甬道,已经改换成水泥路面了。迎面是一幢三层教学大楼,外观十分漂亮,原先的一排排平房大多已拆除。二十五年的时间,毕竟使我感到了惊奇的变化。

树杈上挂着一块硬纸板,画着一只箭头,把聚会的地点指向后操场。暑假里没有学生,路道上和花坛里,落着一层树叶,有点荒凉和空寂,而我的心仍然止不住激动起来了。

操场的围墙根,高大的洋槐树组成一道屏障,在草地上投下浓密的阴凉,这是我们亲手栽植的,栽时不过酒杯那么细,而今已经桶粗了。草地上,站着或坐着一堆人,在聊着天。我走到跟前,听见有人在叫我的名字,有几个人跑上来,握手,搂肩……老天爷,一个个全都变成老汉老婆了!

我止不住热泪滚滚,和伸到我面前的一双双手紧紧握着,看着一副副皱纹巴巴的脸,我无法与印象中的那些青春焕发的脸膛联系起来,流逝的岁月给我心里留下的巨大的差异无法弥合;他们的心里也是这样感受这四分之一世纪的时间差的吧?我从他们一个个瞧着我的惊异的眼神里看得出来:你怎么老成这样子了?哈呀!瞧你,秃顶多厉害!

我握住了一双手,心里一震,那双细软的手也在用劲儿握着我的手。我相信,闭上眼睛,我也会准确地判断出田芳的手来。她的眼角有细密的几缕纹络,鬓角有几丝银白,而那双眼睛,似乎还是二十五年前的那双眼睛。当我们的眼光相碰的一瞬,我的心似乎一下子沉下去了,脑子里也中止了一切思维。我没有向她问好。她也没有问我好。我们竟然相对无言,默默地呆站着,手却握得粘在一起了。

我和她在草地上坐下。几位同学围住我,问我平反了没有?问我的孩子的安置状况,我也很关心他们的工作和家庭。田芳坐在我旁边,她什么也不问。我也没有问她,丈夫在哪儿工作,几个孩子,工作或是上学。我不问不是因为我了解,其实我什么也不知底,不知底儿也不想知底儿。

"你……身体……好吧?"我终于问。

"还好。"她笑笑,"你也……好吧?"

我点点头,又流泪了。

录音机在播放着优雅的舞曲,篮球队长何长海已经和一位老太婆——二婶的饰演者跳起舞来,又有三五对儿舞伴也跳起来了。田芳对我说:"咱们跳跳吧?"

我有点慌乱,连忙摇头摆手。

有几个同学在吆喊,催促我和田芳上场,他们或多或少知道我和田芳的遭遇,催促的意思是很明显的。我涨红了脸,对田芳说:"你跟他们跳吧,我上不了场了!"

田芳跳起来,和另一同学跳起来了。我坐在草地上,点燃一支烟,看田芳踏着舞步。

有人又出新点子,让大家每人出一个节目,或唱或说,或演或变魔术,谁也不得脱空儿。

有人提议,让田芳演唱白毛女。她不客气,跳起来,也不扭捏,有点遗憾地说:"就我一个人唱?"

我这才想到,饰演大春的刘建国没有来。他没有来,也没有谁提及,我也不想在这个场合提到这个人。这个饰演正面角色的人啊,在生活中几十年来也一直是正面角色,而大伙现在谁也不想问他为什么不来。饰演杨白劳的人儿已经进入另一个世界,听说在七八年前患下了肺癌。大伙也不愿意提及他,因为太令人伤惨了。于是,有人提出,让我和田芳演唱《扎红头绳》一节。我又慌恐万分,连连摇手,多少年来,我连话都说不顺口了,岂能唱歌?

"唱吧?"田芳看着我说,"你太拘束了。"

我摇摇头,又摆摆手。

田芳无奈了,也不勉强,就唱了一段。唱完,她又走回来,坐在我的旁边,说:"你太拘谨了! 拘谨得……叫我又想到'蓝袍先生'!"

我的心里一悸。我身上的蓝袍早已脱掉了,而我的心哪,又被蓝袍罩得死死的了。我苦笑一下,说不出话。

有人在接着唱,有人即兴赋诗吟诵。有人说幽默笑话。有人耍小魔术变戏法。喊啊笑啊,气氛热烈极了。轮到我,我什么也拿不出来。有人出恶招:"什么也不会,那就学熊猫儿在地上打个滚好了!"

我窘迫得六神无主。田芳也笑着,随口说:"讲句笑话吧! 你真的连一句笑话也不会讲?"她提醒了我,急迫中,我首先想到了《老和尚与小和尚》的笑话故事,那是我在刚到师范学校来的头一晚,在集体宿舍里听到的……我刚讲完,有人在哄笑中大喊:

"让老和尚永远寿终正寝!"

"小和尚们,去和'魔鬼'拥抱哇!"

……………

有几位同学尚未赶来,野炊午餐还得再等一会儿。我已得知,午餐是大伙随意带来的罐头、面包、点心、饮料和各种水果。我是空手来的,想到山门镇上去买点礼物,田芳就和我散步同去了。

我和她走进校园,不约而同地走到速成二班的教室前,那里的平房虽然没有拆除,也已经隔间垒墙,分为三室,变成教师宿舍了。门口垒着蜂窝儿煤,火炉上蹲着小锅,吱吱响。我默默地瞅着这座房子的窗户,又想流泪。我的神经变得如此脆弱,简直不能抑制了。

田芳敲响了一间房子的门板。

门开了,一位年轻白净的小伙儿站在门口。

"这儿……原来是我们的教室。"田芳说:"我们想进去再看看……打搅您了。"

那青年初听时有点惊诧,随之就点头笑了,爽快地邀我们进屋。

我随着主人走进门。屋里一张双人床,一只双人沙发,靠墙的地方支一张桌子,桌上摆着钟表,花瓶,电视机。一个披着长发的女子从沙发上站起,礼让我们坐下。

"我们俩的那张课桌,大约就在这个位置上吧!"田芳站在那个桌子旁,回过头来问我。

"唔……就在那儿!"我应了一声。

"你过来……坐坐……"田芳说着,把一只椅子挪好,自己坐在靠墙的位置上,"让我们再回味一下……当年的学生生活……"

我走到桌前,在椅子上坐下了。我坐得端端正正,扬起头来,却看不到黑板,墙上挂着几张笔迹欠火候的条幅。我的胳臂肘碰到田芳的胳臂肘了。我不由地回过头,看到了她的一汪注满泪花的眼睛,从遥远的天空传来了一声声动人心魄的声音——

……你为啥不跟我说话?

……你的字儿写得多好呀!

我们静静地坐了一会儿,站起来,向男女主人歉意地笑笑,就走出这间屋子。

"再不会重返……当年的情景了!"我说。

"梦……二十五年……"田芳摇摇头。

我和她踏着走道上的落叶,走出校门,进入山门镇街道了。街道依旧狭窄,沿街的破旧的木房子有的拆除了,竖起一座高楼,鹤立鸡群似的。走到一家服装店门口,我和她都停住脚。现在,无论如何比当时那个一间门面,一个裁缝师傅,一台缝纫机的小裁缝铺气派得多了。

田芳拉着我,到这个小铺店里来,把那件蓝袍脱下来,由裁缝师傅改成了列宁装。我穿上列宁式新装,戴上了八角帽,路也不会走了,八字步全乱了套。田芳和我走着,看着我的样子直笑。她说:"跳起来吧!蹦啊!你敢不敢?"我跳起来了,蹦起来了,街巷里的行人把我当疯子看,我也不管,只觉得我轻松了,自由了,再也不能按八字步迈步了,蹦蹦跳跳起来了……

"你现在又拘谨起来。"田芳瞅着我说,"使我又想起你穿着蓝袍时的样子……"

我悲哀地叹口气,说不出话。

"你现在还敢蹦起来不敢?"她笑着问。

我惶惶然连忙摇头。

她没有使我为难,朝前街走去。

我和田芳再回到操场草地上的时候,聚会的主持人宣布午餐开始,各式罐头打开了,糕点包子解开了,酒瓶盖子被咬开了。一切可以临时作为盛酒的瓶盖、水杯全都注上了酒,一齐举起来:速成二班万岁!

主持者向大家宣布了一个数字:

师范速成二班:四十一名学生。死亡四人,其中一人死于"文革"武斗,三人死于疾病。现在本地区工作三十人,另七人随家随夫调外省或外地。聚会通知了三十人,实到二十九人,其中三人抱病赶来。

唯一的缺席者:刘建国。

谁也没问刘建国为什么不来。

主持者在大伙的静默中提议:为死去的四位同学祭酒。

清凌凌的酒液泼在草地上,散发出一股清香。

主持者又进行下一项动议:向县委提出一项意见,请领导人把刘建国从教育局调开,随便调到县委所属的任何一个部门去,只要不在教育系统就行。他现在还在任教育局副局长,有他在那个位位上,我们会觉得心里不舒服。就是这一条要求。至于全县的中小学教师有多少人被他整了,不必计算,应该向前看,不咎前账。但请把他调开,让教员们再不要听见他的令人讨厌的声音……

鼓掌。呼叫。一个个全都签上了名字。

我捉着笔的手在发抖,终于写上了我的名字。二十五年来,我第一次向这个老同学表示了愤怒……

咒　　符

一觉醒来,老鼠在顶棚上奔马。

一只老鼠跑起来,像野马驰过草原;一群老鼠奔跑起来,追逐起来,拼杀撕咬,就像万马奔腾。

我刚刚从梦里醒来,一身虚汗,月亮照在南窗的窗格上,屋里静得可以听见窗外大地的呼吸,老鼠的追逐和嘶叫把一切都破坏得淋漓尽致。

我在黑暗中摸到烟,摸到火柴,火柴划着的一瞬,顶棚上的老鼠收敛了。我抽着烟,闭眼躺着,等待天明……

我平反以后,儿子顶替我去工作了,女儿早已出嫁,屋里只剩下我和老伴。老伴早已不再称我为先生,看我也不再是怯怯的神色。她手插在粗壮的腰里,指挥我去种地,干一切过去由她自觉承揽的家务,初时有报复的意味,后来就成了习惯。

"你一天唉声叹气做啥?"她问我,"想那个野婆娘了吗?"

我说我背着右派的包袱,叹气成了习惯了。

"右派怕啥?只要给工资,啥毬派还不是一样叫!"她不在乎地说,"我看当个右派倒不错,你变得规矩了,再不敢跟野……"

我不能发火。我要是一张口分辩,她会大喊大叫,故意让左邻右舍都听见。

"你去洗衣服吧?"她吩咐我,"我腰疼了。"

农村里,男人洗衣服的习惯还不普遍,我抱着衣服走向井台的时候,男人女人都在拿眼睛瞟我。我硬着头皮也就过去了。

"你来擀面吧。"她说。

我学会了做饭。

我明白,她不光是为了享受,其实她倒不是懒女人。她要我洗衣,要我做饭,就会在村人尤其是女人伙儿里提高她的身份,她觉得过去的状况太叫别人瞧不起她了。

我退休回家之后,她也变得好起来了:"咱俩种那二亩地,够吃了。你领下的退休钱,够花了。只要你再不想野……我好好待你,咱欢欢乐乐过到死……"

说下这话一年,她突然死了,跌了一跤,心肌梗塞。

我一个人躺在这个祖传的屋子里的炕上,听老鼠奔马。

别人给我介绍下一个女人。连子女都反对,说我快六十岁的人了,难道连面子也不顾了?娃他舅更是怒气冲天,说我败坏了徐家读书识礼的门风……

我的老姐和小妹子看我生活艰难,劝我的儿子和女子,加上你给我大女儿做工作,总算勉强同意了。

我的这件事,按说该办成了。可是,事到临头,要我办这事的时候,我又动摇了。你问为啥?我也说不清……我总觉得我还在牛王砭小学那间小库房里蜷着。那间小库房,容不得旁人进去,打破里面凝结的空气。同样,我也在离开那个小库房以外的其他地方,感到了不自在。尽管我退休回到家里,我的心,似乎还在那个小库房里蜷曲着,无法舒展了。田芳能够把我的蓝袍揭掉,现在却无法把我蜷曲的脊骨抒抚舒展……

我送我的启蒙先生到山坡下。

春风吹绿了河川,也吹绿了塬坡,又是杏花纷谢桃花呈艳的阳春三月。坡地上的麦苗绿色葱郁,塄坎上的杂草蓬蓬勃勃,只有沟壁间的断崖的红石土色,显露着黄土高原地区残破丑陋的面貌。

他朝坡上走去,回他的塬上那个杨徐村去了。他的背脊躬起来,一步一踩,缓缓地沿着蜿蜒的坡间小路走上去。

我的心似乎也被什么东西箍住了。

一九八五年八月至十一月草改于西安东郊

创作要目

1979 年　短篇小说《信任》获 1979 年全国优秀短篇小说奖。

1980 年　短篇小说《立身篇》获 1980 年首届《飞天》文学奖。

1981 年　短篇小说《尤代表轶事》获 1981 年《延河》文学奖。

1982 年　7 月,陕西人民出版社出版短篇小说集《乡村》。短篇小说《第一刀》获 1982 年《陕西日报》优秀作品一等奖。

1984 年　中篇小说《初夏》获 1984 年《当代》文学奖。

1985 年　中篇小说《十八岁的哥哥》获 1985 年《长城》文学奖。

1986 年　6 月,上海文艺出版社出版中篇小说集《初夏》。

1988 年　4 月,中原农民出版社出版中篇小说集《四妹子》。

1991 年　1 月,陕西教育出版社出版短篇小说集《到老白杨树背后去》,陕西人民出版社出版《创作感受谈》。

1992 年　《当代》第 6 期开始连载长篇小说《白鹿原》。

　　　　12 月,陕西人民出版社出版中篇小说集《夭折》。

1993 年　6 月,人民文学出版社出版长篇小说《白鹿原》。

　　　　9 月,西安出版社出版《陈忠实短篇小说选萃》和《陈忠实中篇小说选萃》。

　　　　11 月,太白文艺出版社出版《陈忠实爱情小说选》。

　　　　香港天地图书公司出版长篇小说《白鹿原》。

　　　　中国文学出版社出版中篇小说集《蓝袍先生》。

1994 年　1 月,台湾新锐出版社出版长篇小说《白鹿原》。

4月,台湾汉湘出版公司出版中篇小说集《地窖》。

作家出版社出版中篇小说集《蓝袍先生》。

陕西人民出版社出版中篇单行本《初夏》。

1996年　1月,华夏出版社出版三卷本《陈忠实小说自选集》。

图书在版编目(CIP)数据

陈忠实精选集／陈忠实著． −北京：北京燕山出版社，2015.3(2016.6重印)
ISBN 978-7-5402-3765-3

Ⅰ．①陈… Ⅱ．①陈… Ⅲ．①中篇小说-小说集-中国-当代
②短篇小说-小说集-中国-当代 Ⅳ．①I247.7

中国版本图书馆 CIP 数据核字(2015)第 058054 号

陈忠实精选集

陈忠实 著
责任编辑／尚燕彬　王　滢
装帧设计／小　贾

北京燕山出版社出版发行
北京市西城区陶然亭路53号　邮编100054
全国新华书店经销
北京市松源印刷有限公司印刷

开本 850×1168　1/32　印张 13　字数 360,000
2015 年 6 月第 1 版　2016 年 6 月第 2 次印刷

定价：35.00 元

版权所有　盗版必究